GONG LIU WENCUN
XUBA PINGLUN JUAN

序跋评论卷（二）

公刘文存

公 刘 著　刘 粹 编

时代出版传媒股份有限公司
安徽文艺出版社

图书在版编目（CIP）数据

公刘文存.序跋评论卷：全2册/公刘著；刘粹编.—合肥：安徽文艺出版社，2018.6
ISBN 978-7-5396-5874-2

Ⅰ．①公… Ⅱ．①公… ②刘… Ⅲ．①中国文学－当代文学－作品综合集②序跋－作品集－中国－当代③诗歌评论－中国－当代 Ⅳ．①I217.2

中国版本图书馆CIP数据核字（2018）第054492号

出 版 人：朱寒冬　　　　　　　特约策划：万直纯
选题策划：朱寒冬　岑　杰　　　丛书统筹：岑　杰
本册责编：何　健　欧子布　　　装帧设计：张诚鑫

....

出版发行：时代出版传媒股份有限公司　www.press-mart.com
　　　　　安徽文艺出版社　www.awpub.com
地　　址：合肥市翡翠路1118号　邮政编码：230071
营 销 部：(0551)63533889
印　　制：安徽新华印刷股份有限公司　(0551)65859551

....

开本：700×1000　1/16　印张：321　本册字数：400千字
版次：2018年6月第1版　2018年6月第1次印刷
定价：880.00元（全9册，精装）

....

（如发现印装质量问题，影响阅读，请与出版社联系调换）

版权所有，侵权必究

目 录

001／**序《城之梦——中国南方城市诗选》**

005／**关于探索的议论**

　　　　——《探索诗选》代序

009／**关于现实主义诗歌的对话**

016／**不拘一格的现实主义**

　　　　——浅谈萧马的中篇小说

019／**这个"红芋"确实烫手**

　　　　——序梁如云同志诗集《爱之海》

023／**火热的诗心**

　　　　——在首届"华夏诗歌大奖"颁奖大会上的即席讲话

025／**关于西部诗歌的现状与前景**

　　　　——给《绿风》诗刊编辑部的一封信

029／**顾后瞻前**

032／**《跨越代沟》小序**

035 / **犁青诗小识**

  ——序《千里风流一路情》

037 / **童心永存**

  ——田波散文诗《彩色的童年》序

需要高层次的反封建的作品（存目）

039 / **关于西部文学**

041 / **"寻根"质疑**

043 / **黄土高原上的朋友**

  ——为闻频诗集《魂系高原》写几句话

045 / **让希望之星重新升起**

  ——序梁小斌诗集《少女军鼓队》

051 / **风雨故人**

  ——序白桦诗集《我在爱和被爱时的歌》

060 / **写给未音**

062 / **冷暖君自知**

  ——谈宫玺近作《冷色与暖色》

066 / **漂亮的白水母**

  ——汤养宗组诗《白水母》小议

068 / **他也是海王星**

  ——介绍诗歌新人汤养宗

072 / **关于中国当代文学的一点总体印象**

081 / **山因诗而增添了高度**

　　　　——序刘毅然的《野情》

086 / **爱应该再版**

　　　　——评《华万里诗选》

090 / **一封更正信**

091 / **我的散文观**

094 / **敦煌赏月**

　　　　——读林染的诗集《敦煌的月光》

099 / **《梦蝶》自序**

101 / **写在桑子的诗后面**

103 / **山风才为玉米叶子歌唱**

　　　　——读叶延滨、梅绍静新作，重提学习民歌

112 / **从四种角度谈诗与诗人**

　　　　——答中央广播电视大学中文系问

128 / **《感情圣殿》编后絮语**

131 / **对文学批评的不敬之想**

　　　　——胡昭来信及我的答复

136 / **城市诗管窥**

　　　　——我看热风景与《热风景》

142 / **序《梦中的金蔷薇》**

　　——兼谈咏物与咏怀

147 / **棋盘格子里也出诗**

　　——介绍新人蒙原的一组作品

　　在亳州当代诗歌笔会上的即席发言（存目）

149 / **人格力量与现实主义文学**

155 / **苦茶一样的无韵歌**

　　——南也作品欣赏

157 / **关于诗的交待**

　　邓海南作品朗诵演唱会观后（存目）

160 / **忧患意识是一个文化国宝**

161 / **新诗鉴赏辞条两则**

167 / **乡土诗我见**

168 / **谨复两位青年先生**

176 / **《云水轩吟稿》序**

　　——兼谈对当代旧体诗的点滴意见

178 / **裸体艺术断想**

190 / **留给甘霖的信**

191 / **但愿逢凶化吉**

　　——《中国新民谣选编》序

194 / **《初识德国人》编后赘语**

196 / **辞谢"杂文专页"约稿**

　　——函复××先生

197 / **随意道来**

　　——在孔孚诗歌研讨会上的即兴发言

202 / **致吴兵函**

203 / **致《三月》诗报的一封短信**

204 / **简谈《玻璃风铃》**

　　——致王辽生

205 /**《斜阳梦》研讨会缘起**

209 / **"诗人不妨固执一些"**

　　——诗人书简

210 / **致《中国科学报》总编辑的一封信**

211 / **由"三行体"想到其他**

　　——序李云鹏诗集《三行》

218 / **灵魂的独白**

　　——读诗人彭燕郊新作《混沌初开》

228 / **关于《中国羊年》**

229 / **关于《心曲》**

230 /**《金苹果》随想**

233 / **我的劳动和劳动中的我**

239 / 我想有个家

245 / 诗话断简

251 / 几句大实话

253 / 应强化乡土诗的批判精神

　　　——致刘小放

256 / 一首意象主义的好诗

258 / 读书千字文三则

264 / 单挑一点疑虑

　　　——序陈祖忻《论王辽生的诗歌艺术》

266 /《地陷东南》小序

268 /《三祭岳坟》跋

270 / 可以用诗唱挽歌　绝不为诗唱挽歌

274 / 可传之传

277 / 散文不可缺少文化感

　　　——兼评余秋雨新著《文化苦旅》

282 / 烧给浪漫主义的纸钱

　　　——从彭燕郊《和亮亮谈诗》一书说起

289 / 一封给作者的信

　　　——答王明韵

292 / 夸一夸传火族

——《当代中国煤炭诗选》序

295 / **《活的纪念碑》作者自白**

298 / **一部优秀的唐诗今译**

304 / **读书千字文两则**

309 / **诗歌事业的基石之一**

312 / **诗国日月潭**

321 / **暮年的爱情**

323 / **病蚌得珠**

325 / **诗与自然之我观**

　　——应第十五届世界诗人大会之约而作

327 / **代序：一种心境**

329 / **独立苍茫**

333 / **诗本事（二则）**

335 / **《不能缺钙》编外絮语**

338 / **评《纤夫的爱》**

348 / **致"西岭雪山诗会"**

350 / **《裤裆文学和文学裤裆》自序**

354 / **换一种角度看得失**

　　——《纸上声》代跋

363 / **因为人生是一首大诗……**

　　——答《诗歌报》月刊记者问

375 / 在《托起太阳的人》作品讨论会上的发言

378 / 忧患、悲悯及沧桑感

  ——论新诗不可丢了自家的金饭碗

381 / 思想的芦苇

384 / 诗是宗教

391 / 答客诮

  ——兼及新诗写作中的若干问题

402 / 争论的价值大于书

405 / 触人痛思的《思痛录》

  董狐之笔

  ——朱正新著《1957年的夏季》简评（**存目**）

408 / "只要画家心里有受苦人"

  ——致董其中手书两通

410 /《公刘诗草》作者自序

412 / "白话"与"自由"

413 / 一张城市入场券

  ——序叶匡政诗集《城市书》

416 / 电话小谈《母亲的灯》

417 /《唯美》通讯

418 / 跋

422 / 永不碇泊却永不拒载的西湖诗船

——《西湖诗船》代序

[附录]

427 / **解放思想与繁荣创作**

——在云南省戏剧创作座谈会上的发言

438 / **论题目的学问**

——《"歌德"与"缺德"》一文欣赏

给文代会主席团的一封公开信（存目）

444 / **一份良好的企业游戏规则**

序《城之梦——中国南方城市诗选》

自有新诗运动,六十多年以来,还没有出版过专门描写城市生活的多人选集;要有,当从这本书开始。自从党的十一届三中全会划出一个新时代,逐步实行对外开放,对内搞活经济的决策以来,也没有出版过集中记录一大批重要城市艰难起飞的初步历程的多人选集;要有,同样当从这本书开始。因此,这本薄薄的诗集竟具备了双重的美学价值与史料价值,的确是一件不简单的事情,令人感到需要特别郑重对待。

我清点了一下名单,全部作者中有一半和我见过面,或者通过信,其余的一半也都是已经从报刊上熟悉了的。我以为,他们称得上是有才华、有实力、有个性、有见地的一群,和另外一批活跃在当今诗坛上的青年诗人一样,是中国新诗希望之所在。我总是密切地注视着他们。在别人看来,我的目光大概是交织着疼爱、迷惑、惊慌和要求充分理解的渴望的吧。唉,这个多事的老头子!

真的,真是这样的。

如果以伟大的"四五"运动——中国人民的新猛醒和再启蒙——作为起跑线的话,那么,在新诗的复兴浪潮中,已经涌现了两个梯队:第一梯队是北岛们和舒婷们,第二梯队便主要是他们了。和第一梯队相比较,他们的年岁略小,经历自然不尽相同,特别是他们跨入思想臻于成熟的门槛稍迟。(顺便说一句,思想的成熟和年龄的增长并不按正比例发展。遇罗克年仅弱冠,却表现了哲人式的深邃,而有的人即使活到一百岁,也不过是智力的毛坯。)独立不羁的人格和独立思考的习惯,是这两个梯队的共同的基本素质。然而在艺术爱好和美学追求方面,则显示了相当明确的差异。后者忧郁而不孤独、严峻而不冷漠、惆怅而不朦胧,并且更为逼近生活。具体一点讲,他们以挑剔的眼光仔细审视着生活中的一切,而不是站在远处凝眸冷嘲,甚至掉头而去。这,当然是我个人的看法,是完全可以讨论的。而基于上述的考察,再以诗歌艺术的疆域来划分,这个第二梯队一方面由于经济的、文化的、地理的和历史的诸多因缘,造成了他们自身的彼此揳入;另一方面又仿佛作为一个重要的结合部与过渡地带,介于现代主义诗歌与现实主义诗歌中间,举足轻重而引人注目。由此,他们既同时能为双方所接受,似乎又同时被双方所猜疑,从而处于一种令人愉快而又令人悬心的位置。这,当然也是我个人的看法,也是完全可以讨论的。

我以为,截至目前,他们对中国新诗做出的全部贡献,其中最突出的正是城市诗,为此,我愿向他们敬礼。过去,我也写过城市诗,例如《上海夜歌》、《兰州》等等,而且颇受谬奖。但和这些青年同志的作品对照一读,就立刻感到轻飘飘的,委实过分单纯、光洁和理想化了。每个时代都只能生养那个时代的儿子。五十年代前半期的明朗、乐观和八十年代的忧患、多虑不能相提并论。倘使我此刻要再写城市诗,该怎么办呢?我不禁油然兴起了向他们学习的强烈愿望了。我将学习他们的瞅准一个角度、切入生活、纵深解剖的手法;我将学习他们不强行净化生活,复杂归还于复杂、肮脏归还于肮脏的求实作风;我还将学习他们把主观世界和客观世界投入一只料瓶进行化学处理的胆识与决心⋯⋯

从某种意义上看,南方是得天独厚的。她囊括了全部的经济特区,她占有过半数的开放港口,她能拿出一连串的"金三角",她还拥有无与伦比的工业—科技—知识结构和农业、渔业的优势。作为青年,作为诗人,又有着双倍的敏感,于是,广袤的长江以南地区,就成了他们理想的舞台。如今,他们已经把二三十具年轻的灵魂和四十八首深沉的恋歌送上了城市的祭坛,奉献给新生活的上帝。上帝,您就裁判吧。

他们还来不及形成流派,虽然他们相同的或者近似的东西已经够多了;我相信,他们会像滚雪球那样越滚越大。这不过是他们的初次尝试,肯定会有更多的灵魂和更多的恋歌呈献给上帝。上帝是谁?上帝是人民。人民深知自己的孩子,也许不干净,然而无罪。

作为本书的"跋",王彪同志的论文,我也认真地读了。这篇文章写得颇有分量,说明王彪同志对这个强力集团是有研究的。对论文的许多基本观点,我有同感;对另外的一些观点,我也能够理解。唯有涉及语言的"口语化、现代化和随意化"问题,我对"随意化"一词持保留态度。我恰恰认为,这本诗集当中,除了个别作者以外,最令人遗憾的就是这个随意化。不少毛病,诸如芜杂、拖沓、粗野和缺乏文采,大概都由此而来。诗,毕竟是需要精炼的,古人讲求炼字炼句,不是没有道理的庸人自扰。诗就是诗。诗的语言就是诗的语言。而芜杂、拖沓、粗野和缺乏文采,绝不能算作"出新"。这,大概也不应该被视为"僵化保守"的表现吧。我期待着同志们的明教。

文章写到这儿还不算完,还有一个必不可少的尾巴。有的读者见到过我不久前发表的声明——由于健康的关系,不再替任何人的诗集作序,可能会问:怎么又写了?因此,得摆一摆这个过程。

一九八五年十月二十日,我去杭州向"海洋诗会"报到,二十一日抵达宁波,二十二日傍晚,柯平偕同伊甸来访,谈起他的一段苦恼:编了一本反映南方城市生活变革的选集,苦于没有出版家接受。和我同居一室的诗人岑桑同志,是广东人民出版社社长兼总编辑,他当即拍板:"给我们!我们出!"充满广东大佬的热情和当权派的魄力。岑桑同志转而命令我写一篇序。我期期艾艾。柯平用一双本来稍微暴突、却由于褶皱极深的双眼皮而变得漂亮起来的大眼睛牢牢盯住我,我心软了。于是,立刻响起了岑桑铿锵的广东官话:"得!得!(这就对了!)"柯、伊二位欣然微笑。四十天后,我回家讲起这件事,落得女儿好一通埋怨:"往后看你怎么办!"

怎么办?就这么办。我在这儿埋下伏笔:答应不答应,我享有百分之百的自主权。告罪了,打住。

1986 年 1 月 27 日卧病一个月整,倚床写就

关于探索的议论

——《探索诗选》代序

上海文艺出版社编印《探索诗选》,要我写一篇序;写序不敢当,但无妨发一点议论。

环顾当今中国诗坛,颇有点"春秋战国"的味道,人自立说,百家争鸣,观之者目迷五色,闻之者耳乱七音,着实应接不暇。

此情此景,有人鼓掌啧啧,有人摇头嗤嗤。

或问:你站在哪一边?

我说:我站在我自己一边。我的基本态度无非两条,一曰:冷静;二曰:乐观。

冷静的立脚点是,对中国新诗运动六十多年的整个进程做一番尽可能客观的回顾与反思。如若再能旁及世界各大潮流潮涨潮落的信息与迁徙变更的记录,也做些考察,那就更好了。其目的在于力求了解,这实在是一种历史的必然,使自己得以处变不惊。乐观的立脚点是,首先把就近各种流派(*假如称得上是流派的话*)的代表人物,看作是自家人,抱有同志式的信任感,确认他们和自己同属一个文化整体,而各自代表着民族智慧的一个部分,从而确信:通过包含着挫折与失败的有益实践,他们能独立做出明智的抉择与适当的结论;与之相应,必将会出现一个相互启迪、相互竞赛的繁荣的新局面。当然,在这一过程中,我绝不会作壁上观。作为现实主义诗人,我要做他们的诤友。

总之,目前的景观实在是正常的景观,之所以议论纷纭,问题恐怕倒出在我们已经习惯于在文学艺术领域中也搞"中央集权",也搞"舆论一律",也搞

"阶级斗争",也搞"你死我活",把真正的反常视为正常,最后,导致一个"万马齐喑"。这是有过教训的。

探索有什么不好？"中国式的社会主义"不也在探索之中么？试请品味"探索"二字。意蕴何等深长！我以为,探索,就是追求,就是冒险,而追求与冒险都意味着对现状的不满与厌倦,从这个意义上讲,探索又实在无异于革命的同义语了。因之,不可以耻笑探索,尤其不可以事先向人家索取一份马到成功的保险单,相反,应当珍惜探索精神,保护探索者；在改革大业中,尚且允许犯错误,允许失败,岂可苛求于新诗乎！

当然,探索也有不同的结果。有的人在有意无意之间,毁坏了极有价值的事物,这是探索的悲剧。有的人花了九牛二虎之力,在迷宫中绕了许久,待到钻出来一看,脚印重重叠叠——原来人们早已来过,玩腻味了又走了,这是探索的喜剧。但更多的毕竟是探索的正剧：向着伟大目标的伟大进军。他们代代相传着马拉松的接力火炬,却似乎总也无缘点燃奥林匹斯山顶的圣火,然而,还是有人在跑,在跑……

至于从我身边纷纷掠过的这新一代探索者,说真的,我对他们有一种由衷的羡慕与钦佩之情。他们不迷信任何艺术图腾,他们是轻装上阵的一群,因而他们有极大的锐气与良好的自我感觉。回忆五十年代前后成长起来的一大批诗人,几乎没有一个不存在诗的个人崇拜的(*被崇拜的偶像,不用说,就是那人所共知的几个光辉名字*)。这使我们安于既然有了九斤老太,就只能凑合六斤或者三斤的命运。这是我们自己的过错,与被崇拜者无关。

北岛有一个引起聚讼的名句："我不相信！"我不认为这是狂妄,更不认为这是异端。我琢磨过,这,大概代表着一代青年从艺术到社会的共同心态,这是长期积郁于心灵猛然爆发出来的一声痛苦的呼号。我显然不可能达到如此的决绝与彻底。当我最清醒的一刹那,我似乎能从中憬悟到一点什么,可是,马上我又滑下去,一直滑进没有半点强制的"自我批判"。谁叫我是现实主义者呢？现实世界中,还有许多许多我不能割弃的东西啊！

有的同志可能要撇嘴了:你不觉得你在奉承青年人吗?

不对!我连政治上有权势的人物都从不曲意逢迎,何苦去讨好这帮不过和我一样,只会涂几句诗的小青年!

下面,我就要讲一些对他们当中的若干人也许是不中听的意见了,有三条:

一、自我。我充分理解(也完全同感)对"自我"的强烈向往其实是对过去的反拨。分歧在于:我认为,"自我"应该是一种能进得去也能出得来的东西,不是象牙塔,也不是牛角尖。经过心灵之砧的锻造,"自我"要成为一柄钥匙,再用以开启别人的心灵。也就是说,诗人的"自我"必须与读者的"自我"相沟通。存在着"自我"的诗歌,不是鲁滨孙的咏叹调,而是贝多芬的安魂曲。否则,这个"自我"就丧失了任何积极意义,与他人无关,与时代无关。

二、传统。在这个问题上,部分青年诗人开始了自我调整,谢冕同志对此做了概括:走向世界和回归东方。我举双手欢迎。不过,传统是一个巨大的体系,不仅仅等同于《周易》《道德经》,庄子以及某些神话、寓言和谣谚。要避免无意间的肢解,或者有意拿来做装饰。有人说,传统是河,也对;但我宁愿选择另外一个比喻:传统是血,是我们血管中奔流的血,源头在祖先身上,活力靠我们来体现。为此,我们应该爱护肝脏和造血细胞;咀嚼食物和吸收营养之后,也得尊重肝脏和造血细胞的功能。一句话,主要靠造血,而不是靠可能感染艾滋病的输血。

三、形式。像从前那样,一味强调政治内容,不谈艺术形式是有害的;虽然谈形式,却只说民族形式("民歌加古典"之类),也是偏颇的。然而,现在需要警惕的是,为形式而形式,倚仗形式来标榜自己,很可能把写诗变作了时装设计。从个别青年诗人的作品中,已经能明显地看出那因单纯形式模仿而带来的长而又长的外国影子,我以为这样不妥,既破坏了他们不搞个人崇拜的高洁形象,又妨碍"自我"的真正实现。

最后,还要申明一点,即在这部诗选中,有几首诗,我曾经公开谈过我的不同看法,现在我仍然坚持原来的观点,因为还没有人能够说服我。我想,这也是一种实事求是吧。

关于现实主义诗歌的对话

（喜爆声中，友人W君不期而至——此公也是当今的稀有动物，不和家人团聚，却领上公差大老远地出门——旧年除夕之夜，二人一通神聊，行云流水，倒也尽兴。）

客：在北京就听说你又病了一个多月，真的吗？唉，你这人就好病……

主：这叫什么话！只听说有好色的、好吃好喝的、好名好利好权势的，没听说还有好病的！我愿意病吗？

客：反正你趴下了，这是事实，人家都在学习老山英雄，你倒躲在这儿学习林妹妹，像话吗？

主：你开玩笑！说真的，在床上躺了这么久的确想过不少事儿。而且恰好想过林黛玉，想过她的《葬花词》……

客：好！那你老实交代！

主：交代？！这个词儿用得不错！要描写别人怎么想的，总免不了揣测，免不了想当然，只有交代自己怎么想的，最踏实、最自在了。好，现在我就开始交代。先说头一桩。我忽然发现，《葬花词》百分之五十是象征主义的作品，至少，不全是现实主义的作品。你看，通篇五十二句诗，说的基本上是落花，落花是一个象征。

客：那，依你这样分析，整部《红楼梦》不也就是在一块通灵宝玉上做文章吗？通灵宝玉也是象征。

主：对！正是这样。在现实主义的巨著《红楼梦》里，曹雪芹却用了不少象征主义的手法。当然，也还有浪漫主义的手法，比如，贾宝玉梦游太虚幻境。由此可见,我们的老祖宗在从事现实主义创作的工夫,并没有忘记动用一切可以动用的手段,他们不搞壁垒森严、非此即彼的那一套。毫无疑问,《红楼梦》在大的体系上是现实主义的,但是,这不妨碍它在许多小的体系上同时又是象征主义的和浪漫主义的。至于《聊斋志异》,就更不用说了,我认为,那是魔幻现实主义的杰作。魔幻现实主义不是打《百年孤独》里蹦出来的。问题是,我们总是先把一部伟大的古典作品描上些神圣的光环,然后摆进文学的殿堂里供奉起来,压根儿不敢考虑,可以不可以和应该不应该从中得到一点什么启发。等到外国人做了,我们倒大声惊呼,以为是空前的天才创举。这样画地为牢的事儿不少,诗歌方面也有。

客:那你倒是说一说,具体点儿。

主:比如,红色的太阳是现实主义,绿色的太阳是浪漫主义,黑色的太阳是象征主义,这就是一个例子。其实,一个有本事的现实主义诗人,如果他把太阳说成是绿色或者黑色的,说得逼真,说得令人信服,那么,在一定的条件之下,太阳又何尝不可以变成绿色的、黑色的!中国有句老话,叫作一切景语皆情语也,关键是诗人的情感、情绪。

客:主观世界。

主:是的。主观世界起很大作用。摹写生活,不过是现实主义的幼年时代。我们早就应该对它摆摆手,说一声"Goodbye"了。

客:不过,我甚至认为,即便在现实主义的幼年时代,就已经包含着象征主义和浪漫主义的成分了。

主:对了!你这话我赞成!象征,是个感情的符号。这个符号,有点像金本位货币里的金,可以"兑换"成各个民族、各个朝代、各个人的感情。凡诗皆象征;离开了象征,半点象征也没有,那就不成其为诗。同样,浪漫主义和现实主义也是分不开的,可以说是一对双胞胎。假如咱们面前摆着原始洞穴的壁画、远古人类的岩棺、西汉马王堆的殉葬文物,你能分辨得清楚,哪些是臆想,哪些是实虑吗?分辨不清楚!因此,又何苦去追求什么纯而又纯的现实主义诗歌！我对那些标榜自己是现实主义诗人，对浪漫主义、象征主义唯恐避之不及的言论和行动，实在是感到无法理解。难道这是划定国界吗？难道这是路线斗争吗？没必要嘛。

客：我也历来以为，只要大致有个流脉走向就行了，犯不着搞楚河汉界。实际上，拿象征主义和现实主义二者的关系来说，好比是一张底片，现实主义者连同背景材料，如同你说的那个艺术符号——象征——全要，可象征主义者却光是放大它一个局部，他只想突出那个艺术符号，而让背景材料隐身于幕后，如此而已。

主：何况，他也不是不要那个背景材料，他不过是不直接拿给你看，而要求你自己去琢磨罢了。现实主义作家也常常搞这一套把戏，只是层次不同、范围不同。搞清楚这种"你中有我，我中有你"的关系，可以去掉许多门户之见。你说呢？

客：有道理。打这儿再往前走一步，就接触到如今人人注目的现实主义诗歌与现代主义诗歌的关系问题了。关于这一方面，你在一个多月的"面板"——面对天花板——期间，都"悟"到了些什么？

主：广东人民出版社和上海文艺出版社要我为他们出版的《中国南方城市诗选》和《探索诗选》分别作序，催得很急，只得抱病赶任务。这样一来，倒迫使我认真做了一番清理。当然，我只是代表我，一个现实主义者，发表一点个人见解，而不是代表现实主义者全体。我无权那样做。我个人的想法大致包括两个方面：一方面是，接受挑战；另一方面是，以变应变。首先要申明，我说的"接受挑战"和前一阵子有人说的"扔白手套"不是一回事。"扔白手套"意味着决斗，拔出宝剑来，叮叮当当厮杀一阵，拼个你死我活。"接受挑战"却是竞赛，劳动竞赛。它的前提是：你活，我也活，而且彼此都想争取活得更好。你看，大不一样吧。现在，整个的新诗潮在向传统的现实主义诗歌挑战，不仅仅是现代主义一派，这是现实主义诗歌面临的最大现实。现实主义诗歌怎么办？害怕退缩吗？孬种！关上门充老子吗？阿Q！请求行政保护吗？

更下流！……

客：停停！停停！你这里说的"请求行政保护"是什么意思？对自己而言，是保护，那么对另一方而言，就是干预喽？这样理解对不对？我记得，两年前，似乎有过这么一回……

主：怎么理解，随你的便。反正我并没有说"请求行政干预"。哈哈！我的意思是说，这几种态度都不对，唯一正确的态度应该是：以变应变。变，不是被动的防御措施，而是发展的内在要求。艺术思想要变，不可以再抱残守缺了；艺术观念要变，不可以再急功近利了；艺术手法要变，不可以再陈陈相因了。总之，从思维方式到表现方式，都要变。自然也有不变的，入世的、积极的、对生活做出直接评价的态度不能变；关心人民的疾苦，关心时代的趋向，不能变，变了就不成其为现实主义了。至于第二个"变"字，好理解，那是指变化了的客观形势：新问题、新标准、新领域。

客：高见，高见，既有利于振兴诗歌，又有利于促进团结。

主：不敢。由此，我还做了一点反省。我寻思，大概是现实主义诗人们当中有许多是共产党员吧，说起话来，自觉不自觉的，总有那么一点"领导一切"的味儿，总要在文学艺术问题上也拿一拿"执政党"的身架。就以"朦胧诗"来说吧，动不动就是"允许他们存在"！你别笑！这还算最开明、最费厄泼赖（Fair Play）的哩！在下就是一个！一年多来，我已经做过好几次公开检讨了，有机会我还要正式写成文章，第一，向一切非现实主义诗歌作者道歉；第二，以后绝不再说这种居高临下的话了。在缪斯面前，大家一律平等！

客：平等、民主、自由……都是人道主义的重要内容。文艺界种种不平等现象之所以屡屡发生，也许和我们长期以来的反人道主义思潮有关……

主：今儿晚上不谈人道主义，只说现实主义。其实，现实主义诗歌的毛病多得很，又岂仅是一个缺乏平等待人的态度！你难道没有看见吗？有一种所谓现实主义者，他们缺乏的恰恰正是"现实"！于是，在我们中国，就出现了一种没有现实的现实主义诗歌。"大跃进"时期，是这种诗歌的第一个高峰,到了"文化大革命",更是进入了它的全盛(也是全衰)时代。说句粗话,它,就像太监一样,模样儿像男人,却没有男人的活力,而且本质上是既嫉恨男人又嫉恨女人的,既嫉恨真正的现实主义又嫉恨包括现代主义在内的一切非现实主义。

客:话虽然"损"一点,它可也就是太监。依我看,如今也没有完全绝种。他们只能比着葫芦画葫芦,连比着葫芦画瓢都不会!

主:说得好!可这又带出来一个"千人一面"的问题。"千人一面",在批"四人帮"的那会儿批过,可并没有批透。你试着闭上眼睛想想吧,假如你去看戏,进了剧场一看,哎呀,台上台下,前后左右,竟都是一个脸盘子!肉头肉脑的,没有胡子的太监!你能不吓掉魂儿吗?这会儿你不但会产生"你是谁"的问题,甚而至于会产生"我是谁"的问题,因为,你会怀疑自己是不是也是肉头肉脑、没有胡子了!

客:我明白了,怨不得许多青年诗人提出来"回到自我",原来是对"千人一面"的不满啊!

主:正是这样。青年诗人瞧不起这一号的现实主义诗歌,你能说人家没有道理吗?当然,如果因为有了稗子,就把一碗饭都倒掉,那也不对。饭还是可以吃的,把稗子挑掉就是了。有些现代主义诗人干脆不吃饭,光喝啤酒,那到底不是个事儿。你说呢?

客:这,多半和他们轻视传统有关。

主:说他们完全轻视传统也未必,眼下有的现代主义诗人不是正在钻研八卦吗?你不能不承认,八卦也是传统的一部分。我猜想,这种选择,可能和选择者的反儒思想有关。但是,儒家体系中固然有很多坏东西,道家就不用批判继承么?看看中国历史上的道君皇帝们,他们都干了些什么,也就清楚了。话扯远了,还是回到现实主义诗歌上来吧。我觉得,中国诗歌中的忧患意识倒是一个值得好好研究的课题。打《离骚》开始,一直到晚清的龚自珍,这一份遗产,值得所有的中国诗人,首先是现实主义诗人认真总结。要说传统，这才是真正的宝贵传统，它的基本倾向是不能批判的。这是现实主义诗歌的命根子。

客：的确是这样，要说传统，忧患意识才是中国诗歌的真正传统，这远比那些审美趣味的形式上的、技巧上的传统重要得多。忧患意识是中国诗歌的灵魂，一首充满忧患意识的诗，多么令人激动，同时令人沉思啊……

主："朱门酒肉臭，路有冻死骨。"两千年了，有谁能超过老杜，把人世不平、社会不义概括得这样好？没有！这是绝唱！不过十个字，既是生动的形象，又是深刻的议论……

客：说起议论，你注意到没有？最近，有几位诗评家一直在嘲笑现实主义诗歌发议论……

主：我也反对在诗歌当中干巴巴地发议论，但是我并不一概反对发议论。议论是哲学。和哲学始终是两张皮的美学又算什么美学！适当地、巧妙地发一点议论，我以为这正是现实主义诗歌的一大优势，不能抛弃这一优势。然而，要掌握火候，掌握分寸。

客：我对你刚才说的"议论是哲学"颇感兴趣，你能详细谈谈么？

主：这个不用我来啰唆。我可以请权威来帮忙，我刚刚读完《拉法格文论集》，你看，第一五七页与一五八页之间，你念念这一段话。

客："哲学是人的特点，是人的精神上的快乐。不发表哲学议论的作家不过是一个工匠而已。"好！精彩！

主：当然，也要注意，不能为了不当工匠式的作家，就挤进别人的队伍中去当一名三流哲学家。

客：而且我还认为，发议论，也是诗人、作家有社会责任感的表现……报纸上不是一直在宣传社会责任感吗？

主：不不不，这一点，我可不能同意你。我不喜欢这个词儿。我觉得这太活泛，弹性系数太大，随便怎么解释都行。一方面，它叫人怀疑：敢情是换汤不换药的"为政治服务"哇？另一方面，它又可能闹出这样一种笑话：你认为自己在正经八百地履行社会责任,人家兴许倒说你在搞资产阶级自由化哩。可不可以换一个词儿来代替它,比较稳定的词儿,比如,历史责任感?历史的主体是人民,对历史负责,当然就是对人民负责。而历史是过去的现实,现实又是未来的历史,因此,对历史负责也就意味着对现实负责。我想,只有这样,才能避免重蹈郭小川写《望星空》的覆辙,才能不至于跟上满版胡说八道的报纸去歌唱什么"水稻亩产三万斤,红薯亩产十五万斤",去赞美什么"人人赛李白,诗歌论斤约"。

客:话是这么说,可是,假如,假如……

主:我明白你的"假如",假如来了你的这个"假如",我们不会离它远点儿!

客:你挖苦别人的没有现实的现实主义,可你自己又主张离现实远点儿的现实主义,喊!您哪(我注意到,W君在这儿忽然用了一个"您"字)!

主:不对!这是两码事!一个是自愿的,一个是被迫的。不一样!

客:我承认,它们是两码事,可你也应该承认出发点虽然不同,可结局相同。

主:呃……这个么……我看仍旧是现实主义,超现实主义嘛。你不知道?现在有人说,超现实主义其实应该叫作最现实主义。

(客人宽宏大量地笑了,并且立刻转移了话题。于是,我以滔滔不绝始,以词穷语塞终,真是憨态可掬,连自己也喷饭;如今默写出来,聊博读者诸君一哂。)

丙寅年(1986年)春节写于病中　合肥

不拘一格的现实主义

——浅谈萧马的中篇小说

首先,应当向文艺理论研究室的全体同志致以衷心的感谢。萧马同志一连写出了三部好的中篇小说,这是我们安徽文学院的光荣。按理说,今天这个会议该由文学院主持,至少,也该由两家联合召开。可惜,由于存在着一时难以克服的困难,未能实现,很是遗憾。借着这个机会,我向作家萧马同志表示十二万分的抱歉,同时,也向从首都、从全省各地前来参加讨论的专家同志们表示热烈的欢迎。

《钢锉将军》我前后读过三遍,《纸铐》和《晚宴》则是第一次读到。不知道是不是这种区别造成了一个印象,我觉得,相比较下来,以《钢锉将军》居首位。当然,《纸铐》和《晚宴》也有它们各自的优胜之处。

我最欣赏的是,《钢锉将军》着重描写了"空气"。的确,最可怕,也最可恨的正是这种政治"空气"。这种"空气"弥漫于我们的上下左右,它对我们的社会是一种腐蚀剂。我们不妨考察一下"左"倾机会主义从萌生到盘根错节的全过程。我们的国家,我们的民族,我们的党,都遭受了"左"倾机会主义的戕害,迄今积重难返。特别奇怪的是,大量百分之百右的东西,包括目前四下流行、四下蔓延的不正之风,包括某些丧失国格、有辱国体的恶劣行径,竟往往是在"左"的旗号下明目张胆地干出来的。打引号的左和真正的右原来是一件"双面绣",骨子里是一回事。因此,把它们看透了,又一点都不奇怪。我认为,这就是使得萧马同志忧心忡忡的所谓"空气"。钢锉将军李力,作品的主人公,革命的时代英雄,他的对手正是这种"空气"。空气是无形的,你只能感觉到它,却打不倒它。因此,李力成了悲剧人物。整篇小说围绕着垂死者的病床展开和推进,直到死神来临,充满了揪心的悲壮感。

李力在新中国成立前曾在大学领导过学生运动,是一个有知识的开放型的老干部,他的不幸,归根到底是碰上了一条仇视知识、仇视知识分子的"路线",因此,他的毕生奋斗,只得以失败而告终。然而,现实又告诉我们,必须有千万个李力式的干部,特别是领导干部,振兴中华的历史任务才有实现的可能。我们的报纸,我们的广播,不都在大声疾呼地宣扬革命理想吗?不都在全力表彰那些敢于坚持实事求是、敢于坚持实践是检验真理的唯一标准的优秀共产党员吗?李力正是这样,尽管他是一个虚构的艺术作品中的形象,他的方向却代表着历史的方向。从这一点看,作品的思想内涵是非常深刻的。第一个明白无误地正面提出"空气"的命题,第一个有胆有识地正面控诉"空气"的罪恶,这就是《钢锉将军》的贡献。

说到这里,我想顺便提一个疑问:为什么在全国预选中没有任何争议的《钢锉将军》会在中篇小说正式评奖中落选?我很纳闷。以我的认识去判断,我觉得它应该名列前茅,因为它完成了一个充满党性原则的主题,它浓缩了三十年的风风雨雨,它创造了有血有肉而又堪称楷模的人民之子,最后还应当补充并非不重要的一句话:这一切,都是艺术地实现的。

下面,我打算对这三部中篇小说的共同的创作方法,发表一点个人的见解。我发现,萧马同志遵循的是一种不拘一格的现实主义,仔细研究一下这种不拘一格的现实主义,很有益处,很值得借鉴。事实上,至少《钢锉将军》和《纸铐》里渗透着象征主义的手法,你看,钢锉不是象征吗?包钢锉的软布不是象征吗?纸铐不是象征吗?石母峰不是象征吗?都是象征,就像《红楼梦》里那块通灵宝玉一样,都是一种可以意会,难以言传的东西。不仅如此,三部中篇当中还都使用了生活流、意识流手法,甚至使用了荒诞派的手法,比如《晚宴》中的那个录音机。那个录音机,实在具有表面类似闹剧、类似冷嘲,实际上却极端严峻的意味。

三部作品在艺术上的探索,都令人深思。我是坚持现实主义的,然而我又坚决反对封闭,我愿意吸收各个流派之长,滋补我的血液。可是,我的躯干,我的脊椎,还是现实主义。也许因为这个相似的立场,我特别赞赏萧马同志的努力。我个人认为,只有这种现实主义的创作方法,才足以充分表现和描绘我们伟大的、丰富的、激烈的斗争生活。我希望萧马同志沿着这条道路走下去,创作出更多的无愧于作家良心的作品来。在这条道路上,我将虚心向他学习。

最后,说一点不足。我看,萧马同志今后似乎应该在语言的个性化上更下一点功夫。举一个例子,《纸铐》里的"豆腐西施",她说的话就和她的教养、经历、出身不大吻合,太书卷气了。如今有一种理论,提倡作家表现自我,一篇小说中,不管有多少个人物,也不管这些人物彼此之间是多么的不相同,都可以用一个腔调——作家本人的语言——说话。我觉得,这种理论是有害的:第一,它违背生活的真实;第二,它妨碍读者的正常接受心理;第三,它削弱了艺术的多样性。总之一句话,它和现实主义的基本要素是绝对对立的——当然,假定作家不是采取别的创作方法的话。老实说,即使采取非现实主义的创作方法,是不是就必须这样表现自我?我也是持怀疑态度的。

《晚宴》基本上采用了上海方言,几个保姆的对话,就写得相当活,不但有地域特色,还有职业特色,虽然这一点成功并不曾给作品增添非凡的魅力,却是值得萧马同志总结的。

1986 年 3 月　合肥

---

* 这篇文章是 1986 年 3 月上旬在一次讨论会上的发言记录稿。

这个"红芋"确实烫手

——序梁如云同志诗集《爱之海》

梁如云同志即将出版他的一部诗集,嘱我写一篇序,这叫我颇费踌躇。不是他的作品写得不好——除了在《诗刊》发表,又在一九七九年全国中青年诗人优秀新诗评奖中获奖的《湘江夜》外,还可以列举《一首没写完的诗》《河两岸的小树》《醉翁亭》《淮上柳烟》《云》等等不少篇章,都值得向读者推荐——而是我不喜欢走公式化的老路,不喜欢甲、乙、丙、丁地罗列一番;粗看似乎面面俱到,巨细不漏,实则蜻蜓点水,浮光掠影。于是我想,与其那样,何如扎扎实实集中谈一首诗,也许还能稍稍深入一些。如云同志是一根直肠子的淮北汉子,想必不会生出些曲曲弯弯的心思吧。

我打算着重分析一下叙事诗《一个烫手的红芋》。就诗论诗,这个"红芋"也确实烫手。

叙事诗难写,小叙事诗尤其难写。为什么人人都这样喟叹呢?我考虑,焦点恐怕正在一个"事"字上。要求用诗歌的手段来交代一件事情的全过程,做到有头有尾,纤毫毕露,当然像是在"哪壶不开提哪壶"地捉弄人,应该承认,叙事,正是小说之所长、诗歌之所短。然而,诗歌一定与叙事无缘么?答案又是斩钉截铁的否。古今中外,产生过多少精彩的叙事诗作!仅以我们自己的名著为例,难道不正是通过叙事诗,我们才得以赞赏采桑女子罗敷的美丽与忠贞,我们才得以衡量商人妇和江州司马的眼泪之哲学价值,我们才得以引王贵与李香香为可爱的同志吗?不过,在这些万人传诵、流布四方的名篇佳作中,放射着艺术魅力的热核并不是"事",而是"情"。这倒真是一个值得探索的秘密。我们不妨大胆宣布由此得出的结论:作为艺术品的叙事诗,她的寿夭是和诗人感情之真伪厚薄醇淡成正比的。我觉得,还可以进一步推导出另外一个结论:写作叙事诗近乎写意派绘画。比如画龙,在高明的画家笔下,实则不屑于一片一片地排列上所有的鳞甲,而大可以烟云浩渺,神龙见首不见尾,四只爪子露出一只也就足矣。如果说,叙事诗是树碑立传,也是经过作者严格筛选的几个镜头,绝非像劣等墓志铭似的铺排唠叨,弄出一篇生平行状起居注来,把最能说明问题的特点淹没在废话的汪洋大海中。

如云的这首小叙事诗《一个烫手的红芋》,端的是正确运用了上述两条基本经验的一个成功创造。特别是因为它"小",尤其值得称道。

在这首仅有四十行的诗中,出现了父亲、母亲、祖母和妻子,连同诗人自己,一共五个人物。未免太多了吧?然而,诗人布下了同时又超脱了这种险局,而把笔力不走神不分心地引导于、倾注于一位"不知道姓氏地址"的老妇人——诗的主人公。为了分享诗人劳动的喜悦,我以为,有必要做一点较细致的剖析。首先,让我们检查它的铺垫。开宗明义,点出"儿时的我怕/饥饿",六十年代初困难时期的阴影,立刻被推到了台前;接下去写无能为力的父亲,只用了一个词:"叹息",十分节约。再转而写母亲,又是一个词:"眼泪"。当然,必须指出,作者并不粗心大意,他注视到了,母亲较之父亲还有更温柔的一面,顺势便强调她只是反反复复地说一句哄劝小儿的话:"人是一盘磨/睡倒就不饿",仅仅一笔,一个揪心的形象便跃然纸上。只要认真考察这一点细微的区别,我们自然会懂得,什么叫作"惜墨如金",也不难明白,怎样才能恰到好处地掌握所谓的分寸感。主人公是悄悄地上场的:

　　一只颤抖的手
　　叠叠皱皮
　　包着瘦棱棱的骨头
　　塞给我一个烫手的红芋
　　　不容推让地

我看见一双浑浊的眼睛

盯着我吞下去

又用那只脏手

  也许本就是灰褐色的

抹去眼角的泪

诗人(我)和这位贫苦而仁慈的老妇人"从来没说过一句话","语言有时是多余的"！我们已经了解,诗人是由于逃避饥饿的折磨去到书场的,那么,也就不言自明了。"一老一小/贴得那么紧/为古人叹息"。原来古人也受着饥饿之类的魔鬼的折磨啊……然而,"每到黄昏/她从怀里掏出/带着体温的红芋/不容推让地塞给我",在这儿,仿佛是漫不经心地从闲话中带出来了红芋(这个宝贵的活命的粮食)。为何"烫手"的答案:真正烫手的是善良人的体温、善良人的心哪！

诗人没有忘记交代自己,天真、单纯,充满孩子式的稚气,"有时我给她拾根/着火的烟屁股/她笑得很难看/眼角总带着泪",这样的描写又是何等恰如其分,朴实动人！试换上一堆感激的言辞或动作,反而会觉着矫情了。

下面,紧接着来了一个大跨度的跳跃,尽管再也不害怕饥饿了,有了温暖牢固的家庭、饭菜丰盛的餐桌、妻子精心的烹调,"我的心总会飞到童年",飞到"书场暗淡的角落",飞回那以红芋作为象征的"艰涩的记忆"。诗人忍不住大声呼唤了:"我要报答她！"今天她在何处？于是——

我梦见她没有墓碑的坟地

许多饥饿的小草在发芽

还开着花

红芋秧上的喇叭花儿

真是神来之笔！在老妇人的坟前，连发芽的小草都是饥饿的！这一个形象，呼应了开篇的"自我"，而且，形象还在延伸、变化，小草开花了，开的竟是红芋秧上的喇叭花儿！这一个形象，又呼应了对老妇人的歌颂。有人至今仍然不相信、不理解诗的"灵感"，如云同志的这四行诗，不就是典型的饱满而生动的灵感么？

诗人写到这里，犹有未尽，笔锋一转，索性发开了"议论"：

> 她的心灵一定是天上
> 　　最美最美的星星
> 每天晚上
> 我都在星空寻找
> 那眼角的泪

众所周知，一首诗，破题固然重要，结句更加重要。像《一个烫手的红芋》这样收束全诗，就很出色，余音袅袅，哀思绵绵。我相信，读者当和我一样，会终于发现这"泪"，其实不用向星空"去寻找"，它正挂在自己的眼角！

1986 年 3 月 15 日　急就于合肥

火热的诗心
——在首届"华夏诗歌大奖"颁奖大会上的即席讲话

在今天这个盛会上,作为《华夏诗报》首届诗歌大奖的获奖者之一,作为全体获奖诗人的发言人,我感到荣幸。感谢编者同志们和读者同志们的信任与鼓励,使得我们在各人的创作生涯中,又增添了一块新的路标。

《华夏诗报》创刊至今,已经一周年了。这一年,对《华夏诗报》来说,是艰苦奋斗的一年,是开创局面的一年,也是初步成功的一年。我衷心祝愿《华夏诗报》越办越好,祝愿将来有更多的人来共同庆祝《华夏诗报》的五周年、十周年和五十周年。

据我了解,像《华夏诗报》这样,没有一个正式编制,仅仅依靠广东地方的、军队的一些诗人的义务劳动支持并且开展业务的诗歌大报,全国似乎也是仅此一家。这些广东地方和军队的诗人,他们既没有祖上遗产,又不是豪门子弟,他们凭借的仅仅是一颗心,一颗忠诚于社会主义文学事业,热爱新诗的心。就凭这颗心,他们人人都创作了一首好诗,这首诗有一个共同的题目,那就是《华夏诗报》。我相信,他们所从事的工作,必将载入中国新诗运动的史册。

因为现在举行的是颁奖仪式,我不妨就评奖问题发几句议论。我认为,评奖是从增加数量和提高质量两个方面去繁荣社会主义精神文明的重要手段之一。它的宗旨应该是鼓励竞赛,提倡创新,保证真正的创作自由,实现真正的百花齐放;应服务于我们国家经济体制改革,坚持对外开放,对内搞活,以及调整整个逐渐与经济基础不相适应的上层建筑。它的意义是十分重大的。

大家知道，在欧美、日本，有许多刊物、报纸、出版社和学术团体都设有自己的专项奖，其中，有一些甚至吸引了全世界的目光。它以自己的严肃性，给自己树立了权威(尽管这种资本主义社会的权威也许是可以争议的)。这在人们心目中的分量远远超过了政府机构的重奖。读书界信赖它，诗人、作家和艺术家都以能获得这样的奖励为毕生光荣。事实也的确是这样，任何一项评奖，不管它的层次有多么高，如果一旦丧失了实事求是的精神，也就是科学与民主的精神，那么，它就不但不能造成积极的社会效益，势必相反，只能造成消极的社会影响。而且，第一枚灾难性的苦果将是：败坏了自己的名声，把本来的一件好事搞成了一桩丑闻。我热切地希望《华夏诗报》今后能坚持一年一度的公开的对历史负责的评奖活动，最后力争做到和世界知名的大奖一样，把这项活动变成人人心向往之的诗坛盛举。顺便还不妨提到，《华夏诗报》的主编们和副主编们，本人都是南国诗坛上的重要诗人，然而，他们全体不介入这次评奖，表现了动人的高姿态和高风格；同时，对于参加编辑部工作的年轻一辈，他们又一致不避嫌疑，奖掖后进，举荐新秀，同样表现了动人的高姿态和高风格，这是值得称赞的。

在明年的《华夏诗报》诗歌大奖评比当中，我固然愿意再拿一个名次，但是，同时我又非常愿意被青年诗友们所淘汰。只有彻底排除一切干扰，认真恪守"择优录取"的原则，才能充分实现公正、合理和机会均等，才不至于扼杀看上去似乎还没有离开摇篮的未来的大诗人。

我就谈到这里，谢谢各位。

1986 年 5 月 15 日　广州

关于西部诗歌的现状与前景

——给《绿风》诗刊编辑部的一封信

【《绿风》编者按】

这封信请西部诸诗友认真一读。

公刘,堪称"笃公刘",历为西部诗人之良师益友,甚至可谓呼吸、命运与共者。这封信,公刘更以诤友的身份、艺术的卓识、历史的眼光,对西部诗的现状与前景及进程中的种种要端提出了卓有裨益的建议,一番情怀,灼灼感人。

我们需要这样的诤友。我们需要这样的批评。

文学,是严肃的事业,它真诚地欢迎一切有益的营养和滋补。大西北的辽阔和广袤尤其应这样。曲折和坎坷不可避免。即使对于缺少善意的责难,也应如公刘同志所说,"择其善者而从之"——"一个不是赌气而是争气的诗人,甚至可以从讥讪和攻讦中获得出乎讥讪者、攻讦者意料的某种憬悟"。

向公刘同志深深致意。

奋发,努力,西部诗坛的朋友们!

《绿风》诸风神:

十分赞赏你们的劳绩,每一期刊物我都仔细读了,总的说来,印象是美好的。我认为,石河子的《绿风》和乌鲁木齐的《中国西部文学》与生产建设兵团的《绿洲》,都不愧为西部诗歌流派的重要基础。希望你们全体继续高举这一旗帜,集合和扩充自己的队伍,改良和完善自己的装备,夺取新的制高点。

关于西部诗歌,我曾写过两篇文章。一篇是一九八八年在石河子"绿风诗会"上的发言记录的整理稿,谈的是新边塞诗,由于当时的特殊情况,这篇东西在新疆无法发表，只好刊登在《甘肃日报》上。感谢你们和全疆诗歌界的艰苦奋斗，终于使得局面有所松动。一九八四年，我又应新疆人民出版社之约，为他们编印的一套新诗丛作了总序，鼓吹了开拓精神。我想，一个边塞，一个开拓，二者之积而不是二者之和，大致就可以概括西部诗歌的基本特点、基本优势和基本趋向了。

《绿风》创刊以来，团结了一大批以开创中国西部诗歌流派为己任的诗人，声誉日隆，成就之可观是有目共睹的。因此，我在这封信里，就不打算开列一份清单报喜，我相信，凡是成了口碑的业绩，都必将为历史所承认。

我历来是诸位的诤友，诤友是真正的朋友。所以，我现在专门要数一数西部诗歌的弱点。我想，或许对你们进一步推动工作、加强团结、繁荣创作会有所裨益。

首先，我觉得，在整个队伍的心理状态方面，当务之急是一方面要排除某些"再也无所作为"的踯躅情绪，一方面又要排除某些踌躇满志的浮躁情绪。心理上踯躅的不妨进入深思，过度亢奋的则需要适当地加以抑制，总之是要冷静下来。一句话，西部诗歌有必要进行一次全面的"淬火"，以期百炼成钢；在这个过程中，认真听取各个兄弟流派的意见，做出符合实际的选择是必要的。这样做，绝不意味着偃旗息鼓，正相反，是为再一次的波浪式的出击做好思想的、艺术的、组织的准备。这是战略性的调整。

其次，经过几年的创作实践，边塞似已有余，开拓则嫌不足了。为此，我要向你们提出一个建议：千万不要总是在沙漠、戈壁、雪山、冰川、驼队、马群、死海、潜河、古堡、废墟，乃至于红柳和芨芨草上原地踏步。要坚决避免彼此雷同和自我雷同。编辑部要在稿件的选择中体现正确的引导。我越来越强烈地感到：前一段的西部诗歌已过于偏重于自然，偏重于人与自然的关系的描写，而忽略了社会，忽略了人际关系的探测。我想，诗人的目光理应专注于人的命运、灵与肉的冲突、精神世界的升华……不论是从自然切入，或者是从社会切入，最后都必须归于人的本体。只有在西部条件下的人和人们的生活

(包括内心生活),才是西部诗歌的中心抒情主题(叙事也离不开抒情)。

第三,似乎有一种有害于西部诗歌的倾向,正在隐隐地萌发和滋长,那就是:玄。诚然,玄而又玄,众妙之门,这本来是我们古老东方传统的一种深邃而崇高的哲理境界。写作这类"玄"诗的作者,可能有他自己的追求。不过,恕我不客气地说,有的诗乍看高深莫测,实际混沌一团,像这样的诗就不能认为有真正的价值了。据我的理解,哲理哲理,哪怕是相当艰深的哲理,也毕竟是一种道理,也应当被人理解(接受不接受是另外一回事)。我希望看到:从繁复的具象中做出平易的抽象,唯有这样的哲理,才能掌握人心。

我相信,假如你们在西部生活的海洋中"沉"得更深更久,在西部历史的海洋中"沉"得更深更久,在西部开拓者心灵的海洋中"沉"得更深更久,你们必定能寻找到那无数被"平凡"和"琐屑"之积淀所掩盖着的珍珠,奉献出来,使之在中国诗坛上大放异彩。

在这一似乎是颇为寂寞而又漫长的过程当中,希望你们一定要拒绝外界的廉价诱惑,争相去写那些凡是有眼睛的人都能看得到的东西。好比作画,要画风骨,要画神韵,而不要画皮毛。不如此,又何以称得上独具慧眼?

对于种种批评意见,也要采取实事求是的态度,择其善者而从之。一个不是赌气而是争气的诗人,甚至可以从讥讪和攻讦中获得出乎讥讪者、攻讦者意料的某种憬悟。

西部诗歌也许有曲折,有坎坷,但前景是光明的,我为你们喊"加油"!

上述浅见,不知你们意见如何?杨牧同志嘱我为《绿风》写诗,而且申明题材内容不限。可是,我一则最近写的几乎全是海洋,和你们的主旋律太不谐调,不宜干扰;二则我始终在做那个被打断了的南疆之行的美梦——如果有朝一日,好梦能圆,我也许能取得某一种资格,在西部诗歌的流派中"客串"一番。让我保存这个梦吧,请诸位帮助我把这个梦变为现实吧。

致以

战友的敬礼!

公刘

1986 年 5 月 23 日　珠海特区

顾后瞻前

我曾经是一名老兵。不幸,在一场灾难性的政治风暴中,丧失了绿色的生命和红色的星光。直到一九七九年,才补发给我一份转业军人证,里面填写的离队时间是一九五八年,然而贴的照片却是一个败了顶的老头子的图像。

这当然是一出悲剧,而且不仅仅是我个人的悲剧。

我由衷地祈望,这样的悲剧今后永远不要重演;我热切地祝福,新崛起的年轻的部队诗人们将享有和我完全不同的命运——即便血洒疆场,也不会被自家人割断歌喉。

我感到,近年的军旅诗歌,较之五十年代,有了根本性的质的飞跃。一颗又一颗星星升起于堑壕。特别令人欣慰的是,他们尽管都反射着太阳的光芒,但他们经过彼此不同的"过滤",各自光谱上的色调开始明显地呈现着相互差异的层次和侧面。这,绝对符合多元化的时代潮流。这是包括军旅诗歌在内的中国新诗,走向世界、走向未来的通行证。

回忆过去,我,或者还不妨扩而大之,我们那一茬,作品大抵都失之于平面和肤浅,并且无一例外地涂了彩釉,几乎没有机会去认真接触和解剖作为一个"人"的军人的灵魂。平心而论,之所以如此,倒也不全是由于我们的无能,客观的局限的确难以突破。如今不同了,人民走向成熟,历史对文学艺术的种种探索露出了仁慈的微笑。我羡慕大家,但我不后悔早出生了三十年。也许,这三十年正是必须支付的代价。我只有一个愉快的信念:肯定有诗歌的帅才从行伍之中脱颖而出。

当然，就我平日读过的描写军人的篇章而言，并非毫无感触。限于篇幅关系，在这里只能笼统提及一二，主要是谈局部的不足和偶有露头的隐忧，因为成绩是有目共睹的。

第一，千万不要看轻了生活。生活是诗歌之源，这句话绝非因为是什么大人物说过才成为真理的。因此，我们不可以在倒洗澡水的同时，将澡盆里的孩子也一块儿倒掉。依我看，某些少数描写军旅生活的诗歌，恰恰欠缺军旅生活。它不过是所谓纯粹主观世界的无限自我膨胀，以及若干辞藻花样翻新的排列组合，其结果是既败坏了诗，又败坏了军队。请牢记，生活是一泓圣洁的甘泉，拒绝啜饮，再娇艳的花朵也势必枯萎。

第二，还是应该强调一切为了人民的主导思想。我丝毫也不反对空灵、反对超脱，我的意思是说，空灵也罢，超脱也罢，本来都是有针对性的；要求空灵和超脱，是为了彻底扫除长时期以来统治乃至奴役新诗的庸俗社会学观点。这种庸俗是借革命的名义发号施令的。然而，假如斗争过了头，也会造成违背艺术辩证法的谬误。事实上，坚实的思想基础如同燧石，那稍纵即逝的灵感和豁然开朗的顿悟，正是诗人敏感的心在受到外界的强刺激之后产生的激情与固有的思想猛烈撞击而爆发的火花。抛弃思想，一味地追求空灵与超脱，其不现实无异于缘木求鱼。

第三，诗是婴儿，而婴儿总是带着血污来到世上的。对军旅诗而言，这个特征尤其鲜明。因此，我为那些把战争和牺牲写得如同小夜曲一般柔曼幽美的"诗"感到悲哀，我为那些把用迷彩服包裹着的普通血肉之躯写得了无人间烟火气的"诗"感到羞耻。诗人必须直面人生，而人生总不免不同程度地夹杂着形形色色的"肮脏"。无论对于个人或者集体，都不能造神。我们纵使当不了诗人，也不能去当撒谎的人。

这些，我自信不是僵化者的唾沫，而是老兵的一腔热血。

我离开部队已久，虽说一九七九年去过云南前线三个月，毕竟要承认，因人民解放军这一英雄称号而萌发的灼热感觉只能和我逝去了的青春联系在一起。我明白,八十年代的指挥员和战斗员,许多方面早已优胜于他们的父兄了。因之,近年来我写的一点有关军队的诗(**典型的例证是《献给长成的情歌》**)实质上仅仅是某种深沉而又遥远的回声。我倒不是害怕献丑,我担心的是因为自己的无知而误伤了人民军队的光辉形象。

归根结底,我在期待着涌现出更多的真正体现现代战争、现代军队、现代人、现代素质和现代意识的好诗。

1986 年 5 月 24 日　广州

《跨越代沟》小序

作诗固然难，论诗也不易。汗牛充栋的历代"诗话"当中，立论精当者令人拍案叫绝，千载之下被后代引为知音；执着偏颇者令人扼腕不已，想不通何以会得出如此观感；至于那些等而下之，出洋相、闹笑话的，就只能成为人们茶余饭后讥笑嘲骂的对象了。我以为，这样三种不同的结局，实在是公允合理的；种瓜得瓜，种豆得豆，种蒺藜的就活该得藜藜。

平日间，我自己爱写诗，因此也爱读别人写的诗。同样，我自己也爱发一点议论，因此也爱读别人发的议论。相比较下来，我更喜欢读那些诗人写的诗歌理论和诗歌评论。这也许是一种偏爱，所幸，我依然拜读理论专家们、权威们的大块文章，只要你说得对，我也一概赞扬，由是而并未形成偏废。我之所以更喜欢前者，理由也很简单：他们有实践的感受，酸甜苦辣，辨得分明，说得痛切。这正是所谓有识。假若还能做到摒弃四平八稳，面面俱到的"正确"胜券，而宁愿选择锋芒毕露、一针见血的风险道路，那就是所谓有胆，在下就尤其钦佩了。

无可讳言，由于人所共知的原因，有胆有识的诗歌理论文章和诗歌评论文章并不多见，因此引起了青年同志们的强烈不满。偶有一篇，就必然聚讼纷纭，多数的普通读者倾注着极大的兴趣，少数的不普通读者或者自认为不普通读者却投以斜视的目光。

即使是改革开放的这些年，上述现象，对我们也并不陌生。

而且，这一个"无可讳言"又带来了另一个"无可讳言"，即到底什么诗算为好诗？好诗的标准是什么？有没有大致都可以接受的共同的标准？一系列问题,迄今似乎还在争论之中。也就是说,迄今依旧是一片混沌,有待澄清。

今年五月份,在由《华夏诗报》担任东道主的第二届全国诗刊诗报协作会上,蒙莅临会议的"各路诸侯"不弃,要我对他们各家的出版物一一评点之余,顺便谈一谈个人对于何谓好诗的意见。我虽惶恐,但不敢拂逆,只得遵命。

我是这么理解的,一首好诗,应该具备五条:一、有骨头,独行其是;二、有脑袋,独立思考;三、有灵气,独具慧眼;四、有创造,独自开拓;五、有个性,独家色彩。这五条是缺一不可的,否则,便得不到满分。无疑,这是一个严格的标准,大诗人也未必每一首都能达到。因之,与其绝对化,不如相对化,我们在取舍品评中毋宁采取比较级,而不要(事实上也不能)坚持最高级。然而,必须说明的是,比较是有界限的,不应当模糊了甚至泯灭了各个层次上的比较与最高觇标的远近不同的距离感。

以上,便是我的答复——一家之言。

感谢安徽文艺出版社的美意,嘱我将十一届三中全会以来写的部分推荐新人的评论文章,整理汇集,并且配上他们的某一篇或者若干篇佳作,印一个小册子,目的在于帮助广大的诗歌爱好者得到一点参考。

于是,我挑选了十篇,另外,把被评论对象的有关作品(不一定是代表作)搜罗了十九首,作为附录,供阅读时对照,点头摇头,悉听尊便。

我的挑选是有自己的原则的。专题研究不收,札记随笔也不收;被评者当时便成了名的不收,虽然当时尚未成名,但纯属为他或他们的一个诗集而写的序文也不收。举个例说,《新的课题》发表时,诗坛还似乎不了解顾城同志何许人也;再举个例说,《田野音乐会上的歌手》完稿之际,正当陈所巨同志面临困惑,需要有人给他鼓励,争取新的突破之日。同时,我写这些文章,虽然笔下只谈一个,心中往往却是一群。《新的课题》绝不是为了替一个青年诗人顾城同志开路,而是要求解放一大批诗的生产力;同样,《田野音乐会上的歌手》也不仅仅是为陈所巨同志呼吁,而是意在为整个儿的农村题材,农村生活诗歌的未来寻求一条更为宽阔的出路。

自然,上述的解释纯粹是主观愿望和主观认识,究竟达到了没有,实现了多少,只能由公正的读者裁断。

最后,需要申明的是,辑入这本小册子的十篇文章,有一部分是曾经为别的诗论集收录过的;再一次选用,的确是不得已而为之,希望得到理解。

1986年6月24日　合肥

犁青诗小识
——序《千里风流一路情》

凡是读了这部诗集的人,无疑都能触摸着犁青的那颗滚烫的海外赤子心。

犁青挚爱中华,从人民共和国诞生之日起,迄今此心不移,虽然其间也有过惶惑、忧虑、痛苦和悲愤,但无论惶惑、忧虑、痛苦和悲愤,在他而言,都不过是这种挚爱之情的不同流露方式。爱是根本的和不可动摇的,爱是永恒的和无法替代的,因为那对象是我们唯一的中华。

犁青又挚爱新诗。他告诉我,从十一岁开始,就中了诗魔了,尽管他本人大半辈子像个流浪汉似的,在东南亚乃至更加遥远的异邦,奔波辛劳,而且为了生计,不得不从事与诗毫无干系的经纪人业务。我认为,能在金钱的包围中,始终固守一块诗的净土,取得如此可观的收获,尤其难能可贵。他的执着的精神,毋宁是令我们这些条件相对优越的人脸红的。应当向犁青学习。

正如他在给我的一封信中所告白的,在睽离了近二十载之后,一九八三年他再度回国,惊喜地发现"诗的春天已经到来",才又"如饥似渴地寻找新诗来读",同时,又握起了写诗的笔。

他的直觉没错。这一回,新诗的春天,的确是和开放与改革的春天一道降临了。这里,用得上摘引他自己的一首写得相当轻快、明朗、隽永的小诗来做注脚:

我等你来,你来青春就来!
我等你来,你来爱情就来!

这本集子里以吟咏山水者居多。我有一点浅见,山水诗的大忌,是见物不见人(这里说的人主要是指隐藏在山水之中的人),假如丧失了人的主观情愫,山山水水便仅仅剩下了平面的罗列和刻板的描摹,而永远也立体化不起来,永远也活不起来。犁青在这方面是有追求的,他曾对我发过感慨:"写桂林的诗作太多了。如何不人云亦云,不雷同,写出一点个性来,真不容易。"他还说过不无谦逊而又极有见地的话:"要描绘其形、貌,已很困难,要写出其气、质,更感力不从心。"凡此,都颇引起我的共鸣。我仔细研读过他的组诗《窈窕桂林》,我觉得,像《桂林月》,正由于倾注了作者自己的心血,结果就是不凡;至于《桂林姑娘》,更有它的妙处。从标题看,明明是写人,但实际是志在山水,由山水而后及人。你看,发墨于未能脱俗的桂林女子,穴结于飘逸不群的漓江风景,将廉价的耳坠与无价的造化相类比,令人感到匪夷所思,别出心裁!

特别值得指出的是,犁青新近去宝岛台湾,所写的篇什固然都属于旅游途中留下的雪泥鸿爪,但一经反复咀嚼,竟有无尽余味,如同橄榄一般。作为一个炎黄子孙,谁不切盼海峡两岸早日团聚?这是心声,不是"心战"。

作为犁青信得过的朋友,我还应该向他提出一点要求,或者说是一点希望:除了继续歌唱、礼赞之外,还无妨指出那与"美"不相匹配的"丑"来。即以旅游事业乃至整个第三产业而论,我们存在着多少问题与缺陷啊!更不用说观念的陈腐、体制的僵硬了。犁青见多识广,完全可能扬己之长,本着"他山之石,可以攻玉"的善意态度,把别人的长处和优点拿来作为借鉴。当然,我说的这些是有前提的,那就是:首先是诗。

写吧,犁青。

1986年8月20日,写于高温晴热天气过去后的第一场雨中,合肥

童心永存
——田波散文诗《彩色的童年》序

我不认识田波。不过,当他寄来这一束山野小花之后,我却觉得仿佛认识他了。

我认识的是一颗童心,一颗透明的心。

说起童心,不由得想起一桩"公案"——大概是六十年代初吧,那时候我早已被打入"另册"——我们可敬的文艺理论家们,开展过一场围攻所谓童心论的"大是大非斗争"。我因无发言权,也就不怎么关心它的内情,反正,根据屡试不爽的经验,那结果是事先就可以料到的,无非是资产阶级人性论再一次被批倒、批垮、批臭……

然而,不管革命的权威们怎样厉声宣判,以天地之大,童心毕竟难泯;作为永恒的人性表征之一,她顽强地存在着、沉默地存在着,这的确是无可奈何的事。

接下来,便是彻底"横扫一切牛鬼蛇神"的十年浩劫,那会心以天真无邪的诚实喊一声"国王是光屁股"的童心,当然又在灭绝之列。人们联系起来一琢磨,难免恍然大悟:原来,有关文艺问题的不少文章,"十七年"倒是替"十年"做了铺垫的。

于是,当今的万千普通人只得摇头叹息:人情硗薄,道德沦丧!好端端一个新社会竟像翻倒了的魔瓶,所有腐败的、肮脏的、丑恶的可怕鬼魂和以告密、出卖、坑害无辜者为"业绩"的无耻喧嚣,统统被释放出来了。

如果说,"实践是检验真理的唯一标准"这句话已经不再会引起争议,那么,就完全可以得出结论:当年批判童心是批判错了。相反,倒是必须回过头去提倡,人人都应该恢复纯洁的童心,敢哭敢笑,百无禁忌。果能如此,我想,我们周围的空气肯定会明净得多、温暖得多、流畅得多。

跳跃在田波字里行间的童心,特别令我感动,其根由就在这里。换句话说,品评田波采撷的这一束野花,主要之点不宜着眼于它的艺术色彩,而在于它的道德芬芳。然而,我不愿意招致误解,以为我认为这本儿童读物,作为文学的一个分支的一叶一瓣,没有可取之处。不,不是的。我确信田波是一位有追求的青年作者,比如《夜钓》一章,写来就隽永而恬淡,颇得泰戈尔的韵味。虽然,这一等的诗篇数量并不很多,通观全书,水平毋宁是显得参差不齐的。不过,最大的不足还不在这里,最大的不足是视野不够开阔,前面还有一眼望不到边的广袤而空旷的土地,尚有待包括田波在内的有心人去一锄一镐地拓植。我想,为这样的劳动付出汗水是有价值的。

匆匆写下上面几句话,作为我的一点感想和希望。

1986年10月14日　合肥

关于西部文学

雷霆同志:

你好。

信悉,正值我离皖赴京前夕。

所谓西部文学,据我的记忆,其滥觞恐怕始于钟惦棐同志评电影《人生》的一篇文章,钟文率先倡导了中国西部电影的概念。于是,中国西部文学、中国西部诗歌的热门话题相继兴起。我相信,惦棐同志的西部电影一说,并无意于比附美国西部电影那种庸俗化、程式化的框架,更非鼓吹我们中国电影也去如法炮制牛仔、美女、淘金狂与亡命徒的无聊故事。后来,有人凭自己的想当然进行"商榷",那实在是想象力过分发达的结果,有失公允。

我不懂电影艺术,只能就文学与诗歌问题谈一点肤浅的认识。

我以为,西部文学和西部诗歌这样两个名词,无论如何不应该看作单纯的地域观念,确切的理解似乎是指一种精神状态、一种哲理境界、一种开拓意识、一种盛世气象;具体到诗人和作家而言,也是一种觉悟、一种素质。它的立脚点不在于冰山雪莲与戈壁黄羊,也不在于绿洲、巴扎、热瓦甫和清真寺。它们的唯一体现者是人,是充满阳刚之气的人,是人与命运的不懈搏斗,其余不过是布景和道具。

一九八一年,我曾经写过一篇《阳关精神赞》,正是基于上述认识。我爱西部人(**各民族的人**),爱他们的骁勇、坚韧、豪放、热情,爱他们执着的信念与追求,爱他们生活的创造和升华。

毫无疑问,这样的人是健全的人;唯其健全,也就同时有情欲,有痛苦,有迷惘,有失望,甚至在这些方面,也远比非西部人强烈。某些最最革命的革命家也许会斥之为野性、卑劣,稍为宽大者可能贬之为消极情绪。但是,不对!这才是真正的血肉之躯。塔松与胡杨固属上乘,可是骆驼刺又何尝低级?须知,骆驼刺尖锐而粗粝,却维系了骆驼的生命。

我敢肯定,万千普通的西部人,作为西部文学的主人公,正是区别于非西部文学的一个主要标志。他们是强者,是多少血泪也淹不死的强者。一个中国西部的诗人或者作家,如若不能把握这一切、开掘这一切,他的笔就不过是一支廉价的笔。

复示,请寄合肥。

握手!

公刘

1986年11月14日午

"寻根"质疑[①]

我确信,这些长途跋涉去"寻根"的同志,目的都在于探测我们古老民族文化心理的深层结构,都在于弥合"文革"十年灾难造成的历史断裂。然而我不尽同意的是,有人拿发生在八十年代中国内地上的文学"寻根"热,与台湾的"寻根"、西方的"寻根"相比附。我以为,一度席卷台湾的"寻根"浪潮,那总源头似乎在于笼罩那座孤岛的思乡怀旧情绪。至于西方的类似"寻根"思潮,都是文艺复兴江河里的波浪,都是烧毁基督教文化专制的火焰。一言以蔽之,它们是在冲决旧的堤坝,点燃新的希望。

我们自己提倡的"寻根"呢?有的和儒家的主张,和新的"中体西用"派的观点不谋而合,事实上与孔丘先生、张之洞先生认同了;有的遁入老庄和禅宗,为远离人民、远离时代辩护,事实上倡导了另外一种样式的名士化和贵族化;有的大唱"日出而作,日没而息"的赞歌,和整个时代的追求方向相反,事实上形成了大合唱中的噪音;有的热衷于为落后、愚昧、不文明举办展览会,而毫无批判的锋芒,事实上抛弃了鲁迅的战斗传统……

近年学术界和创作界兴起的"文化热",本来是对以往历史偏颇的一种匡正和"补课",其动机无疑是善良的和积极的,应该肯定和支持。问题在于,尽管我们懂得这是对过去"左"的禁锢和镇压的心理上的逆反和行动上的惩罚,然而就其终极效果而言,却把自己变成了封建倒退的同盟军。这些,

---

[①] 这是公刘在中国作协第四届理事会上,就"寻根"文学现象所做的一席谈话。——刘粹 注

大概是许多同志始料不及的。我觉得,很有必要冷静下来,查一查原因何在,明白了功过得失,才能更好地前进。

黄土高原上的朋友
——为闻频诗集《魂系高原》写几句话

去年春夏之交,闻频同志来信,要求我务必给他写一个条幅,以便悬挂书斋,留作纪念。我的毛笔字荒疏已久,加上脑血栓病的后遗症之一——双手颤抖不已,其滞拙丑陋是必然的,但我终于不忍拂逆他的厚爱,信手写下了这么两行:

上帝用黄土抟造了诗人,
诗人又用黄土抟造诗。

当时,在我的确是不假思索,事后回想起来,倒也自觉有点意思。显然,萦系于我心头的,乃是大西北绵延不尽的黄土高原,乃是黄土高原与华夏民族、华夏文化的血肉关系,乃是诗歌解释、表现这一方水土、这一缕魂灵的责任。我认为,这种责任实在是天赋的,无可回避。

我和闻频同志,正是在黄土高原上相识的,我们是黄土高原上的朋友。

我当然难以忘怀,作为一位热心的旅伴,他陪同我漫游的日日夜夜,古都长安,圣地延安,真是"秦时明月汉时关"(王昌龄句)、"万众瞩目清凉山"(陈毅句)啊,多少次感叹唏嘘!多少次泪眼蒙眬!多少次促膝交谈!多少次相对无言!面对黄土高原这厚实沉重的历史教科书,我们都不过是小学生。而我们所涂描下的一切(包括这部《魂系高原》)自然应该如同高粱、小米和糜谷,成为典型的黄土高原的作物,在这里扎下它们的根。

可惜,我个人很惭愧,我是歉收的。

因此,闻频同志的累累成果特别令人羡慕、令人兴奋。

我对这一片黄土,这一条黄水,的确充满了依恋之情。我一直认定,那儿是我祖先的宗庙所在,我是以当黄土和黄水的儿孙为荣的;我极力追求的是,怎样才能不辜负这份血缘。正是这种感情,决定了我对西北诗人群的特殊的关注。

于是,我写了一篇直抒胸臆,因而一度引起误解的文章:《西北望长安》;感谢公正的时间,连同闻频同志在内的众多诗友,终于看见了我的这颗赤忱的心。

我们的友谊经历了一切考验,彼此靠得更近了。

遗憾的是,我没有机会长住在他们当中,继续砥砺切磋,但由此我倒也体验了另一种喜悦;每每谈到他们的佳作,就如同出自己手下,倾吐了心头积愫一样。

遥想闻频同志这些诗思的产生和喷发,自以为完全能够理解。你看,《岭畔上,戴着红裹肚的孩子》《古老的石桥》《雪祭》《海子边忆旧》等篇章,又多么像我们曾拥有的幽深情怀!我喜欢这样悠长而凝练、明净而又苍凉的诗句。它们是新时代的"信天游"。

闻频同志这样写道:

> 如果能够使她变得清澈碧绿
> 我愿做一颗,一颗
> 沉积那泥沙的明矾

我猜想,这当是诗人对黄河乃至对整座沟壑纵横、疮痍满目的黄土高原的誓言。

我还愿意补充说,这也是我的誓言。我祈求的不也是"告别老羊皮暖不热的冬天"吗?

1987 年元旦　合肥

让希望之星重新升起
——序梁小斌诗集《少女军鼓队》

据我所知,关于梁小斌同志,其人有争议,其诗也有争议。这些,都已经是数年于兹的老话题了。

然而,当"未名丛书"的主持人嘱托我为这个选本撰写一篇序文时,我还是欣然从命的。

这是因为:第一,社会上不同观点、不同评价的相持不下,恐怕是改革开放时代的一种普遍现象,没有什么值得大惊小怪的,更不必害怕引火烧身。第二,作为青年诗人,梁小斌基本上是由我推荐给中国诗坛的,我应该善始善终。更何况这本书又是令作者万分兴奋的第一部创作集结,出版于新诗被冷落(虽然另一方面也煞有介事地吹吹打打)的今天,颇有那么一点"逆流而上"的"挑战"气概,这似乎是一种象征,既和作者的性格相吻合,也和我的性格相吻合。

话要从一九七九年说起。

这年元月,梁小斌来找过我一趟,可我正在对越自卫还击作战的前线采访。春末夏初,我回到合肥。一天中午,有一位身材瘦小的青年人(简直像个大男孩!)穿过摆满各家炉灶炊具的楼道,排闼而入,直呼:"谁是公刘?"我起身答应,招呼他进家,也不待询问,他又接着自我介绍:"我是梁小斌。"谈话立刻进入正题:诗。历经数小时方才结束,使我哭笑不得的是,他起身告辞,竟像彬彬多礼的日本人那样一躬到底:"公刘先生,请允许我下次再来。"人说这是前倨后恭,我说这是一代青年共同心理——性格的自然表露,倒也有趣。

其后,才有了《安徽文学》"新诗三十家"专辑中的《彩陶壶》,才有了《诗刊》"青春诗会"的请柬,以及《中国,我的钥匙丢了》和《雪白的墙》所造成的小小的轰动。

不必故作谦虚,我的引荐的确起了开路的作用。可是,双腿长在跋涉者的身上,最根本的决定性因素终归是诗人本身的才华,是他那几首清亮似水而又甘美胜酒的新诗。这期间,梁小斌常常跑来找我谈诗,从不忘记携带他的新作,征求我的意见。渐渐地,我觉察到他阅读面不够广阔,思路也欠明晰而条理化,同时往往流露出固执的偏激情绪,很容易被任何时髦的"新思潮"所裹挟。他的诗作中的闪光的东西,也主要是来自特殊的天资禀赋,与真正牢靠的功力器识无关。此外无论在处理职业与事业、工作与写作以至感情(父子、母子、兄弟、爱侣……)与性情之间的关系,都有不尽妥当之处。梁小斌远远没有成熟。从此,我开始把"进言"的重点,由以肯定为主转为以要求为主。特别是在当他和安徽的一大批诗人一道获得"全国中青年诗人优秀诗歌创作奖"之后,身陷于部分狂热捧场者的不正常氛围中,明显地滋生出一股飘飘然情绪,我的批评也随之日趋严格了。

梁小斌这时做出了一个非常幼稚可笑的反应。他大概认定我是不合时代潮流的落伍者,非但从此不再登门,而且多次在大街上迎面相遇,也像陌生人一样。实在太滑稽了!

说实话,这个举动带给我的只有惊讶,并没有气愤。了解内情的人为我鸣不平,我的答复只有一句话:"这没有什么,我见得多了。"

接着,便陆续出现了一些新的事态:梁小斌决心从事专业创作,因而屡屡请假和超假;梁小斌终于遭到工厂的"除名"而彻底失业,并且被掐断了粮油供应(他的户口在那个工厂);梁小斌依靠一位爱好诗歌的企业家"救济",才没有沦为"饿殍"……在如此尴尬的时刻,我为他干了些什么呢? 我找省文联,找作协分会,找那家工厂,找他的知心好友;找来找去,纯属无效劳动。因为,梁小斌还有一肚子的委屈,他还要保持并发扬男子汉精神,他不领情,也不合作。这时候,我简直失望极了。我为中国的新诗痛心,因为我竟然在现代青年梁小斌身上认出了古老的阿Q!这么看来,阿Q果真是无所不在、万寿无疆的了。诗人刘祖慈同志也是梁小斌的自作多情的保护人之一,这时,他也只得叹息爱莫能助了。

到了一九八四年,突然,我收到了一封寄自芜湖的长信。写信人自称是梁小斌的妻子。(哦,小斌他结婚了!)她要求我原谅她丈夫,继续帮助她丈夫。我想,实在说不上什么原谅不原谅的,问题的关键倒是在于:情况变成这样了,我还能从哪方面给他以帮助?这封信不好回答,便搁下了。同年,作协分会召开青年创作会议,我和梁小斌在睽违多年之后重逢。我发现他仍然自我感觉良好,并未被命运击倒,不免暗自高兴:对!这才像个诗人的样子!更令人欣慰的是,他变得比较有人间烟火气了。他觉悟到,诗人毕竟也是需要吃饭的生物,而在我们"贵国",任何人还必须安于指定的范围,遵循指定的途径,按照指定的份额"吃饭"。我想,这大概是肚皮对他进行了唯物主义教育,而并非像我这等人的劝导奏了奇效吧。

于是,我们又恢复了一度中断的联系。

我考虑,像梁小斌这样长处突出、短处也突出的青年,我们的社会是无论如何都不应该将他拒之门外的——扼杀(包括闷杀)一个有才能的人,又是多么的轻而易举啊!不过,我又考虑,要呼吁社会"接纳"他,首先是呼吁他本人自觉抛弃那些不切实际的幻想。诚然,我无权代表整个社会。我一个人,哪怕再加上另一些人的理解与宽容,同样无法改变铁的事实。因此,后来的历次谈心都绝口不提诗歌,只是反复地规劝他正视"国情"。他认真地听着,一声不吭,表情却显得惶惑而茫然,仿佛我在对他宣示深奥莫测的《易》经或者瑜伽术似的。

唉!

梁小斌过去是天真的,我说过,简直是个大男孩。但,那个时候,他的眉宇之间,就透露着一股压抑和忧郁。如今,天真几乎压根儿失踪了,剩下的却是三倍的压抑和忧郁……

　　非难现实主义诗歌的同志,只顾急急忙忙将现代主义的、后现代主义的乃至天知道属于什么主义的篇章包裹在一起,笼统冠之以"新诗潮"的美丽牌号,便向读者大肆推销。姑且勿论这种失之鲁莽的举动带有强烈的排他性,仅以面目各异的产品本身而言,似乎也缺乏严肃认真的检验、鉴别和评估。譬如梁小斌,不少人都把他叫作现代派,至于梁小斌这个现代派到底怎么来的,对不起,谁也没有工夫去研究了。其实,据我的了解,梁小斌笔尖上的现代色彩,绝非"横向移植"的结果,倒是当代中国的现实为他提供了无限丰富的色素。换句话说,不是来自翻译的洋书,而是来自生活的土壤;不是来自仿效,而是来自颖悟;不是来自感官的快乐,而是来自心灵的痛苦。而且,应该明确指出的是,梁小斌既不是北岛,也不是舒婷,梁小斌就是梁小斌。他们固然共属一群,却又分明各具个性、各具特点。愿意动脑筋的人当不难察觉,何以二十世纪七十、八十、九十年代的华夏大陆,会绽放像梁小斌这样土生土长的"现代派"花朵？是的,这是一个令人困惑而又耐人寻味的文学现象,恐怕还不单单是文学现象。

　　梁小斌有一个令人印象深刻的优点,即强烈的怀疑精神,也就是批判精神。我认为,怀疑精神(**批判精神**)是科学的产物。当然,梁小斌在这方面也有薄弱之点:第一,他用得比较滥,这是不对的。须知,任何怀疑和批判,都是建立在对客观事实的大量把握及透彻研究之上的,否则,便是轻率。第二,他不怎么对自己加以怀疑和批判。我们知道,真正的大作家都是严于解剖自己的,远的可以看看鲁迅,近的可以看看巴金。梁小斌怎么可能一贯正确呢？这个从积极面和消极面都得到充分表现的特色,是不难在他的诗作中一眼便看出来的。

　　此外,同样不可忽略的是,梁小斌对"少女"的近乎宗教崇拜的感情。我以为,这一感情是很纯洁、很虔诚、很激动的,与"性"无关,它反映了梁小斌心地明净无瑕的一面。他和大观园里的贾宝玉不同,他不单是把女孩子当作水,把男人当作泥,而是切切实实寄托了他对人世的理想与追求;他愿意看到一个美好的明天,美好得如同他心造的"少女"一般。这,无疑多少又有一点脱离实际。尽管如此,我们都不忍嘲笑诗人的善良与痴迷。梁小斌不是这样歌唱过么——"我的家乡在未来!"

正是在这一总背景之下,他向我们推出了字字辛酸、不忍卒读的《断裂》。这是那个写过《我曾经向蓝色的天空开枪》的梁小斌么?这是那个写过《大街,像自由的抒情诗一样流畅》的梁小斌么?这是那个写过《用狂草体书写中国》的梁小斌么?是的,是那个梁小斌,又不是那个梁小斌。岁月流逝,他额头上的玫瑰萎黄了,他心灵中的明快、清朗和单纯消退了,只剩下了曾用玫瑰花瓣掩盖过的伤痕和浊重、晦暗、烦躁的律动……

遗憾的是,我们再也无法用对"文化大革命"的反拨,像解释《中国,我的钥匙丢了》和《雪白的墙》那样,去解释《断裂》了。于是,悲哀袭来。但,这绝非压迫着梁小斌一个人的悲哀,这悲哀是大家的,人人有份——只要他还承认对社会的变革进程肩负着一重责任。

"断裂",诚然不是诗人的臆造,不是妄想狂患者的梦呓。怎么办呢?我们有没有权利要求梁小斌(换句话说,梁小斌有没有义务回答我们)告别"断裂",超越"断裂",奔向那万头攒动的地方,为众多的朋友,为众多的同龄人歌唱呢?哪怕歌声中始终跳荡着苦恼的影子。

想来想去,我觉得,恐怕只剩下"反求诸己"这一条路了。让希望之星重新在路的前方升起吧!

梁小斌,快背负起生活的十字架来吧!

回到人群中来吧!莫要踽踽独行了!

要相信"人",就像相信"诗"一样。

在他送交的全部诗稿中,我认为,入选的八十多首,有一半是好的和比较好的,剩下一半程度不等的差些,还有几首,我怎么也读不懂。然而,我也同意"放行"——因为,我读不懂,不等于别人也读不懂;梁小斌自己就说过:

"集邮迷的心思,不是所有人都能理解到"。此外,这些年,不断听到有人大声疾呼,他(她)在为儿子一辈甚至孙子一辈写诗。那么,就让儿子们和孙子们去评判吧,让时间(**它最公正**)去筛选吧。我恪守,我警惕的只有一条:切不可学习某种诗评家,为了讨好而强作解人,为了自炫而乱说一通。

1987年1月1日—4日　合肥

风雨故人

——序白桦诗集《我在爱和被爱时的歌》

一

一辆摩托穿过上海闹市。

风驰电掣。

终于在静安区的一幢公寓大楼前面停下。

红头盔摘掉之后,抖出一团碎银和一朵略带嘲弄的微笑。

他是谁?他就是白桦,抒情诗集《我在爱和被爱时的歌》的作者。

……三十多年前,白桦也以同样的姿态出现于昆明。那时候,摩托尚不多见,故而更加惊世骇俗。其社会效果之一是,曾经因"红裤衩是红旗的一角"这样一个警句而闻名遐迩的某君,其时正巧辞别重庆南游春城,蓦然目睹此情此景,不禁顿脚嗟叹:"啥东西!俺就不承认你是才子!俺还不承认你是俺老乡哩!"

这番反应,粗看颇像酒后失态,其实纯属病理性的发泄,只能为"同行必妒"的陈腐传统做一个小小的然而是可悲的注脚。白桦是才华横溢的作家,正如白桦是河南信阳人氏一样,是任谁也无法改变的确凿事实,承认也罢,不承认也罢,悉听君便。我想,绝不会有人对诸如此类的寻衅叫阵感到有搭理的必要。

然而,它多多少少又反映了一种由来已久的情况。白桦往往招人议论。他风流倜傥,招人议论。他上了年纪而居然还有某种魅力,更招人议论。他表现了某种程度的幼稚和自我欣赏,自然招人议论。但他逐渐走向成熟了,照样招人议论。

我敢断言,终其一生,白桦得时刻准备着面对各色人等的挑剔的眼光。

这个滋味当然不好受。所幸的是,桦也不改其乐。

愿上帝与白桦同在,阿门。

二

冯牧同志是白桦和我的老首长。他主持昆明军区文化部工作的时候,我们都是文艺助理员。我们对冯牧同志是由衷尊敬的。

当然,冯牧同志历来也关心我们以及其他的后来者。他怎么对别人评论我,我不清楚。但是,我可以做证的是,他在给我的一封信中这样写道:"这位老兄(指白桦)最近又在跳冰上芭蕾了。"言外之意,不胜忧戚。

坦白说,我自己对白桦,有时也难免发愁和惋惜。我曾当面对他直率进言:"谁也打不倒你,唯一能打倒你的是你自己。"白桦闻之默然。时间是八十年代第一春的一天黄昏,地点是北京王府井与西长安街的拐弯处。

我把这样的私人对话公开出来,是不是想显示我比对方高明呢?不,不是的。因为白桦也深深地吃透了我,一如我之牢牢地把握住他。例如,关于我,白桦有过一个妙不可言的判断:"公刘为人稳重,平日间不会出纰漏,但一旦犯案就准是大案,他太倔。"

我们相互之间极少通信,见面的机会也并不多,之所以能达到一定程度的默契,自然不会是没来由的。想来想去,原因不外乎这么一些吧:

——我们的青春年华都是在人民解放军第二野战军第四兵团度过的,和我们骨骼血肉成长的同时,都成长了一颗热爱革命理想、热爱人民英烈的心。

——阴差阳错,我们都选择了以笔作枪,报效人民的战斗方式。一九五五年,我们奉同一纸调令晋京,成为总政创作室的第一批成员。我们对自己的使命更有了一致的确认,我们对马克思在天之灵起过誓。有人羡慕过我们,以为我们是命运的宠儿。我们自己有时也不免扬扬自得。因此,当我们很快被命运抛弃的时候,那些羡慕过我们的人立刻以三倍的无产阶级义愤对我们的缺点乃至不是缺点扔石头。

——风暴猝然降临,我们相继被划为"反党反社会主义右派分子"。说真的,我们简直来不及清理和思索:毛病到底出在哪里?档案袋中仅被塞进了一份"军事法庭判决书"。从晕头转向到比较清醒,我们花了整整二十一年,我们对中国革命的丰富内涵,对人生道路的严峻本相,开始有了起码的感受。

——我们又几乎同等健忘、同等天真、同等执拗地追求着人生,从而也追求着为人生的艺术。我们唾弃"聪明人",而且我们都敞开灵魂,让它成为不设防的城市。这正如白桦所剖白的:

> 我是一只容易忘却灾难的鸟,
> 箭矢刚刚飞过就又唱起来了;
> 唱得那么欢快,似乎这世界
> 为了听歌才存在。
>
> (《复读者们》)

也许,白桦和我同样命中注定,要演一辈子的悲剧。不过,我们认了。

三

一九八一年七月十四日,我在兰州整理出来一组断断续续写给白桦的诗。这组诗一直不曾投寄给任何报刊,因而也就没有机会发表。白桦始终不知道这件事,我从未告诉过他。现在,我把底稿翻了出来,抄在下面:

新短歌行

青青子衿,悠悠我心,
但为君故,沉吟至今。

(曹操:《短歌行》)

1

余烬未灭的大森林啊,
是谁,又将它狠心摧残?
一夜之间,落叶满眼,
秋风得意,遍撒冬之传单。

2

人们从四面八方赶来,
摩挲这墓碑般光秃秃的树干,
桦皮也是一种稿纸呀,
写诗吧,为了被暗算的夏天。

3

滥施砍伐的一伙,携着斧锯,
闹哄哄地来了,又闹哄哄地离去。
天知道是玩的什么游戏,
为什么独独选中了你?

4

一声惊叹,一阵战栗,

插着羽翅裹着甲胄的种子纷纷落地；
你听！它们在和泥土咬耳朵呢，
交换着下层和萌芽的消息……

5

谁说秋天总意味着收获？
这儿的秋天却全然是心灵的赤贫，
她不懂坠满红灯的喜悦，
她不会做母亲。

6

没有安谧,没有温馨,
只剩下对苔藓和藻类的一丝怜悯,
兴许连这些也会成为淫奢的象征,
如果,地球决定了要变作冰轮。

7

是的,河流已经封冻,
为了乞讨一丁点儿空气,
鱼儿拼命弹跳,凿了些个窟窿,
垂钓者却笑道:这是进攻。

8

河流真的能永远封冻？
请问问那碰钝了牙的刀子风！
直起腰来！挺起胸！

让我仔细端详你瞳仁中的潮涌……

9

唉,你何不忘却,何苦戳破——
昨天狗似的龌龊生活;
安徒生并非为我们写作,
被那位皇帝统治的是外国。

10

大森林宣告自己再一次睡着,
睡着就等于缄默;
缄默开始结网,然后造锁,
它忘了,余烬中还埋的有火。

这首诗,早已成为历史。
应当告别。

四

白桦是多面手。

至今我还记得他手里高举着刊有短篇小说《竹哨》的《人民文学》,从二楼的宿舍连蹦带跳冲进办公室,让众人传看的情景。他毫不掩饰自己的兴高采烈。

我很喜欢这个短篇,曾经试着改编为歌剧,可惜当时找不到深谙苗族音乐的作曲家,便一搁数年,最后在厄运中毁灭了。但我始终能闻到《竹哨》散发的那股子野蜂蜜的带苦味的清香。我以为,尽管军事文学已经筑起了高耸的神殿,却不应当忘记了那最初的,如今看来似乎"低矮"的台阶。什么是传统?梯级便是传统。

紧接下来,又引起了新的轰动:他神不知鬼不觉地用了三个夜晚,把《山间铃响马帮来》由小说变作了电影剧本。这样的速度是惊人的,而这样的胆量尤其惊人。白桦总是不断地为自己架起新的标杆,然后腾地一下跨过去;总是不断地为自己寻找新的荒地,然后立即开垦。雄心勃勃,永不疲倦,这就是白桦。

为了拍摄这部处女作,他奔波于北京、上海之间,终于兴冲冲地领着我的一位老朋友、导演王为一同志到云南看外景来了。你就看吧,他春风满面,坐下来对我说的第一句话竟是:"你自学俄文,知道'白桦'这个词怎么讲吗?"于是,马上便念出那个带有爆破音和卷舌音的十分悦耳的单词:Береза。这件事,当时就触动了我:好家伙!白桦又在做新的好梦了,想到莫斯科红场去哩!令人遗憾的是,等到他真正实现夙愿出访苏联,已经逝去三十四度春秋了。

几乎就在写电影剧本的那一刹那,白桦考虑着手写舞台剧本。捋一捋他日后上演或者发表的一些本子的构思,那脉络全都依稀可辨。例如,《红杜鹃,紫杜鹃》,最初的一星灵感之火花,岂不就是在迪庆藏族自治州点燃的么?

近年来,中篇小说的大潮席卷了中国文坛。白桦,也是其中的弄潮儿之一。他的《古老的航道》,当占有一席之地吧。

不过,不论白桦被归入哪支队伍,小说家、剧作家、电影家……我却认定他是诗人。毋宁说,正是由于他突出的浪漫主义气质,使得他借诗的光芒照亮了其他文学形式的广阔领域,为自己的其他形式的作品增添了一种瑰丽的色彩。

他的诗,假如少年时代不论,恐怕应自《金沙江的怀念》始。我觉得,白桦是一位很早就建立起独立风格的诗人,那特点似乎在于:妩媚而典雅。一个青年,打从上路之初,就带有区别于旁人的步式与跫音,这一点是并不那么容易做到的。(那时不像现在,可以凭一声怪叫而独立门户,自树旗帜。)要说有什么薄弱点,那也正如他在运用别的"武器"时所表现的一样,曳光有余,爆破力不足,也就是说,来自个人的禀赋、才情多,而来自生活的积累和研磨少。我琢磨,这大概与他习惯了的"倾吐式"的写作心态有关。

然而,"士别三日,当刮目相看"。摆在我面前的这一卷新作,却出现了明显的变化,不仅形式上借用且改造了西方的商籁体(十四行),而且风格方面又有了可喜的发展;除却保持原有的妩媚和典雅之外,还增添了凝重和深沉。其中不少篇章读来令人激动。我想,这种激动是可以理解的。因为,像我总希望自己没有白白地熬煎过八千个日日夜夜一样,我也希望所有的受难者都没有白白地熬煎过八千个日日夜夜;作为白桦的战友和难友,我非常欣慰地看到了,肯定的答案非但贯穿着八十四首短歌,同时也贯穿着两首长诗。迈出这一步,对于诗人白桦来说,我以为是至关紧要的。

不过,也有可以商榷之处。不知道是否匆忙中的笔误,有一首诗中,作者隐然以受难的耶稣自况,这太夸张了。我以为,倘若一定得使用这个隐喻,那也只能强调一点,即每一个人都背负着属于自己的十字架,十字架的来由尽管不一,那沉重却绝对相等。所以,顺理成章的结论就是,每一个人都将得到世人的爱,每一个人都将像耶稣那样复活……比起人民大众经历的痛苦来,我等所承受的一份,实在微不足道!所不同者怕是仅仅在于,我们会用笔讲话,感知痛苦,叹息痛苦,抗拒痛苦,而成千上万的朋友却不幸为痛苦所麻痹……

我笃信的是这样一些诗行(甚至,我曾经怀疑它们是我亲手写下的):

> 我们和这块土地是一体的,
> 这是我们的全部不幸和幸运;
> ……
> 我从不为我自己的苦难疼痛、呻吟,

我却会为你的伤痕战栗、痉挛,直到死。

(《相知》)

这才是真正的白桦!这才是真正的祖国之子!

五

去年十月,上海文艺出版社的徐如麒同志来信,说是白桦嘱他转告,要我为这本诗集作序。乍听之下,我不相信。根据我的观察,除非白桦换了一个人,他是不会主动让一个与之不相上下的人来正式评论自己的。

奇怪!白桦果真是换了一个人。

十一月间,我去北京出席全国作协理事会四届二次会议。由于飞机晚点,深夜才到达京西宾馆十楼,刚走进房间,未曾坐下,电话铃便响了起来,一接通,是白桦。他当即下楼相见,并且开门见山说起了作序的事,我不得不认真对待了。

然而,话虽这么说,等到需要认真对待的今天,又遇上了不曾估计到的困难。对诗作本身,要说的话当然不止这些。偏偏前天立春,气温骤降,冻得伸不开手。无奈何只好拉杂涂抹,向作者和出版者交卷。这像一篇序么?有这样写序的么?我不知道。

1987年2月6日(丁卯兔年正月初九)写于合肥

写给未音

"你的本名就叫未音?"这是我的第一句问话。

小伙子的回答是点头和略带羞涩的微笑。读罢《萌芽》编辑部的约稿信,再读他的诗作《青铜季》,我觉得,未音正站在需要人伸出援手的门槛上,诚如他的名字所表示的——翻译成口语,就是还没有形成一个调子——他的诗,也处在创造的初步阶段。然而,我又想,等待成熟,有时候也未必一定等于幼稚和孱弱。

无论如何,已经有了一个良好的发端。

好就好在他有相当敏锐、相当细腻的诗的感觉。

请允许我摘引他的这样一些诗句吧:

当他们勇敢地解释了禁果。

请注意"解释"一词。

让阳光为我文出一条龙的意象

"文"字下得极为精当、精致、精神。

我是亚当真正的影子
我是夏娃的第二个丈夫

万勿误会,绝不是提倡乱伦,这在诗中第二次出现的"夏娃",乃是泛指一切女性、一切阴柔,它和"亚当的影子"互为补充,体现了诗的特殊思维方式。

　　开放热带的汗毛孔

　　多么奇幻的想象!

　　有没有诗的感觉,我以为,是一个普通人能不能变成诗人的先决条件之一。依性质而论,多少带有一点天赋的色彩。

　　不少人机遇不幸,从而被埋没了;还有一些人,却由于缺乏正当的引导(这个"引导"不全是指外界的指点,还应当包括本身的充分觉醒和切实运用),而未能成才。

　　希望未音加强这方面的自觉锻炼。第一,充分利用和发挥属于个人素质的优势;第二,又切忌自满,要以"我不入地狱,谁入地狱"的态度去体验人生、感知人生、解释人生、改造人生,通过奋斗他自己的长处得到不断的磨砺;第三,吸取各种知识的液汁、营养,使之不致偏枯。

　　致以最良好的祝愿。

1987 年 2 月 13 日　合肥

冷暖君自知

——谈宫玺近作《冷色与暖色》

必须具备一些什么样的素质,才能成为一个好的诗人? 诚实,正直,独立思考,忧患意识,出色的语言表现才能,热情、机智、敏锐的艺术感觉,特殊的诗的思维方式,历史责任的执着,个性的追求……都对都对,的确都不可或缺。这些我说过,别人也说过,而且说过不止百十遍。然而,还有并非不重要的一条,却几乎从不见人提起,我指的是——淡泊和甘于寂寞。淡泊是一种节操,甘于寂寞也是一种节操。唯其淡泊,方知有所为有所不为;唯其甘于寂寞,才不至于热衷功名利禄,声色犬马,终被这等劳什子所污染、所毁灭。

其重要性可知矣。

眼前,就站着一位淡泊的人,甘于寂寞的人,他的名字叫宫玺。

我寻思,打从那种叫作诗的怨鬼缠上了他的头一天算起,迄今怕至少也有三十多个春秋了吧?

我记不得,这当中有过什么有影响的大家写了什么有分量的文章,谈论苦吟的他和他的苦吟。

可是,宫玺不惰不躁,除了当一名尽忠职守的编辑(在部队是文艺助理员,实际也是编辑)外,只管伏案埋头,一个劲儿地写、写、写……

前年,他在四川出版了一个集子《无声的雨》。

去年,他在上海出版了一个集子《抒情的原野》。

我注意到,连同他以往的集子,对于前言、后记之类,他一向吝于笔墨,正如平日间敦厚木讷的为人一样。

也许,他不过是一个所谓的"老好人"?

非也。谁都知道,老好人肯定无法成为诗人,尤其无法成为能令读者心折的诗人。

他发表在《诗刊》一九八六年十二月号上的一组《冷色与暖色》,读后令人久久不能平静。我简直要大声宣告:它不愧为这一年《诗刊》的压轴之作!我为宫玺高兴,这是真正的大跨度的跳跃。我以为,此诗一出,不但宫玺本人将因此重新发现一个自己,我们也将因此重新发现一位诗人。

在这一组诗里,诗人的人格力量所呈现出来的色彩,只有成熟了的庄稼差堪比拟:高粱的火焰,玉米的黄金,棉花的纯银。

你就听吧:

> 风吹我们,摇我们,考我们
> ……
> 而我们并非随风俯仰之辈
> 我们是大地灵敏的触角
> 并非诸葛亮借来的十万狼牙出土
> 我们是五千年春秋之笔
> 尖锐
> 但绝不草菅人命
> 纵令威胁以火
> 依然不改初衷

谁也不得罪的"老好人",能唱如此慷慨激越的歌么?这可是宫玺的心声啊!

我愿以同等响亮的掌声,打着拍子赞叹他的《暮》:

> ——人老了。我老觉着

> 山那边有人在喊
> 在喊我的名字,喊我的名字
> 你们听见么
> 喊我干什么呢?

多么苍凉的人生感喟!"喊我干什么呢?"其实,凡是听见了这一声声呼唤的人,心里都早已明明白白。本不待问,偏偏明知故问,越发点出了被呼唤者的心有不甘。大凡诗人都是留恋人世的,不愿意走的;他有太多太多的爱需要倾吐,他有太多太多的仇尚待宣泄。爱爱仇仇,实为一体,那容器正是诗人的心。

我同样喜欢《山水》一首。实写男子虚写山,实写女子虚写水,"水抱山环/山随水依",含蓄地赞美了男女欢洽的大和谐大快乐。不过,宫玺并不到此止步,笔锋一转,便将我领进了哲学的崇高天地——

> 不知道
> 那男子是不是在寻找那女子?
> 那女子是不是在找寻那男子?
> 唉,偶然中常常铸成命运的必然
> 邂逅一瞥也许就是永恒的瞬间

精彩!我并不曾疏忽了,"寻找"与"找寻",同一词语的不同组合,从这两个方块字的颠倒排列中,领略到诗人的一片苦心。

短歌《一曲未终》,也表现了许多人共同体验过的某种心绪,刚刚于烦嚣中清静下来的片刻,待要温存,却已失去,留下的只是惋惜和隐痛。

《白蝴蝶,黑蝴蝶》,写来颇见灵气。窃以为,这样的诗,较之那些自以为得了庄周真传的,倒更接近庄周。同时,我还愿意向读者诚恳推荐,这才是值得一读的朦胧诗！它既非什么"子不语怪、力、乱、神",也并非某些鼓吹者描绘得那么玄机不可领悟,凡人无缘高攀的玩意儿。宫玺当年是写歼击机和雷达的专业户,走的基本上是现实主义的路子,但一旦钻进了深山,念上一千遍、一万遍"芝麻开门",精诚所至,同样能把光彩夺目的宝石拿到手。想想这件事,就不难得到两点启示:第一点启示是,只要实行并坚持开放型的现实主义,不拒绝吸收任何有益的营养成分,就能培育出"杂交优势"的新品种。第二点启示是,面对新事物,一味吐唾沫固然错误,一味淌口水也大可不必。重要的是,应当发扬我们老祖宗神农尝百草的精神,试一试,品一品,好的就不妨咀而嚼之,消而化之,"拿来"以后,变成"我的"。

　　大千世界,凉热变化,一个时辰和一个时辰不一样。淡泊者,甘于寂寞者,玩味似应深切三分:譬如饮水,冷暖自知。我啰唆了这么一大篇,也不知有几句说到了宫玺的心坎上。

1987年2月15日　合肥

漂亮的白水母

——汤养宗组诗《白水母》小议

早在三十九年前,我第一次认识白水母,地点是香港铜锣湾。的确,我惊羡过,并且产生过一个疑问:为什么她撑着一柄薄雾似的绢伞在海里游弋?难道海水下边有阳光?或者波浪中间也下雨?

今天,我和她又一次重逢了。不过,这是在汤养宗的诗里。

小汤,我至今不曾见过面。因为他在《福建文学》上发表了一些生活气息极浓的诗,我便向别人打听作者的有关情况,从此便通起信来。兴之所至,他断断续续谈过自己对诗的见解,完全不像时下某些浮浪子弟的样子,越发令我觉得仿佛是来往已久的忘年交了。关于他发表在《福建文学》上的作品,我将专门撰文评介,这儿,只简单地就这组风格迥异的近作——组诗《白水母》说几句话。

和那基本上是运用开放型的现实主义方法创作的《船眼睛》《水上"吉普赛"》一样,这一组《白水母》写来也颇见神韵。最令人赞赏的是,它传达了一种情绪——通过纷纭繁复的意象和色彩缭乱的幻视、幻听、幻觉,透露出来诗人丰富的内心生活和细腻的艺术感受。

> 白水母认定伞做信物的爱情是危险的
> 许仙和船舱是危险的
> 戴望舒那种诗句也有危险性
> 她只要自己撑一把伞
> 永远自己一把

含而不露,如呲橄榄。

尽管情感跳跃的跨度不小,以至古今中外,无所不包,真所谓神骛八极。然而,这一切都可以被领会,可以被把握,而绝非"玩"诗者故弄玄虚的那一套——明明是毫无意义的号叫,硬要自诩为恢宏壮丽的交响乐。

请越过充斥于人间的精神垃圾吧,这里的空气至少是清新的,虽然未必能测定风往哪个方向吹。

> 我们去鳍脱鳞
> 从海底爬上岸后
> 到底美起来多少呢
> 我们很不会打扮自己

我想,不会打扮就不会打扮,有什么要紧!"天然去雕饰",更好。毕竟,朴素本色较之涂抹上去的化妆品更属于我们自己,因而也更接近客观真实。

然而,也有顾虑。我曾经回答过汤养宗,希望他保持这种不拘一格的势头,但这一类诗又不宜多写。我怕老写这一类诗会"玩物丧志",如同有的人养金鱼、养热带鱼一样,但愿这是多余的担心。

1987 年 2 月 19 日　合肥

他也是海王星

——介绍诗歌新人汤养宗

我们的语言太贫乏了。没有办法,还得借用那成了滥调的套话开篇:"方今中国之诗坛,有如繁星在天,光华夺目。"这个总的估计,我当然是同意的。然而,一旦把事情看深一层,对每一颗星的具体评价,就肯定会出现分歧了。分歧虽不可怕,毋宁应当欢迎,它比"大一统"和"不作声"强千万倍。但,关键在于大家都讲真话,自然,首先是允许讲真话。我今天讲的就是真话。我认为,如今诗歌的天宇和自然的天宇一样,星星也分两大类:一类是真正的天体,另一类是人造卫星。

我还要说,有基地——不管是属于自己还是属于别人——的人造卫星有福了!最苦的莫过于那些海角天涯飘零无依的游魂。其中,有一缕便叫作汤养宗。我现在愿意给他烧一摞纸钱,宽解他长期默默忍受的被冷漠的痛楚,更愿他能入庙进祠,领受应得的人间香火。是的,自从读了汤养宗的一部分诗作,我就敢于断言他是诗的苦行僧,黄卷青灯,已经不是三月两月,而是十年八年了。

历史上关于李贺苦吟的记载,尽人皆知。说的是二十七岁便不幸早夭的天才,每天骑驴外出,遇有所得,便记几笔投入所背的破锦囊中。傍晚归家,他母亲掏出一卷字纸来,忍不住疼爱地长叹一声:"是儿要当呕出心乃已尔!"我没有见过汤养宗写作时候的情形,但我猜想那苦情大概和李贺相差无几,证据是他也的确呕出心来了。一定会有人不相信,那么,请看下面从他公开发表的不多几首诗中摘录的诗句吧——

他写渔妇对渔汉子的爱恋和占有:"船再也驶不出她的眷恋";他写渔汉

子渴求和自己的女人温存:"但海无论如何应该放他们上岸了";他写海边渔村常见的"烧船底"场面:"交给水的航船现在又交给火了";他写卖鱼姑娘的劳动:"她的秤花刻写着人海之间的等量";他写渔民的生理—心理特征:"他们是晕陆人/在岸上睡觉比被出卖更心慌";他写渔民和海的共同性格:"海醉后撒起酒疯叫台风/他们醉后便醉成一颠一浪的海";他写渔船上的洞房花烛夜:"要是能像鱼双双沉入水底就好了/但你别无选择/那就在爷爷奶奶当初成亲的舱睡下吧/睡成美人鱼那样";他写新婚夫妇的美好肉体:"露出你礁盘般的男性来/露出你波浪般的女性来";他写这特殊环境中的男女交媾:"看啊,多神奇而生动呀/这艘船轻轻松松地摇晃起来了/在这多眼睛的星空下/是海突然起风了吗";他写初孕:"她怀着一个海的作品";他写胆小的渔光棍和欲嫁的渔寡妇之间的罗曼史:"他喷着酒气出言像撒网/'我要网住你'……"

我想,人们必须确认汤养宗是一位有才华的诗人,正如人们必须确认上引那么多诗句都是他呕出来的心的碎片一样。对待一个呕心者,除了同时也掏出自己的心来交换,就说不上公正、对等和同志式的情怀。

"语不惊人死不休",这本来是中国诗歌的传统箴言,谁都无权遗忘。不过,我丝毫没有宣传"唯警句论"或"唯佳句论"的意思,孤立地考察一个两个"警句"或"佳句",是没有多大意义的,重要的是一首诗的整体构思。何况,一旦将所有的句子都写成警句或佳句,也便无所谓诗。警句和佳句好比眼睛,如果一个人全身到处都长满了眼睛,人就不复存在了。这个道理是相通的、易懂的。问题出在有人嘲笑"刻意求工";我们只是提醒刻意求工的人,还要牢记另一句话:"偶然得之。"这就是说,经过长时间的锲而不舍的追求,终会不期而获——不是侥幸,是水到渠成。

由此,我注意到汤养宗驾驭语言的过人本领。他像许多有主见的青年诗人一样,完全是以当代口语入诗。所不同的是,他巧妙地避开了那个戕害诗意的随意性,而坚持进行筛选。用他写给我的信中的一段话来当作注脚,就是"我总感到随意的东西最容易写,关键是随意的'打击力',要击中人们的心灵,这就靠作者对自己才华控制得适度。像帕格尼尼的小提琴随想曲,悠悠千古,能有几人"。是不是由于他有了这种认识和把握,我们才得以屡屡看到那仿佛是信手拈来一般的轻巧?第二是悟性。前者凭主观努力可以办到,后者却需要一点天赋。

大海赐给了汤养宗以语言的特异功能。对他来说,大海是一个双关词,既是自然,又是社会,二者相加,叫作生活。所有的"警句"和"佳句"都是生活酿制的酒和蜜。生活不断地和他咬耳朵,告诉他各式各样的秘密,汤养宗只不过是比较努力又比较聪明,将它们一一默写下来罢了。

由于热爱生活,因而汤养宗一直走着兼收并蓄的现实主义道路:不赶时髦,不随风倒;他热爱渔民,而不是仅仅热爱"自我"。我认为,这也是生活教育了他的结果。他在给我的另一封信里,曾经这样表白过:"我只能老老实实地奉献出我感受中的生活本色,我喜爱并接受能够接受的新东西,但如果丧失了'本色',我只要当一名诗读者就够了。"说得多么坦率。

三年前,邓刚捧出一个属于他的《迷人的海》,一下子在中国文坛的天平上造成了惊人的倾斜。邓刚原先习诗,但屡经试验,终于未能使诗歌与海洋嫁接成功,才转而寻找小说。为此,记得我曾对邓刚本人表达过又是欢喜又是遗憾的心情。如今汤养宗崛起于闽海,他的诗的身姿使我有理由指望,邓刚空下的诗歌堑壕已有人接替,汤养宗会成为诗中邓刚!那根据不但在于他和邓刚一样,有长期的丰富的亲身体验,而且他还有强大的诗的感觉。当然,最可庆幸的是,汤养宗在对自己的优势的认识方面头脑清醒,他说过:"我必须拿出既忠实于自己的感受(据我理解,这指的就是生活——公刘),又有别于别人的'海'。"我想,没有什么更比那尊重别人的个性,同时也保卫自己的个性的人更值得尊敬了。不同的个性共存,是百花共荣的前提。

无论如何,汤养宗不是人造卫星。人们不妨去查一查一九八五年十二月号和一九八六年八月号的《福建文学》。那两组诗已经足以证明,他是一颗在人民生活的星云团中自然凝聚的天体,只不过暂时还没有完全进入天文台射电望远镜的观察范围罢了。不过,我想明确宣告的是,汤养宗也可以叫作海王星,因为他歌唱的是海和海上的劳动者。"太夸张了吧?"准有人不以为然,但我将回答:我信赖这个小伙子的实力,我信赖他不会让我日后买一柄斧子来砍掉今天写下的文字,我信赖这样一张履历表:

汤养宗,一九五九年九月生于福建霞浦县的一个渔民家庭,父母和两个哥哥都是渔民。一九七八年应征入伍,当了水兵。一九八一年退役还乡,旋入县闽剧团,担任编剧。不久前,以非党员身份参加工作队去渔村协助整党。他不是"寻根派",他的根不用寻,此刻正和桅、橹、篙一道,扎在渔民的大手大脚之中,扎在浩瀚的海洋之中。

最后,提醒汤养宗两点:第一属于近期,谨防散文化的磁性水雷,为什么不说暗礁而说磁性水雷呢?暗礁可以绕开,磁性水雷则难免吸附过来。当代口语入诗,若不严加提炼,就有"非诗"的危险。第二点属于长远,请及早制定远洋作业也就是深海捕捞的方案,那儿有大鱼。

1987年2月20日　合肥

关于中国当代文学的一点总体印象

面对在座的这么多联邦德国朋友,让我来介绍当今中国的文学状况,实在是颇为惶恐。为什么惶恐?因为限于时间、资料和其他条件,只允许我谈一个概貌。而所谓概貌,就意味着从大量的现象中做出选择:提取一部分,割舍一部分。但问题往往出在这种提取和割舍之中,由于各人的眼光不同,难免会造成某种不全面、不清晰、不恰切,反倒把对象弄得黯然失色,甚而至于歪曲。这,正如中国人的一句老话所说:吃力不讨好。今天,我将尽最大努力,避免给各位带来这种或者那种遗憾。当然,万一发生了什么,我也绝不会规避各位的正当谴责。好在我所说的一切,只代表我个人的观点,并不代表我的全体同事。

我们中国诗人、作家和评论家,都习惯地将一九七六年以后的、作为伟大思想解放运动和争取社会主义现代化斗争的一条重要战线的文学,叫作新时期文学。新时期文学刚刚结束了它的第一个十年。第一个十年是中国人民自己对自己实行再启蒙的十年,也是取得了辉煌胜利的十年。十年当中,太阳和月亮都与我们同在,尽管也时不时刮风下雨。这是些充满激情、喜悦、决绝、希望、理智、痛苦、动摇、迷惘……的岁月,既有滔滔不绝的倾诉,又有默默无言的沉思。从刘心武的《班主任》、北岛的《回答》、苏叔阳的《丹心谱》、白桦的《阳光,谁也不能垄断》、宗福先的《于无声处》、高晓声的《李顺大造屋》、鲁彦周的《天云山传奇》、谌容的《人到中年》,直到张洁的《沉重的翅膀》……我们写下的亿万个文字,仿佛是频频来自另外一颗星球的讯号,终于被接收了,被破译了,被理解了,包括贵国在内的各国汉学家,加上更为广大的同行们,纷纷把目光投向了中国的当代文学,并且为之感到惊喜。

　　与之相呼应的,便是我们中国作家内心的欣慰。我们长长地吐了一口气,觉得自己为了"爬格子"而抛洒的汗水到底没有白费。(这里需要解释一下什么叫"爬格子":汉字是方块字,所以,稿纸上边就印满了一个一个的小格子,每一个填在格子里的汉字都像一名囚徒,不得不在密封的牢笼之中挣扎。)由于我们劳动的汗水渐渐溢出了这些格子,更由于我们的汗水和你们的汗水汇合到了一起,我们开始被世界所承认了,格子里的囚徒也随之获得了一定程度的自由。这一富有诗意的景象,不禁使我产生了一个联想,那就是,我们有权把这个纯粹属于文学范畴的现象,拿来作为中国近年实行改革和开放的典型象征。

　　说起我们的改革和开放,一九七八年年底召开的中国共产党中央十一届三中全会,才是它的正式的生日。虽然,早在一九七六年打倒"四人帮",结束"文化大革命"前后,人民群众便在心头热切地呼唤过它,祈求过它。的确,我们的文学无愧于人民。首先挺身而出,并且最忠实、最敏锐、最集中、最勇敢、最强烈地表现了这种呼唤和祈求的,正是文学。一九七六年四月五日,北京爆发了百万群众示威的所谓"天安门事件",我们的诗歌就是报道春天的第一只燕子。接下来涌现了大量优秀的舞台剧本、小说、纪实散文和锋利胜过解剖刀的特写。许许多多的诗人、作家、评论家及其代表作,都因此而成为口碑,并载入史册。随着时间的推移,中国知识界相继兴起了"文学热""方法热""文化热",几千年的民族文化心理积淀开始了松动、解冻,虽然这一过程十分滞缓而艰涩,还常常遇上反复。然而,那整个的历史趋势,却是任何力量也无法逆转的。变革愈深入,文学与人民的关系也就愈密切。人民热爱、欢迎那些传达他们心声的作品,他们的真诚赞扬和善意批评,足以使得我们鬓发苍苍的、正当盛年的和血气方刚的好几辈作家引以为自豪。此刻,我不打算在这儿逐一介绍那些曾经触动亿万普通中国人心弦,令他们痛哭失声或者欢呼阔笑,提醒他们冷静思考或者鼓舞他们奋勇前行的所有精彩篇章,我只想就三股方兴未艾而又势必影响深远的潮流发表一点观感。

第一股潮流是恢复和发展了真正的现实主义。

现实主义,作为一种创作方法,同时也作为一种积极的人生态度,本来就植根于中国源远流长的古典文学之中。我们的诗圣杜甫,我们的创造了《红楼梦》的巨匠曹雪芹,都是世界知名的现实主义大师。现代意义上的现实主义,又正是一九一九年发轫的新文化运动的主导力量和光荣传统。先生们当不难理解,中国处于黑暗的军阀割据和国民党暴政时期,内忧外患,民不聊生,批判现实主义的各类作品,理所当然地会受到公众普遍的支持。这正是现实主义文学在中国得以深入人心历久不衰的根由。因此,经过三十年代左翼作家的推动,特别是四十年代解放区作家的实践,它在中国留下了不少光辉的里程碑。不过,在革命成功,人民取得了政权以后,现实主义在不正确的运用中不知不觉地滋长了艺术上的排他性,享有它不该享有的涵盖一切的特权,它便日益暴露出自己的消极面了。尤其是极"左"的教条主义势力和政治野心家相继插手"抓笔杆子",现实主义越发被糟蹋得不成样子,完全变成了鲁迅先生在世之日一再痛斥过的"瞒"和"骗"的同义语,为中国诗人、作家、评论家所不齿的"假、大、空",正是这一彻底堕落的精确总结。九年之前,我本人曾经发表过一篇颇受舆论推崇的论文,公开嘲笑过"假、大、空"式的现实主义是"丧失了起码的现实感的现实主义"。毫无疑问,这是片面强调"文艺为政治服务"的恶果,是文学的耻辱。所幸的是,中国共产党及时而坚决地摈弃了这个时至今日徒然有害无益的口号,从而从根本上挽救了现实主义固有的纯洁。通过全体作家的富有创造精神的工作,现实主义不断增强着与时代同步前进的活力。在遍及全国各地的为数超过一万名以上的全国作协会员作家和各个地方分会会员作家当中,采用开放型的现实主义方法进行创作的,占了绝大多数。

中国的现实主义乃是一种全方位开放的现实主义,除了拒绝继续当"样板",以统一文坛为己任以外,它不拒绝任何优秀的东西,不管这些东西最初诞生在哪个国家和哪个时期。因此,我们现今的现实主义作品,花团锦簇,既有借鉴"苏联模式"的,也有借鉴"西方模式"的(在"西方模式"中,联邦德国的大作家海因里希·伯尔是大家所景仰的),还有借鉴"拉美模式"的,自然,最主要最大量的还是"中国模式"的。总之是兼收并蓄,不拘一格。另一方面,我们又非常警惕,绝不把借鉴搞成了照搬。我们认为,不分良莠,生吞活剥,是最没有出息的勾当,是一切有抱负、有追求的作家所不屑为之的。尽管祖先的遗产当中混有污秽,实际生活当中也存在着肮脏,我们人民创造的文明毕竟是最古老的文明之一,我们人民举行的革命毕竟是最年轻的革命之一,我们知道如何走向文学的成熟。

还有一件并非不重要的事实,值得向各位报告,那就是,中国大多数以现实主义创作方法从事写作的诗人、作家,都觉悟到了,必须奋力保卫不同于自己的姊妹流派,她们的权利就是自己的权利;劳动竞赛,共存共荣,这才是唯一健全的艺术民主与创作自由。自然,这一切的前提在于政治大方向的一致,即拥护中国共产党的领导和遵循社会主义道路,对于中国的诗人、作家和评论家,这些都是常识。

中国的现实主义文学之所以具有顽强的生命力,其秘密存在于中国特殊的社会土壤之中。比起工业文明发达的国家来,中国是一个发展中国家。至今中国的百分之八十五以上的人口仍然是农民;农民的生活方式、思维习惯和价值观念,过去制约了,现在还影响着整个民族的文化心理结构。此外,有一点同样必须牢记,在这片幅员辽阔的土地上活动着数以亿计的文盲。要求文盲一夜之间都成为卡夫卡和毕加索的鉴赏家,那是不实际的,甚至可以说是不公正的。我本人数十年忠于现实主义原则,我和我的许多同事一样,特别痛恨伪善和背叛,我赞同互相理解,我也因中国的现实主义糅合了其他的成分而生机勃勃感到喜悦。在我看来,现实主义是万古长青的,它将与人类永远面对的现实同寿。

第二股潮流是现代主义以及意识流、荒诞、黑色幽默乃至魔幻的崛起。

我以为,这是迄今为止的中国文学历史上第一次爆发的极其壮观的造山运动。那一座座隆突于地平线上的年轻的峰峦,已经大胆地展示了它们神秘的魅力,吸引着众多的探险家和旅游者了。我想,这一决定性的巨变,至少直接造成了三大后果:首先是一旦打破便永远打破了现实主义一统天下的单调而又沉闷的局面;其次,它昭示了一个真理:通向人们心灵的道路原来并不只是一条,关键在于你下决心迈开双脚去闯;最后,但不是最次要的,现代主义等的初步试验,一下子大大缩短了我们和当代世界文学的距离,使得彼此都发觉对方并不陌生,情感和语言的沟通似乎更加直截了当了。

由于上述成功的尝试,人们确立了现代主义和从其他国外引进的新品种作为自己重要的参照系,并且从中尝到了打开门窗的甜头。如今,除了极端守旧的人物,谁也不会赞成文化上的闭关自守了。我想,不妨坦率地告诉联邦德国的朋友们,在中国,的确还有人忧心忡忡,唯恐文学艺术的多元化和无序化会导致政治上的多中心和失控。我觉得,这如果不是恋旧,就是神经衰弱,因为,三岁的孩子都懂得,只要不是垃圾,精神财富一如物质财富,总是越丰足越好。既然天空的云彩永不重复单一的形象,地上的花朵始终呈现斑斓的色彩,我们中国人为什么非把自己打扮成清一色的"蓝蚂蚁"和"灰蚂蚁"不可?!中国人也是人,中国人有权享受人的生活,何况,革命的目的,原本就是保证大家过上人的生活。

在中国,最早因现代主义和别的新颖技巧感觉震动的是一大批现实主义诗人、作家,他们在甜甜的睡眠中受到了梦魇的压迫,这压力越来越大,于是猛然惊醒,睁大双眼搜寻,面带愠色,又有几分疑虑、几分欢喜,如同浮士德遇上了靡非斯特。紧接着,有些善于独立思考,而又具备远见卓识的"浮士德"们,便自然而然地琢磨起怎样借助靡非斯特的力量,来达到自己探索人世奥秘的目的了。为此,我认为,现实主义理当欢迎现代主义的"入侵",这种"入侵"不仅迫使现实主义接受新的挑战、新的考验,而且迫使现实主义培养咀嚼、消化、吸收和扬弃外来成分的良好习惯与强大功能。这么一来,就出现了新的文学群落,并且逐渐形成了新的文学生态平衡,虽然,未必人人感激,却肯定人人受惠。大量事实证明,现实主义、现代主义、意识流、荒诞、黑色幽默、魔幻……正在卓有成效地相互渗透,融汇乃至孕育新的品种。我常常用我们中国的一句古话来形容这一前所未见的壮丽而幸福的景观,那就是"我中有你、你中有我"。不管你承认不承认、甘心不甘心,反正多元并存、长短相济的崭新文坛已在中国巩固地确立了。十年,在历史的长河中不过是一次短暂的潮汐,之所以能够取得昨天根本不敢想象的成就,那原因当然在于双方都充沛着使命感和主动精神:现代主义锐意进取,现实主义自强不息。

不必讳言,现代主义和其他种种从西方"引进"的文学手法,在造成喧哗与骚动的同时,也造成了某些误解与混乱。比方说,在我们那儿,就有少数人把孤独、空虚、失落感、世纪末情调当作时髦,一股脑儿趸过来,也不调查调查,到底有没有买主。他们只看见孤独、空虚、失落感和世纪末情调本身,却看不见这些东西究竟都和什么样的大背景相联系着。我的看法是,孤独、空虚、失落感和世纪末情调是无法抽象地独立地生存的,它们必须依附于什么上面。对萨特的名言"他人是地狱",西方的理解和中国的理解自然是不同的。中国人对这句话产生共鸣,那出发点和归宿,实际上都是我们周围的令人厌恶的气氛——被搞乱了和被败坏了的"人际关系",而不是其他。换句话说,是先有了视不正常为正常的环境,才会有视不正常为正常的概念。再举一个例子,中国有个别作家,从西方某些颓废作品中汲取灵感,也热衷于悲叹人生的无意义,这就未免滑稽可笑了。根据我的理解,西方有些人感觉活得腻味,转向厌世,和我们中国的某些人特别是某些知识分子感觉活得累人,祈求解脱,毕竟是完全不同的两码事。这二者,单看它们的悲观色彩,似乎差不多,但是认真剖析,便不难发现,无论是刺激的导因、刺激的敏感区,还是刺激的反应(是憎恨还是麻木?是抵抗还是逆来顺受?是独自呻吟还是联合起来相机反击?)全不相同。这正显示着东方人与西方人的历史渊源、文化素质的重要差异。因此,如果一个中国作家,误将别人家的烟囱当作象牙塔,硬要往里钻,那是既使自己受罪也教读者难堪的。我说这一番话,丝毫没有贬低现代主义等的用意,我无非是想强调,任何新兴的思潮,要想在中国繁衍、茂盛,首先得学会适应中国的气候和土壤。这是不是沙文主义的天朝思想的流露呢?不是的,这是发自内心深处的要求平等、友爱的善良愿望。第三股潮流是人道主义的持久弘扬。

  人道主义的呼声,在中国显得出奇地顽强,一时压制下去,很快又澎湃起来。这可以从远的与近的两方面寻求解释:远因是中国经历了漫长骇人的封建主义统治,这种封建统治由于它自身的各种调节机制而形成了完备且强大的政治—经济—文化建构。我们的祖先中的先知先觉者一再试图打破它,但都未获成功。只是到了一百多年前,帝国主义列强决定肢解这个老大帝国之际,人民才被迫起来决一死战。这期间,传播、信奉过各种学说,试验、采用过各种手段,一心想超越别人,赶到最前面去,于是,在十九至二十世纪急剧变化的客观条件下,跳过了资本主义阶段,直接由半封建半殖民地进入了今天。斗争是如此残酷,个人的一切包括本能都不能不自觉地加以抑制,集体意识成了铁的法则,至高无上,否则,就无法取得胜利。我想,凡是同情中国人民的苦难的人们,对此都会理解的。至于近因,一句话就能交代,尽人皆知的"文化大革命",以践踏人的尊严、毁灭人的价值为其贯穿始终的神圣目标,洗劫过去,便只好剩下瓦砾、呻吟和嗜血成性而又徘徊不去的兽道主义的幽灵了。

  十年新时期文学为这两种解释做了形象的注脚,最早出现的"伤痕文学",正因为一篇题为《伤痕》的小说而得名。接下来的"反思文学",跨越了控诉与抗议,把人性复归,要求理解人、尊重人和爱人提到更高的层次。在总结了正、反两个方面的经验教训之后,"文学是人学"这一著名论断,再一次得到了普遍的确认。

  可以毫不含糊地说,今日的中国文学已经完全回到了普通人手中。我们从文学中放逐了神,否定了那种把人当作工具的冷血理论,作家本人不是工具,作家笔下的人物同样不是工具,我们也不再欣赏所谓的"高、大、全"、完人和超人。绝大多数的诗人、作家和评论家都异口同声地承认:人,包括他们自己,都是有缺陷的。我们的世界,正是由千千万万有缺陷的人所缔造的一个有缺陷的世界。不过,这些有缺陷的人在保持着和克服着缺陷的同时,也满怀希望和信心,要把人类赖以生存的世界尽可能地建设得美好和更美好。英雄,便在这个过程中诞生。

回过头去察看来路,大致跨越了这么三个梯级:由历史的受害者到历史的法官再到历史的负责人。与之相应的,我们的心灵也就跋涉过三重山水:从悲惨往事的回忆到民族文化心理的挖掘再到个体自审意识的落实。越到后来,人性愈加升华。它已经不仅仅局限于作为主体民族的汉族作家,而且囊括了所有各民族的作家;从有数百万人口的藏族的青年作家扎西达娃,到仅有九千人的鄂温克族的青年作家乌热尔图的作品中,都能感觉到人的觉醒。最值得大力推崇的是老作家巴金先生五卷本的《随想录》。中国作家们公认的评价是:这是一部大书。什么大?作家的良心大,大得可以包容十亿人民的胼手胝足和五千年的斑斑血泪。当然,可以请所有热爱中国的朋友放心,我们并没有一味地沉湎于与民族共忏悔的忧伤情绪之中,仿佛"原罪"人人有份似的,将罪责平均分配,让中华民族的真正败类钻了空子,从而客观上掩护了他们的血手。

另外,我们在表现人道主义主题时,还特别注意到了,既要呼吁你尊重别人,也要呼吁别人尊重你;正如我们在普及法律知识时,既要说明你不可以觊觎什么,也要说明你可以享有什么一样,这是一个事物的两面:人人为社会,社会为人人。人道主义在中国牢牢地扎下了根子。假如过去疏于浇锄,那是我们的失误。饱经忧患的中国人民再也不会放弃天赋的人权了,何况,现在真相已经大白,社会主义的人道主义,本来就是马克思主义命题中应有之义,而一旦失去了人的本体性,所谓建设一个充满活力、充满生机的社会主义社会,不过是分文不值的空谈。

可能有的朋友会感到迷惑不解:为什么你们中国人到了今天还在为人道主义奋斗?我可以用一句话答复他:我们需要补课。的确,当今中国文学界是有一些奇异的事情。前面说到的现代主义,其实我们也不是不知道它早已不那么"现代"了,问题是,对我们而言,它还相当新鲜。又比如弗洛伊德,三十多年来都把它当作了异端邪说,予以禁止,如今也在风行一时中被有头脑的读者批判地加以汲取了。对于诸如此类的现象,我常常开玩笑说:慢半拍,你们看,在世界混声大合唱的某些声部,我们比别人不总是慢半拍么!不过,请不必担心,中国会在有所坚持、有所创造的同时,逐一校正自己的脚步,而又焕发自己的光彩,加入人类整体的和谐之中的。

现实主义的复兴与壮大,现代主义的崛起以及随之形成的新的文学格局,人道主义的理直气壮的呐喊,铸成了一口三只脚的铜鼎。人们不是常说"三角形的稳定性"吗?据此,可以指望,中国的当代文学还会取得更大的进展。

最根本的保证全在于我们的改革、开放政策。由于改革和开放,世界进入了中国;由于改革和开放,中国正在走向世界。这是一个必然的历史运动,体现了辩证的统一。越来越庞大的中国作家的队伍,同时展开了纵向和横向的两路进军:纵的是"寻根",也就是回归优秀的传统;横的是"走向世界",也就是向一切先进的人们学习。在不断的探索、寻觅、冲撞和调整中,最后将找到理想的坐标。到了那个时候,也只有那个时候,我们才有力量高声宣布:我们成熟了,我们终于能够奉献既是中国的又是世界的、既是民族的又是人类的文学了。今天,我们一行前来访问联邦德国,亲眼看一看伟大德意志民族的天空,亲身感受你们无数思想家星辰般的光芒,这也是促使我们新文学早日成熟的一项主动步骤。

谢谢大家。

1987年3月—4月　北京、波恩

山因诗而增添了高度

——序刘毅然的《野情》

一

> 收我做你的儿子吧
> 山

我仿佛看见,刘毅然在山门的脚下,跪倒尘埃,虔诚地喃喃央告。

> 我发誓将我所有的诗句都献与山
> 让后来写山的诗人望而兴叹……

紧接着,我又陡然听到了自他胸腔迸然爆发的壮怀激烈的傲吟狂啸。

的确,自有新诗运动以来,我不知道,还有哪一位诗人曾像刘毅然这样动情地歌唱过山!况复如此之巨细无漏、如此之淋漓尽致!收集在这部诗集中的——事实上,这不是作者的处女结集,他的真正的第一部诗作,由于谁也无法理解的缘故,一直躺在某出版机构等待着"无罪释放"——八十二首约计三千五百行诗歌,选择不同的角度、不同的层次,穿透不同的物象、不同的心态,人格化地表现了大自然的雄美与丑陋、吵闹与荒寂、坦荡与闭锁、丰饶与贫瘠、欢悦与呻吟……真所谓:写绝了,再也没有什么可写的了。

我不禁怀疑,后来者还能不能翻出新意?而且我首先就怀疑,刘毅然自己还能不能翻出新意?

写得特别好和比较好的篇什,几乎占了全书篇幅的五分之二,这是一个可观的数据。我仔细读了三遍,也信手做了一点摘记,抄下了一长串的标题,它们是:"上辑"的《野情》《筑路者》《猎鹿人》《原上河流》《疯狂的春天》《解缆》《船夫号子》《抽烟》《桃花汛》,"中辑"的《黄昏》《山啊,我的父亲我的母亲》《山路》《山葬》《山风》《山醉》《山酒》《猛士和山》《山恋》《开山江》《啊!山魂》《大山的儿子们》,"下辑"的《深山雨》《野地的合唱》《悠远的思恋》《北方来的大嫂》……相形之下,"下辑"要略逊一筹。当然,这仅仅是我个人的鉴赏评价,误差在所难免,遗漏更肯定是有的。正是出于这一考虑,我在这篇序文中,将试着打破老套,不再引用他的任何诗句,我以为,那样做的后果,将不是我以我的观点去解释刘毅然的诗,倒是以刘毅然的诗来解释我的观点。显而易见,这样做,未必能论证诗人的真正价值。

我觉得,无论对于山,无论对于海,也无论对于田畴和森林,为了讴歌而讴歌,是没有什么意义的。它必须和人的理想、人的品格、人的意志、人的奋斗联系在一起,并且明确无误地以人为中心,才会走向永恒。在刘毅然的笔下,为什么山因诗而增添了高度?其秘密正在于这些山的巅峰,都屹立着诗人自身和诗人的血亲兄弟。是他们的崇高使得山也越发崇高了。

因此,这个诗集,除了一眼便能看清的大大小小的峰峦,以及"人"与"山"的单纯而又复杂的关系外,一个最值得称道的特点乃是诗人不仅仅表现"我"的"自我",而是同时表现"你"和"他"的"自我"。换言之,刘毅然力求通过"自我"去"反映""众生"。这(我指的是,刘毅然和其他一些有独立见解和责任感的诗人)在铺天盖地汹涌而来的"新诗潮"中,不愧为一只拯救诗歌生命的"诺亚方舟"。从这一根本特点之中,又派生出其他若干不同流俗之处:比如,刘毅然从不以"猎奇"为"创新",从不以"莫名其妙"为"妙",从不以"泛性论"和男女生殖器春季大展销为"诗美"的"尖端"(尽管他在《扳船夫与守河女》中含蓄地描写了做爱的场面,在别的不少诗篇中也屡屡运用过性的隐喻……),诗人是有追求的,这追求既不是出世的悟道佛偈,也不是玩世的感官刺激,而是以烟解乏,借酒浇愁,胜利中有惆怅,光明中有阴影的普通士兵的日常生活,是真实的、生动的、完整的、丰满的人性。

我还认为,刘毅然的另一个无可置疑的功绩,在于他和新时期涌现的一大批军旅诗人一道,同心协力,突破了、摒弃了并超越了覆盖了三十年之久的单一模式,写得开阔,写得厚实,写得明快,写得斑斓,写得不拘一格、挥洒自如……

和许许多多的诗人一样,刘毅然也执着于自己的思维习惯,总是搞"定向爆破"。不论他放飞属于他的哪一只感情的鸽子,最后都会选择同一根枝条栖息,其结果,自然是只能令人欣慰却又遗憾——造成了意象的雷同乃至词汇的复沓。固然,我们从古今中外的名篇中,并不难找到类似的例证,似乎足以说明产生这一现象的某种必然性。比如,蜚声世界的智利大诗人聂鲁达,在他的一系列歌页上,就不知道多少次地重复使用过一个字眼:杯子。然而,话总不应说死,以为非如此无从形成诗人的"这一个"。我倒以为,这样的情况太频繁了,可能会使得我们放纵自己,老是朝着抵抗力量薄弱的部位"前进",并且陶醉于比较轻易取得的"胜利"。

此外,哲理性的思考相对稀薄,也是刘毅然作品的一大欠缺。我读着他的诗,一方面感到青春之火的喧哗骚动有余,另一方面又感到智慧之水的深邃静穆不足。因此,尽管再三再四再五再六地堆砌着"粗犷""剽悍""蛮勇""野兽"之类的刚烈之词,却缺乏真正的力度。这,自然与青年诗人涉世不深、阅历尚浅有关系。不过,我相信,倘若经过有意识的不断努力,某一天,他终必达到二者的平衡,并不断发展这种平衡。

二

一九八四年岁暮,四届作代会期间,刘毅然偕同他的可爱的妻子、影视演员阿玲,借着老战友徐怀中的介绍,专程来到北京郊区的紫玉饭店看我。

令人诧异的是,他说,这并不是与我们第一次接触。

原来早在一九八〇年春夏之交,当他获悉我因患脑血栓卧病桂林,他驰函关切过我的病情。当时,像他这样的好心的不相识者来函来电委实太多,而我恰恰又一度丧失了书写的能力,所有的这类事情只得全部委托女儿代劳处理。刘毅然,便是收到了我女儿的感谢信的一位。

我向他解释一切,并致歉意。

在此后的交往中,我逐渐感觉到他的坦诚、热情、慷慨,还有那股子绝不随波逐流的清醒劲儿。

及至一九八五年发生的一件事,更其打动了我的心。

记不清是几月份了,一天,我收到了刘毅然寄来的一封信,其中附有一首诗《小鸟》(当时的题目是《猛士与小鸟》),他要求我向《诗选刊》加以保荐。无奈我有一个不合时宜的古怪脾气,对于凡是有"走后门"嫌疑的举动——我自己发现,又决定主动介绍的不在此列——都抱有强烈的反感情绪。加之,这首诗,我认为相当概念化,不能算作刘毅然的代表作。因之,我非但原稿退回,而且批评了他,希望他趁着年轻,赶紧下部队去,补充新的生活,不能再住大城市里礼赞山区了。

复信投邮之后,我却又颇为失悔,是不是太粗鲁了?会不会打击了他?特别是,不久之后,这首诗竟被《诗选刊》转载,这更给我造成了新的不安:难道真是我看走了眼,不识货?直到今天,我还在承受着这种自审心理的折磨。不过,我也必须坦率告白:我一向不认为,只要是被《诗选刊》推崇的东西就一定是百分之百的精品。须知,编辑部同样有各种外来因素的干扰,同时也同样有主观评判上的失误。

唯一能令我感到自慰的是,我对他的深入基层的忠告,是绝不会错的。何况,接踵而来的使我大为感慨的是,刘毅然襟怀比我尤为豁达,他竟丝毫没有由于自己得到了"最后胜利"而扬扬自得,倒是对我表示了加倍的理解、加倍的尊重和加倍的亲近。

十年来，与我交往过的青年诗人为数超过一百，然而，像刘毅然这样有道德的，似乎并不多见。单拿《诗选刊》这件事来说吧，我暗暗思忖过：假如它落在 A 身上，当是如何？假如它落在 B 身上，又当如何？假如它落在 C 身上，更当如何？我完全能立刻想象出他们的反应，一句话，我休想得到他们的"宽大处理"。

于是，情况开始颠倒过来，我对刘毅然也越发理解、尊重和亲近了。

三

刘毅然有多方面的才能。

近两年来，他转向电影和电视的新领域。他把甘冽的诗情画意糅进了屏幕之中。

我读了他的一部中篇小说，不客气地说，那是失败之作。可是，几部剧本，却一个赛一个的精彩。

我就想着，他像一尾越养越大的鱼儿，开始由浅河的小湾游进水深浪阔的天地了。在除了语言之外还可以调动更多其他手段的舞台上，他显得更加得心应手了。

同时，我又萌生了一重疑虑：我们拿不定在增添一位大有前途的影视作家的时候，失掉一位大可造就的青年诗人？所谓的"失之桑榆，收之东隅"，果然是人世间的真理？

然而，我不打算放弃贪心的念头，我祈求两全其美和相得益彰。未来到底如何，自然无从预测。然而不管怎样，我将一如既往。当刘毅然的一名诤友，一名以心换心的读者与观众。

五月份，作为解放军艺术学院文学系的老师，刘毅然将率领一批学员，前往云南"两山"前线。我衷心祝愿他，经过血与火的洗礼，走向更其丰硕的成熟。

1987 年 4 月 29 日，草于左下肢坐骨神经剧痛之际，北京

爱应该再版

——评《华万里诗选》

不知道我结了什么善缘,重庆市江北县的文学小报《华莹山》按期赠阅。四面八方寄来的出版物可谓多矣,看不胜看。然而,《华莹山》办得既正派又不古板,给我的印象颇佳,因此,每期寄到,总是要挤时间翻一翻的。

今年五月十五日的《华万里诗选》专号,一共八版,一下子又吸引了我的注意力。断断续续用两个下午搭一个早上,反复品味,不禁兴起了呐喊助威的念头。

自古道,蜀中多才子,此言不虚!眼前这位制鞋、做酱、烧石灰出身的年轻诗人,就又正是脱颖而出的新的惊叹号。

遥望西天合十,我向这位素昧平生者致以祝福。希望这个惊叹号越变越大,挺奋于天地之间,坚持它数十载,必能连瞎子也感触到。

由于缺乏对人的了解,我只得从一点表层印象中,试测那深处的蕴含。

比方说,华万里为什么能写得如此潇洒,毫无吭哧吭哧的吃力喘息之声?我猜,在浮起来的"潇洒"底下,当有汗水和泪水做铺垫。几多苦读、苦思?几多无休、无眠?不待论证,作者不仅是真正的有心人,且那心上更有一座特殊的"幽州台"前可以见古人,后可以见来者,视野囊括华夏本土和异域他邦。看得出来,他嚼烂过一些故纸,奇偏奇在不生霉斑;他嚼烂过一些洋书,奇偏奇在不吐腥膻。这对比起时下脂粉秽语、环珮浊物的种种,不啻一股令人心旷神怡的清风。

快哉此风!

这一"部"《诗选》里面,私心偏爱的章句甚多,读的时候,曾随手做了些记号,不妨摘抄一番,以见作为一个读者的我的选择:《千山》《月夜》《老农素描》《挑夫》《羊归》《诗友》《午浴》《秋屋》《涵镜》《壁画》《杜鹃亭》《孕妇》《想象》《梦友》《夕语》《重阳》《半岛城》《女儿之言》《年终》《红树》《信误》《记忆》《朱梅》《晚年之树》《孤独的树》……还不计散见于其他诗叶中的无数明丽脉络。

华万里是有"根"的,他植根于生活。

　　生满头角的乌江两岸
　　才是写我诗之高地

因而他的歌吟严肃、沉重、生动、轻快,复杂而单纯,矛盾而统一,仿佛脚下的土地。

《诗选》的一个共同特点是,让我们看见了诗人的"自我",又看见了诗人周围活动着的形形色色的普通人。诗人的内心生活和同时代人的日常生活已然融为一体,无法分割了。这才是最可贵的。

华万里懂得,诗人当然有诗人的天赋任务,但诗人又毕竟也是人。华万里没有流露神化诗人的优越感,所以,他目中有人——努力从每一具凡人肉胎中捕捉诗的闪光,对于他自己,他只不过要求醒悟得比别人早,比别人彻底,而且艺术地解释这种醒悟,同时使别人跟着艺术起来。

我十分欣赏华万里用诗表明的他的美学主张:

　　面对一册《诗经》和一册《神曲》
　　自顾自地走自己的路

　　　　　　　　　　——《女儿之言》

还有那九死不悔的"西西弗斯精神":

再一次推动

再一次滚坠

再一次再一次再一次再一次

再一次屈原再一次李贺

再一次埃利蒂斯再一次艾略忒

……

再一次跌得浑身青伤,巨石

仍然在喊再一次!

何等英勇、何等悲壮的抉择,充满了近乎酷刑的自律、自重与自誓。

现在,中国诗人多如过江之鲫,端的像一则洋幽默里所讽示的:每一片树叶下面都有五个诗人在仰首礼赞。然而,若以十亿人口为基数,真正的诗人又实在相当稀少,我以为,华万里算得上是这"稀少"中的一分子。

中国人论诗,跳不出所谓"豪放"与"婉约"两大派,外国人谈艺,也往往说什么"莎士比亚式"或者"席勒式"。为什么不可以打出一面又豪放又婉约、又莎士比亚又席勒的旗帜?若以这一大建树为目标,要求于志在提携中外古今的华万里,那当然是还得认真做跋涉万里的准备的。

华万里有不少作品,搅动了中国民族文化心理的积淀:老庄的虚静,禅宗的玄远,谢灵运、陶渊明的淡泊……《千山》和《杜鹃亭》,是其典型代表。若在过去,我会表示不以为然。可是,经过一些日子社会大学的谆谆教诲,倒暗暗钦慕起来了。反观我自己笔下,不免孽根难净,"火气"太旺。我应该朝着这个方向努力才是。不过,至于华万里,却又以学习一些文天祥、夏完淳、拜伦、裴多菲为宜,在往后新的创作中添几声"鬼雄"的呼号。

《羊归》,也令我心折。回顾五四白话诗运动以来,牧群暮归,早就翻不出新花样了。不料,华万里却来一个"拟羊化",别开生面,遂成雏凤之音。

前面我透露过一个意思,即华万里的今天,不过是万里征途的起步。也就是说,有没有当大诗人的前途,首先要过"静夸自得"这一关。我想,听一听各方面的反应总是有益的。究其实际,无论横的移植和纵的继承,都还的确有值得斟酌处。例如《静观的树》,把方块字摆起来排列成一棵独立树状,借外观以象形,实质上是一种倒退。因为,倚重人为的符号,必然轻慢诗的灵魂。我觉得,这是舍本逐末,暴露了"玩"诗流行性感冒的不健康症候,与真正的"探索"无关。类似这等做法,中国和外国都早有失败的记录在案。再如《烟梅》,遣词造句,令人感到生硬,"骗言胜雾",费解费解,这一类的文字尚可找到若干。

江北县文化局副局长王明凯同志写的前言《爱的初版》,热情、诚恳,读来感到亲切。作为基层职能主管部门的领导人,能这样下气力推荐一位新人,难得。在这里,我向他顺致敬意。而且,我还想袭用他那个篇名,略加改装,给自己这些文字定下一个题目:《爱应该再版》。必须说明的是,我使用的是"再版"一词,不可理解为"初版"的"第二次印刷"。四川省的或者重庆市的文艺出版单位,似乎没有理由拒绝给予支持。

1987 年 8 月 20 日　合肥

一封更正信

《星星》编辑部：

　　同志们好！

　　刚刚从西北归来，读到十月号的贵刊，华万里隆重地登台亮相了，令人十分高兴！

　　我的那篇小稿子，被你们誉为"荐贤文"，虽属过奖，但也深感荣幸。

　　当然，这实在是我的分内事——日后倘若还能幸遇像华万里这样的青年朋友，我还会借重贵刊或别的报刊，郑重举荐的。

　　这篇拙作中，有一处出了错，虽说不大，但也不小，希望尽早披露此函，予以订正；那就是第17页第1栏倒数第6行，我本来写的是"华万里却来一个'拟羊化'"，可惜，"拟羊化"例子成了"抓举化"。读者看到这里，肯定会犯糊涂，该批评我故作高深了。不错，"拟羊化"的确是我仿照一般通用的"拟人化"一词创造的，意思是说诗人在《羊归》一首中，将自己变作了羊，用羊的眼光来观照万物。我想，这层意思本来还是好懂的。

　　此外，还有几个错字，如，"异域他帮"应是"异域他邦"，"谢灵运、陶渊明的谈泊"应是"谢灵运、陶渊明的淡泊"，《诗选》一个共同特点是，漏了一个"的"字。以上几处，都怨我字迹难辨，你们和印刷厂是没有责任的。

　　谢谢，占了你们的宝贵篇幅。

1987年10月18日　公刘

我的散文观

刘湘如同志要我为他的散文集写一篇序,同时有选择地送来了一部分作品。我答应了,也一一仔细读过了,因而引起一点关于散文的思索。现在把它用文字表述出来,供作者参考,并向方家求教。

中心问题是:怎样才能算得上一篇好的散文?我个人以为,似乎可以归纳为八个字,即诚实、真挚、质朴、准确。

诚实,指的是命题立意,它贯穿于构思的全过程,体现着严肃的人生态度。

真挚,是说感情上来不得半点虚假和造作,不能"玩"散文。

质朴,当然是一种高技巧,或曰反淫巧,或曰无技巧。

准确,就是反复筛选,炼字炼句,达到不可更易、不可替换的地步。

倘若再深入一层,又不妨指出,最根本的是诚实和真挚。

古人论文,素重"情志"。我觉得所谓情志,正是诚实和真挚。或记身边琐事,或状花鸟鱼虫,在有操守、有抱负者的笔下,处处能够寄情明志。因为,情志实在是文章的灵魂、文章的精神;有情有志,散文必臻于形虽散而神不散的完善境界。

我还有一点认识,我相信,只要作者是有所悟而发,有所为而文,那么,对于质朴与准确的追求,就会不期然而然地实现。质朴与准确,乃是诚实与真挚的孪生姐妹。

于是,这便涉及了一个人品问题。有人解嘲道:人品与文品相分裂甚至相对立,如今比比皆是,计较不了那许多!言下之意,仿佛可以论文不必知人。我却不敢苟同。恰恰相反,既然文坛风气腐败,倒愈发应该大力强调二者的统一。否则,对眼前,是贻害青年;对日后,真假莫辨,疑云重重,徒教治史者作难。

杨朔同志的道德文章我是一向敬重的。我遭放逐之前,和他仅有几次接触,了解不深。但后来听朋友们介绍,无不称道其作风正派,感人至深。十分可叹的是,他也有失误——六十年代初期,名篇《海市》《荔枝蜜》等,其画面情调之幽雅,与当时饿死人的社会大背景,反差过于强烈,至今每为识者所诟病。

我想,这实在是一个充满悲剧意味的深刻教训,值得所有的同志引以为戒。

当然,必须说明,杨朔同志的这几篇作品和包括已被奉为名流的另外某些人的刻意作伪、粉饰太平的玩意儿,不可以相提并论。在我看来,那区别还是很明显的:某些人,本来就是一帮在各方面都不择手段的无行文人。

针对这一类败坏散文的恶劣行径,记得我曾经在一篇题名《月牙泉与伪散文》的随笔中抨击过。对于伪散文,至今我仍然坚决摈斥。即令因此而开罪于有权势者或有心机者,终也不悔。

不幸的是,散文界一直流行一种害人的公式,说什么散文就是"美文"。然而,我却发现,在这个"美文"的幌子后面,擅长弄虚作假的人物往往得以大做其手脚。那情景,端的是与前些日子被揭露的"假茅台"相差无几——掺敌敌畏制造香醇,旧瓶子冒充新瓶子。

一味堆砌华丽的辞藻,岂能等于文采?一旦缺少肝胆与心灵,"娓娓"也未必动听。这便是我的信条,也是我警惕的对象。

上述标准假如得以成立,那我就要说,刘湘如同志的《瀛溪小札》《彗星》《扇话》以及《鱼花塘小记》,都可以称作肺腑之言:动真情而不夸饰,寓哲理而非说教,由表及里,因小见大,笔尖上流着的是作者自身的真血、真泪,点点滴滴,必将渗入读者的良知,一如春雨之于土地。

只有这样的作品兴旺起来,散文复兴的口号,庶几可望变成现实。

1987年6月24日　合肥

敦煌赏月
——读林染的诗集《敦煌的月光》

十天前,我还在敦煌,而且正巧遇阴历月半。

我一向习惯于早起,因之,饱览了敦煌月色。又大又亮又神秘的团圆明月,把迤逦的三危山和大片大片黑黝黝的白杨林照得如同皮影戏艺术的精品,悄然不动,而又呼之欲舞。

当这一印象至今历历在目,感觉的灵敏度还保持着良好状态之际,捧读青年诗人林染以"敦煌的月光"命名的集子,不能不引起一些思索。为了叙述集中而又不至于拉长篇幅,我想侧重谈一谈自己对与诗集同名的诗篇的评价。

建国以来,特别是近六七年兴起了旅游热潮以来,吟咏敦煌的篇什可谓车载斗量。但真正触及了敦煌的灵魂的并不多见。我以为,倘若把同类题材的作品摆平来看,不能不承认林染的这一首确属出类拔萃。

就我所读到过的林染的诗作,《敦煌的月光》也堪称他的代表作了。

我们且听诗人是怎样歌唱敦煌的——他选择了月下,他选择了迷离浑茫和幽冥;这个大背景,为诗情的抒发提供了一个非常坚实的前提。

　　美丽而冷酷的夜色
　　你不要退去

这是关于敦煌的结论。

短短两行,每一个字都下得力透纸背。赞叹,惆怅,忧郁,而又莫可奈何,我完全抱有同感。

不妨以"结论"为起点,倒着捋一捋之所由来的脉络。

首先上场的是举世闻名的撩人遐想的飞天。

"裸着双肩和胸脯的伎乐天"="瀚海里的美人鱼",诗人给我们列了一个明白无误的形象等式。"起伏的手臂摇动月光"="她们的唱歌",这接下来的一个等式就比较含蓄了,这是一个不同于形象等式的情绪等式,它隐藏在单纯外观的表层之下。由此进一步,"银色的漠海情思澎湃"又与"瀚海里的美人鱼"相呼应,而"珊瑚形的红柳",则为上述种种补充了具体细节。

果然,月光下的红柳,并非死水中的静物,而是沸腾的精灵。诗人以心逼视着它,发现——

　　一丛丛熊熊燃烧着
　　火焰是黑色的,浓黑色的

这和我心目中的三危山、白杨林又何其相似!

是的,溶溶月色中的敦煌大地,包括三危山、白杨林,直到红柳,都是化不开、淘不尽而又同时在消解、在渗透的一锭特殊墨膏。

这里,我以为,最重要的并非形象(燃烧的动态和色彩的感觉),而是那难以言传的历史情绪(也正是这首诗所体现的壮美境界,或曰悲剧精神)。

聚光灯再度扫描着伎乐天的双肩、胸脯和手臂。

　　她们从沙丘舞向沙丘
　　飘带撩动星群
　　猩红色的星群在沉浮

俗云,天上月明星不亮,但居然出现了星群,并且是猩红的,令人感到燥热和不安！这自然是诗人头脑中的幻象，不合理，却合情。试想，当可爱的伎乐天们以长长的飘带扑打夜的穹窿，难道不应当彩花飞舞、群星浮动么？这一奇观是不难理解的，特别对于那些写过诗的或者懂得诗的人，只要"闭"上眼睛"看"，就一准能"看"到。

到了诗人亲自亮相的时刻了。

于是——

　　我的三危山也在沉浮

诗人似乎感到担忧，不，准确地说，诗人正在期待。他盼望：

　　她们会舞到我的山岩上
　　把我带进波涛下的花园

这里，又出现了一个不明确的模糊数学方程："波涛下的花园" = 未知的极乐世界。

你看，诗人的肉体尚未进入，灵魂却早有体验：

　　永远沉寂的花园
　　永远动荡的花园

我想，读到这儿，人们都会注意到"沉寂"和"动荡"的强烈反差，并自然而然地默认它们的相克相生、相反相成。

只有达到了这一境界，那被敦煌的一轮明月召唤而来的诗情才不得不止于其所应止。这便是强有力的然而毕竟是充满绝望色彩的呼唤：

> 美丽而冷酷的夜色
> 你不要退去

　　我的分析从"结论"开始,又以"结论"告终,我希望,这样做能有些许说服力。

　　就整体而论,这首诗是完成得相当出色的,尤其是最后展现于读者面前的是一个"定格"——明知无法长此保持而又不忍遽然逝去的精彩镜头。

　　这一点,对初学写作者想必是有启发的。

　　我一向认为,在众多的新边塞诗人中,林染一贯以善于捕捉并再现大西北人的一刹那的情绪见长。他下笔每每精微、熨帖,跨度大却疏而不漏。他一般不片面追求表面上的莽莽苍苍。尽管他的有关新边塞诗的理论主张,人们未必完全同意(仿佛他自己的创作实践也与之相矛盾)。顺便说一句,新边塞诗天然的是现实主义的。我认为,这绝非武断之论。应该指出的是,所谓"天然",正是为"边塞"所决定的意思。何况,所谓现实主义,也仅仅是就它的大趋势而言,并非对现代主义和超现实主义方法的一概排斥。即以林染而论,他就往往使用隐喻与暗示,而且大抵都获得了成功。

　　综观整本诗集,凡是写好了的,基本上都以时而酣畅淋漓,时而欲纵却收地运用了情绪的力量取胜。如《暴风雪》,如《白毡房》,如《意想在榆林窟壁画前》,如《白龙堆》,如《一列行进的武士》,如《在塔克拉玛干》……

　　不待说,林染也有失手的时候。举这本集子里的三首爱情诗为例,就很有值得包括我在内的诗作者汲取的经验。《寄自小宛戈壁的信》,写来闪烁多姿,言有尽而意无穷;《朝阳下,乳白色的小伞》,则显得苍白,相对逊色多矣;而《在晚霞和星光下》,就每况愈下,难逃陈旧、平庸之讥了。

　　个人浅见,是耶非耶,聊供作者参考,也聊供新边塞诗的研究者和爱好者们参考。无论如何,就我而言,心是诚的。对得起一九八七年九月七日至九月九日(阴历丁卯年七月十五至十七)普照流沙路上的朗朗银辉——它既属于那特定的三夜,又属于不灭的亘古;渺渺然,凛凛然,铭刻于我的心版,永志不忘。

1987年9月18日　写于金川矿山

《梦蝶》自序

一

庄周梦蝴蝶,好一个迷人的梦!

人,庄周的本体。

蝶,庄周的化身。

梦呢?当然是蜕变的过程了。(这个蜕变,毋宁是主观大于客观,甚至是纯主观的。)

蜕变是焦灼和痛苦的。因为,要完成这件事,必得具备一个前提,即忘却你的本体,以及种种随本体俱来的焦灼与痛苦。而这忘却本身,对一切仰慕庄周、仿效庄周却又素质远远不及庄周者而言,首先就是最大的焦灼与痛苦。

以个人而言,我就多有自疑,怕做不成这个梦。原因也很清楚,第一,我对别人信誓旦旦的东西,太过于当真(说穿了,是我自己天真)。其实,无数经验反复告诫过,那些东西中的一多半(百分之九十?)本来就是让你姑妄听之的。第二,跟着来的就是办事太认真,所谓一板一眼,尽管,有时候也不免动摇起来,暗暗思忖:像这样子活下去,岂不太累了么?何况,身上还有许多浊物,再加上那可怕的惯性,时刻在拖着后腿,不让我达到这一梦境——诗人的最高人生境界。

于是,我只好挣扎了又挣扎——不是挣扎着企图逃脱,而是挣扎着盼望契入,乃至融合。

二

　　这个小册子,仍旧是按写作时间的先后次序编排的。这是对心迹的忠实,夸张一点说,也是对读者的忠实。

　　本来,其中有些写海的篇章,应该收入花城出版社印行的《相思海》的,无奈先前约定不得超过一千五百行,这么一来,只好仿照小学生做加减题的办法,根据行数拼凑,硬是抽掉了一些,如《海颂》之类。

　　感谢湖南的朋友们,他们愿意背起这个诗的同时也背起相当丑陋的十字架,并且不计较斤两和尺寸,不提任何先决条件,例如自费、代销乃至拉广告等等。别忘了,诗集,除了极个别的例外,一般都是注定要赔本的。因此,我想,假如此生居然能写出一本"利市"的玩意儿来,就理所当然地要报答像湖南(还有江西)这样厚爱于我的地方。不过,话又说回来,在我的笔下,是绝不可能出现什么令人发"热"的畅销书的。我不是那块料。这是不是捡了便宜还要卖乖呢?凭良心说,不是的。我只是请求湖南文艺出版社做一点思想准备,我对他们的账本帮不上忙罢了。

　　我只有一颗爱他们的事业的心,以心换心。他们出版了多少好书啊!有目共睹,有口皆碑,实在是毋庸我来饶舌的。还是再说一声谢谢吧,这倒更实在。

1987 年 10 月 23 日　合肥

写在桑子的诗后面

当《星星》郑重推出《华万里诗选》，同时发表了我的推荐文章《爱应该再版》之后，我收到了不少来信来稿(其中有各种规格的印刷品)，海北天南，但目的却是完全相同的：要求我评介。

我极忙，而且有一只眼睛早已经失去了视力，因之，这便形成了非常重的负担。每信必复，当然是完全不可能的。只得再借《星星》的一隅，做一次笼统的回答，请所有给我寄诗作的同志们谅解。

我想说的第一句话是，并不是每一位写分行文字的人都是诗人，同样，也并不是每一位诗人(包括我自己)写的分行文字都是诗。诗是贞洁的。

第二句话是，诗也有自身的语言规范，企图用任何一根竹竿搞"超越"语法基本训练的游戏，是肯定要摔跤的，下边不可能有海绵软垫。

因此，第三句话就是，如果把随心所欲理解为创新，那就奉劝老老实实在你最得劲、最拿手的地方做一番事业，免得浪费时间、稿纸和墨水。

诗，不仅格律诗，还有自由诗，其实都是不自由的。只有能在极其有限的活动范围内，奔腾自如，旁若无物，方显出一个人的真功夫。比如优秀演员盘桓于小小的舞台之上，竟制造出整个的人生、整个的社会和整个的世界。

从这批来信来稿当中，只挑出一组作为代表。作者名叫桑子，远在甘肃，我同样不认识(华万里同志的身世，他已经专函详细做过自我介绍了)。想必是更年轻，也更"新诗潮"，然而，又不尽然，他写得也相当克制、相当内向、相当宁静，并且和华万里分属于两种不同的"套路"。不重复别人，这是十分之对的。我很赞成。

少数不妥帖处,我做了些许修改,但也可能是"强作解人",弄巧成拙,请作者海涵。自然,太离谱的地方,不妨发表声明,恢复原貌好了,不必顾虑我的"面子"问题。

希望桑子同志在今后的新作中,添进去一点黄钟大吕之声,像目前这等情调,未免失之太低回了,令人产生"超前"感。

还要及早警惕散文化倾向的露头。

1987 年 12 月 4 日　合肥匆记

山风才为玉米叶子歌唱[①]

——读叶延滨、梅绍静新作,重提学习民歌

一

黄河像一柄钝刀,生生地硬把秦晋高原割成两半。假如你乘坐飞机打那一带穿越,并且遇上了好天气,又有兴致鸟瞰下界的话,那么,你将会发现:光秃秃的陕北和光秃秃的晋西北,岸崖破碎,地脉暴露,景象凄惨。这说明,当年黄河的确是割得非常之狠心而又非常之吃力的。

不过,把黄河比作刀,怕也欠妥,黄河与这块黄土高原实在是不可分离的一个整体:苦藤苦瓜。

我很幸运,这两半我都待过。在东边,我先后沉没于底层超过十年,至今那儿还深深地埋着我一半的心房。至于西边,重获自由之后,也曾专程去转悠过一趟,虽则匆匆。最难忘,热情的延安友人曹谷溪君为我借来了数十盘原始录音带:黄河船夫的吆喝,乡野女子的哭腔,略有醉意的豁牙老汉的哼哼——各色各样的信天游。天哪,真个是美!

而从当地贫穷且单纯的农民那儿,我又学会了如何识别丰富且复杂的特殊地貌:台地叫作塬,条地叫作梁,馒头似的孤耸山包叫作峁,谷地叫作坪,散见于沟壑之中的倾斜面叫作坡,伸进山谷里的小块漫坡却叫作掌,特殊小的谷地又叫作坳,崖头叫作圪塄,较小的山包叫作疙瘩,分水岭叫作崾岘……正

[①] 这个题目借用了梅绍静的一句诗。

是上述的种种构造,组成了偌大一块黄土高原,用时下流行的新名词儿,叫作黄土地。

不能以如数家珍的感情对待黄土地的,很难教人相信他会喜欢这一片高原;这样的人如果当了诗人,兴许可以把火星描绘得天花乱坠,但肯定写不活中华民族的摇篮。

因此,辨认黄土高原,就成了黄土高原人(何况诗人!)的人生必修课,它不仅属于风土自然,而且属于世态社会。

二

从这片黄土里,生长出来糜谷、高粱、玉米、芸豆、胡麻和党参、黄芪、远志、酸枣仁……

同时,生长出来民歌,那像庄稼一样会分蘖的民歌,其中有一株叫韩起祥,另有一株叫李季。

当然,还生长出来"土围子",生长出来李自成和刘志丹。

三

这片黄土地又历来是一座舞台,蛮野而且悲壮。

欢笑,笑不起来;苦笑,笑罢就想哭。这片黄土地的历史,几乎是无法解释的,从而也就难以评说。

比如,作为十年浩劫组成部分之一的"上山下乡"运动,该当怎样条分缕析、掂斤播两,而后估量出它真正的"质",真正的功过是非?你既不能笼统说它是毁灭人才的火葬场,也不能冒失说它是造就人才的炼丹炉,总之,一句话说不透。

以一大批遭罪的知识青年而论,如今,从他们当中,又升起了多少亮晶晶的明星!各行各业,四面八方,根儿无一不连着黄土。这实在是一个大可研究的人文奇观。我这篇文章企图指点给众人看的,正是其中的两颗:叶延滨和梅绍静,活跃于当今诗坛上的后起之秀。然而,请告诉我,他和她,谁是灾异的掘墓人?谁是祥瑞的宁馨儿?仿佛都是,又都不是,一定要有答案,那么,我认为,两个人都二者兼具。

他的诗和她的诗是桥,从黑夜通向白昼,从昨天通向明天。

最近,我又从桥上来来回回走过一遍,桥的形象令我感动,"山风才为玉米叶子歌唱",我只想着重论证一点,即他和她的诗的素质与民歌的血缘关系;换句话说,他和她的诗的品格与民族气派的衍生关系。

应该说,他和她都是忠于黄河、忠于黄土高原的,他和她都不以自己的黄皮肤为耻。

没有了上述的血缘关系和衍生关系,不论是黄河还是黄土高原,是不会承认这样的养子、养女的。

我还想顺便说一句,这二位也许一辈子达不到诺贝尔,然而,他和她的脚下,都是达到诺贝尔的坚实起点。我相信,中国诗人只有从中国达到诺贝尔,而不是从任何一个外国,包括曾经有人从那儿达到过诺贝尔的外国。

所谓脚下,当然不仅仅等于民歌,但无疑包含着民歌。因此,假如关于民歌问题存在着分歧的话,那其实也是和走向诺贝尔问题的分歧相联系着的。

四

只需各自摘引一两段吐露心曲的文字,就足以表明他和她的志趣之高尚和意绪之落寞了(这落寞是多种原因造成的)。他和她,是有双重灵魂的人,一具灵魂欢乐,另一具灵魂痛苦,然而这又正是古往今来行吟诗人的典型心态。

依然在痛惜吗？
它只是一根划着过
却没有点燃任何东西的火柴？

显然并非"任何东西"都不曾点燃。诗焰熊熊，便是明证。梅绍静自己在另一首诗中也做了朴实的答复：

想起来，
我被埋没的
只有一件棉猴。

如今，我的每一首诗
都像洋芋疙瘩
正被一块块儿地
刨出。

看，多么坦然、泰然复理直气壮！像马雅可夫斯基将自己的诗比作矿石一样，她将自己的诗比作黄土高原的庄稼，那潜台词自然是：谁嫌土腥味儿，去啃你的牛排好了。我不妨碍你！

叶延滨同样不怕"土"，他以组诗《干妈》显示了本色的"自我"，没有油彩，没有脸谱。老话说"儿不嫌母丑"，叶延滨因"干妈"而自豪。那么，当诗人离开"干妈"许多年之后，孝心是否有所"淡化"？我们关心这一点，但我们也欣慰地听到了他的与年龄、境遇不十分"相称"的苍凉的调子：

还是树比人认真
说扎根就扎根

> 稳稳地站立在这个垅畔上
> ……
> （树荫下还有个老妈妈
> 炊烟漂白她满头白发）
> 知青走了,妈妈没走
> 树站在她的足迹上
> 只是树不会说那些贴心话

这些揪心的句子,出现在一首对《知青窑前的树》的颂歌里,人们完全可以理解,当作者旧地重游时,树在人非,伫立凭吊,徘徊摩挲,百感交集的心境。叶延滨,他失落了什么？又获得了什么？忆念到什么？又憬悟到什么？一本充满深情的诗集《乳泉》(群众出版社印行)给了我们以形象的回答。

无独有偶,作家出版社"中国新诗库"丛书为梅绍静推出的近作《她就是那个梅》,引起了频率相近却音色迥异的共鸣。

完全用不着有意识地去寻找,无数似曾相识的民歌变体野鸽一样扑棱棱迎面飞来。我有心记一下标题,然而,纯属多余,除非照抄全部的目录。上边我使用了"民歌变体"四个字,因为我实在没有更恰切的词语可供选择。我觉得,这种民歌变体的最大特色乃在于:形变而神似,调易而韵存。作为一个普通的中国读者,从中得到了快乐,感受着慰藉,仿佛彼此间存在默契。这大概属于民族文化心理——历史的积势所形成的本能吧。读这种诗,如同待在自己家里一般自在随意,全没有半点误入富豪宅院而手足失措的惶惑。

往事难忘,记得一九五八年前后,有一部分新诗人高喊着向民歌学习的口号,甚至赌咒发誓,要埋葬自己的昨天,结果,所谓脱胎换骨的产儿,竟是成群结队的非驴非马的四不像！那么,叶延滨和梅绍静是不是那批诗人的还魂转世者呢？我是不是在为一种错误倾向的故伎重演推波助澜呢？我冷静地思索过,答曰:非也。时代不同了,如今的新诗人和新诗评论家,都不再幼稚天真了,任何"一天等于二十年"的纸老虎也唬不住我们了,只要方寸不乱,我确信,谁也不会重蹈制造非诗、反诗,同时也非民歌、反民歌的"新民歌运动"的覆辙。

叶延滨和梅绍静的才华,并不见得一定比当年宣告要埋葬昨天的诗人们高,关键在于叶延滨、梅绍静的创作,走的是一条新路:咀嚼消化而不生吞活剥,弘扬神采而不赝造骸骨。他和她的诗集便是证据。也正是这一基于对前人经验教训的正确总结,叶、梅二位才会"不悔"地辛勤地耕耘着,前者雄犷,有如动地而来的"安塞腰鼓",后者阴柔,成为又一阕九曲回肠的《蓝花花》。

丰收是理所当然的。

五

与上述态度截然相反的,是另一种态度,他们嫌洗澡水肮脏,竟连浴盆里的孩子也一道倒掉。我一直弄不明白的是,这究竟是我们中国人传统的国民性"好走极端"所致呢(与"好走极端"并存的,还有"中庸"的一面,鲁迅先生对这二者都有过非常精辟的针砭),还是晚近三十年来"矫枉必须过正"的伟大教导深入人心使然?总之,"不是东风压倒西风,便是西风压倒东风"。诗坛上也盛行"一面倒"。在从前倒向"民歌加古典",这些年又不加分析地倒向绝对嘲笑民歌和鄙薄民歌了,以至于有谁再敢说一声民歌还有值得学习之处的话,竟如同提倡裹脚蓄辫一般被视为大逆不道了。

我个人认为,这种局面是不正常的,是有害于新诗的全面健康发育的。抱有偏激情绪,不分青红皂白,认定民歌"低级"的一部分青年诗人,自然无法规避主观上的责任(事实上,他们并没有读过或听过多少民歌,甚至根本不读或不听),而那为相当多数青年学生所瞩望的专家权威,在倡导"新诗潮"时,几乎绝口不提"民歌"二字,恐怕也难以摆脱间接的干系。不错,极端政治化的"新民歌运动"的谬误必须批判,但是,当我们对过去了的一切进行反思的时候,为什么独独不反思民歌问题呢?这是说不通的。我也同意,真理有时候可能需要以某种强调的形式出现,方才引人注目,然而,永恒的强调却未必是永恒的真理。真理只能抵制真理的对立物,即谬误,或非真理;真理不应当抵制那本来就属于自身的某一局部,尽管这一局部也许为有洁癖者所不悦。

有个别论者辩护道,这是对长时期定于一尊的理论与实践的反拨,也对。不过,我担心万一"反拨"过头,口头上的多元并存,便不由自己地会变成另外牌号的大一统,换句俗话说,"打倒皇帝坐皇帝",而这恰恰是缺乏民主素质的中国人的丑陋之一。

梅绍静就顶着"退化"的讥评,不声不响惨淡经营了十几年。

叶延滨也往往屡遭白眼,以致不禁起过"转向"的念头。

令人欣慰的是,毕竟都坚持下来了。

我坚信,唯不排他而又不媚外者有未来。

六

我替那言必称希腊,对洋人大搞"个人迷信"的某一类"新秀"脸红:

他(她)竟不知道,或者忘记了普希金从奶娘那儿非但吮吸了养人的乳汁,而且吮吸了迷人的歌谣;

他(她)竟不知道,或者忘记了歌德和海涅曾潜心搜集过民间文学、宗教故事和稗官野史;

他(她)竟不知道,或者忘记了洛尔伽和聂鲁达都击节赞赏过比利牛斯牧民和安第斯矿工在帐幕、咖啡馆里率真忘情地歌唱;

他(她)竟不知道,或者忘记了许多现代派,包括金斯伯格也从不拒绝黑人、印第安人和土著白人(最早的新教徒移民后裔)的富有特征的风习俚语……

然而，他(她)却频频顾影自怜，认苍白贫血为天生丽质！

我也替那只会赏弄几句"洋泾浜英语"，而不屑于说中国话的某一类"新秀"害臊：

他(她)以佶屈聱牙为精深；

他(她)以玩弄文字七巧板为新创造；

他(她)以"圈定"(小圈子互定是也)甚至"自封"为超越和超前；

他(她)以破坏正常思维方式为"语言革命""观念革命"；

他(她)以名词、动词、形容词、副词的职能借代之无节制滥用为诗美大突破；

他(她)以改贴外国商标的中国产品为"引进"和"拿来"的样板；

他(她)以读者越少为层次越高……

面对凡此种种，我只能掷笔长叹。

至于民歌(伪劣不在其中)，就更不在话下了。

但我忽然想起了英国诗人彭斯的名篇《我的心呀在高原》人所共知，这首诗实在得益于苏格兰民歌。不妨指出，梅绍静也有一首《我的心儿在高原》，想必是受到彭斯的启发，然而，她所歌唱的高原是中国的陕北，从感情到语言也是中国陕北的。因此，这首诗尽管题目相似，却纯粹是黄土抟造的，东方女神——陶罐和唐三彩的嫡亲姊妹，而绝非时下充斥市场的石膏维纳斯。

《中国歌谣》创刊之初，曾经嘱我题词。我信手写下了这么一句话："不爱歌谣的诗人绝不可能成为人民的诗人。"(《中国歌谣》1985年第8期)

其实，还应该添一句："不爱外国优秀诗歌(包括歌谣)的诗人绝不可能成为伟大的诗人。"

下决心不爱歌谣的自然会有出路，去当沙龙明星好了；同样，下决心不爱外国优秀诗歌(包括外国歌谣)的人自然也有出路，去当馆藏文物好了。不过，无论沙龙也罢，馆藏也罢，其为玻璃橱里的贵族则一。

还是一视同仁地对待民歌、古典诗词、五四以来的白话诗和优秀的外国诗歌,于我们自身最有裨益。

这样一个观点是不会错的。

好比吃东西,你可以比较她更爱吃肉或者更爱吃蔬菜,却无论如何不应发展为畸形,造成营养偏枯而致发育不良。

我们大多数人思想都已日臻成熟。在当前改革开放的大背景下,重提学习民歌……但愿不至于引起什么误解。

> 不忍合上哟,合上了
> 合上了会找不到回家的方向
> 合上了会认不得乡亲的模样
> 合上了我们会窒息缺氧
> 啊啊,打开了就合不上
> 难道生活不就是这样
> 开始了就要不停地走向前方……
>
> 叶延滨:读《陕北民歌集》

最后,借用这些深情的诗句,作为本文的收束,我将引为荣幸。

1987年11月上旬—1987年12月下旬写于合肥、杭州

从四种角度谈诗与诗人

——答中央广播电视大学中文系问

问:打倒"四人帮"后到八十年代初,您的创作曾产生广泛的影响,这是否可称作您创作生涯中最富光彩的阶段?与您以前的作品相比,主要在哪些方面有所发展变化?

答:我和新诗打交道,如果从一九三九年发表第一首"作品"算起,快五十年了。当中除去一九五〇年因为参加解放大西南的千里进军和工作调动频繁,暂时停过一年笔;一九五五至一九五六年因反胡风—肃反运动,接受审查,再次中断一年多;一九五七年九月开始,直到一九七八年,因错划"右派",被迫长期辍笔;真正从事业余写作(有四年左右专业写作)的时间,加在一起,还不满二十年。所以,我不像旁人那么幸运,五十年代上半叶,我只不过是中国文坛天空中的一颗彗星,一眨眼便消逝了。尽管也出版过几本诗集,但稍稍值得一提的似乎只有《在北方》一本。(《阿诗玛》不能算数,第一,那是民间口头文学的整理;第二,那是与三位同志合作的共同结晶——坊间有一本辞典,说什么《阿诗玛》是我的代表作云云,错了。)顺便不妨说到,在"文化大革命"后期,众多厌倦于"四人帮"的说教和所谓"样板",追求真正的诗歌艺术的青年朋友纷纷把《在北方》翻印成完整的油印本,私下传阅;"四人帮"垮台之后,他们从山东、江西和贵州,不约而同地给我寄来了各自不同的地下版本,我非常激动。我觉得,这简直是一种无上的光荣,它比国家级出版社制作的豪华本都更加宝贵万倍,至今我还视同奇珍,从不轻易示人。

当我们的社会主义祖国进入了她的历史新时期时,我个人也重新获得自由,我的被压抑了七千个日日夜夜的感情,出现了一次大爆发。我时刻沉浸在强烈的创作冲动之中,有千言万语需要倾吐。尽管在这期间,我的被非人生活所摧毁的身体,先后经历了三次危机:第一次是胃大出血,休克,从血压降到临界点抢救回人世;第二次是脑血栓,昏迷四天整,接着瘫痪了三个月,丧失了说话、写字以至拿筷子的能力;第三次是右眼突然失明,经过治疗,保留了戴上近视眼镜才有 0.04 的视力。然而,我居然都奇迹般地活了下来,而且,一旦稍为稳定,便又投入工作,不敢懈怠。于是,在不到十年的时间内,我竟出版了包括散文、报告文学、评论在内的二十本书——如果不算因病休息的两年,每年出书平均两本半。这不能不被承认为高速度了吧,简直可以当选劳动模范呢!不过,事实上并没有当上,我还不具备劳动以外的"条件"。上面说的是数量。至于质量如何,那得由广大读者鉴定,扪心自问,有力不从心的时候,却没有粗制滥造的时候,真诚是不能兑水的。也许,正是我把自己的心交给诗,交给人民了,才得以有了一定的反响。多大的程度叫作"广泛"呢?我不清楚,我感到,这是一个暂时无法界定的概念,我们还是先把它撇在一边儿,等时间去做结论吧。

说到我的诗歌创作风格,在原先的基础上,的确有所发展。评论界的同志们对这一点有过不少探讨。就我读到过的,比较之下,黄子平同志的论文《从云到火》,倒真像一把理解我的钥匙,洞察了我的许多心灵的细节。黄子平同志的文章是在他的指导老师、著名评论家谢冕教授关怀之下写成的,最初发表在《北京大学学报》上,后来又分别收进了浙江文艺出版社印行的《全国大学生毕业论文选编》和《沉思的老树的精灵》中。总之,我是十分感谢这一对师生的。当一个人被人正确描述时,往往会产生一种喜逢知音的欣悦,这是不难想象的。

一定要让我自己来介绍,那么,就我个人充分意识到了的部分,大致有如下三个方面:其一,比较不那么单纯、明朗了,这当然与作者几十年来经历过大的劫难,因而对周围的万事万物不再抱天真轻信的态度有关。其二,比较不那么轻松、欢快了,增加了历史的沉重感,面对着亿万人民迄今尚未真正摆脱的因袭重担,我萌发了更深一层的觉悟,在鞭打假、恶、丑和追求真、善、美的漫长征途中,能更自觉地运用诗歌这一武器了。其三,比较不那么肤浅、表面了,我努力总结并继承中国诗歌的一大优秀传统——忧患意识,并且旗帜鲜明地向纵深开拓,使之不仅仅局限于"忧国忧民",不仅仅局限于人民性,不仅仅局限于爱国主义,而是视寰宇为一家,在普遍人性的共同基点上,实现人类主题的思想飞跃。于是,我的笔下开始接触到了若干普遍真理。说到普遍真理,不能不强调说明,马克思主义学说并不曾囊括也并不曾穷尽全部的真理,正因为我清醒地认识到了这一点,我才有资格声称:"我是马克思主义者。"

当然,一个诗人风格的演化,现阶段不可避免地会保留前一阶段的某些残余,不可能一刀两断,何况,在研究者和心存偏爱的读者习惯性的审视中,朝霞还往往会引起暮霭的联想。例如《献给宪法第十四条的恋歌》之类,就多多少少依旧流露了廉价的乐观情绪,自欺而又欺人,这使我感到惶悚。这个例子可以说明前一种情况。而后一种情况,即为不是出于主观构思而是出于客观分析的结果做注脚,也不妨拿《献给长城的情歌》做证明。不过,既然已经认识到了,日后就肯定能渐渐减少直到彻底告别。对此,我是有决心也有信心的。

此外,在艺术技巧上,我更看重归真返璞,而不再耽恋于华丽和精巧了。我个人认为,华丽和精巧其实是一种较低层次的东西,其目的在于掩盖内在的不足。人上了年纪,就不应该再犯幼稚病。归真返璞不是简单化,不是干巴枯瘦,更不是"没词儿了",因之,也就不是倒退。恰恰相反,它意味着美学修养的提高,对"自我"的深刻确认,和与天地同归的由繁到简的真正升华。而把握住这些最主要之点,便把住了这一变化的核心。

我不认为自己全然进入了黯然失色和任其衰朽的阶段,固然我已年过六十,而且健康欠佳,但自感头脑还比较清晰,思维也比较敏捷,最要紧的是锋芒尚未销铄。

问：在新时期的诗歌观中，诗与政治的关系一直是争论甚多，也是众说纷纭的问题。您曾多次强调诗人的政治责任感，态度鲜明地反对诗歌创作上的"非政治化"。您可否对这一看法做进一步的阐述？

答：我一贯主张面向现实，面向人生。我认为，不仅诗歌应该如此，全部的文学艺术都应该如此。当然，如果有人坚持相反的观点，我也能够理解。因为，在我看来，那也是一种政治态度，或者说，一种带有非政治倾向的政治态度。与上述的我个人的风格建设的进一步深化相联系，强调诗人的政治责任感即历史责任感，便成了顺理成章的结论。不错，关于诗与政治的关系问题，一直争论不休，众说纷纭。不过，认真归纳起来，也不过就是两大派：一派主张"淡化"政治，一定要和政治保持距离，而且距离越远越好，用意在于保证诗的圣洁不受玷污。换句话说，世界上存在着一种纯诗，值得人们去追求。另一派则认为，纯诗之说纯属虚妄，它不过是某些心地善良的诗人头脑中的幻影，是主观世界的产物。试想，人活在社会上，尤其是活在像我们中国这样的社会上，怎么可能摆脱政治呢？你不去惹它，它却要跑来干涉你。这已经为无数活生生的事实所证明，甚至可以毫不夸张地说，这已经为无数血淋淋的事实所证明。一部二十五史，加上清史，加上中华民国史，加上中华人民共和国建国以来的历史，全都是明白无误地这么记载着的。闭上眼睛或者学习鸵鸟把头埋进沙里，是不可取的态度，不但害己，而且误人。

我个人是无条件站在后一阵营的前列的。

毫无疑问，那种高喊为无产阶级政治服务，实际上不过是为各个时期各个领导人的或者彼此承续或者互相矛盾的（还有自相矛盾的）政策条文乃至言论、批语服务的诗歌，绝对无权假借政治责任感、历史责任感的外衣掩盖其肉体上的丑恶。这种丑恶有的是出于对功名利禄的贪欲野心，有的是出于百分之百的愚昧无知和个人迷信，有的是出于娼妓式的淫邪下贱，当然，也有的是出于纯粹的恐惧。我个人历来不屑于与这种所谓的政治为伍。我确信，这种所谓的政治，根本就不是我们所要探讨的诗与政治这一命题当中的政治。

我还敢进一步断言,这种所谓的政治,它本身就与诗(扩而大之,与真正的文学艺术)水火不相容。之所以不惮其烦地反复说明这一点,为的是避免紊乱和误解。也正是出于这方面的考虑,我一般不单独提什么政治责任感、社会责任感,而宁愿加上历史责任感这一定语或者暗示二者同义。据我所知,不少认定政治"侵略"了诗的人,尤其是青年诗人,他们主要反感的正是那种为标语口号和"最高指示"做插图的分行文字。不客气地说,我也觉得,它们不过是些冒牌的"诗",反诗的"诗"而已。

今年上半年,我去了一趟德意志联邦共和国,结识了不少西德诗人、作家和评论家。西德之行对我是富有启迪意义的。启迪之一,便是对政治这一概念的理解有所更新。我感到,在西德诗人、作家、评论家眼中,政治,无论就其内涵部分和外延部分来考察,近二十年来,似乎都发生了语义学上的重大演变。比如,一棵绿葱葱的树木被工业酸雨摧残死了,那么,谁是真正的凶手呢?他们的答案是,目前制约着西方社会的政治。一位不管出于何种考虑而不愿当妈妈的女子,在"反堕胎法"的威慑下,四处奔波求医,结果却招致了母婴双双的不幸,谁又是这一惨案的制造者呢?他们的答案仍然是政治。相反的,如果人口总数下降,人口结构老化,引起了劳动力来源枯竭和国防后备军兵员恐慌一类的灾难性后果,在他们看来,也是政治的罪过。至于核基地四周长年累月的示威,莱茵河上的反化学污染斗争,不待问,更是政治。总之,"政治"一词,覆盖面越来越宽阔,解释也越来越活泛了。上述几个例子,远非我们中国人长时期奉为圭臬的"以阶级斗争为纲"所能包容。

还有,如果这位西德诗人、作家或者评论家,恰好同时又是西德绿党成员,那就更加热闹了,他完全可以言之成理地将爱情与婚姻、朋友与家庭、生与死、灵与肉……都一股脑儿地和"政治"联系起来,以寄托、发泄自己复杂而激烈的感情。

于是,在我们面前,展开了一幅巨大的无所不包的政治画图,几乎凡是现实的都成了政治的。

这种观点也许难免牵强之讥,比如,把特定的社会生活问题和人类共同的永恒主题(讴歌爱情,悲叹死亡)混为一谈了,以致在绿党的报刊上,面对现实和面对人生,早已合二而一。不过,是耶非耶,又不宜过早地下结论。因为,只要认真研究一下我们自己的诗史,类似的例子也并非绝对没有。比如,嵇康、阮籍、陶潜、王维等人的若干空灵、玄远、难以索解却脍炙人口的名篇,岂不正是彼时彼地的"政治"产物么?为什么要避祸遁世?是因为政治。为什么要放浪买醉?是因为政治。为什么要傲啸山林?是因为政治。为什么要躬耕垄亩?是因为政治。这一批因唾弃政治而为历代知识分子所仰慕的大家,他们的"咏怀诗""求仙诗""田园诗""山水诗",无一不是主观上企图"淡化"政治,而终于不自觉地让政治变成了心灵屏幕上反射出来的折光。不错,从字面上看,这些诗的确和政治保持着遥远的距离,遥远得简直达到了无欲无求、超然物外的境界。然而,透过纸背体味,哪一首不恰恰又是对黑暗的封建政治的控诉?

各个时代有各个时代的政治,这是必须加以区别的。然而,我以为,归根到底,随着社会的发展,政治的渗透度越来越得到了强化,这大概是无可辩驳的事实。因此,既然明明生活在政治氛围之中,却偏要创造真空,那只能是徒劳无功的白费劲而已。如果不但自己做白日梦,并且要求别人也跟着做白日梦,其结果恐怕正中"政治"的下怀——帮了它的忙,为它涂脂抹粉不算,而且陷自身于称为对手实为盟友的可笑位置。我想,这显然是主张"淡化"论的朋友所始料不及的。逻辑无情,实践无情,结局就是如此。新诗运动史上一些有声望有贡献的诗人,如早年的戴望舒,早年的闻一多,乃至早年的何其芳,概莫能外,他们都是铁证、活证。

问:一九七六年以来,有一大批与您情况相似的中年诗人重返诗坛,取得了引人注目的成就,您能否简要地谈一谈,在这批诗人的创作中,有什么共同特点?他们对新诗的发展有何作用?

答:我想,更准确的说法似乎应该是十一届三中全会以来,而不是一九七六年以来。事实上,一九七六年,这一大批情况与我相似的诗人还处在另册之中。以我自己的亲身经历为证,粉碎"四人帮"之后的第一个周恩来忌辰,我照旧连写一首悼念之作的资格都没有。虽然,早在"天安门事件"前夜,我的几首小诗如《白花》《誓》,就已经在地下传抄。由此也不难反证,你们提过的第二个问题,即政治与诗的关系问题,是多么实际,而那种幻想诗可以不问政治,"遗世而独立"的境界又是多么虚无缥缈。

不过,以我的认识水平,要概括这么多人的共同特点,的确是任务重大,不容易完成得好。为了目标集中而又不至于造成误解,首先,似乎有必要划出三条界限:第一,他们必须是在一九五七年遭到过错误打击的;第二,他们又必须是在一九五七年前就已经崭露头角,相当活跃的(*不一定是全国诗坛,军队系统或者地方范围也行*);第三,他们必须是从一九七六年开始,严格地说,从十一届三中全会以后开始,相继重返诗坛,而且取得了引人注目的成就的。因此,十分抱歉,我在这里就无法一一提到卓有建树的"七月"派和"九叶"派,也无法一一提到那些虽然不属于这两大流派,却有一定知名度的诗人们了。我请求他们原谅。

即使划了三条界限以后,合格的代表人物依然有许多,我只能择要介绍几位,如邵燕祥、流沙河、白桦、梁南、胡昭、林希、昌耀、孙静轩、王辽生,等等。五十年代,他们全都青春年少,风华正茂,及至重新回到人间,只好被称作中年诗人了;光阴荏苒,到了今天,这些昨天的"反党反社会主义右派分子"又无一例外地步入了老境。"夕阳无限好,只是近黄昏",过去的一切是多么令人遗憾而又无可奈何啊!

也许,正是由于这一共同命运的联结,在持续至今的大大小小的风浪中,我们之间特别相互关心着彼此的安危休戚,瞭望着起落浮沉的风帆,注视着闪烁明灭的桅灯,同时也在各自心底不断呼唤着前进,再前进,为真正的社会主义建设,为受苦受难可敬可爱的人民大众,为饱经忧患渴望振兴的中华民族多做几件实事,这大概是这一批诗人的共同心声。

正是从这一基本点出发,这一批诗人,除了继续保持着个人的风格特征外(如:邵燕祥的明丽,流沙河的刚健,白桦的清逸,梁南的华采,胡昭的质朴,林希的舒展,昌耀的奇崛,孙静轩的柔曼,王辽生的厚重),大致都点染着如下几种普遍的色调:

第一,对打着革命旗号的极"左"势力保持着强烈的义愤和高度的警惕。他们抱有执着的使命感,以当终身不退役的战士为荣,他们很难理解所谓的文字娱乐,他们笔下的每一个字,几乎全是有所为的。他们绝少唱酬、奉和、八景十咏、登楼说愁、无病呻吟以及"应制""赋得"之作。

第二,对封建主义的深创剧痛和奇灾大祸,他们普遍具有相当深刻的体认感受,同时对资本主义的某些传染病,他们一般也心存戒备,并且有一定的免疫力。在这方面,他们有别于乃至超越于一般人的特点是:明确,清醒,不违心,也不搞随意性,颠倒主次。

第三,他们在处理竖向继承与横向借鉴二者关系的问题上,大致都落脚于既不顽固守旧也不盲目媚外的坐标点上,因此,无论在理论上或者在实践上,都极少随风倒,顾此失彼,或者以一概全的极端化偏向。

第四,他们的诗,就其主流(一个时期的诗)和基调(一首特定的诗)而言,基本态度一般都是入世的、积极的及拥抱现实和直面人生的,几乎没有人制造过灰雾雾、冷冰冰的水泥块板和玲珑剔透仅供摆设的象牙微雕。他们坚决主张尊重个性,提倡诗中有我。不过,他们也"我"如其人,是他们自身的真实写照。

第五,他们尽管把写诗当作严肃的事业,从而倾注了自己的一切,但他们又往往痛感诗之没有力量(自身之无能),于是,在他们的笔端,会情不自禁地流泻愁苦和悲伤。然而,由于这种愁苦和悲伤不是虚伪做作的,有时候居然焕发出特殊动人的魅力。这是另外许多诗人无法获得的素质。因为这一素质体现了他们的全部幸运和不幸。

第六,因此,他们天然地赞成开放,赞成兼容,天然地同情年轻的后来者,天然地支持他们一切严肃郑重的探索。有一个现象值得他们自己思索,也值得所有关心新诗去向的人们思索:他们往往好心不得好报。有一部分急于求成的 X 代,经不住机会主义者的廉价诱惑,把这一批诗人的原则立场与另外少数人的训诫斥责混为一谈。这实在既是他们的也是部分后来者的共同憾事。

第七,当他们度过了喷涌的高产期之后,逐渐趋向平稳和凝重,数量相对地减少了,时时呈现出某种反思自省的状态。其中,有的转而写杂文(*大概是有感于时下不少讽刺诗的流于油滑和打哈哈*),有的转而写小说(*大概是有感于时下不少流行小说之严重贫血与竞相举行时装表演*),有的转而写散文(*大概是有感于时下不少散文之作伪*),有的转而写评论(*大概是有感于时下不少评论之贵族化、傲慢与偏执*),但是,不管怎样,他们这一批诗人是不会背叛缪斯的,他们所写的杂文、小说、散文、评论,都和他们所写的诗共有一个目标。他们凡是在诗里具备的光彩同样也在其他样式的文章中闪耀着,因之,出自这一批人手下的任何作品,也就和诗篇一样受到了有识之士的欢迎。

这一批诗人,为其本身非同寻常的经历所决定,他们站在了新诗复兴的承先启后的门槛上,责无旁贷地承担着继往开来的历史重任;经过批判,经过扬弃,经过引进,经过消化,把国风、离骚、唐诗、宋词、民歌、谣谚、清末民初的近体诗、五四运动以来七十年的白话诗,和世界各国从古到今的所有优秀诗作,有选择地加以吸收,变作自身的血肉,从而将源远流长的中国新诗汇入汪洋恣肆的国际诗海,为人类的远航再做更大的奉献。

当然,也不能对这一批诗人期望过高,他们也有各自的弱点,他们毕竟只能做历史交付给他们的那一份工作。正如佛经里说过的,每个人都只能拨亮属于他的那一盏灯,照亮自己脚下的那一小片土地,这就是局限性。不过,假如每一盏灯都燃烧到最大的白炽程度,那就可能构成一大片光明,便于他们以及他们的旅伴更踏实地蹚出一条路来。我以为,做这样的要求才是比较实事求是的。这一批诗人(*包括我自己*)也只能完成这些。

问:目前,诗人们对新诗的看法和他们自身的追求,呈现出纷杂的状况。我们的诗坛肯定存在着希望,但也有难以忽视的问题。您认为,在当前的情势下,作为一个诗人最需具备的条件是什么?

答:近年来,有一个怪现象,使我越来越困惑不解,那就是:在中国,似乎再也没有比写诗更容易的事了。原谅我说一句粗话,诗人简直和上公共厕所的人一样多。引申下去,诗就不过是排泄物,人皆有之。可是,实际上当然不是这样,即以蚌为例,每一只蚌都产生粪便,却绝非每一只蚌都孕育珍珠。这个道理是显而易见的,丝毫没有神秘之处。人也一样。虽然一个人置身于充满诗意的生活之中,甚至本人也隐隐约约有一点领略和感触,但他终于没有能够成为真正的诗人。正如一个人,尽管他的某一段经历、某一次遭遇使他对人生和宇宙的某一领域和某一层次,有过一刹那的颖悟,但到底并不曾变作哲学家一样。这里,在达到与达不到之间,肯定存在着一种不可或缺的环节——所谓决定性的一环。它也许是天赋,也许是旁的什么素质。而且,我还设想过,在我们生活的世界上,万一真的无论走到哪儿都碰见成群结队的诗人或者哲学家,那么,这个世界必定是一个十分可怕的世界,一个逼人发疯的世界。就我而言,我不但不愿意看见那样的世界,而且首先我就不愿意去当那样的诗人或者哲学家。

我最近在一篇文章中说过,诗是贞洁的,不容亵渎。我们诗人更有义务保卫她,要操心她在春秋战国中遭到乱兵的糟蹋。"春秋战国"原本是我在为《探索诗选》(上海文艺出版社编印)撰写的序言中使用的一个词。然而,一旦人们追问我谁是诸子百家?我又不免踌躇了。我拿不出一个能令人令己都满意的答案,因为,按照严格的学术意义来衡量,其实并没有多少堂堂之阵。至于我个人,当然是一个不怕别人讪笑为落伍的现实主义者,同时,我又自信是坚定的多元论者和坚定的费厄泼赖的拥护者。我承认,一切探索,包括失败的探索,都有它的必要性。不过,我愿提出建议,在从事探索之前,最好先熟悉诗歌历史,免得选择失当,造成重复劳动和无效劳动。此外,尝试似也应三思而后行,新的不一定就是好的,"新"不等于"创造",一般理解的创造,是指那些被证明于大众有价值的东西。毋庸赘言,证明也是需要时间的。勃然大怒地否定固然不可取,匆忙地吹捧也未必是友好的姿态,毋宁冷静、忍耐,"一慢二看三发言",更包含着善意。

　　对于诗界的新局面,真繁荣也罢,假繁荣也罢,我觉得,也可以按此对待。旌旗翻飞,虚实不明,一匹马多跑几圈就会卷起冲天尘土,冷不防大吼一声,自然也容易造成张翼德喝断当阳桥的错觉……全都不足为凭。我们要的是:拿货色来!坦白说,当前纷然杂呈的主义口号,从未使我产生过一丁点儿激动,我相信的是实践,是效果:一首成功的小诗胜过一打漂亮的宣言。何况,对于建立某某流派的无数倡议、无数誓言,我始终心存怀疑,我不认为这些激烈的、得意的或者含泪的主张有千分之一的可行性,尽管我打心眼里尊重这些真诚的呼吁。我的想法也许过于悲观了,说出来会扫大家的兴。我认为,在我们既定框架之内,创作不过如此,也只得如此;出版不过如此,也只得如此。大起大落、风云多变的外部条件使得同人性质的文学社团和同人性质的文学刊物根本不可能出世。在这种类似漂流金沙江的密封舱式的氛围中,侈谈流派,只能是一种梦呓,虽然,梦呓十分动听,十分富有吸引力。不错,我也曾在一些场合,表示过"良好的愿望",例如,对于边塞诗、城市诗,等等,我都祝福过它们,最好能形成流派,至少形成流派的雏形。其实,这些话很像新年之际朋友们相见时说的吉利话,说的人和听的人,都只是作为相互间的感情契约来对待的:神圣,但是没有实用价值。人们当然可以把七零八落天各一方的作者们凑在一起,称之为XX派,猛一看,仿佛煞有介事,再定睛瞧瞧,不对了,那不过是根据作品的主题、题材十分接近而强行划分的,实际上和在我们中间通行不衰的"工业诗"(还有"石油诗")"农村诗"之类的可笑归类差不多——这种区分诗歌的"方法"恐怕还有"题材决定论"的鬼魂附体吧。稍稍有文学常识的人都一目了然,这和真正的文学流派,即由气质、风格、创作方法、价值观、倾向、社会集团的代表性以及影响面的一致或者吻合而自然形成的诗人(作家、评论家)群体,是多么的风马牛不相及!无论如何,我是不梦想再出现一个可以与"七月""九叶"相提并论,更不用说可以与"太阳""新月"媲美争光的文学流派了,除非上帝亲自创造奇迹。你承认也罢,不承认也罢,我想,这是客观现实,在客观现实面前,其奈他何!

与上述建设流派的高调相反,我倒隐隐察觉到了大可忧虑的迹象:流派不曾形成,宗派却已露头。诗坛的风气之坏令人痛心,为数不少的诗人自觉或者被迫把主要精力投入"诗外功夫"的修炼之中。千万不要忘了,我们虽然是社会主义国家,封建的、宗法的、小农经营的、行会的陋习还深厚得很,再加上来势凶猛,席卷人心的商品化意识(可悲的是它的消极成分特别容易与旧有的坏东西一拍即合)。假如说,创流派的条件并不具备,搞宗派的条件却很现成,这绝非危言耸听。这是一切正派的诗友们必须正视的。

综观这数以百计的"包装"和成千上万件铅印、油印、手写的分行(或者不分行、不断句,一字一行,以形形色色的"符号"建行)排列的说明书——我没有讽刺的意思,我只是直觉非如此不足以形容自己的眼花缭乱、手足无措——仿佛一个人突然闯进了最大最大的药库,尽管自己并无疾患,也不免为世上疑难疫症之繁杂所震惊,同时又为一旦染病尚可得救而暗自宽慰。所谓最大最大的药库,不过是一种比喻。还有一个感觉,像步入了春天的林子,万类生机,郁郁葱葱,但到底谁是可望成材的树苗,谁是虚有声势的蘑菇,一时半刻尚难分辨。如果让我放胆直说,那么,做出其中百分之九十九是蟪蛄春秋,过眼云烟,一阵假热闹一场空欢喜的估计,当不致获罪于信奉唯物主义的同志们。究其实际,这正是历史阵痛然后分娩"希望"之圣婴的最低代价。除去极其明显的部分,多数还暂时不分优劣高下,而这也正是要求人们小心谨慎,切不可轻率粗暴的缘由所在。它们应该共存一段时间,竞争一段时间,在"物竞天择"的规律作用之下自然筛选,自行淘汰,这里的"天",就是人民,就是读者,就是独立不羁而不屈从某项功利标准的美学原理。再絮烦一遍,诗是没有"嫡""庶"之别的,谁也无权诏立"太子"。

毫无疑问，我们这一辈人将要度过一段从混沌无序到整齐有序的过程，对人生来说，它也许显得漫长，但对历史而言，却仅仅是一瞬，而且，这个过程永远不会完结，整齐之后，有序之后，又会出现新的异端、新的冲突，进而推演出新的混沌无序来。面对这一周而复始的天道循环，再才华盖世的诗人也只能做到尽我的本分。强行干预，一律无济于事。充其量是使该来到的推迟来到，该结束的再拖延一阵罢了。这早已是为历史上的无数事实所验证了的。

那么，是不是意味着，活着的人，特别是活着的诗人们，对目前诗坛上的一切，都只能袖手旁观？不是的，我以为，艺术问题，任何一个人都可以保留喜欢什么、不喜欢什么的发言权，只是你千万不要因为不耐烦或者反感，就去"上纲上线"，扣政治帽子，"借兵"剪除异己。我们不妨奉行"我活你活他也活"的原则，首先是"共存"，有可能的话，期待"共荣"。至于是否真的都能"荣"起来，那取决于该品种自身的生命力。实在濒于灭亡，也只好爱莫能助，随它去了。一句话，其基本精神在于鼓励全体诗人个个好自为之。我们还得学会通达明智，富有远见。历史上有过不少有趣的记录，一个文学主张，出现不久便告销声匿迹，然后隔了若干年，再次出现，终于站住了脚跟，传宗接代下来。这样的前后两次出现，之所以有着完全不同的结局，关键往往在于第二次出现时的代表人物较之第一次的代表人物有更多的天赋，或者更好的机运。第一次的失败是由于各方面条件尚欠成熟，但第一次却为第二次做了准备，成为第二次的条件，后人应该不以成败论英雄，"失败"实在是功不可没的。

我们还应当努力创造一种气氛，千方百计地鼓励艺术上各抒己见；而另一方面，无论多么权威的见解，也不能形成法庭判决。这才是民主，这才是兼容，这才是真正出人才、出史诗的理想环境——艺术的生态平衡。

对于新诗的健康成长，我们毕竟还是可以有所作为的。依我之见，至少能够通过三个方面做出努力。

首先是继续强调诗的真诚。有了真诚，作者和读者才能携手进入道德的国土。否则,我们就不过是一群茹毛饮血的原始人或者现代嬉皮士。诚然,不管什么文学样式,都绝对需要真诚,但对于直接抒发主观感情的诗而言,真诚犹如空气、阳光与水一样,须臾不可或缺。我一直痛感我们的诗,迄今并未真正解决这个问题。有的诗人下笔滔滔,可就是没有涓滴流自内心。这正是"假、大、空"和"假、小、空"的根源。无论你对某种社会现象的褒贬,或者你对某一自然景观的悲喜,都必须立足于动真情,而不可作伪。作伪,特别是那种习惯性的连自己也误以为真的作伪,非常可怕。它会导致一首诗的彻底失败和一个诗人的声誉扫地。对一个有这种毛病的诗人来说,很难预言这种狼狈局面什么时候出现,但又可以断言这种悲惨结果迟早会来到。那时候,读者便会像吞下了一只苍蝇那样唾你,他们将奔走相告:某某诗人不可信任,因为他为人和为诗不一致,他有双重人格。

提起双重人格,我想,最突出的例子大概莫过于赵构了。赵构,就是残害爱国将领岳飞,向金人屈膝称臣的儿皇帝宋高宗。宋高宗当然鼎鼎大名,但他也是诗人么?按照会诌两句便算数的标准,自然是的。明代学者胡应麟在《诗薮》中引用过他的一首《题金山》:"屹然天立镇中流,弹压东南二百州。狂虏来临须破胆,何劳平地战貔貅。"然后评论道:"殊不类其人。"五个字,惊绝而又鄙极,足矣!我们今天有没有在作品中正气凛然,而在生活中蝇营狗苟之辈呢?有,不但有伪君子,而且有真小人。这种人,一旦有了赵构的地位和身份,就肯定是赵构第二。这当然是诗界的耻辱,一个,已经太多,何况还在继续无性繁殖!

顺便插进来说一说爱情诗。近年来,爱情诗颇为走红,像大批量生产的旅游鞋。听说有人吹嘘自己,写了一部爱的《圣经》,五百首。《圣经》,很好;五百首,也不坏,至少破了白朗宁夫人的纪录,为国争了光。问题是,爱情爱情,贵在情,诗人,你真的在爱吗?是动了真情而不是动了邪念吗?你把爱情视为"人生小站",五百首诗抛向五百座小站,未免太糟蹋爱情了吧!

宋代大诗人陆游一辈子写诗近万首,其中也有一些歌咏爱情的篇章,到底占多大的百分比,不曾核实过。有梁启超诗为证:"诗界千年靡靡风,兵魂销尽国魂空。集中什九从军乐,亘古男儿一放翁。"可见我的印象中,陆游情诗数量不多是不会错的,然而质量却甚佳。好在哪里?好在真诚。最近,我刚去了一趟绍兴,凭吊过沈园,感受就更加深切了。一阕《钗头凤》,字字血泪,千古绝唱,钟情念旧的陆游始终眷恋着结发妻子唐婉,直到临终前一年,即八十四岁高龄之际,居然还有情诗一首忆唐氏。真是此恨绵绵无绝期,何等沉痛!何等执着!这和时下某些复印机式的爱情专业户以及洪水泛滥式的"哎哟哟"新潮相对比,我作为一个有自尊心的读者,宁愿读陆游留下来的最后一首,也不敢去领教什么《圣经》!

另一个值得注意的通病是装腔作势。有一阵,风行以 F 大调、和弦、华彩、赋格之类的音乐术语入诗,后来又纷纷炫耀马奈、凡·高、罗丹和毕加索的画幅和雕塑,现在改换门庭了,讲什么俄狄浦斯情结、高峰体验、黑洞、自由落体……难道这就叫作观念更新吗?不见得。我同意,这将迫使其他的诗作者和广大读者去熟识更多种类的美丽飞鸟,不过我更担心,大家最后都可能变成周身粘满杂色羽毛的部落民!知识面诚然越广越好,占有知识以后,还要会恰到好处地运用,而不是故意卖弄。

乍一看,这似乎仍然是个真诚与否的问题(**不错,从一定的角度看,的确有关系**),细想又不尽然,它更多的是一个什么是美以及如何看待美的问题。实际上,诗美属于诗的本质范畴,而并非单纯的形式。说详细一点,就是,一首好诗,究竟是靠从心灵中流淌出来内在之物取胜,还是靠从外部安插上去的附加物取胜?究竟是以质地取胜,还是以装潢取胜?究竟是凭感情动人取胜,还是凭蒙骗唬人取胜?我觉得,这三个"究竟"都非同小可,它涉及诗人对诗的态度、对生活的态度和对读者的态度。一般说来,热衷于搞花花哨哨的诗人,大抵都是既不信任自己,又不尊重旁人的人。从艺术的意义上考察,花哨非诗。将搞花哨者捧作诗人,诗人太掉价了。不用很久,不必等到下一代,这些"花哨"统统会被人遗忘得一干二净。令人遗憾的是,这样一种所谓的诗,今天却仿佛流行服装,许多人赶时髦,对它迷信,以为只要穿上了它,便等于有了进入各个编辑部的通行证。最可惜的是,有人本来颇有才华,也开始作践自己,抛掷大好光阴而不自珍,一切规劝都听不入耳,夫复何言!

第三,我还要问一声:诗人,你爱谁?或者,你爱什么?这个问题虽然排列为第三,却绝不能以第三等的重要性视之。

今天健在的老诗人们不待说了,五十年代前后成长起来的一群,他们有资格理直气壮地回答:爱人民!接下来,在灾难和板结中崛起的所谓朦胧派,他们至少还能昂首挺胸地回答:爱诗!那么,请问那些宣布 Pass 一切人的自命"×××主义者",你们又能回答什么呢?恕我直言,你们已经很像希腊神话中的 Narkissos(纳喀索斯)了,患的是自恋症,你们只爱自己。假如谁不相信,那就请认真琢磨琢磨车载斗量的哼哼唧唧的"诗"吧。

一个只爱自己的人,怎么可能成为优秀诗人?我不相信,所以我不胜忧戚。

当然,并非人人如此。

人间要好诗。

希望在人间。

1987 年 12 月 26 日—30 日　杭州

《感情圣殿》编后絮语

岁头年尾,按照中国人的传统习惯,总要清点一番收支账目,我也未能免俗。不过,我既非党政要员,可以开列一份清单,宣称自己"为人民办了十件实事",又不是"万元户",有那么多人民币、兑换券甚至外国票子好数,我只能翻出卷宗来,检查检查积存的文稿,一看,攒得还真不少,便转起编书的念头来了。正好新近去过一趟杭州,在和作家兼出版家温小钰女士见面时,她曾经问起我可有什么作品交给浙江。一语触动,深感关切,且以为机不可失,回来便花了半个月时间,将自一九八五年《谁是 21 世纪的大师?》印行以来,迄今所写的全部诗歌评论,进而索性把若干谈话剧,谈小说,谈散文以及一般地谈论文学问题的篇什都添上,按发表时间的先后为序排定,共二十万言,编成了我的第五本论文集。

为什么要把书名叫作《感情圣殿》?是否有点夸张?否。

我一向不赞成那种以为一首诗、一支歌或者一篇杂文,居然能闯"亡党亡国"大祸的奇谈,并且笃定地相信,凡持此调者,不是想"邀功请赏",便是想"大批判开路",二者必居其一。其实,文艺工作虽然属于比较特殊的脑力劳动,毕竟是百业中的一业,有什么必要去炫耀它多么了不得的崇高伟大?即便有其精妙处,从事这一工作的人本身,也绝对不会随之崇高伟大起来。我之所以选用"圣殿"二字,无非是寄托个人对文学艺术特别是对诗的一点惜护珍重之情而已。尽管,与此同时,我也明明知道,有的时候,踞坐于"圣殿"之上称孤道寡的倒并非一定就不是瘪三或者嬉皮士。

除了有关诗的长短四十篇,由于多多少少记录了我对诗人的人品和诗艺之类的一孔之见，能为人所共识，因而无须诠释外，有四篇文章却是应该略加说明的。

第一篇是《形象的苦聪编年史和方舆志》。这本是北京一家大报约我写的书评(不过,我并未写成书评),上机以后,据说,临时又奉命挤进去另一篇稿子,限于版面,编辑匆匆做了些压缩。结果,文气颇多不顺,趁这个机会,便恢复原貌了。

第二篇是《〈重放的鲜花〉序》。这是唯一至今尚未问世的手稿。出版《重放的鲜花》，是历史新时期尚处于混沌初开阶段，上海文艺出版社极有胆识的壮举之一。之所以值得大书特书,我以为,乃是因为她为"实践是检验真理的唯一标准"提供了又一力证,复用行动批驳了祸害文坛阴魂不散的所谓"香花、毒草"的假辩证法。(关于"香花、毒草"论的非马克思主义本质,值得另写专文评述。)令人遗憾的是,尽管读者欢迎,增订再版之议偏每每遇上"诸事不宜"的坏天气而一再受阻。对于出版社的难处,我是理解的。君不闻,半年前,不是还有人高喊要对拨乱反正再来一次"拨乱反正"么? 我也思量过,果真那样,《重放的鲜花》及其众多作者,岂不是又该回去"肥田"了?考虑到没有发表的作品照样可以口诛笔伐的众多教训,何不自行先期公开?也许能免得将来死无对证。

第三篇是《创作自由臆说》。这篇文章才在《清明》刊出,立刻引起了文艺界内外的强烈反响。有的并非同行的好心人甚至发出善意的警告："文章极好,危险极大。"后来,果然不幸而言中,多次被啮齿类动物咬下其中的几股经纬,织入文网。一九八六年年底至一九八七年年初,一场风浪冲击了第四次作家代表大会,据说,提倡了"不加限制词的创作自由",即其罪状之一。从此,所有的指导性言论中间,再也找不见"创作自由"一词。然而,似乎也并未明令禁绝。我这次将它一字不易地编入正式书籍中,并不是中国人"狡猾狡猾的",妄图钻这个空子,目的无他,"好汉做事好汉当"罢了。(许是高级阿Q?)何况,对某些人也不无便利,什么时候又用得着了,不必再劳神暴土扬尘地去翻寻旧杂志了。

最末一篇是去年访问西德时的宏观性学术发言:《关于当代中国文学的一点总体印象》。回国之后,曾蒙《小说评论》揭载,不过,可惜的是,做了若干删节。主编王愚同志是与我一道出访的老友,为此他一再要求我谅解。我想,对外国人可以讲的东西,对中国人反而不能讲或者不能全讲,《参考消息》和香港报刊早已多有先例,不足为怪。这次出书,我全文照发就是了。

要啰唆的,就都写在上边了,打住。

1988年2月14日　合肥

对文学批评的不敬之想

——胡昭来信及我的答复

公刘兄：

《文艺争鸣》主编几次命我写信向你约稿，一直未能完成任务，他总不肯饶过我。最近该刊要设一《作家与评论》栏目，又提出发我两人的通信。我想要人回信首先得自己写的信能够引起回信人的兴致，或有点新鲜的议论，或提出点有意思的问题，这些我都不一定做得到。且写下去试试看吧。

我对评论是留心的。但因参军前只是个初中生，少年失修，尤其是数学没有根底，逻辑思维能力很差，凡是归纳成几条几点的理论性问题至今常常弄不懂、记不住，因此读点理论书也是囫囵吞枣，消化不良。但我想一些基本理论知识还应具备，完全脱离逻辑思维去进行创作怕也困难。我青少年时代订的读书计划里，也包括一些必读理论书，以后在创作生活中也不断地读些评论家的著作，对我还是有益的。俄国音乐家里姆斯基－柯萨科夫在《我的音乐生活》里说，他写了几部歌剧之后创作力突然停顿，自知理论修养缺乏，于是埋头钻理论，创作又有突破。法捷耶夫也谈过类似经验。理论素养不只在构思阶段是重要的，在写到段落或写完回头审度、判断时更为重要。

但我易于接受的，是那些既懂文学又懂生活的理论家的文章，尤其是深知创作甘苦者，因为它们读起来能让人更理解自己的工作，知道怎样更好地工作。过去常见的那些空对空的理论，那些只从社会学角度谈论创作、几乎不谈艺术的文章，和时下有些理论家互相"斗法"的大文，近乎智力游戏，我则不大爱读，硬读下来也是不得要领。十年动乱期间我在一个县文化馆搞创作辅导,好长时间弄不清"三突出"是什么,又不敢打听,怕遭斥责,等我弄明白时它也破产了,真是大喜。最近想想,我这些年读来有兴趣也觉有益的理论文章,大抵是创作论,或作家们的创作谈。有时我想:评论家如可比作医生,我们是否可比作病人?苦药如能裹层糖衣或讲究点"色香味"也许更易接受,疗效也会更好。作家的创作谈呢,就像病友间的谈心,亲切自然,切合实际,故而常常使人心折。

至于师友们评论我的创作的文章,我当然是读得顺溜,也读得认真的。如吕剑、周良沛、马畏安,他们对我的身世以至写某篇作品的情境都所知甚详,评起来切中要害,引人思考。常有我写作时并没意识到的东西,经他们点出使我清醒,以后也就有意识地注意了。你底子深厚,而且似乎颇有理论兴趣,有些文章很有论辩性,小弟佩服,深望多写!如果有更多作家动笔写些切实的评论文章,使那些大而空的文章少占些地盘,对作者、对读者该都是好事。

我有时也写点小文章发发议论,大都是读书写作中的体会,只能算是随笔。有的编者宽容,也把它发在评论栏里,而且有人把随笔也列为评论中的一支,很感荣幸。因为在学习和写作中总会出些感想,也想跟人聊聊,因此今后也许还会写些随笔之类。但我只能把最要紧的想法写出便罢,不擅演绎发挥,小文而已,终究不成评论。

我实在没那么多话好说,写得多了还不把你吓坏、累坏!我虽在创作上不敢跟你攀比,却也患了跟你一样的病,所幸一年多来恢复尚好,手脚灵便,读书写字也无大碍。有人主张除锻炼肢体功能外,头脑也要经常锻炼,脑子灵活了肢体会更灵活。故而今早妻儿上班走后,我就坐下来埋头写这封信,也算是一种锻炼。

主编先生把我当作"砖头"抛过去,希望引回你的"玉"来。谁叫我头几年当他问我跟你相不相熟时我吹嘘说相熟来,今日被抛也是活该!只是你无辜遭抛有点冤枉。小心,"砖头"过来了!不过"砖头"很小,我却窃望你抛还一块大点的"玉"来。——否则主编不能算完!

遥祝你们父女——

新春快乐!

小弟胡昭
1988年2月13日　长春

胡昭老弟:

你奉《文艺争鸣》主编先生之命,拿起"砖头"便往我头上砸,这一招着实厉害,看来只得随便拾一些瓦块回敬你了。

中国人有一些古话,本来蕴含着智慧与谦和,很有道理,无奈我们某些同胞超前意识——我且妄用一次新名词,不知道可对?——实在太强,竟把智慧发展为机巧,谦和演变成虚伪了。因之,好端端的"投桃报李""抛砖引玉"之类,都仿佛是什么可疑的东西,吓得我不敢用了。所幸,你我皆非理论界人士,两手空空,不但我从来没有梦见过什么"玉",依我看,连你的"砖头"也不过是纸糊的。也好,同等水平,彼此彼此,正好开展"对话"。

老实讲(你自然清楚我的家底,瞎吹是哄不过去的。何况,我迄今尚未学会瞎吹),我与你一样,对理论仅仅是感兴趣而已。偶尔涂几笔毫无理论色彩(据行家说,这一点至关紧要,它好比试纸能鉴别你到底含碘不含碘!)的小玩意儿,无非是表现了爱管闲事、多嘴多舌的劣根性,登不了大雅之堂的。你又提到逻辑思维。虽然,我读书的时候,代数和几何的考试成绩,可能比你稍多几分,然而,这难道能说明自己一定有理论细胞么?自度未必。其明白无误的证据是,我对时下大量的抽象宏论(而且越来越长),硬是死也啃不动。而非常不幸的是,这一类下决心不让人学习的玄学讲义委实比比皆是,令人扼腕。

我总觉得,近年来,我们的一部分文学作品,本来就离普通老百姓的生活够远的了,哪里还吃得消一部分不食人间烟火的理论家再来辛苦引导!我的确发愁(杞人忧天倾乎?):相当数量的一批诗歌、小说、散文、戏剧、电影电视,在所谓"淡化"的鼓吹声中,早已叫读者嘴里"淡出鸟来"了!(报告文学情况好一些,但是,报告文学另有报告文学的"危机")。在这种时候,如果理论家、批评家们竟兀自关门,就一些只有圈内人认为事关国计民生的问题争个不休,这算是真热闹还是假热闹呢?这种现象,很容易归纳为如下的图景:一部分文艺作品与生活脱节,或曰保持距离(其趋向是在蔓延扩大),而一部分文艺理论又和文艺实践脱节,或曰保持距离(其趋向也是在蔓延扩大),你说说看,这能称作中国文学之福么?我看不能。写到这里,必须赶快声明,我不愿意接受脱节,不赞成拉开距离,绝不意味着我主张急功近利的"为政治服务"和实用主义的"图解政策"。不,我是从来坚决反对急功近利和实用主义的。我的中心思想是,诗人、作家、艺术家,谁都不能丢了人民性。令我感到悲哀的是,人民性也被划进五十年代的旧思维模式,不提了。我想请教,难道人民可以只和特定的年代相联系而不是和整个的历史相联系吗?

我希望,这种局面将会得到扭转。

从前,作家队伍中有个别狂徒,谩骂过批评家。说什么文艺批评是文艺创作之树上的寄生植物,这不仅欠厚道,而且不公道。可是,风闻现今又有些文艺批评家颇为自己的宣布独立欢欣鼓舞,心情可以理解,只是千万别把这种学术上的独立地位强调到走火入魔的地步,以至于和诗人、作家、艺术家闹起"离婚"来。说一句失敬的话,这样子的"独立",实际上意味着自杀。毕竟,文艺实践和文艺理论是血肉关系而绝非油水关系啊!

胡昭老弟,我的这一番议论,不知你同意否?

不过,平心而论,冰冻三尺,非一日之寒。之所以形成这等局面,其来由也是多方面的。有的,也许正是最要害的原因,似乎恰恰还不在于从事文艺创作或者文艺批评的人本身。

你又说起,你更喜欢读"那些既懂文学又懂生活的理论家的文章","尤其是深知创作甘苦者"的文章,这我完全抱有同感。我发现,在作家们的藏书柜中,几乎没有一个人不珍藏着巴乌斯托夫斯基的《金蔷薇》的!不待说,还有托尔斯泰、罗丹、海明威、毛姆……谈精神创造的许多至理名言,都教人受益匪浅。

然而,若是光肯定这一头,恐亦不妥,倒不是担心理论家会发脾气,而是它不符合全部的客观事实。比如,鼎鼎大名的别林斯基,他并未正式从事过文学创作,然而,他却那么内行,那么深刻,那么正确,那么科学!同样的,在当今的中国,也不乏类似的例证。有若干位评论家(*其中有的相当年轻*),尽管目前功力不敌别林斯基,却具备着最可贵的素质。他们和诗人、作家、艺术家是真正的同志——我是指这两个字的本来内涵而言。

前一段,听说你竟步我的后尘,得了脑血栓,但很快就痊愈了,善哉善哉!阿弥陀佛!吃我们这碗饭的朋友,可不能废了脑子!我也欣赏脑力锻炼一说并且实行之,兼有女儿经常提醒我节劳,因之,得以一切粗好,无他,有弛方能有张耳,愿你我在患难余生中共勉。

今日是星期天,得暇作复。窗外雨雪霏霏,心头杨柳依依,翘首北望,祝之祷之——在新的一年中,合家和美,万事如意!

1988年2月28日公刘顿首

城市诗管窥
——我看热风景与《热风景》

一

城市诗是个大题目,《热风景》更是个好题目(好在名副其实!),我却只能写篇小文章,蹩脚文章,故曰:管窥。

目前,我们的国家正在进行着以改革、开放为其两大旗帜的第二次革命。我以为,它和四十年前的那次革命的重要区别之一,就是以城市带领乡村而不再以乡村包围城市。(尽管在发轫之初,农业方面的家庭联产承包责任制,对全国范围的现代化进程曾经起过推动作用,但那毕竟是一种战术迂回;而做出这一统一战略部署的大本营,始终是城市,而且是大城市。)因此,积极地、合理地发展城市和壮大城市,就成了历史新时期符合人民最高利益与长远利益的必然结论。

就全球规模来观察,城市在各个不同层次的国家和地区的经济活动中,都呈现出不可遏制的增长势头。根据资料判明,即以发展中的第三世界而论,多数人(及其经济活力)急剧拥入城市,将是一个持续百年的大迁徙运动。东南亚的新加坡、中美洲的墨西哥,城市人口竟占全国人口的全部或过半数,造成了爆炸性的不稳定局面,早已成为尽人皆知的事实。估计二一〇〇年左右,非洲也将有百分之四十四的人口集中于城市(别忘了,非洲一直是人类繁殖得最多最快的大陆),这是扎伊尔通讯社也就是非洲人自己提供的数据。再拿我们中国来说,同样很难出现奇迹,不管采取多少调节性的行政—立法措施,这个大趋势是铁定了的,只不过程度上可能会比其他地方略略缓和一点,不至于畸变病态而已。

还有一点不该忽视,即随着农业生产效率的不断提高(其标志为一个农业人口平均能养活多少个非农业人口),尤其是乡镇企业的飞速进展,卫星城必将星罗棋布于神州大地,原有的小集镇也会纷纷结成交通网络从而组建为新兴的经济开发区,这正是一个不以人的意志为转移,同时又不易为人所察觉的渐变过程:城市化。笔者几次出国,考察见闻中有一点最为触目惊心,就是:人家的农村都在按照城市的规格重新塑造自己。中国或迟或早必将走上这一条道路。关键并不在于某些物质福利设施和文化要求向高标准看齐,而在于占全国人口百分之八十的广大农民的精神素质;也就是说,从生活方式到思维方式,一概走向城市化。这可是一桩惊天动地的头号新闻!我敢斗胆断言,到了那个时候,所谓离土不离乡,肯定会变作既离土又离乡。到了那个时候,"土"和"乡"不仅成了农民身上的羁绊,而且也成了国家身上的羁绊。我想,我说这些话是符合马克思的预言的,共产主义实现之日,不正是包括城乡差别在内的三大差别消亡之时么?当然,我们今天还不过处于社会主义初级阶段。但是,我们无论从事什么工作,哪怕写一首城市诗,都不能没有对前景的瞻望。

如果上述的分析不错的话,那么可以想见,城市诗的确前程无量。

二

山西太原的《城市文学》,是一家有眼光的刊物。这家刊物的编辑部首先揭竿而起,举办过两届城市诗大展,一呼百应,从者如云。成绩具体地用铅字印出来了,谁也无法抹杀。据告,两次大展,他们都想到了我,要求我发表一点意见。然而,第一届筹备之日,恰逢我出差在外;第二届,我才题词相赠,一句话:"现代意识是城市诗的灵魂。"短则短矣,但是语焉不详,似乎应该做一些说明。现在,《热风景》一书的作者梁志宏君嘱我作序,正是机会,何不就此稍加界定?也免得日后再费唇舌。

我想说的话,集中到一点,就是:现代意识与西方意识二者不能画等号,也不能理解为"西体中用",更不是"中体西用"。我设想过,现代意识在其主要方面,例如人的本体论,必须认同西方意识;而在另外一些方面,例如伦理观念,又无妨继承我们固有传统的合理内核,按照人类进化到二十世纪、二十一世纪所能达到的自我完善程度,避害趋利,树立一种既符合世界潮流又符合中国国情的文化心理素质与道德规范。这个希望大概不算过分。理由很简单,因为它不违背科学,也不悖逆人性。

这种批判了东、西两大思想一文化体系,然后"合二而一"的新创造,无疑是比较先进,比较健全,同时比较切实可行的方案。

我个人揣度过,这也许正是城市诗应该具备的灵魂吧。

在理论上,在实践中,我热切地呼唤着、企盼着,有更多的持类似观点的城市诗人高举这一强大犀利的灵魂,向着新的水平线进攻!事实上,这样的灵魂也是国魂、民族魂,它应该是无敌的!

三

将七十年来的新诗画卷铺展开来,人们就不难发现,城市诗其实早已诞生。不过,在一九四九年之前,那些以愤怒、悲悯或者同情的语调,将城市生活场景与城市人心态摄入歌吟的作品,无一例外地全与痛苦结伴,每一行都充满了剥削的血泪与压迫的鞭痕,充满了罪恶的阴谋与无耻的淫乱……它们是暴露性的,矛头指向了不属于人民的半封建半殖民地大都会。

解放以后,城市诗一度勃发,可惜,大抵又仅止于浮泛的颂歌,缺少深度和力度。个别较有独立思考气质的诗人,主观愿望虽然良好,可也无法挣脱当时已经开始流行的"九个指头和一个指头"论,往往是"打了一枪便跑",很难占有大量的真实材料,并做出个人的判断(即,有别于"官方"),从而取得突破性的富有预见意义的成就。

只是到了十一届三中全会开罢,到了"一切为了发展生产力"取代"一切为了阶级斗争"的口号,到了改革与开放成为不可逆转的大方向之后,城市诗才应运而兴。

于是,我们看到了全景式的城市横切面,也看到了特写式的城市纵深部;我们感觉到了城市人嘈杂不休的喧哗与嘣嘣作响的脉搏,到处闪耀着新旧两种价值标准相互撞击而爆发的火花,以及所谓"代沟"之类的不祥的意识断层……有的考验你的悟性,偏重于空灵夙慧的启迪;有的敲击你的知性,动摇那"从来就是这样"的僵硬信条;有的试探你的感性,测度你对社会大气、温度、风向乃至地层变迁是否保持足够的锐敏。总之是千姿百态,千奇百怪,群芳争艳,群莺乱飞,由此而产生了多声部的城市诗大合唱。所有的歌手都打出了各自不同的然而堂而皇之的旗号,一眼望去,俨然是威武雄壮的一彪人马。

不过,且慢过分乐观。城市诗其实并没有形成真正病理学意义上的流派,也许,永远也形不成流派,永远只是人自为战。这种可能性极大。

我们至今实在还不具备形成文学流派的大气候。小气候当然是有的,比如依托《城市文学》这样的刊物开垦零星的园圃,第一届城市诗大展,都将能提供一个幅员虽则狭小然而土质相对肥沃的生态环境。

这需要大家做艰苦的努力。努力,不仅仅是指城市诗自身的建设,而且指与友邻兵种的团结协同。我相信,我们每一位城市诗人,都已经注意到了农村诗近年来的可喜变化:它不再拘守于超稳定的小农经济结构及其思维惯性。它开始呼应城市,拥抱城市,总有一天,这两股潮流会汇合到一起来的,且拭目以待吧。

四

六十年代上半叶,我结束了第一次劳动改造,被分配到山西省文联火花杂志社看诗稿。有一天,正就读于山西大学中文系的梁志宏君拿了他的作品来找我,我们算是彼此认识了。他有两首诗经我编发在《火花》上。

很快,便是"史无前例"。运动之初,山西大学派出中文系十余名师生,进驻省文联写大批判文章,其中也有梁君。我们就在这种十分尴尬的场合下打过几次照面。我固有自知之明,"人民的敌人"岂可以去腐蚀红小将?!因此不曾联系。不久,红卫兵风暴骤起,他们便返校了。之后,随着风暴升级,山大一派群众组织的一个战斗小组杀入"牛鬼蛇神"的"黑窝子"省文联,梁君不忍看我们这些人遭罪,未再重返。至今印象十分深刻的是,这个组织到底没有饶过我,他们贴过一张大字报,"揭发"我"写诗配合蒋匪反攻大陆",这当然是惊人的一炮。不过,我心里明白,这班可爱的大学生实际上不过是炮灰——背后自有高人策划,如此如此,这般这般。至于怎么与蒋介石取得默契或者接受指令,却一直不见下文。之后,我便奉命前往北路农村种地。直到八十年代,梁君再度来信,我们才又重新拾起了诗的话题。真是韶华易逝,一晃十载有余,恍如隔世。

梁志宏君有志于城市诗的开拓,称得上是历史的误会。和过去相比较,诗艺上进步不小,《诗刊》优秀作品奖断然不会是历史的误会。至于毅力和雄心,更令人赞佩。因为,据我所知,当年和他同时起步者,几乎十之八九去当官,或者去当改革家,或者二者兼而任之。这一片对诗的痴情,应该表彰,应该珍惜。

这部城市诗的结集中,颇有一些篇什获得了成功,捉住了"变"的年代里的"变"的心像。《题一则招标广告》《市长公开电话》《城市之春节》《界逆的老人》《金瀑:我的承包宣言》《平朔安太堡素描》《中秋,我去公园赏菊》《你之像》《心灵世界》《观 H 环仕》《纱窗》等等,就都是。另外,特别值得一提的,还有一首似乎逸出了城市范畴的短歌:《黄河壶口瀑布》。境界开阔,意象飞动,倒胜似许多正面描写改革、开放的文字,它塑造了当今中国的伟岸躯体,传达了英雄时代的强劲呼声,值得一读。

本着"有好说好,有差说差"的原则,我愿指出某些不妥或者不足。(*自然,这是个人的意见！绝非公众的定评*)我认为,作为一位刚刚登上四十岁这个重要台阶、正当虎豹之年的诗人,诗风未免失之暮气,挑战意识较弱,冲击力较弱,旧的"路数"常常纠缠着笔尖。典型的例子就是《走进中南海》。我有一个不成熟的看法,这类题材,假如不能翻新处理,使之前所未见,最聪明的办法莫过于干脆不碰,硬写,其结果只能是以"插新鞋,走老路"告终。此外,整组的朗诵诗,大都显得粗糙,不但相互雷同,而且底气不足。今天的朗诵诗应该怎么写？这是一个值得作者也值得全体有心人认真探讨的问题。无论怎样,反正有一条是确定无疑的,即群众不再钟爱公式化、概念化和标语口号化的遗腹子了。

志宏君是我诚恳的朋友,想必对这一番直言,不以为忤。我对他是寄予希望的,不仅由于他本人热心创作城市诗,而且由于他统领着一支以《城市文学》为番号的大队伍。

1988 年 2 月 26 日—3 月 1 日大雪天,合肥

序《梦中的金蔷薇》
——兼谈咏物与咏怀

张德强同志让我读了他的一沓剪贴——全都是发表于全国各地报刊上的诗作。德强擅长新诗,这我早知道,因为当他还在杭州大学中文系读书的时候,曾经参加过杭州颇有影响的"我们诗社",而我承蒙这批青年男女错爱,担任过该社的所谓顾问,因此,他们每有进步,都不免为之欣悦,虽然,其中实无半点自己的助力。应该坦率承认,我只不过是竞技场上的一名看客,取得了好成绩则喝彩,出现了坏苗头则着急,如此而已。因此,当德强提出要我写序的请求时,我倒惶愧起来,后悔平日间研究得太不细心了。

通读两遍之后,觉得心稍平定,似乎有了一点"底"。的确,这卷诗稿中藏有不少精彩笔墨、青春锐气,像《守门员之死》《返回》《地铁车站》《时装表演》《蓝色的炼钢镜》《在雨巷》《守岁》《陌上桑》《谷雨茶》《七月流萤》《蜜月》《夏雨》……都颇见慧眼巧思。

不过,尤其触动我的却是下列几首咏物之作:《冰雕》《杜鹃鸟致杜鹃花》《仙人掌》《吊塔》《山石》和《杭州绸伞》。品味之余,我得出了一个初步的结论:张德强似乎在写咏物诗方面更有天赋。

在我们中国,咏物抒怀,体物明志,借物说理,从古诗到新诗,都有深厚的传统。根据史料,"咏物"这个词,最早是出自《国语·楚语下》:"文咏物以行。"不过,这是理论上的第一次总结,实践是早就有了的:《诗经》(如《硕鼠》)、《楚辞》(如《橘颂》),已经初露端倪,到了汉魏六朝,更出现了以一物命题,抒发情志之作,及至唐代,愈发地盛行起来,留下了无数脍炙人口的名篇,比方说,骆宾王的《在狱咏蝉》即其突出的典型。这个体现民族精神的思维习惯,一直持续到宋、元、明、清,历久不衰。朱熹的《观书有感》写的是池塘活水,悟的是思辨之理,十分清新可爱,哪像出自道学家之手。于谦的《石灰吟》,更是众所周知,诗中表现的坦荡无畏的人格力量,激励过多少后世读者!几千年过去了,中国诗人们一直将怨而不怒的心理特色继承下来。当代诗人艾青复出后写的《鱼化石》,高度凝缩了自一九五七年以来的沧海桑田,寄托良深,算得上咏物新诗的著名例证之一。

不用石膏不用大理石/也不必用青铜/我请求你,只用水/因凝聚而变得坚硬的水/冷藏了万种柔情的水/为我造型

就这样站立着,双手抱肩/在雪地/在冻土层/在冬季的暴戾的虐待中/沉默。充满自信/塑一扇透明的胸膛吧/让我袒露晶莹的心/凿一个棱角分明的前额吧/便于切割凌厉的风

我不需要任何粉饰/一身素净,而且空灵/只求有一盏灯举在头顶/为残夜里独步的旅人照亮归程/我以纯洁的微笑/和棱镜般折射的目光/背叛这个寒冷的世界/宣布春天必然占领

也许我会流泪/流很清很清的泪/那也并非忧伤并非胆怯/而是由衷地高兴/为太阳赐我一个长长的吻而激动/为生活的暖色涂遍大地而庆幸/然后/我将愉快地消融/点点滴滴之爱都融入泥土与根系/去滋润希望的绿草

生命过于匆促过于短暂/但我存在过/这是时间艺术的杰作/比任何雕塑永恒

这就是张德强奉献给我们的精美冰雕!一环扣一环、一层深一层,最后一行正落脚于"永恒"二字,与开始部分的石膏、大理石、青铜相呼应,揭示了万寿无疆并不一定等于人心长存的真理。

我反复斟酌过,为了节约篇幅,对这首诗是否可以采用寻章摘句的办法

来介绍,然而不成,必须照抄,否则,你就无法充分领略沛然于其间的完整而和谐的悲壮美。不但如此,我还想进一步指点一打左右的决定性的字眼,说明我自己对它的学习心得:"坚硬""冷藏""双手抱肩""一扇""切割""粉饰""折射""背叛""长长的吻""生活的暖色""时间艺术""永恒"。不妨设想一下,一旦失去了这些字眼,或者用别的字眼取代它们,效果将会怎样?怕要软弱得多、失色得多吧!由此可见,在一首诗(**不仅仅是咏物诗**)的写作中,选择最理想的字眼,一直选择到舍此无他的地步,真是一桩耗费精力的劳动,代价虽大,却又非心甘情愿地付出不可。

当然,这座冰雕也并非没有半点瑕疵,比如,假如能将"为残夜独步的旅人照亮归程"中的"归"字,换作"行"字或者"征"字,境界似乎更显得辽阔,而主题的积极含义也会得到加强。不知作者以为然否?

再抄一首《仙人掌》:

我不敢与你握手。/绿色的手心/布满了小小黑刺,/从花盆的袖口里越伸越长。/我无法设想:/你是仙人的巴掌。

莫非神圣的天堂,/也有罪恶,也有暗算,/时时须自己提防;/或者为了对付大漠风尘,/你才让汗毛/长得如同松针一样。

但你抢先开放的花朵,/却是一色赤黄,/仿佛举着一炬火苗,/要把人间的道路照亮。

终于,我读懂了/你风中摇动的手语:/花和刺/组成一种完整的生活,/无论仙人,无论凡人,/都该把美丽和勇敢/同时握在手上。

我们且跟随诗人的视角看去,《仙人掌》和《冰雕》似乎略有不同,它表面上不是把"我"填进去,而是使用了第二人称"你"。不过,凡是细心一点的读者终究会识破机关,原来,"你"就是"我",因之,"我"也是"仙人掌"。同样的,作者布下的几着棋子,也很有意思,它们是"袖口""天堂""花朵""手语"

"仙人""凡人"以及"完整"和"同时"。但是我依旧想挑剔一番:第二小节的下半阕,即"大漠风尘"乃至"汗毛""松针"之美,完全是多余,严格地说,是败笔。我是这么考虑的:既然全诗都"务虚",何必移到此处偏偏"务实"?破坏了作为一个整体的哲理氛围,令人遗憾。

注意一下作者在这几首小诗中的不同立脚点,哪怕是极其细微的调整,是饶有兴味的。比如,《杜鹃鸟致杜鹃花》,别有一番格局,"你"与"我"同步登台,却饰演一对化身博士:"你"中有"我","我"中有"你","你"即是"我","我"即是"你",但无论"你""我",概是献身精神的物化。

又如《吊塔》,它的特色是以城市景观入诗,而又聪明地避开了现代化建筑工地的正面描写,含而不露,意味绵长。

再如《山石》,仿佛对象与人物无关,实际上却成了一把梭子,将"你"和"我"像经线与纬线一般交织起来,既隐喻了朴实的人品之品,又互相勖勉,因为,"我们都是自然的孩子"。

《杭州绸伞》,"我"隐退了,"你"也失踪了,而是就事论事,接近于叙事的格式。

可见,早年人们分析的,咏物有两法:其一是把自身溶解在里面,另一是超然地站在一旁,此言不虚。

历朝历代的诗人和诗评家们,绝大多数都不怎么欣赏旁观者的姿态,这与我们自古以来对于"什么是诗""为什么写诗""诗与社会何干"等一系列问题的解答有着密切的关系。中国诗人,就其主流而言,历来倾向性较鲜明,无论侧重缘情、言志抑或载道,都从不看轻主体的作用。这么一来,那种将歌咏对象与歌咏者截然割离的理论和实践,其不合乎普遍的美学趣味,势有必然。

就我个人而言,我是坚决主张在咏物诗中投入作者本人的全生命的。我认为,看不见人的襟怀抱负的咏物诗,说到底也就看不见物。像宋词和元人小令中的某些咏物篇什那样,充其量也不过是精致的高级灯谜罢了,不足为训。

上述拉拉杂杂谈到的,不过是我的读后感,倒是衷心期望德强同志进一步发扬优势,多写一些更见风骨、更见性情、更见神韵的好诗来,其不限于咏物,自不待说。

1988年3月6日　合肥

是日狂风大作

棋盘格子里也出诗

——介绍新人蒙原的一组作品

我一向认为,大千世界处处有诗。关键在于有没有那么一双慧眼,瞅得准,看得深,捉得牢:别人写过怎么办?无妨,只要有真本事,照样可以透出新鲜水灵劲儿来。

蒙原同志从老远的内蒙古给我寄来一厚沓子打印稿——他兴许知道我视力不济?谢谢——从中我发现了这一组《中国象棋演义》,大喜过望,决定推荐给同样地处华北的《诗神》,供更多的爱诗者欣赏。

蒙原当是一位喜欢动脑子的人,颇有一点不从流俗的气派,这一组诗可以说明这一点。另外,我还读到过他在山西的《花蕾》大奖赛入选的"超短篇",也别具一格,算是旁证。

我们看,他遍写了棋盘上的大小角色:将(帅)、卒(兵)、车、马、炮、士(仕)、象(相),无不提纲挈领,切中要害。于是,出现了这样一些句子:

"民以食为天/你以食民为天/你坐在米字中间……离战争最远的是你/离战争最近的也是你";"你的本意就是死亡/……民不聊生时/你们胄衣铁甲正亢奋:/王侯将相宁有种乎?";"因为你是炮/所以你总被当炮使";"白马非马/你亦非马/你仅是一枚棋子……说到铁蹄蹂躏/那是说你/不是说你背上粗鲁的负重/而你本是非马";"是一部车上的两轮……横行也是理直气壮的/……压过/善良的虫子以及植物的背脊/一条深痕像鞭痕";"优裕的环境/造就了你的畸形/只会斜那么几步/就足以斜得让人羡慕……杀了你,就意味着杀了某种气氛";"传说　你是那个最圣贤的人的/弟弟　因为你厌恶战争/所以你做了象棋/自己和自己战争……后来你黑白不分/搞不清你是象/还是棋……你总是守着你的田/想一些过去的事情"。

别小瞧了这些句子,第一,它们凝聚着作者对历史的洞察力;第二,它们充满了诗意,而且充满了我们一般中国人比较缺少的素质:幽默;第三,它们告诉读者,古人的智慧是应该尊重和借鉴的,古书上的东西并不一定都是僵尸,用得活,也就活了,而这本身也标志着一个人文化功底之深浅。

但我又不免担忧。像这样写,会不会招致庸俗社会学的围攻?如果哪一位呼吸系统过敏,又从中嗅出了什么"异味",惊呼"影射……"同时再海阔天空地联想一通,那就连我这个引荐人怕也逃不脱"扩散犯"的罪名了。

然而,我却深信,作者不过是对某些带有普遍意义的历史现象及其所泄露的内幕,做过独立的观察与思考,并将感慨寄托于笔端,如此而已。岂有针对某一特定对象之意?何况,感慨又有何用?古往今来,发感慨的人难道还少么?世事如棋,人生如棋,这话至少是相对真理。

蒙原,何许人也,不清楚,从他给我留下的通讯处推想,大概是一位党委职能部门的青年干部。

1988 年 3 月 19 日　合肥

人格力量与现实主义文学[①]

我不是理论家,无论我的文章或者讲话,都不可能具备理论色彩。因此,既然这次年会讨论的中心议题是现实主义文学问题,我也就只能发表一点纯粹直观式的个人感想——连"思考"二字,我都不敢妄用,它委实太肤浅了。

我认为,我们中国的新文学,就其主流而言,从五四以来,早就走上了一条相当坚实的现实主义道路。鲁迅先生的《呐喊》《彷徨》和《阿Q正传》,至今还闪耀着它的无比的辉煌。遗憾的是,自从四十年代初期以来,现实主义开始走下坡路,许多怀抱善良的愿望、投身革命的作家愈走愈偏,自觉不自觉地听任现实主义变为完全为政治功利所摆布的实用主义。换句话说,"现实"没有了,只剩下了"主义"。这个责任当然不该由作家单独承担。实际上,它的最初萌芽,甚至可以追溯到"左联"时期。它是历史的产物,起决定作用的是那个时代及其代表人物。事情一直延续到"文化大革命"把一切都推到了荒谬的极端,经过了"神"和"兽"的来自相反方向的双重教育,作家们才猛醒过来,重新发现了人,也重新发现了自己。于是,现实主义开始了再度的勃起。没有什么好埋怨和悔恨的,当前我们文学界,特别是文学理论界的首要任务是继续解放思想,排除顾虑,认真清理这一段艰难而又辛酸的历史,对所有正确的、半正确的和根本错误的东西重新进行估价。像这样一项浩大、纷繁的工程,需要一大批人去全力完成,不过,首先需要的是闯将。

[①] 这是我在中国文艺理论学会第五届年会上的即兴发言。整理成文字时,做了一些补充和删削。

我个人的看法是,综观建国以后的文学作品,基本上可以区分为三大类:第一类是伪现实主义(即所谓革命现实主义),还有伪浪漫主义(即所谓革命浪漫主义),其最突出的典型是《红旗歌谣》。一九七九年,我曾经在一篇题为《诗与诚实》的论文中批评过它,我说过大意如下的话:《红旗歌谣》不是民歌,而是一部分御用文人和一部分狂热的上当受骗者合伙炮制的赝品总汇。《红旗歌谣》是没有生命力的畸形儿,它的大量印刷之日,便是它的寿终正寝之时。难道,结果不正是这样吗?除了笑柄,它什么也不曾让人记住。

类似《红旗歌谣》的"作品",的确称得上汗牛充栋。臭名昭著的"假、大、空",正是对这类"作品"的绝妙概括。"假、大、空"和"舆论一律"是双胞胎。那完全以官府布告的姿态出现在各个不同阶级、阶层以及社会集团面前的"舆论一律",为"假、大、空"壮了胆、助了威,伪现实主义才得以理直气壮地霸占人民的文学阵地。我们的文学艺术界何以长时期地"定于一尊",而且是定于一尊假菩萨,这大概可以算作它的秘密法宝之一。

第二类是真、假掺杂的作品,这类作品数量不如第一类多,可是,影响比第一类大。正如我们在经济建设领域里推行有计划按比例的斯大林模式一样,这种社会主义现实主义牌子的文学,也是有计划按比例生产出来的。每一位作家都被配给了一柄"政治标准第一"的漏勺,一切群众的实际生活都必须经过这柄漏勺"筛选",还美其名曰"写本质"。只是由于作家本人良知保留量的多寡不同,才引出了作品。内容真与假搭配量的多寡不同,有的是对半开,有的是四六开,有的是三七开、二八开。这些作品又根据政治气候的冷暖变化,反复经历了令人哭笑不得的乖张命运:一会儿受到极大的推崇,一会儿又遭到极大的诋毁。

为了比较具体地说明这一相当复杂的过程,我愿举柳青为例。柳青同志,从个人品质上看,他的正直,他的诚恳,都是无可怀疑的。他写过三部长篇:《种谷记》《铜墙铁壁》和《创业史》。《种谷记》多少接触到中国北方农民真实生活的一角,立刻挨了不公正的批评。《铜墙铁壁》写的是陕北保卫战,姑且勿论。于是,他总结经验,诚心诚意地进入了新的创作。另一部以农业的社会主义改造为主题的作品《创业史》第一卷,大受官方欢迎,然而,不久便是"史无前例"。柳青本人落难,待到复出,相继推出第二卷和第三卷,却一卷比一卷薄了——我指的不仅是书薄,主要的是指艺术说服力薄。看得出来,作家已经难乎为继了。如果我们对这一不幸结局,仅仅用作家的身体、精神都备受摧残去解释,那是不够的。我认识柳青。"四人帮"覆灭后,我在北京遇到过柳青,有一个问题始终不曾出口,我唯恐在他的伤口上撒盐。我知道,他又回到了当年落户的长安县皇甫村,并且见到了他着力塑造的(其实是"拔高"的)有觉悟的新农民梁生宝的生活原型王家斌,王家斌比过去更穷苦了,妻子病危,却无钱抓药!这悲惨的一幕不能不震撼作家的良心,他的精神支柱轰然倒塌——理想,以及理想化的人物一道破碎了。在目睹了"文化大革命"中所发生的各色灾难之后,作家再也无法强迫自己的手去写违心的东西了。柳青的人格力量终于压倒了个人迷信、绝对服从等从外部强加于他的非人道力量。不错,《创业史》是相对地失败了,然而柳青却绝对地胜利了。柳青已经弃我们而去,弃他曾全心全意热爱的人民而去,他已经无法修改自己的这部作品,这是一个属于全体中国作家的永远不能忘记的悲剧。

还有一位有才华的作家,我说的是健在的李准同志。李准是以《不能走那条路》一举成名而步入文坛的。遗憾的是,曾几何时,生活的结论竟反其道而行之,不是"不能走那条路",而是应该走那条路。真是一个残酷的玩笑。从中应当汲取教训的,我想,绝非限于作者本人,而理当是我们大家。这件事告诉我们,无论如何,表层上的、文件和统计报表中的"量"是规定不了现实主义文学的"质"的。现实主义的"质",有待于人的"质"去探讨,去呼应。而人的"质"本身就是自由。因此,当作家处于不自由状态之中,侈谈现实主义就不过是自欺欺人。

只有"改造"效果最差、秉性最最"顽固"的作家,才敢冒天下之大不韪,去如实地反映生活的本来面貌。这样的作品为数极少,而且注定逃不脱"批判""再批判"的厄运。这,就是我所指的第三类。

　　说起"改造",不妨稍稍展开来加以考察。改造,本来是一个美好的、积极的字眼,可惜已被我们某些人糟蹋了,变成了不正常的怪物了。其实,在任何人的一生中,无时无刻不在改造着世界的同时又改造着自身。从这个意义上说,人人都需要改造,人人都在实践着改造。这恰好证明了辩证唯物论哲学的一个基本观点:一切都处在运动之中,运动是存在的形式。大而言之,我们当前实行的改革开放方针,就不妨理解为整个国家和整个民族的自我改造。对于这个改造,不管你持赞成或是反对的态度,是人人有份的。回顾过去,我们的一部分掌权者——他们手中的权力是人民托付的,不是天赋的——自认为他们生来便是"改造"众生的"专业户",经过他们以行动做出的诠释,"改造"实际上成了"镇压"的同义语。因此,一般而言,所谓改造,便是制造异化——人异化为"齿轮和螺丝钉",异化为"驯服工具",特殊而言,首当其冲的是知识分子,其重点又是作家。包括中国作家在内的中国知识分子,他们所犯的唯一罪过是他们肩上扛着一颗自己的脑袋,偏偏还爱遇事追问一个为什么。这就不只是可疑,而简直是可恶了。作家们被"改造"的结果,必然是作家的主体性和作家的人格力量的彻底(至少是大部分)摧毁。

　　作家的人格力量,从根子上看,应该是作家的主体意识的一个有机部分。为什么在这里我特别要把它单列出来加以强调?一句话就能回答清楚:这是出于对上述"国情"和中国知识分子固有弱点的考虑。我认为,作家的人格力量与现实主义文学实在是生死攸关(恐怕还不独对现实主义文学如此,现代主义文学同样难以例外)。一个没有人格的人,肯定当不了作家。一个人格力量不够强大、不够坚韧的作家,肯定成不了好作家。这是为无数历史事实所再三验证过的真理。

　　人格力量,粗看颇有浓厚的主观色彩,仿佛和胡风先生当初提倡的主观战斗精神差不多,然而,二者毕竟是有区别的,区别就在于:人格力量意味着作家的一种充分自觉状态,是燃烧的热情与冰晶的冷静相结合的产儿,而不止于单纯的亢奋。正是这种充分自觉状态,使之与主体意识紧紧交织在一起。只有坚持真诚、发扬人格力量的作家,才有指望实现历史的"终极关怀",成为人民的代言人。

我们讲创作自由,固然首先指的是作为外部条件的社会——政治氛围,但也脱离不开作家本人对自己人格力量的自信与自恃。一个不曾学会尊重自己,同时尊重人(*主体化的作品中的众多人物和作为接受美学主体的读者*)的作家,是无法实践主观、客观高度契合的创作自由的。后者可以说是内部条件,内部条件和外部条件一样,都是不可或缺的。

十年浩劫以及以前的历次"运动",对作家的人格力量都加强了严酷的考验与锻炼。极"左"路线滥施赤裸裸的暴力,甚至不惜通过肉体消灭达到作家人格的彻底消失。不过,这只是一方面的结局,还有另外一方面的结局,即幸存的一部分作家,和尤为大量的当时尚处于孕育阶段的作家,却胜利地通过了这座心灵的炼狱,集结成新的现实主义队伍。一旦黑夜逝去,真正的中国文艺复兴便敲响了黎明的钟声。十分可贵的是,在超越痛苦的过程中,他们的素质(*阅历的、心理的、道德的、智力的、学识的……*)纷纷攀上了前所未见的高度——在这里,我自然指的是整体,而不是与个别出类拔萃的前辈相比较。其中,属于社会精英的一小部分,不但摆脱了宿命式的依附性(*所谓皮之不存,毛将焉附*)的羁绊,而且再也不愿同乡愿心态、犬儒作风和平共处了。这一小部分人的忧患意识在质的意义上更新了,昂扬到了历代儒家知识分子不敢梦想也无法企及的崇高层次。

诚然,在十亿人口当中,具有这等襟怀的是极少数。正因为是极少数,才愈发值得珍爱,愈发应当保护。令人担心的是,他们的报国之路往往被堵死,而在与一批假科学、假道德的"传教士"的竞争中,又往往优败劣胜,现实主义文学究竟能否中兴?很难预卜。不过,我想,也用不了很久,十年左右吧,便可见分晓。有一个大趋势是对现实主义有利的,那便是改革开放提供了人的主体意识复苏的环境,假如普通群众中每一分子的人格力量上升了,作家能不受到鼓舞和感召么?! 今后十年理当受到注视,即便是不赞成现实主义的作家,也不能忽略了它。它同样关系到你的成败荣衰。在生死存亡问题面前,现代主义以及别的什么主义,与现实主义实在是共着一种命运。

1988 年 5 月 14 日　合肥

苦茶一样的无韵歌

——南也作品欣赏

又是一位陌生的朋友。

诗可不陌生。于我,它无异于大盏平日爱喝的苦茶:醒脑,提神,明目,败火,同时有回味的甘甜。

南也,估计是笔名,本来叫作什么,他并没有告诉我。

但两页信纸倒写得满满的,大意可归纳为四个方面:

一、"小右派"。陪上无辜的父亲遭罪,把一只眼睛弄瞎了。

二、目前在四川的凉山彝族自治州的宁南县大同乡完小教书(其双倍的清苦不难想象!),那儿至今仍旧十分落后,不知电灯为何物,"每天夜里趴在煤油灯下写诗,挖出来的鼻屎一团漆黑,然而心情却很明亮"。

三、非常非常之爱诗。(唉,普天之下,诗奴何其多也!)"诗是我的绷带,没有它,我的血会白白流尽。"

四、他承认自己写得"沉闷"(据我理解,"沉闷"应读作"压抑")而且告白,人们曾劝他变一变,他"也试图改过,终究无效,这大概是各人的声带都只接受自己血液的指挥的缘故吧"。(的确无可奈何,我有同感:虽然我又一直主张,每个人都应该咬破属于自己的那只茧,否则,就无法飞向别一种天地。)

我相信这番自我介绍是真实的,而且我相信上述的四条相互联系着并相互依存着。

我不愿摘引这一组诗当中的任何一行,我怕那样做的结果,会突出了某一个局部而掩盖了另一个局部。它们是一架完整而美丽的巨大忧伤。我不忍心将它切割成碎块。美丽一旦遭到肢解,可能会将化为血腥与丑恶。而对于忧伤,谁也无能为力。哪怕你把它焚化了,变成烟气,那烟气仍旧挥之不去——忧伤就是忧伤,它和人类同寿。(*此时此地,彼时彼地,忧伤永在。*)

如果有人追问,这一组诗,难道就没有比较了么?你顶喜欢的是哪一首呢?

"《殉道》。"我将毫不迟疑地这样答复。我偏爱《殉道》,因为《殉道》更贴近我的心境。

然而,我希望,任谁也不必受我的影响,你不妨做出独立的选择。我相信,一定能找到构造各异而功能相同的回音壁。自然,这里有个前提,即并非游戏人生者。

何况,单就艺术而论,南也也获得了相当的成功:他同时表现了对中国的和现代的一体追求。

原作十五首,我抽去其一。总的标题也是我代拟的,极个别处还做了一点改动。合行申明为上。

1988 年 6 月 11 日　合肥

关于诗的交待

坦白地说,如今,我最害怕的莫过于谈诗了。

北京的《诗刊》再三要我"观"一"观"今日诗坛,我谢绝了,我不敢"观",因为我担心闯祸。

《星星》决定发表我的若干近作,编者命我写一则所谓诗见,作为附录,我本不愿下笔,但又转念,真顶着不干,很可能就连作品也出不来。自然,我也是凡夫俗子,希望手稿能变成铅字,进而换几个钱来帮助自己抵挡一阵百物飞涨的"阵痛"。于是,思来想去,立下一个限制:只谈自己,别的不论。

记起了智利诗人聂鲁达两首题为《总是我》的诗,在聂氏的著作中,这大概算是最短的了,篇幅不大,不妨照抄:

　　我的刚出世的书
　　像一株蔓藤,枝叶纷披,
　　我在里面想叙说整个世纪,
　　我到过的所有地方
　　事实都从我身边逃避。
　　我真心诚意地搜寻,
　　我迎风打开抽屉,
　　柜子、墓地
　　和记载日月的历书,
　　在那张开的裂罅里

出现了我的面庞。

我这个人差强人意,
尽管我对自己十分厌倦,
我仍旧谈论自己,
我觉得更糟的是
每当我描绘自己,
总把自己说得很了不起。
我把自己描绘得十分出色,
似乎世上从来没有
比我脑袋更好的东西。
即使我犯了错,也没有人胜过
我。
我说了千百次,
我真是个白痴。

我在渔民工会里说,
我的弟兄们,我想知道,
大伙是不是像我这样相爱。
给我的答复是,问题在于
我们钓的是鱼,
你却在钓你自己,
你钓到了自己,
却又扔回海里。

(王永年译)

诗里表现的感觉,我也有过。不是说我可以和聂鲁达攀比,而是说我的确常常怀疑自己那些分行文字究竟有多少威慑力量。我一辈子极少有"自我感觉良好"的时候,老是不相信自己能够像一枚恶狠狠的称职的刺,吓退觊觎和蹂躏美丽玫瑰的黑手们。

我写的一切,迄今还不具备真正的、永久的社会价值。

正像聂鲁达在最后一个小节里反思和醒悟到的那样,人民(对不起,我又一次使用了这个"无聊的概念")给予我的回答,也是同一个意思:"我们钓的是鱼,/你却在钓你自己,/你钓到了自己;/却又扔回海里。"

我所热切期待的是:不要太久(无疑,我的日子已经不多了),我能从大困惑、大苦恼中得到解脱,我的努力,能融入中华民族的文化再生亦即文化创造(不是什么儒学复兴,或者什么"走向世界")之中,成为被"沉默的多数"所首肯的有用之物。

1988年6月12日　合肥

忧患意识是一个文化国宝

桂汉标同志：

感谢你们诗社，每期的出版物都赠送给我。每期我也必定翻一翻，你们做出了很好的成绩，令人高兴。

读了总第十三期的《五月诗笺》，我更加高兴，因为，男子汉们上来了，而过去相当一段时间，在北江似乎更多的只是出女诗人。

具体地说，我指的是欧运通同志的组诗《老区印象》，有较深沉的思想，有不少精彩的独具慧眼的诗情，最主要的是有一颗滚烫的心。如今，许多歪门邪道的"理论"全指向了"淡化"，教年轻人去游戏人生，远离社会。忧患意识这个文化国宝，反而遭受嘲笑和调侃。不过，欧运通之诗，还可以写得更精练一点，更完整一点，更振聋发聩一点。希望他细细咀嚼，慢慢消化，然后扎扎实实生出自己的强壮肌肉来——体现着阳刚之气的肌肉。

祝全体朋友们进步、成功！

公刘
1988年6月28日

新诗鉴赏辞条两则[①]

力扬：我们为什么不歌唱

　　这首诗写于一九四一年，曾经在国民党统治区和敌后解放区广泛流传。由于它被作曲家洛辛谱写成充满激情、信心而又略带忧伤的歌曲，从而为它插上了翅膀，成千上万的知识分子都非常喜爱它。的确，它抒发了热爱自由、向往光明的全体爱国者的心声。

　　一九五八年作家出版社印行的力扬诗集《给诗人》中，有一条重要的注释："一九四一年，作于重庆天官府7号文化工作委员会。这时正当蒋介石集团举行第二次反共高潮，发动'皖南事变'后不久，反共逆流泛滥于整个国民党统治区。"这个特定的时间，加上这个特定的地点，给我们提供了一把理解此诗的钥匙。

　　敏感是古今中外所有优秀诗人的基本素质之一。他们的敏感，往往走在事变的前面，表现为所谓的超前度。你看，当"千古奇冤，江南一叶"正以磐石般的沉重压迫着渴望民族解放的中国社会的主体——工人、农民、小资产阶级的时候，少数人不免因窒息而感到困乏、昏迷和绝望。诗人力扬却以他独具的慧眼，觉察到了东方彤云背后欲晓的熹微！因此，诗人把握住夜色将

[①] 见上海辞书出版社《新诗鉴赏辞典》。——刘粹　注

尽、黑暗最浓的契机,沥血一啼,声震八荒:"我们为什么不歌唱!"这是乐观的号召,这是胜利的预言。

全诗共分四小节。每一小节的落脚点,都是同样的一句:"我们为什么不歌唱!"(请注意,这里没有用疑问号,而是用的感叹号。)这种反复咏唱、层层进逼的手法,当然不仅是出于艺术本身的考虑,而且是出于革命斗争的需要。正是在这一点上,我们看到了这首小诗从内容到形式、从思想到技巧的相当高度的和谐完整。

我们还应该仔细加以体察的是,由第一小节的"黑夜"和"黎明"变换成第二小节的"严冬"和"春天",再演化为第三小节的"锁链"和"自由"与第四小节的"悲哀"和"欢笑",对立而又统一,量变中渐见质变。诗人对意象的构架,氛围的衬托,是颇费苦心的。这些字眼的选择,绝非信手拈来。

尤其是在收束全诗之际,忽然蹦出一个比较散文化的句子:"而人们说:'你们只应该哭泣!'"显然寄托了作者的深刻意图:这个散文化的句子本身带来的突兀、粗暴和不协调,正是象征着某些趾高气扬的反动派的愚蠢和狂妄,他们不知自己死之将至。诗人大气磅礴地予以驳斥:"我们为什么不歌唱!"细心的读者定会受到鼓舞,对于敌人的欺骗与恫吓,革命者有权不屑搭理!这里用得上一句民谚:无论狗儿们怎样狂吠,骆驼队照样前进!

力扬:射虎者及其家族

全诗不曾押韵,却自有神韵,这也是一个不可忽略的特点。

《射虎者及其家族》于一九四二年在《文艺阵地》7卷1期上发表后,就立刻轰动了山城重庆和整个的"大后方"。

这首长诗共计八章,多达四百二十九行,分段却无定法,最短的只有两行、三行,最多的十五行、十六行不等,仿佛这里有很大的随意性。其实,仔细研究一下,就不难发觉诗人的苦心——希望读者得到质朴、自然而舒畅的总体印象,得到雄健与温婉、呼啸与叹息、阳刚与阴柔和谐统一的美感。

它不削足适履地搞"一东二冬",而是行云流水一般,将气韵深深地隐藏于诗的律动之中,使人获得一种音乐性的愉悦与满足:时而凝聚,时而消散,时而潺湲,时而澎湃。这的确是相当巧妙的主意,缺乏功力者当难以企及。

其次,在结构布局方面,诗人基本上是沿用我国民族民间传统"讲故事"的"有头有尾"的叙述方式,逐步铺展情节、介绍人物的。不过,作者也并不曾完全忽略吸收西方文学的插叙、倒叙、跳跃等手法,因而做到了既适应大多数群众的欣赏习惯,又进行了某些必要的初步改造(如《长毛乱》一章中几条线索并列交织的运用)。

尤其重要的是,这首诗毫不回避中国人民主要是中国农民的文化劣势和心理劣势——反抗暴政,反抗命运,却缺乏合乎科学的思维与信念,不满于而又不得不屈从于那似乎是上天安排的一切;善良到了怯懦的地步,无知到了愚昧的地步,而且心安理得地把封建地主阶级的包括"三纲五常"在内的一切陈腐、反动的观念,"全盘拿来",连狡诈和贪婪都向他们"学习",从而不仅在肉体而且在灵魂的意义上,都出卖了自己而终不自觉。

这首诗,写的是一个人间的复仇故事——一个占中国人口绝大多数的阶级,报复另一个人数少得多,然而占有衙门、军队、警察、法庭、土地、资本、粮食、教育机构、舆论工具和劳动力市场乃至奴隶们的人身的嗜血的阶级,报复那剥削之仇、压迫之仇、欺骗与侮辱之仇。

值得品味的是,故事的发端却是老虎。也许它与作者的家史巧合。无奈射虎者不幸在"犹能弯弓的年岁/被他底仇敌所搏噬"。根据全诗多次显豁表达的,这位射虎者似乎并非葬身虎口,而是无力战胜"苛政猛于虎"之虎。从此,"他的遗嘱是一张巨大的弓/挂在被炊烟熏黑的屋梁上/他的遗嘱是一个永久的仇恨/挂在我们的心上"。出现了全诗的第一个象征。

请注意接下来的歌唱,在叙述到他的三位祖辈(大伯祖父、二伯祖父、亲祖父)的职业选择时,有一个字眼非同寻常,即"杀父的仇恨"这一句子中间的"杀"字。

射虎者的儿子们全数沦为赤贫。两个成了做田佬（**镰刀与锄头不过是稍加变换的说法**），剩下最小的为了谋求新的活计,干了一阵木匠,发现并无转机,又回到人人都走的老路上来。他和哥哥们的区别在于:不当长工,而宁愿承受辟草菜、开生荒的辛苦,终于成为可以打一石谷的稻田的主人,同时找到了一个"看来像自己女儿的妻子"——就是作者的祖母。知足常乐的中国人会欣慰地评论:这就算菩萨保佑了。

第三章《母麂与鱼》,忽然闪耀出田园牧歌式的灵光,调子轻松而欢愉。一头逃避猎犬追逐的母麂,竟然钻进正在劳动的祖母的围裙里,畜生也信任她的善良;而被"山水"砸死的"银色的鱼",祖父居然能从"石磴的缝隙"中轻易找到,又是何等的神奇!这些富有传奇色彩的往事,撩拨着年幼天真的诗人:为什么我就碰不上母麂,拾不着鱼? 然而,就在这一派童趣中,力扬轻舒手腕,又点出那庄严的主题来:"难道'自然'母亲/现在已变成不孕的老妇/老不见她解开丰满的乳房/再哺育我们这些儿女?"接着,作者又自问自答:"不是不肯哺育我们/而是被别人把她的乳汁挤干。"从而埋伏下一个疑问:"别人"是谁?

仿佛诗人猜到了读者的内心活动,在沉重有力地也是意在言外地描绘了人民的性格与力量——山毛榉一样的"忍耐"与"坚贞"之后,立即着手牵着戴"玳瑁眼镜"的"恩赐贡生"上场。他,正是那个榨尽一方"自然"母亲乳汁的"别人"。

一场围绕着山洪卷来的"白银"梦,很快就破灭了。破灭得很惨。不但那些没命打捞上岸的杉木必须如数"送上",还赔尽了仅有的二十七块银圆——那是祖母"用每个鸡蛋换成三个康熙大钱",而后再用"七百文康熙大钱换成一块银圆",啊,全完了,这个可怜的老妇,这老实巴交的一家,一切的希望全完了。

"黑暗! 没有尽头的黑暗! 难道真的永不天亮吗?"这时,闪现了一道看似曙光的幻影——太平天国的败兵,潮水似的涌向乡野。太平军,曾经是多少受苦百姓焚香祈求的对象(尽管"均贫富"实质上是一个虚妄的不切实际的口号),如今,却全然失掉了理想、纪律与锐气。他们抢劫、焚烧、奸淫、杀戮,那原来是为了表示对民族投降主义的愤慨而解开的长辫,此刻纷披于肩头,反而增添了几分野蛮的匪气。他们的所作所为,使亲者痛、仇者快,大大地帮了爱新觉罗王朝和曾侍郎(曾国藩)的忙,连自家阶级弟兄也称之为"长毛乱"了。

这一章,体现了力扬的严格的历史唯物主义精神,这在当时已经露头的"美化"农民革命、"拔高"暴动领袖的不正常风气之中,应该说是颇有胆识的。

"长毛乱"留下的"痕迹"有二:一是留守家园的大伯祖父抛尸三十里外的田埂之上,也许是抗拒乱兵的裹挟,死得很凄凉,"倒下在那并非属于他自己的土地上/却又用最后的血温暖着泥土/用最大的气力通过抽搐的手指/紧紧地揿着一生梦想着的泥块……"另一是"恩赐贡生"的长工以近乎本能的方式,掘开主人的窖藏,穿上主人的皮袄,"加入那向着茫茫道路窜去的队伍"走了——这是所有流氓无产者的唯一出路。

画面继而转换为另一种灾难:缺医少药的中国农村,而对虎烈拉(霍乱)吞食血肉之躯时的惊怖与哀悯。不过,可怕的场景不应该造成阅读时的粗心大意的遗漏。落魄的远行者敲门投宿,富有同情心的主人好客收容,以致付出了二伯祖父一条性命做代价。作品通过这一细节,讴歌了中国农民平和、宽厚、乐于助人的美好人性。

之后,才开始写到"我"。父亲像个影子,一闪而过。父亲是读书人,他软弱,他有幻想——学而优则仕,是农民们改换门庭的普遍奢望——"我"却和父亲不一样,虽则也识文断字,偏念念不忘"复仇",一如接受了祖父的隔代遗传。射虎者的第四代能与其先人有了这等巨大的歧异,那关键不言自明,他找到了这块受尽苦难的土地上破天荒的革命组织中国共产党。

血债要用血来还。由于这一意念的燃烧,诗人写下了最后一节:"我是射虎者的子孙/我是木匠的子孙/我是靠着镰刀和锄头/而生活着的农民的子孙/我纵然不能继承/他们那强大的膂力/但有什么理由阻止着我/去继承他们唯一的遗产/——那永远的仇恨?/二十年来,我像抓着/决斗助手底臂膊似的/抓着我底笔……/可是,当我写完这悲歌的时候/我却又在问着我自己:"除了这,是不是/还有更好的复仇的武器?""这个结尾遒劲、悲壮,它真实地表述了诗人那种渴望用枪而不只是用笔的强烈愿望,令读者过目难忘。

乡土诗我见

乡土诗，顾名思义，无疑该强调中国作风与中国气派，也就是突出民族文化与大众化。然而，又切不可重蹈以往的覆辙，抱残守缺，泥古不化，甚至于夜郎自大，唯我独尊。

乡土诗人在古典诗歌、民间文学、民俗乡风诸多方面的研究、解剖、学习与继承，必须走在前面，同时，也要做到党同而不伐异，开阔胸襟，放眼四海，将一切于我有用的优秀的东西统统拿来，充实自己，发展自己。

其所以要求两头不误，理由十分简单，就因为今日之乡土为二十世纪末叶之乡土。既然改革，既然开放，既然"变"是大趋势和主潮流，既然这种"变"只会愈来愈广泛，愈来愈深刻，愈来愈剧烈，那么，乡土诗和乡土诗人岂能闭门幽居？岂可不思进取？固然，"变"中自有"不变"在。中国再变，还是中国，毕竟不会也不能变成了外国。这里就有一个分寸感问题，有待一切有心人去切实而准确地把握。

上边说的一些话，便是我对乡土诗的两点论。

1988 年 8 月 4 日　合肥

谨复两位青年先生

一、拙文《从四种角度谈诗与诗人——答中央广播电视大学中文系问》在《文学评论》一九八八年第四期发表后,相继收到相识和不相识的朋友来信,他们在表示赞同之余,几乎都告诉我,上海出版的《报刊文摘》做了未能准确体现全文主旨的摘录,令人遗憾。

我却没有闲暇去搜寻这份报纸,同时我也认为没有必要。我想,一切郑重的人们如果对之产生兴趣,必定会去查阅原文的。然而,当百家编辑部转来车前子先生和周亚平先生合作的《通信》一稿,读后倒不禁省悟到自己的迂阔了。

根据《通信》"说明"所揭示的,估计《报刊文摘》转载的就是那几句话。而事实上我的文章长达一万两千言,即便这被转载的部分,在"人皆有之"和"我还设想过"中间,也砍掉了至关紧要的二百数十字。

二、是什么缘故,使得车前子先生决定发难,不惜断章取义,对我进行如此猛烈的人身攻击呢?思来想去,记起了一件旧事。

一九八三年,我曾经在《诗刊》上谈了我对《三原色》(作者车前子)的意见。这无疑是一家之言。不过,在当时的"大气候"下,正如《诗刊》编辑部主任吴嘉同志所说"公刘这篇文章,在艺术上虽然批评了车前子,在政治上却是保护了车前子的"。为此,车前子先生还登门造访,当面对我表示感谢和理解。如果车前子先生不健忘也诚实的话,当能记忆清楚。然而……君子报仇,十年不晚,后生诚可畏也。

三、除了极"左"路线统治时期,诬蔑盛行,这还是生平第一遭,我的名字被别人用这样一些字眼加以漫骂:"贵族""古老的粪便""更黑暗""腰缠万贯,骑鹤扬州""强权""扩张""人格面具""妄自尊大"等等。临到《通信》的末尾,周亚平先生犹未尽兴,公然暗示:公刘不过是赤身裸体躺在巴比伦圣庙之外,供大祭师"拉去性交",并竟不以为耻,反以为荣,还要扭头傲视旁的妇人的"妓女"而已!

是的,我也"觉得有意思"!

四、我无意于混充一名什么"先锋",但是,我自信读书绝不少于自命的"先锋"们,顺便,我倒可以向两位博学的青年先生介绍柏先生的一部长篇小说《古国怪遇记》,那里面描写了一个"诗人国",挺风趣的,柏杨先生兴许也是有感而发吧。

五、拙文本来就是答问,自然不能离题,更多的篇幅使用在了一九五七年那场人祸的无辜受害者,即两位青年先生口口声声鄙称的"公刘们"身上。令人不可思议的是,车前子先生竟然写下了这样一段奇文:"……这不是个别情况。当沉重的过去成为努力谈说或者炫耀的资料资本,并以此来衡量当前的生活时,那么,只可能把个人的委屈和骄傲发泄在年轻的人们身上。"据说,两位青年先生也是"较'二战'历时更长的中国文化浩劫"(按,指"文革",不拐弯抹角,便缺乏"先锋"气)的过来人,那么,想必明白,"反右"实在是"文革"的预演。"反右"的苦难历程怎么会变成所谓的"资料资本",以致遭到你们的这等奚落?!这种感情,倒真的是"令人不可思议"!

六、"由于历史原因和目前改革的形势,界定什么是诗歌必然落在符合艺术规律的认真工作着的活跃分子们身上",而"公刘们"只配去唱一支——承蒙宽大——"雄壮的挽歌",云云。

我愿意明白无误地回答两位青年先生,你们的自我感觉固然很好,"公刘们"的竞技状态也不太差。至于我个人,只要有真正的创作冲动,而环境又允许讲真话,我还是要写的——不管怎么贬辱,例如"老的没有上不上(厕所)的问题,他们上不上也在那里蹲着"之类。

七、周亚平先生宣布："青年诗人们拒绝与公刘认同。"

很好。

不过，从一九七九年"归来"便立即撰文将以顾城为代表的一大批青年诗人推向诗坛开始，为新生力量呐喊助威，十年于兹，从未间断，这同样是不可抹杀的事实。

我相信，公道自在人心。

八、周亚平先生又断言："我以为文化本质上两代人几乎缺乏建立所谓融洽、并存关系的种种可能"。

太绝对化了。莫非"中年"和"老年"一概不许生存？

人类的进步史，是通过一代又一代环环相扣的链条向前延伸的。不错，也有反叛，但反叛是为了终极的发展；也有批判，但批判是为了终极的继承。

何况，两位青年先生自己也难免有成为"中年"和"老年"的日子。白发和皱纹是不会特别害怕"先锋"的。

九、尽管两位青年先生声色俱厉而又漏洞百出，"显然，它已不是一个简单的概念纠纷了"，我却牢牢记住那借骂人以扬名的种种故伎，决定倘再叫阵，恕不奉陪。

十、至于一切善意的批评(哪怕是全盘否定我的观点)，其目的在于求得更全面、更能为各方面所接受的共识，我都愿意虚心听取和认真思考，这是自不待言的。

1989年1月17日　合肥

[附]

上厕所的人
——关于公刘谈诗的通信

车前子　周亚平

说明：著名诗人公刘同志在《文学评论》上撰文谈到了对中国诗坛的忧虑。《报刊文摘》也做了转载报道。其中公刘谈道："在中国，似乎再也没有比写诗更容易的事了！原谅我说一句粗话，诗人简直和上公共厕所的人一样多。引申下去，诗歌就不过是排泄物，人皆有之。我设想过，在我们生活的世界上，万一真的无论走到哪儿都碰见成群结队的诗人或者哲学家，那么，这个世界必定是一个十分可怕的世界，一个逼人发疯的世界。首先我就不愿意去当那样的诗人或者哲学家。"这些判断我们不能认同，所以有感而发。关于"上厕所的人"，显然它已不是一个简单的概念纠纷了。

来信

几天没上班。今天去了，事儿还真不少。在楼梯上，他从背后上来，拍拍我肩，说："这几天在家上厕所了吗？"我以为这是一种奇怪的幽默。进了办公室，她抬头便喊："上厕所的人，你好！"我开始莫名其妙了。后来才知道来龙去脉。那张报纸，你也看到了吗？

排泄物就是粪便。其实粪便也没有什么不好的。有一年我在西安美术馆见到挪威一位女画家的画，就叫《粪便》。我在"粪便"前面站了好长时间，我想我是闻到了挪威的气味。起码是与我们中国的气味不一样。

尽管那堆粪便是马或者牛的。

诗人像上厕所的人一样多了,世界也就不空荡荡了。于坚不是说过"世界像一个空荡荡的厕所"吗?我想公刘的比喻大致准确,也就无所谓粗俗。关键是它的引申义。诗人多和排泄物有什么必然的联系呢?一个民族对诗歌的热爱和创造取决于这个民族所争取和承受的自由度,才有一点显露,就这样刻薄,令人不可思议。

所谓创作自由不仅仅是在内容或者形式上,也不是一部分作家的专利,而是社会风格的具体体现。

许多比较先进的人物在某个歪曲的社会时期被当作绊脚石,经过时间和拨乱反正得以澄清事实。但,绝不能妄自以为在今天还是在代表着进步的思想。不要把自己不理解的事情,就以为是阻碍。当然,这阻碍对于公刘来说是真实的:"闲人莫进!"

说到底,公刘的那篇文学理论更像是一篇为自己和他所代表的一种规则而唱的挽歌。

雄壮的挽歌。

所以说他忧虑的并不是中国诗坛,而仅仅只是,也就是自己的桂冠的贵族的地位问题。从某种意义上可以讲是被动摇了的"公刘们"。

诗歌该怎样写?只有存在告诉我们。

当公刘还浸淫在旧式生活的痛苦之中时,现实对他来讲只是一个模糊概念。这不是个别情况。当沉重的过去成为努力谈说或者炫耀的资料资本,并以此来衡量目前的生活,那么只可能把个人的委屈和骄傲排泄在年轻的人们的身上。像一种古老的粪便,更黑暗吧!

事物是发展着的。什么是诗歌也就是"诗歌权威"问题。这个问题,必然是会发生着质的变化。由于历史原因和目前改革的形势,界定什么是诗歌必然落在符合艺术规律的认真工作着的活跃分子的身上。从现阶段来看,就是大批青年诗人,或者青年诗歌作者也好。"上厕所的人"这一叫法也不错。

（公刘所说上厕所的人,是专指年轻的正欲往厕所的人们。因为老的没有上不上的问题,他上不上也在那里蹲着。）

另外,我觉得还有一个诗歌的当代遗产的问题。现代社会生活节奏的快速,文学艺术作品很容易转瞬即逝。当一部分作品已完成了它的使命,即使近在眼前,也只能作为遗产了。比如公刘的《乾陵秋风歌》。

遗弃感就是这样产生的。

弗朗兹·马克有一段话很精彩,他说:"我们用手杖探索一下过去和现在的艺术。我们仅仅罗列了那些没有受到因袭和束缚的艺术。我们深切爱好这样的艺术表现:这样的艺术表现自生自长,不依赖于习俗的扶持。当我们在因袭的外壳中看到一条裂缝,我们就予以注意,因为我们希望底下的一股力量有一天会显露出来。"

不要往裂缝里灌混凝土。

——还是把它用来修建公厕吧。

车前子

回信

信悉。所遇大体相同。

"腰缠万贯,骑鹤扬州",这句曾被中国文人当作理想境界的话,对于公刘先生,或许已不是臆想的世界了。公刘个人和写作的历史不能不说有一部分作为对新诗的贡献已被局部认可。人的、诗歌"本文"的经验以及其他内容可能已是一份像样的财富,较之"二战"历时更长的中国文化浩劫更成为其人们新兴产业的经典所在——那些无论是构成对社会侵害的,还是对个人剥夺的种种不幸事实。然而这一世界和时代的文化事件之于这一世界和时代,却并不是单独构成并且单独作用的。毫无疑问,青年诗人们拒绝与公刘认同。文化的造山运动催产了一代诗人,而公刘只是无谓牺牲在历史事件的另一种结果,即个人剥夺的悲剧之中。当然,公刘对先锋的、带有其深刻片面性的新的诗人们也可加以漠视和对立,事实上也确是这样。但是,诗歌的殿堂被摧毁了,"扬州"不复存在。

由此,我以为从文化本质上两代人几乎缺乏建立所谓融洽、并存关系的种种可能。"文化革命"的悲剧结果在公刘们身上更体现为一种狭隘的个人资本积累,以至于负担沉重。而真正具有文化变革承受力的只能是新生的社会未得利益者。所以,关于"一个逼人发疯、十分可怕的世界"的预言似乎有点杞人忧天了,"文革"的激进、野蛮、疯狂已经足够让我们领略这个民族博大的胸怀了,前二十年左右的大多数诗人包括公刘在内(我想公刘会乐意接受这一点)尚能"慨然以经营天下为志",你还有什么理由后怕这好似"人世将尽,鬼世已成"的未来呢?公刘的"盛世危言"实质上无非是非此即彼的一元的文化本能和强权。这里我们看得到公刘扩张、发达的人格面具。

首先,公刘把我们的人民加以贵族化,同时,自己高踞枝头,成为贵族化的人民代言的桂冠诗人。这种人格面具给公刘的生活、名誉都带来太多的无害之处。于是,公刘完全有理由更加专注、忘我地扮演起他既定的角色,而"生产过程"的反复和追加投资使其人格面具愈加发达、尽善尽美,而其个人人格其他方面的构成则被部分和逐渐忽略,以致最终衰竭和枯萎。这一无法控制的两极化和冲突强度,只能导致其处于这样的紧张心理状态:强人一律,要求建立并维护一种愚妄的秩序,自己则处于由个人训练有素、完美无缺的角色派生出来的妄自尊大的夸张感之中。C.G·荣格曾说,那些人格面具扩张的受害者常常是这样一些人,他们才华卓越,造诣精深。

正读到《耶利米书信》,觉得有意思,抄录一段给你:

巴比伦人给他们自己的神祇带来耻辱。如果什么人不会说话,他们便把这个人领进庙里,乞求彼勒给他说话的能力,似乎彼勒什么都懂。即使当人们认识到这些神祇毫不顶事的时候,他们还是昏头昏脑地继续向它们顶礼膜拜。不仅如此,而且妇女们还浑身缠上绳子,坐在路旁烧香,把自己当作妓女来奉献。当她们中的一个被拉去性交的时候,她还要回来嘲笑身旁的妇女,说她不够漂亮,没有被选中……

周亚平

《云水轩吟稿》序
——兼谈对当代旧体诗的点滴意见

徐蕴之先生的《云水轩吟稿》将要在香港出版,嘱我写一篇序,这可难煞人也。我虽然自幼酷爱古典诗词,终因根底太浅,一直不敢问津。(除去戴上"右派"帽子劳动改造的最初几年,曾经偶尔涂鸦,借以宣泄胸中积郁。)如今硬要让我评论旧体,无异赶着鸭子上架,实难成功。此其一。再者,鄙人忝为知识分子,不断作为"落实政策"的对象,数年于兹了;但纵使恩泽有加,每逢隆冬苦寒,也必定对闪着积雪般白光的稿纸和屋檐冰锥般又凉又滑的圆珠笔,望之生畏,遑论呵气研墨作八分书乎?! 一句话说透,老病之躯,着实吃不消这份冻哩。

却又毕竟推辞不掉,只得下定决心,用黑色签名软笔冒充狼毫,正如以我这等低水平冒充内行一样,勉强凑几句交卷。

前几年,听说部分旧体诗圈子里的朋友,在一次聚会中对我多有指责,大意无非认为,公刘仗着能诌几行的吗呢啦,便瞧不起别人,云云。初闻颇为愕然,盖因我实在记不起有过什么失敬之处。但想想也就释然——大不了是哪一位抓住我的片言只语,再主观发挥一番,实在不必计较的。

坦白地说,我一向佩服写旧体写得精彩的大手笔。这当中,不但有古典文学的专家们,而且有从事白话文学的佼佼者,如杂文家聂绀弩翁、翻译家荒芜老、新诗人邵燕祥君、编辑家李汝伦君,等等。我不佩服的只是那帮附庸风雅之辈,他们心目中的旧体诗词,竟和品莲成癖的前朝遗老心目中的妇人小脚相差无几——这句话,保准又该挨骂了。毋庸讳言,当今中国就是怪事多,在一些地方,老干部几乎可以同书法家画等号,而退休手续办妥之日,便是诗人桂冠笃定之时，也仿佛成了"规律",幸耶？不幸耶？只有天知道了。

无疑，蕴之先生自当别论，虽然他也算得上"三八式"。的确，人和人不一样，蕴之先生本属性情中人，官场的一套，他是弄不来的，长年潜心习诗，大概也正是寻求寄托吧。半生忧患，满腹牢骚，一经心血呕之化之，便是长歌短句，岂寻章摘句老雕虫、无病呻吟假骚人所可比拟！固然，随着世事推移，真相渐明，一些问题上的认识局限性又表明了历史局限性，在所难免。春秋责备贤者，这句古话是不宜滥用的。

蕴之先生是当代人。我这里谈的也是当代人笔底的旧体，既非唐人、宋人、清人写的律、绝、古风，更非自贱身价，替唐人、宋人、清人枯守文字收发室的营生。社会早已大大地前进了，艺术自应同步。如果这一点能取得共识，那么，提出观念必须更新、语感必须鲜活的要求，当不为过。拿这个标准来对照，蕴之先生的部分吟章，就似乎不够理想了。

杜甫诗云"转益多师是汝师"，值得我们铭记。写新诗的固然要借鉴旧诗，写旧诗的也无妨欣赏新诗，何必楚河汉界，壁垒森严！就我个人而言，我一向深信，只要方块字存在，只要中国数千年的传统文化存在，旧体诗词就不会消亡。因此，我倒真诚地希望，新旧体共存共荣，这也是诗的多元格局的一个方面。不过，它有一个共同的前提，即必须是诗。

1989年2月7日　合肥

裸体艺术断想

元旦凌晨,飞机在首都机场着陆,算是正式结束了为时两个月的访美之行。由于时差造成的不适应感,休息了整整四十八小时,一月三号上午,才去找全国作协外联部汇报——尽管这次出访并非我方组团——路过美术馆时,忽然眼前万头攒动,耳边人声鼎沸,心想:糟了,又出了什么乱子了!抬头一望,原来是正在举行"油画人体艺术大展"!我立刻回忆起海外报刊上早就发布过的有关消息,计划成为行动,设想变作现实了,好!

古老的中国,终于迎来了这有意义的一天。

我的心跳加速,似乎一下子年轻了几十岁。

不料,从四号开始,天气骤冷,连降大雪,路滑难行,风闻医院收容了许多粉碎性骨折的伤员,我很害怕,只得打消参观大展的念头,同时自己劝解自己:在美国难道看得还少吗?从雕塑到绘画,从古典到前卫,从印第安到夏威夷……够"开眼"的了。

很快便离开了北京,搜罗有关的文字、图片来阅读和欣赏吧,或许能弥补遗憾于万一。

葛鹏仁甩过来一句话,无异于往我背上扎进一枚刺。葛鹏仁是中央美术学院油画系副教授,这次大展的总策划人。

他对记者说:"刘海粟并没有胜利。"

我想,这刺是与玫瑰共存的刺。葛鹏仁想采撷玫瑰,我也想采撷玫瑰,在没有得到玫瑰之前,先得到了刺,并不奇怪。

你看,大展产生了轰动效应:三教九流的观众,三等九级的反响,或指指戳戳，或犹犹豫豫，或窃窃私语，或侃侃而谈，或色眯眯，或羞怯怯，或流连忘返，或咬牙切齿……再加上一连串的"模特儿风波"，从要求撤换展品到申明告状打官司，还有某些出版单位的版权纠纷，不折不扣地显示了中国民族数千年文化心理积淀的历史，以及社会主义初级阶段发展商品经济的现状，它们之间的转轨和冲突，胶着和扭结，困惑和愤怒，赞叹和呻吟……

这不是一枚又尖又长况且难拔的刺么？

一九一四年，身为上海图画美术院院长的刘海粟，为了开设模特儿写生课，引起一场轩然大波。军阀孙传芳授意手下的师爷执笔，写了一封"义正词严"的公函，宣布着手"取缔"。孙传芳，何许人也？凭着枪杆子霸占江浙两省的山大王，马弁前呼后拥，钱财不计其数，三妻四妾在室，还蹂躏多少良家女子！

最腥膻的代表最纯洁的，最卑劣的指挥最高贵的，最黑暗的强奸最神圣的，在中国是从来如此，普遍如此，裸体艺术岂能例外？！

孙传芳的肉体无疑已经化为尘埃，然而，孙传芳的鬼魂，却或者原封原样，或者改头换面，依附于某些活人身上。

裸体艺术的头号敌人，依旧是孙传芳。

毕竟时代不同了。

第二次的刘海粟冲击波，较之七十年前，威力强大得多了，孙传芳之流不敢硬来，就足以说明一切。

聊堪解嘲。哪怕是笑得苦涩，笑得凄凉。

裸体艺术之所以在中国特别难以得到推广，端在于儒家思想的特别难以清理。孟子虽然并不讳言"食色，性也"，那也不过是泛泛之论，并不曾落到实处。《礼记》承认"饮食男女，人之大欲存焉"，其结果是只昌明了饮食文化，成为世界之最，而到底没有引导出裸体艺术的繁荣。这是由于历代宗师热衷于伦理体系的建设，何谓"礼"，何谓"耻"，解释愈来愈片面、愈武断，愈缺少健全的心理素质。有宋以后，随着程朱理学的泛滥，这种解释便成了一件无形的威慑武器,配合上因果报应的迷信,专制政治的束缚,小农经济的停滞,全力制约着中国人的人性和人的本体意识的发育成长。

这,实在是全民族的最大不幸。

于是,这块土地上才会不断上演丑剧、闹剧、喜剧以及殊途而同归的悲剧。其形式之光润与内容之粗糙,其言辞之美妙与行为之蛮野,都构成了极端强烈的反差和绝对错乱的不谐。历史上成千上万桩"嘴上仁义道德,肚里男盗女娼"的公案,且不去翻箱底,即以记忆犹新的十年"文化大革命"为例,八个样板戏哪一个的主角不是无家无室的孤男寡女?毋宁说,这等悖逆却又共生,正表明了社会公认的性观念的本质。它的外观和内涵之间,糊了一层纸,谁也不去捅破它,捅破了可能大家都难堪。

江青垮台之后,批评样板戏的文章很多,有的写得神完气足,入木三分。遗憾的是,选择性这一角度对之加以剖析的,迄今不见一篇。我们的理论家,总是绕得远远的,避之唯恐不及。

对于裸体艺术,最开明的态度也无非是不发言。我们很聪明,其实,我们很糊涂。我们很干净,其实,我们很肮脏。

假象终究是假象。制造(哪怕并非有意识的)假象却必定诱发犯罪,甚而本身已是犯罪。

裸体艺术,这一概念的内核就包含着矛盾。

作为裸体,它揭示了人的动物性,还人以动物的属相。

作为艺术,它强调了人的文化性,使人从一般的动物状态中脱颖而出。

我们的命题是:源于动物,高于动物。

有人偏不愿爽爽快快承认人是动物,尽管他虔诚地服膺于从猿到人的进化论。

有人却宁可将自己贬低到茹毛饮血的水准,在人体美面前,只剩下本能的骚动,而缺乏那么一点理性之光,他们忘记了,苏格拉底有句名言:"人是理性的动物。"

全部的冲突、争议,都集中在这上面,都爆发在这当中。

直到今天,由于主观的、客观的限制,人体对人自身还是一个秘密。

这不仅表现在:别人的身体对我是一个秘密,反之亦然。而且还表现在:自己的身体对自己同样是一个秘密,这适用于每一个人。

所以,希腊阿波罗神庙门口铭刻着一句格言:"认识你自己。"

大有深意在焉。

如果矢口否认裸体艺术(或曰人体美)与性意识有关,那是不诚实的。

只能说,我们希望,我们要求,而且事实上我们能够做到:小心谨慎地将二者加以维护,加以调节,加以区分,其精微处在毫厘之间。

进而言之,纵使用衣着将躯体完全包裹起来,同样未必不受性意识的支配。到了二十世纪,人类文明已经演变到了这样一种地步:遮掩的目的正是为了炫耀,回避的用心正是为了挑逗。和比基尼同时大行其道的牛仔裤、王子服,把女性曲线的婉转柔媚和男性器官的隆然鼓凸衬托得更富于感官刺激。

足见,关键并不在于是否裸裎袒裼。

根据近年国外生物工程学研究的先进结论,三代以上的后天获得性可以进入遗传基因的序列。

中国人经历了几千年的封建统治。

难怪我们的不少同胞特别神经过敏,正如鲁迅先生所说的,一看见胳膊,便想起性交。

什么是经过禁锢和扭曲之后的畸变?

答案有:中国人的盆景;中国人的"人豕"(香港导演李翰祥在电影《垂帘听政》中玩弄过一个镜头,按说,那发明权属于汉代的吕雉女士);中国人的性观念。

因此,针对这次大展,有人说:可以解决全体中国人的"性饥饿"。

自然,此话不可当真,开玩笑而已。

似乎,笑中有点什么不能调侃的东西。

又有全体中国人皆患"性无能"一说。不对,孔门的教义,老庄的寡欲,释家的戒律,都没有能够阻遏黎民百姓的生存欲(个体)和生殖欲(种群),否则,十一亿人口从何而来?

对于这种感慨,必须从更深层的蕴含去理解,即中国的人种在急剧衰退,愚昧、野蛮、低能、弱智、僵固、麻木……倘不急起自救,势必为优胜劣汰的无情规律所抛弃。

这里的"性无能",我想,应该是泛指生命力与创造力而言。

五十年代后期至七十年代后期,我有幸"发配"山西。山西是典型的封闭内陆,北有长城,西有黄河,东有娘子关,南有潼关,四把锁。我曾成年累月地和农民们泡在一起,直接了解到和观察到我们民族主体表达性意识的各种方式、各种途径(包括社会学、民俗学、语言学、生理学、心理学等不同范畴)。这些"受苦人"生活要求极低极低,生殖能力极强极强。他(她)们爱说"荤话",男女之间也很少禁忌;他(她)们不喜欢听"政策快板",倒是鼓噪要求下乡宣传的盲人演唱队来上一段色情到家的《借笊篱》;年轻人尤其是光棍们的"娱乐",往往以一伙人褪下一个人的裤子为最高潮,闺女一结婚,立刻便可以肆无忌惮地敞胸露怀,当众喂奶;他(她)们也有"象征主义手法",例如玉米、茄子、胡萝卜、南瓜、土豆,甚至钻天杨上的树节之类,都不难大做文章;他(她)们兴听房,闹房更是"三日无大小";他(她)们迫于无奈,创造了某些不正常的婚姻关系,如同郑义小说《远村》里描写的"拉边套"之类;他(她)们的性技巧也一概冠以农活的名称;他(她)们的榜样是代代相传的天津杨柳青木版刻印的春宫画……这些加起来,便是他(她)们的性教育,可想而知,经过了这种变态的性教育,是不可能正确对待裸体和裸体艺术的。

"北京就是和咱那不一样啊,还有脱光衣服的人像瞧,真够新鲜的!"这是一位记者听来的评论,据介绍,说话人是来自陕北的农民,相当文雅,我怀疑,记者是否略加修饰过。不过,就这样,也能摸到这位陕北农民和我熟悉的山西农民相通的脉络了。

十年改革,对一座千载冰山,犹是玉门关外的春风。

鲁迅先生说得好:"这是真的,要证明中国人不正经,倒在自以为正经地禁止男女同学、禁止模特儿这些事件上。"

说起中国落后的国民性,虚伪当是其中的重要一项。虚伪和人体美的欣赏一旦相遇,不能不产生矫情,产生表里不一,产生戴着方巾踱八字步的邪念。

请看,鼓吹"从一而终"的,是中国;主张"嫁鸡随鸡,嫁狗随狗"的,是中国;树立"贞节坊"的,是中国;创立宦官制度的,是中国;讲究"房中术"的,是中国;产生《金瓶梅》《肉蒲团》等奇书的,是中国……

一个中国禁欲,一个中国纵欲。

禁欲雷厉风行之日,即是纵欲穷凶极恶之时。

上边纵欲,却要求下边禁欲。

穷饿临门,自然禁欲,"一阔脸就变",也有以今日之纵欲"补偿"昨日之禁欲的用意所在。

最悲惨的要数女性了。

这是世界范围的普遍命运。可中国是冠军。

说它是世界范围的普遍命运,这只消想一想何以古今中外的裸体艺术,都基本上以女性为主要对象,就不难悟出三分道理来——毕竟到处都是程度不一的男权社会。

说它以中国为冠军,这只消想一想这次大展的插曲——模特儿的家庭风波,模特儿本人的复杂心态——就明明白白了。

但也有大快人心的事情。

几乎与大展同时,荧光屏上播映了有关朱熹老夫子与一位年轻美貌的姑娘相爱的故事。这两件事凑到了一块儿,虽说纯属偶然,倒也巧得有趣。且看"存天理,灭人欲"者何以自圆其说!

男女相悦,其极致便是爱与性的统一,灵与肉的统一,斯时也,只好是赤裸裸的了,孔"圣人"也无法例外,否则,他老先生哪来的第七十一代"衍圣公"?!

最早的奥林匹克竞技会,参加竞技的全体选手,一概是赤身露体的。(是否此中也有比赛人体美的成分?)

这是古希腊的习尚。

时至今日,顶顶暴露的莫过于游泳和跳水项目了,但也并非全裸。

可见,习尚处于不断地变化之中。

性心理学的书籍中,谈论着一种病患:暴露癖。

然而,一切事物都应视时间、场合、目的的不同而区别对待。外国流行的"回归自然"的"天体运动",就又当别论。这股风,刮了将近一个世纪了,历久不衰。

英国的天体运动爱好者甚至拍了若干部故事片来宣传自己,演的正是他们的生活,所有的演员——不待说——都是天体。

郭沫若写过一本书:《苏联纪行》,叙述了他去黑海之滨索契滩头的天体运动团体中间,面对着前后左右一丝不挂的男男女女,所引起的从心理到生理的微妙感觉。那坦白的程度,一如作者在另一本自传《少年时代》中回忆看见盛夏薄衫中嫂嫂丰腴肉体而触发了最初的性冲动一样,完全是卢梭式的。就这一点而言,郭沫若是诚实可爱的,理当受到人们的尊敬。

不独英国、苏联如此。

在美国,笔者就亲眼看到,滩头,草地,舢板,经常有进行日光浴的男女玉体横陈(在那些私家游泳池旁,景象更可以想见)。据长住大洋彼岸的留学生说,有些美国人,大白天也爱光着身子,在室内做他(她)们的工作。

这种生活习惯,似乎也没有必要对之大惊小怪,还是求同存异吧。焉知中国的明天怎样?

"客有诣伶,值其裸袒。伶笑曰:'我以天地为宅舍,以屋宇为裈(裤子)

衣,诸君自不当入我裈中!又何恶乎?'"

这说的是有名的"竹林七贤"之一的刘伶。事见《世说新语》。

刘伶的裸体,是作为狂放不羁的象征,裸体＝名士派,与艺术基本无关。

较晋代稍前一些时间,还有东汉的祢衡,也留给后人一个裸体故事:《击鼓骂曹》。尽管这出戏脍炙人口,上演了千百年,却并无一位演员是当真脱光了岔开双腿立着打鼓。

严格地说,这实在不能算作忠于艺术。

当然,祢衡的裸祖本身同样与人体美无关。恰恰相反,此公倒是无意间泄漏了自己的真实思想——人体是丑的,他就是要用这个"丑"去羞辱一代枭雄曹操,其结果是丢了脑袋。

一部二十五史,没有多少东西可供人体艺术家们津津乐道,以至于今日要替自己的工作权利辩护,还不得不祭起毛泽东的"最高指示"给予庇佑。

当年倘或不曾做出这一段"最高指示"呢?

尊神是帮不了忙的,希望应该寄予一步一个脚印的锲而不舍的启蒙。

一九八八年十一月十五日夜间,纽约豪华的现代艺术博物馆内,正在举行首届中国诗歌节的第二场朗诵会。首都机场大型壁画《泼水节》的作者、画家袁运生与我不期而遇。我们谈起了云南(**袁是云南人**)的边疆风情。我回忆了若干往事,我说,解放初期,有一天傍晚,我和西双版纳驻军某部的战士们一道去澜沧江沐浴。洗到半中间,忽然来了一大群傣族青年男女,小伙子们立刻毫不在乎地当众剥个精光,扑通通跳下水,小姑娘们竟也漫不经心地提起筒裙(**一般都不穿内裤**),大大方方步入水中,随着由浅及深,筒裙也便全部堆上了头顶。透过清凌凌的江水,小伙子们结实、黝黑的胴体,小姑娘的肩背、乳房、臀部、大腿,全都一清二楚。的确,人体很美。我们害怕违反"三大纪律 八项注意",还有民族政策等什么的,慌慌张张捂住"要害"部位,跳上岸来,抓起衣服,全顾不得身子湿漉漉的,裤管一蹬,便逃之夭夭……背后追来的是一阵开心的大笑声。

袁运生的命运,有点像米开朗琪罗。

米开朗琪罗画完《最后的审判》,教士们无不惊呼,基督是裸体的!此讯传出,上层大哗,传令要求米开朗琪罗重画。可画家反其道而行之,他将画面上那位被剥去人皮的受难者换上了自己的面容,以示愤怒与反抗。后来,罗马教皇出面调停,私下召请另外一位画家,替基督加上了一条飘带,此画勉强获得通过。然而,这位应召的画家却倒了霉,从此得了一个绰号——"替上帝穿裤子的家伙",本来的姓名竟失传了。

中国就是和中世纪的意大利不一样。袁运生笔下的傣族少女,严严实实地穿上了裤子!这一对比说明什么呢?说明我们还处在"文艺复兴"的前夜!这才是和中世纪的意大利不同之处。

在中国,有两类事情,一般人是不许碰的。其一是政治(*所谓安定团结*),其二是性与裸体艺术(*所谓社会风化*)。毋庸饶舌,多数人的禁区,便是少数人的特权。袁运生不幸撞上了一柄双刃剑了。

不过,我终又不免纳闷儿:为何傣族的某些同胞偏偏学习汉族的假道学,一如汉族的某些同胞偏偏学习西方的性解放一样!前者是倒退,后者是"超前",前者是僵化,后者是腐化,但其共同点则一:不学好,专学坏。

一九八二年十月,我去贝尔格莱德出席第十九届国际作家代表大会。在一次参观中,发现了这样一座园塑:一位游击队员骑着马,衣冠不整,大背着枪,怀里搂着不着寸缕的妇女!我暗自思忖:换在中国,作者不知该打成几类分子了!

当时的公安部部长刘复之,率领代表团去考察(前)南斯拉夫的社会治安情况,来回都和我同乘一架班机。听彭光伟大使说,刘复之曾经不无困惑地问他:为什么这儿的强奸、情杀一类犯罪作案率比中国还低?彭光伟大使是怎么答复的,他自己没有说,不便瞎猜。

我倒想过,这座园塑,不妨提供参考。

能不能正确看待裸体艺术,态度问题往往体现了素质问题。

据报道,大展由北京移到上海举行,并没有造成万人空巷,满城争说。

上海人不愧上海人,见多识广,少有"洋相"。

个别画家竟感到寂寞,感到失望。

我认为,何必呢,这才是正常,这才是进步啊!

猥亵是一种过敏。

紧闭双眼,大气不出,也是一种过敏。

向前进!超越这两块绊脚石,探讨艺术本身的长短得失,才有可能健全中国人的心智,提高全社会的承受力,从而取得裸体艺术的迅速进步。

罗丹有一件名作:《老妓》。仅仅读标题,恐怕色情狂们和卫道士们都会想入非非了。请直面艺术吧,原来是对人类堕落、金钱罪恶的强烈控诉!色情狂将因之而忏悔,并复活自己的羞耻观念;卫道士将因之而醒悟:要说教化,这才是真正的教化!

至于什么"污辱人格",乃至动用"侵犯肖像权"的法律武器,就愈发荒唐了。作为模特儿,其劳动报酬本来已经居于中上,何况上了画布,就是画家的创作。一定要讲"权"字,也仅止于版权而已,岂有他哉?

还是那个罗丹,他甚至把法国大文豪巴尔扎克臃肿笨拙、衰老松弛的肉体都毫不怜惜地摆到观众的眼皮子底下,莫非他诚心"污辱"巴尔扎克的"人格"么?莫非他有意"侵犯"巴尔扎克的"肖像权"么?

笑话!

中国第一部《裸体艺术论》的作者陈醉非常激动。

他向读者吐露心曲。他的话很有代表性,我认为:称得上是一代先进知识分子的心声。

照抄如下:

"我觉得,这次大展的意义仅在于对人的自由欲望认同的暗示,一切都刚开始,等待着从最敏感的伦理意义上的实质性突破。"

他进一步解剖了包括他本人在内的中国知识界目前的两难心态,话语非常坦率,非常深刻:"中国大多数知识分子在理智上都认为人体(油画)大展太好了。对传统文化是冲击,但在情感上,在下意识中,往往是另一种态度。观念上他们可以走得很远,但在生活方式上仍恪守传统,不越雷池一步。被誉为传播现代意识的画家画妻子,其实是画家仍旧画模特儿,只不过把妻子的脑袋安在模特儿的身子上罢了。还有,如发生争议,很现代的艺术家们内心所企盼的是有权威出来干预,就如同农民盼'青天'一样。我也是这样的人,在理性上、观念上批判中国人传统文化的负面,强调个性解放,可以很超前,但在日常生活中可是很老派,很自觉地习惯地处于压抑状态中。中国的一些标榜现代意识观念的知识分子包括我在内都走不出自身这样一个怪圈。我们头在现代,身子在传统中,过着矛盾的、两重性的生活。我想,作为人来说,真正的现代意识、现代观念是建立在相应的现代生活方式上的。中国人的生活方式基本上都是传统的,在本质上都没有什么区别。知识分子与老百姓,画家与展厅的所谓低层次观众,都一样,更深的悲哀是这个。我们一往情深想做的正是我们根本做不到的事,或者说,我们口是心非,矛盾百出,想批判国民之愚昧,结果自己也同样愚昧,想唤起民众,结果往往连自己也唤不起……"

一掬至诚,催人泪下。

陈醉的自白,同样也是笔者的自白,笼而统之,何尝又不是当代有良心有抱负的一代精英的自白?

笔者何妨现身说法?我读弗洛伊德最引起我共鸣,最为我击节赞赏的,是他的"升华"说。

弗氏认为,诗人、作家、艺术家、科学家正是这样一种人,他(她)的作为人的情欲得不到宣泄,乃"升华"为文学、艺术和科学的创造。由个人的存在变为社会的存在,是愉悦(或者说是精神价值)的"代偿"。

以我为例,除却长时期的政治迫害造成了家庭的倾斜外,不幸的婚变也决定了我的清教徒式的生活道路。

于是，我的事业便成了我的妻子。灵与肉都在其中合而为一，虽然有失落感、欠缺感，却也有难以替代的满足与欣慰。我把理当属于我个人的东西，通统转化为别一形态，奉献给了公众，且被打上了全社会的印鉴。

幸耶？不幸耶？

在观念上，我也许算得上一个"激进分子"了，然而，我的日常行为又如此之合乎规范……悲夫！

不过，我并不失悔，更不计较"吃亏"。我只觉得，在鲁迅先生痛斥过的中国这一桌"吃人筵席"之上，还需要摆上若干盘、碟、碗、盏，还需要填充活的血肉牺牲。

然而，我(以及我们)又绝非甘于被"吃"者。这是就主观而言。

在决定性地推翻这桌"筵席"之前，"吃"，将始终是一个过程。这是就客观而言。

清醒地掂掇自己的分量，总比盲目地乐观更加切实，于己于人，都有益而无害。

总有一天，中国的裸体艺术会毫无愧色地步入世界裸体艺术之林。到了那一天，也只有那一天，我们(中国的受苦受难的知识分子)的净化了的灵魂，才能借后代子孙的肉身，莞尔一笑，一笑直至永远。

1989年2月26日—3月1日　合肥

留给甘霖的信

甘霖同志：

你好！高加索老师转来你的诗作，我全读了，这是破例，因为我在各处都声明过，从一九八九年开始，不看来稿，不做推荐，也不写序，原因是多方面的，就没有必要细讲了。

你显然是有诗的感觉的，这一点十分重要，而你显然又写得很苦，我能看得出来，在诗被强奸的今天，你一如既往地保持坚贞，尤其难得。

我注意到一九八七、一九八八年之交的那些作品，它们说明作者是有忧患之心的。

有些诗句相当震动人，比如"太阳执着于启蒙/终于累得吐血"。我是欣赏的。

还有类似《寂寞》《历史》这样的短章，都有颇深的涵蕴。

希望你再请别的同志看一看，然后筛选一下，自行投稿——总有识货者的。

当然，有几首不大理想。失之浅，失之露，如这等标题的：《物价调整前夕》《安慰》等。

总之，能写则写，不能写则多读一些好书——古今中外。

握手！

公刘 1989 年 5 月 10 日

当日离宁，匆匆

但愿逢凶化吉
——《中国新民谣选编》序

一

说来奇怪而又不奇怪,当今全国各地,无时无刻不在产生着民谣,流传着民谣,演变着民谣,证实着民谣……

它们和所谓的"大跃进民歌"和"小靳庄民歌"根本不同,第一,并非"奉旨""官办";第二,并非文人赝品。它们长在人心中,活在众口上,作为一种有价值的史料,它们肯定能千年万载地引起后代子孙的拍案惊奇。

居然出现了这等情形:有时候,某一个人的一声喟叹,便成了"比";某一件事的一个细节,便成了"兴"。千千万万人共鸣,许许多多事相似,我想,这正是一首民谣同时有多种"版本"的原因。

不妨称之为二十世纪八十年代中国的新国风。

风者,讽也。

二

古老的中国,早就有了古老的民谣,包括古老的俗谚。

令人讶异的是,就民谣而言,虽则古老,偏又年轻,甚至年轻得鲜活,年轻得水灵。

例如,"狡兔死,走狗烹;飞鸟尽,良弓藏""直如弦,死道边;曲如钩,反封侯"，几乎等同于真理，尽人皆知。当然，也有与此同样沉痛、深刻的，"上求材，臣残木；上求鱼，臣干谷"，就未必能说是家喻户晓了。

何况，知道了也不意味着明白了，明白了也不意味着记住了，所以，"千人所指，无病而死"的警句，并未能使那种逆历史潮流而动，与亿万大众为敌者望而却步。这实在是令人遗憾。

这一证据，至少可以帮助我们避免做出过分夸大的估价，从而得出过分乐观的结论。

再拿反贪污的斗争为例。古民谣中，有一首篇幅虽然较长，仍旧流传至今的《慷慨歌》，简直就像是一幅直接取材于当前腐败官场的白描速写。请听："贪吏而不可为而可为，廉吏而可为而不可为。贪吏而不可为者，当时有污名，而可为者，子孙以家成；廉吏而可为者，当时有清名，而不可为者，子孙困穷被褐而负薪。贪吏常苦富，廉吏常苦贫。独不见楚相孙叔敖，廉洁不收钱。"可悲的是，我们党的某些有权势者，其素质反而不及封建王朝的孙叔敖；而我们的"楚王"，也根本听不进优孟为孙叔敖鸣不平的讽诵！

三

"屋漏在上，知之在下""足寒伤心，民怨伤国"。

证诸史书，几乎没有一个专横暴虐的政权不是被淹没在这类民谣的唾沫之中的。

说今天已经面临灭顶之灾，或许言犹过疾，但说今天已经危机四伏，又的确并非耸人听闻。

我想，这本集子的编者，乃至其他同类集子的编者，都是出自一片忠悃赤诚，祈望下情上达，渴盼匡救时弊，要求与民更始。

然而不能不指出，出版这样的新民谣竟成了"热门"，多半是一种不祥之兆。

但愿雨霁天开。

但愿逢凶化吉。

四

据传说,中国古代设有"采风"职官,专门搜集、采访、记录民间歌谣,乃至怨谤言辞,供当政者参考。

有的学者驳斥此说,认为这是儒家为宣传他们那一套"开明专治"(仁政)理想的虚构神话。

姑且承认有"采风"之制。

我乃猜测,这种"采风"官员总该有俸禄或者津贴吧,而像徐明德君这样的当代"采风"者,却肯定得不到任何"好处"——稿酬是极低极低的,因为不是创作,而另一方面,反倒无疑会惹来"麻烦"。

他有的只是良心。

不过,具体谈到这本《中国新民谣选编》,我是又满意又不满意的。

内容比较丰富、门类比较齐全,是应该加以肯定的,这是特点与优点。同时,我又认为:一、大量的极其精彩的民谣,多有漏选;二、少数佳作上品,又由于可以理解的原因,做了修改或删削。

这是不得已。让我来编,恐怕也不会更理想。

生活现实就是这般。

是为序。

1989 年 5 月 23 日　合肥

《初识德国人》编后赘语

眼下来编有关中西文化交流的书,肯定是一件吃力不讨好的事,奈何我已无法推辞。

说来话长。去年秋天,中外文化出版公司负责人、我的老朋友柳萌兄来信提到,他们有辑录一套《中国作家看外国》丛书,并且要我参与其事的打算。实话说,我并没有顶真,因为,我太了解咱们的"国情"了:有事业心的出版家的善良愿望,往往和出版界的软环境、硬环境难以合铆。

今年元旦,我从美国回到北京,刚下飞机,柳萌便闻讯赶来,当面拍板,下达了联邦德国卷的具体任务。我见他动了真格的,只好诺诺,可谁能料到,半年光景,世事巨变,当时支持我点头应承的如意算盘竟基本落空!

已知的先后出访联邦德国的中国作家不下五十余位。但今天有的被判定为"诸事不宜";有一些远走高飞,不便联系;国内剩下的组稿对象当中,又有相当一批,不论我怎么呼吁求助,硬是默不作声。当然,也有例外,比如老作家西戎同志,就专门来信解释他何以迟迟无法落笔的缘由,这种负责任的态度令人感激。可到底能够成为本书撰稿人的作家,就只有这么一些了——这是非常非常遗憾的——不仅是对我,或者是对出版社,主要是对成千上万热情支持过中德友谊的普通的联邦德国人民和作家。

这么一来,原先那种由于篇幅有限,也许容纳不下的担心,就完全变成了多余;每人一篇,每篇字数不得超过四千的限制更简直形同作茧自缚了。不过,这与其说是编者的苦恼,不如说是时代的喜剧。

既然答应了的事就得做。何况,中外文化出版公司不改初衷——尽管许多重要的设想,像举行有各有关国家驻华使节出席的首发仪式之类,俱已化作泡影——我自然必须硬着头皮,不避因此而可能引起的某种误解,终于将其编了出来。不知道为什么,我觉得中外文化出版公司的不改初衷,连同我自己渺小的硬着头皮,都颇有一点悲壮。

顺便,不妨说一声,那就是,我本来已经宣告自动封笔了的,却为了这些从前接受下来的事务被迫开一次戒。这篇流水账纯属交代来龙去脉,毫无新鲜意思,正是出于这种自知之明,故曰:赘语,盖与废话相差无几。

本书无所谓体例。目次编排以稿件邮到之日的先后为序。张抗抗、陈丹晨二位各占两篇,明显地突破了出版社的规定;造成这等结局,其缘由绝非我同她和他是什么"关系户",而实在是考虑到这四篇文章,内容各有特色,生砍活埋,显然无理。至于同一作者怎么会投寄了两篇,却是阴差阳错,不必絮叨了。

另一位编者叶廷芳同志,是德国文学专家,有他不耻下顾,无疑能保证大家少出一点洋相。

但愿这个小册子有机会再版,但愿那时节,中国的文学天空,能够重新闪烁许多隐没了的星光……

1989 年 8 月 31 日　合肥

辞谢"杂文专页"约稿
——函复××先生

××先生：

十一月三十日大札收读。感谢您对我的厚爱与关心。

六月以后，我已封笔，何时启封，不得而知。贵报有意于扶持杂文，拟出"专页"，此情可感，亦"痴汉"也。然则在下不敢叨光，盖恐若干年后反被人写入杂文，势必啼笑皆非；天国有栋梁，民有代表，"忧国忧民"，岂非多事耶？或有高人义士，果真能"说几句心里话"，我当乐于做一名真实读者。曲线也是一种线，这是几何学常识，但我却"曲"不来，先生固不至强人所难也。乞宥。

专此奉复。顺颂编安。

公刘

1989 年 12 月 13 日

随意道来

——在孔孚诗歌研讨会上的即兴发言

女士们、先生们:

我上台来不是演讲,是闲谈。

我和孔孚先生神交已久,却一直缘悭一面,昨天乍一初会,彼此都格外激动。忘记了此地是山东曲阜,应该尊孔复古,拱手长揖,倒是引进了一个洋礼,热烈拥抱起来。这样做,简直有点"数典忘祖,全盘西化"的嫌疑了。不过,请且慢扣帽子。据我所知,在西方,在他们的知交好友间,热烈拥抱过后,必继之以相互先亲左脸,后亲右脸,再亲左脸,如此往复者三,才算是完成了全过程。孔孚先生和我,并没有比着葫芦画瓢。因之,要说"西化",顶多也只能说是"化"了一半,够不上所谓的"全盘"。何况,究其实际,无论孔孚先生还是我,早就都在先知先觉地实践着"弘扬民族文化"的时髦口号了。孔孚先生自不待说,他是孔门血裔,大成至圣先师的七十六世孙,擅长的又是纯粹东方式的山水诗;我虽然没有他那份幸运,姓的不是孔,写的也主要不是山水诗,但是,我的名字出自《诗经》,却也确凿无疑。而《诗经》的超级大编审,正是孔老夫子。于是,我也就和这位主宰了中国人的文化心理长达两千年之久的精神帝王,多多少少地攀上了一层关系。咱们中国人,历来不都看重"关系"吗?如今到了二十世纪九十年代,"关系"就显得越发重要了,以至于都创建了一门名叫"关系学"的新学问了。因此,我想,不管人们怎么分析,孔孚先生也罢,我也罢,充当一名起码的爱国主义者,料想还是及格的吧。

孔孚兄通知我来参加这次盛会,我之所以欣然应命,星夜兼程,其间也有一点爱国不敢后人的意思。不过,我在给他的回信中,早已行言在先:不带论文,只带耳朵。比着先师的老虎画猫,他述而不作,我坐而不谈。不料想,才一报到,便硬是拗不过主持人桑恒昌先生和各方友好的软泡硬磨。只得权且退一步答应,到时候随便说上三言两语交差,但是,像这样随意道来,毕竟是仓促上阵,肯定会闹笑话出洋相的,还望方家们不吝指教才是。

我初步考虑到的,大致包括下面四点:

第一,像眼下这样的孔孚诗歌研讨会,理当早开,但居然拖到今天,未免太迟了。然而,迟,总比继续拖下去不开强。因为,孔孚先生独树一帜的新山水诗,确实填补了我国自有白话诗以来七十余年的一大空白。提起空白,就会教人产生联想。我们经常在报纸上了解到,我国又在什么什么领域填补了什么什么空白,写报道的人很自豪,读的人也很自豪。这当然都很正常。不过,我认为,诗人孔孚所填补的空白与众不同,他填补的是精神空白,其难度,其价值,即便不说是超过,至少也不亚于那些科学技术专家们所填补的物质空白吧。可是,这一成就,却极少得到舆论界的深刻理解与正面宣扬,因之,世人也就极少知道。为此,我愿借这个讲坛大声疾呼。我们的文艺单位、学术单位和出版单位,都应该理直气壮地为孔孚发布战报,介绍他的辉煌战果,说明他的重大意义!

其次,有必要在各种见解交锋、交融的基础上,对孔孚先生创造的新山水诗的主要特色,做出完整、准确、深刻的阐述。我以为,还必须划清两条界限,浅层次的是,必须划清真正的山水诗和车载斗量的旅游诗的界限。我这样说,并不是要排斥旅游诗。但是,恕我直言,旅游诗充其量不过是山水诗的一撮尾巴毛。深层次的是,必须划清新山水诗和目前活跃于诗坛乃至文坛上的"假隐逸派"——这是我杜撰的名词——的界限。这种假隐逸派,猛一看去,倒也是些山水性灵文墨,然而,只消由文及人地一琢磨,破绽就露出来了。事实是,尽管他们仿佛也成日抱膝长吟,摆出一副与世无争、清高自诩的样子,但是,他们只不过窃取了一星半点闲适恬淡的皮相,骨子里却是心在庙廊心在市场,既钻营仕途,又追逐金钱的。问题的严重性在于,对他们的姑息宽纵,时间实在太久太久了。须知,让这一类冒牌货鱼目混珠,其结果必定是香臭不辨,徒然败坏了孔孚山水诗的名节。

人所共知,孔孚有个著名的美学主张,叫作"减法"。这和古人关于炼字炼句的箴言是一脉相承的。马雅可夫斯基也说过类似的话,诗人应该用一吨重的语言矿砂,烧结一个字眼。当然,孔孚兄的这个说法,是更直截了当,更通俗易懂了,写成理论文章,当不难做到深入浅出,教更多的人理解和接受。不过,我想,这个所谓的减法,又是不能绝对化的。减,是有度的。这个"度",就是诗的想象空间,不能减得只剩下干巴巴的几条筋。目前,似乎已经开始出现了不好的苗头,值得我们注意。

再次,是否不妨预言,在诗集出版不景气,学术空气沉闷的当前,我们召开这样一个研讨会,可能会触发正反两个方面的结果。先说好的方面:以会议为契机。孔孚山水诗当会获得更广泛的认同,而孔孚本人也会被拥戴为新山水诗的"祭酒"。但,另一方面,又有可能导致误解,缺乏锻炼的青年朋友将错认为山水诗是某种避风港,于是乎群起效尤,七手八脚,直把山水诗写得滥而又烂完事。如果竟是这样,那就自非孔孚之幸,也非新诗之福了。

我欣赏孔孚,学习孔孚,但我绝不模仿孔孚,跟在孔孚身后亦步亦趋,甘当孔孚的袖珍本甚或赝品。他写他的,我写我的,大路朝天,各走半边。我以为,唯其如此,才能真正地百舸争流,殊途同归,才能实现真正的多元并存,共同繁荣。

最后,人人都夸孔孚的诗写得空灵,有人甚至认为,中国山水诗传统的唯一特长,即在空灵,而且,似乎也唯有孔孚一人继承了空灵。对此,我不敢苟同。我觉得,第一,空灵,未必就是我国山水诗的唯一特长。怎么理解空灵?正面的美誉是超脱,负面的嫌疑是逃避。第二,即便是唯一特长,也未必就可以不加批判地继承。"空山不见人,但闻人语响。返景入深林,复照青苔上。"(王维)"众鸟高飞尽,孤云独去闲。相看两不厌,只有敬亭山。"(李白)"千山鸟飞绝,万径人踪灭。孤舟蓑笠翁,独钓寒江雪。"(柳宗元)诚然,这些诗,都因为揭示了某种天人合一、物我两忘的境界,得以千百年脍炙人口。然而,世事演变到了今天,技术主义至上,拜金主义猖獗,又有谁还能达到这样圣洁的境界呢?可能,在深山老林中有幸还残存着个别几处,但总的说来,正如人们叹息的:发现一处,就意味着毁灭一处。看看我们周遭的生存环境吧,权力污染、财富污染、心灵污染、食物污染、大气污染、水质污染……无一不是山水诗的对立面,无一不是山水诗的杀手。没有了青山绿水,没有了活泼的万类生命,有何山水诗可言,空灵又在哪里存身!所以我说,摆在孔孚兄和一切山水诗人面前的任务,恐怕首先是得和这些破坏性因素做坚决的斗争,然后,才有指望写好山水诗。这就是我所说的无法沿袭、套用"空灵"二字的关键所在。

刚才,为了讨论空灵。我引用了几位古代诗人的杰作,却故意遗漏了山水诗鼻祖孟浩然先生的作品。因为,我打算在结束闲谈时,援引一下他的一首实在不空灵的诗来说明现实的复杂性和人的复杂性。在唐代,孟浩然先生是有名的高士,但偏偏动了跑官的杂念,他托人把自己引荐给了玄宗皇上,并即席赋诗,可是,倒霉得很,诗刚献到"不才明主弃,多病故人疏"的当口上,皇帝老儿就生气了,说:"朕何尝弃卿?"起身拂袖而去。这件事,就孟本人而言,可谓是自取其辱,我们在惋惜之余,也不妨一掬同情之泪,那个时代原本就是以诗取士的时代嘛。何况,对比当今某些文人骚客的秽言丑行,应该说,孟浩然的行为还是颇为高雅的。杜甫便十分景仰这位诗翁,他曾经动情地赞美过,"吾爱孟夫子,风流天下闻……"我不知道,所谓的风流天下闻,包括不包括这段煞风景在内?我只是忽发奇想,倘若唐玄宗器量大一点,哪怕是假装得器量大一点,也像杜甫那样"爱"一下,"闻"一下,承认和恭维孟浩然先生的才气,那会是个什么样的结局呢?想来,至多不过是再添一个吃闲饭的"供奉翰林",却失去一位文学宗师吧。

一般说来,诗人总是天真的,连杂念都起得天真。仙风道骨的孟浩然先生也不例外,所以,他压根儿就没有想一想:坐在面前的这个李隆基,他,果真是"明主"吗？假如是，有必要去求他吗？假如不是，那么，"弃"又何妨！

昨天，孔孚兄告诉我：会议一结束，他将立刻找个地方避一避。我非常赞成这一明智的决断。我猜，大约孔孚兄也觉察到了某种干扰吧。说起干扰，我以为，诱惑也是一种干扰。比如，什么山水诗可以成为主旋律之类。试问，哪朝哪代的山水诗构成过当时的主旋律？纯属欺人之谈！

孔孚兄比我年长两岁，是货真价实的兄长。我不清楚他的年庚八字，可我还是替他打了一卦。卦很好，八八六十四卦，得的是最后一卦：未济。大家知道，未济，就是泅渡的中途，此岸已离，彼岸在望。这一卦，最典型地体现了《易》的哲理，世间万象，人生百态，都统摄其中，周而复始，生生不息，也给了我们以最大的启迪。联系着诗美创造，就更富有象征意味了：离在上，坎在下，离者火也，坎者水也，火向上飞腾，水向下渗透，这既符合物质的本性，又告诫了诗人，要让自己的良知和思想深入大地的底层，让自己的激情和智能高扬到霄汉的终端。根据个人理解，所谓大地的底层，指的正是人心；所谓霄汉的终端，指的正是天道，天道人心，契合无间，必能生发出无穷无尽的诗歌来。愿孔孚兄本着未济精神，奋勇前进！我虽不才，自当紧随其后，同步迈进。

浪费了各位的宝贵时间，谢谢。

1990 年 4 月 7 日　山东曲阜

致吴兵函

吴兵君：

收到你的信，都过去一个多月了，迟至今时握笔作复，乞谅。

在许许多多寄给我或者面送给我的今年新出版的诗集中，你的《蓝眼睛》算得上较为可观。你问我的读后感，一句话：阴柔有余，阳刚不足。它的长处在于充分发挥了诗的抒情性，但不足似乎也恰恰在于此，敏感个人心灵的悸动，而颇难扪触到时代与公众的脉搏。我很难判定，在目前，这到底应该打多少分。这是真心话，不是遁词或者狡猾的推诿。如果就真诚一点而言，铭心刻骨的"我"终究比腾云驾雾的"我们"为可取。总的讲来，最后一辑"处处履痕"，除开《水井》例外，在全集子中间显得弱些。而最精美的部分是《默默相识》，其中很有几首令人击节。《轻轻呼唤》也不错。另外，《深深瞩望》的风格，觉得有些不一致。这在一个诗人写作生涯中，变异，也是寻常事，不足为奇。我为之扼腕的是所表达的感情内容表达感情的句式，似乎都留下了当时风行模式的痕迹。你今后当然还会写的，恐怕该汲取经验教训吧？

走自己的路。这就是我通读大作，欣慰之余唯一可进的忠言。

　　　祝你

成功！

公刘
1990年8月26日

致《三月》诗报的一封短信

胡云先生：

我刚从外地归来，你们的研究会想必举行过了吧？马后炮没有意思了。

《三月》，就我读到的几期来说，作为一份学生社团诗报，应该承认，还是有自己的追求的。某些时候，为周围的鼓噪所影响，可以理解。仅以对诗的执着一点，特别在诗受到重重来自不同方面的压力的今天，就值得大大地肯定和赞扬。希望你们挺起脊梁，继续前行，哪怕只能一寸一寸地。

相信诗的火把一定会在世代的接力长跑中传递下去。诗，才是真正的圣火！

公刘
1990 年 12 月 18 日

简谈《玻璃风铃》

——致王辽生

辽生兄：

令郎诗集《玻璃风铃》收到，着即拜读，已数日矣。眼下得空，写上几句观感。

作者肯定有才华，有些篇什的确屡见机锋巧思；遣词造句虽然不拘一格，但并未"先锋"得离开大队过远而变成孤家寡人，其中尤以某些情诗短章，相当精致可爱，令人怦然心动。另一方面，也有一些在我看来是需加警惕的苗头，这主要表现为刻意雕琢，不仅文字上如此，就是所谓幽默感，倘处理过当，也必流于浮滑。有一首《关于农业问题》，似乎并未抓住要害，因之，问题也就变成没有答案的问题了。上述数语，纯属个人印象，不足为凭，供贤侄和老兄参考罢了。匆匆，专此奉复，顺贺春节！

公刘

1991年2月6日

《斜阳梦》研讨会缘起

今天开的这个会,叫作《斜阳梦》研讨会。《斜阳梦》是作家彭拜先生的新作,也是力作。现在,我请彭拜先生起立亮相,也请到会的各位向彭拜先生热烈鼓掌致敬。

论规模,这个会不很大,但也不很小,可以说是省城评论界和小说界的一次学术性的联欢会。更巧的是,时间恰好赶在春节前夕,庚午马年将尽,辛未羊年将临,值此马去羊来之际,连我这个从来嫌恶在十二生肖身上做文章的人,都忍不住想当一回测字先生了。我们搞文学创作的同行,最讲究的是真善美,这一回有趣得很,从汉字的结构上看,善和美都从羊,可惜,真不从羊,难免有点遗憾。而特别值得一提的是,在古汉语中,"祥""羊"相通,这使人产生了一种祈望,羊年将是一个祥和之年,不会再有戾气。

以沈培新书记为首的省文联党组全体成员,新华社安徽分社记者宣奉华女士,都光临指导,使我们格外感到温暖,请大家以热烈的掌声表示感谢。至于其他一些带头衔的人物,我们一概看成是作家、评论家,因此,就不一一列举了。

文联穷,人所共知,不算新闻。作为文联下属单位的作家协会分会、文艺理论研究室和文学院,自然也无例外地穷。不过,穷有穷的主意:城里人叫作"凑份子",乡里人叫作"打平伙",今天这个会,就是由我们三家凑份子,打平伙,才得以开起来的。出手寒酸,招待不周,还要请多多包涵。

物质不足精神足,弥补的办法就是开好会;大脑收获多一点,也许可以平衡肠胃方面的缺乏。

《斜阳梦》自发行以来,由于它从内容到形式都贴近生活,贴近社会,贴近普通人,得到了省内外的广泛好评。漓江出版社的全体负责人史无前例地都通读了这本书,并且誉为自建社以来最好的一部原创小说,他们甚至打算提名《斜阳梦》参加下届茅盾文学奖的角逐。

这当然是漓江出版社自己的结论,我们没有义务奉之为准绳,相反,我倒以为,我们每一个人都应该保持独立的见解,按照不同的甚至对立的观点,对《斜阳梦》做出自己的评价。有好说好,有坏说坏,是优点不要抹杀,是弱点无须掩盖。作家本人和我多次通电话和通信,他抱的也正是这一态度。更确切地说,彭拜先生欢迎那种同志式的一针见血的批评。我们赞赏彭拜先生的这种态度。

也是出于同一考虑,会议有意识地特别邀请了一批"老合肥",或曰"合肥通",来贡献你们的真知灼见,《斜阳梦》故事的社会文化背景是合肥,人物当然经过典型化处理。你们理当是最权威的最严格的读者。小小合肥,发展为百万人口的城市,的确是中国现当代史的缩影;数十年人事兴废,江山代谢,悲欢离合,荣辱沉浮,有多少沧桑感慨!《斜阳梦》虽然仅仅描写了合肥舞台的一角,却是富有代表性的一角。我相信,合肥的读者们嚼到这些原汁原味的文字,必定倍感亲切,而对作品的得失分寸之间,也必定有更为细腻的把握,我们期待"合肥通"们的科学鉴定。

一句话,我们不愿意开一个"捧场会",我们愿意看到不但交流而且交锋,实现真正的百家争鸣。我个人认为,只有这样,《斜阳梦》的作者以及不是《斜阳梦》作者的作者,都能从中汲取教益。

有人说:什么样的书算好书?能上书摊,并且成为抢手货的就是好书。应该承认,这话有一定的道理。《斜阳梦》就摆在书摊上卖,如今几乎见不到了。然而,也不能绝对化,把上书摊成为抢手货当作唯一的标准。因为,第一,书摊上摆的书,大部分,前一段时期简直是绝大部分并不能称为好书,这是事实;第二,经不起逆推理,是不是凡不能上书摊,同时又不被群众抢购的就不算好书呢？显而易见，不能这样说。美国大科学家爱因斯坦的《相对论》，中国大学者钱锺书的《管锥篇》，书摊上找不着，但绝对是好书，第一等的好书。我这样说，丝毫没有贬低上书摊的意思。老实讲，一位作家，印出书来，如果真的能叫一般读者甘心情愿掏六块钱买回去读，读了还不冤，不骂娘，倒也值得自豪！更不必罗列什么抵制黄色文比，争取市民层乃至改造国民素质等一大串功劳了。

这里又引申出了一个到底应该追求"下里巴人"还是"阳春白雪"的问题。下里巴人要不要？当然要，不过，片面地强调下里巴人，很可能滑向迎合群众，尤其是迎合群众中的落后部分的尾巴主义。阳春白雪要不要？当然要，不过弄不好又会走向另一个极端，变成贵族化，变成象牙之塔。所以，依我之见，问题本身就不宜这样孤立地提出来。我的欣赏趣味是四个字：雅俗共赏。雅俗共赏，话好说，做起来艰难。在艺术创造领域，这是一个未必能够轻易达到的境界。有人可能会笑我唱高调，那么，我要回答，高调莫要唱，高标准却不能丢。彭拜先生经过五年如一日的努力，拿上雅俗共赏这把尺子去量，《斜阳梦》庶几近之。这就提供了一个例证，只要下功夫，雅俗共赏是可以实现的。

我们安徽的文学事业，我们全国的文学事业，毫无疑问，希望都寄托在中青年作家身上。长江后浪推前浪，世上新人换旧人，这是自然法则，谁也无法抗拒，想抗拒也抗拒不了。朝阳毕竟比斜阳强。

这么说来，处于"斜阳"阶段，回首人生往事如烟如梦的老一茬又该怎么办？今天开的这个会，也包含了这方面的用意，意在鼓励。包括我在内的一大批上了年纪的人，从中不难得到启发，这就是，学习彭拜老而不惰（懒惰）、老而不废（颓废）、老而不朽（腐朽）、老而不坠青云之志。大家看，彭拜先生人离休了，笔不离休，干劲更足了，一九九○年内，就出了三本书，这在我们文学院自建院迄今的收成记录上，也是少有的例子，理当予以表彰。

表彰的目的在于倡导。我们六十岁上下的朋友（也包括我自己），不妨反思一下：彭拜能办到的，为什么我们不能办到？假如这当中有差距，差距又在哪里？六年来，我一直在细心观察彭拜先生。我发现，他的一个最大长处就是心无旁骛。倘若我们大家都心无旁骛，集中精力，全神贯注地扑在创作上，而不是让那些名缰利锁、意气之争分散了自己的注意力，消耗掉我们本来就显得不足的元气，我们会产生多少部《斜阳梦》！说到这里，不妨借用电脑学的术语来表述我们不少人与彭拜先生的差距何在，即硬件系统完全一样，软件系统却不大一样。不是吗？吃穿不愁，住房条件也还凑合，生了病可以指望公费医疗，必要时还能出去走走看看，这样的硬环境大致都基本具备。然而，软环境如何呢？我们主观上如何呢？心理状态如何呢？我们对时不我待的责任感是否迫切？我觉得，只要我们不把晚景作为"堪娱"的享受，而是仍旧作为对社会的奉献，那么，我们就不妨对自己实行"公岁"制的改革，一公岁顶两市岁；如同业已普遍推广的度量衡制度改革一样，一公斤等于两市斤，一公升等于两市升，一公尺等于三市尺。说句笑话，彭拜先生今年才不过三十二公岁，正是龙腾虎跃、大有作为的年华！让我们也跟随其后，沾点光，全部恢复青春！

总而言之，过去我们开过一些这样的研讨会（但都比较小），今后，在条件允许时，我们还准备举行类似的活动；不管是老作家，还是中青年作家，只要作品写得成功，有积极的反响，我们就继续采取三家联合的方式，邀请有关方面人士加以评议，总结经验，以利再战。

我要说的话到此为止，现在请各位踊跃发言。

1991 年 2 月 8 日　合肥

"诗人不妨固执一些"
——诗人书简

郁葱：

惠赠大著《生存者的背影》(书名起得好!)已读，印象甚好，理当驰函致贺。

显然，作为哲理诗人，精于思辨，擅长将所有物质的东西抽象化、理念化，环顾国中，还没有几个人堪与你相匹敌；你创造许多警句，这是长处，难得。伊蕾等的序和后记亦好，与你的诗珠联璧合。

当然，世界毕竟是物质的，人的精神说到底还是一种物质，过分采取疏离的态度，窃以为亦不足取。适当考虑这个方面，让它们进入诗人的诗中，似乎会使思想、理念得到某种润滑，从而使诗加倍丰满。

也许这是我的偏见。我主张，诗人不妨固执一些，认准了什么路子，径直走下去，而不要理会四周看客们的叽叽喳喳。忠于良心，忠于艺术，可矣！不知你能否接受这不招自来的絮叨。

匆匆。

公刘

1991年3月21日

致《中国科学报》总编辑的一封信

曰方先生：

　　读贵报副刊《科学城》第二十四期（三月二十二日二二六期四版）发表的戴明华的诗《爱也绵绵恨也绵绵》，颇多感触，作者肯定不是专业诗人，但诗写到这份上，却为多数专业诗人所不及。我以为，好就好在一个"真"字上，情真意切，情真方能意切。感情这东西最简单也最复杂，数学、物理学、化学拿它都没有办法的。所以，诗中所涉及的那位"凯丹"小姐，是非如何评判，局外人不便插嘴，也无权插嘴。作为一个读者，又是写诗多年的读者，只说诗，这首诗打动了我，就足够了。谢谢作者！谢谢贵报！

　　信手修书，不尽其意。

公刘

1991年3月26日

由"三行体"想到其他

——序李云鹏诗集《三行》

云鹏的这部"三行体"诗集,总体上看,的确相当别致也相当精致;也许是受到了他的勇气的感染,我也打算采撷几朵长年萦怀却一直不敢触及的刺玫瑰,作为对云鹏的一点馈赠。说是有刺,是指文学理论的犯忌与文学创作的闯关毕竟不大一样,理论探索冒的风险更大,安全系数更小,这是历来如此的,不足为奇;好在被人扣"帽子"于我早已习惯成自然了,没有什么可怕的。

"三行体",是一种不常见的形式。所以,我首先想从诗的形式乃至有关种种入手。

一提形式,往往像条件反射一样,某些人立刻便会联想到形式主义,甚至反现实主义,等等。在这些人心目中,形式与形式主义这样的两个不同的概念,是一直混淆不清的,正如个人和个人主义两个不同的概念一直混淆不清一样。不知道是否由于这一心理的影响,解放以来,在我们的诗歌领域中,几乎从未进行过任何针对作为美学范畴之一的形式问题的严肃讨论(一九五八年,在"新民歌运动"高潮中推导出来的"民歌体=诗的民族形式"的荒谬公式,究其实质,不妨认为完全是一时的政治需要,而与学术无关)。

我认为,文学的形式(包括新诗的形式)问题,绝不是一个可以在随便什么场合捎带"点到为止"的小问题。记得有过一种最全面、最公允的论述:文学形式有相对的独立性,从而也有一定的能动性。然而,我觉得,这是不够的。我想,为了科学,同时为了文学,是不是应该考虑一下,当我们的目光不再诚惶诚恐地集中于诗的外部关系,即既不再是客观世界的"镜子",又不再是主观世界的"排气阀"的时候,我们得以平心静气地将诗的本体视为人文存在去加以翔实观察和分析,我们就不难发现,诗的形式实在并不限于充当内容的载体。换言之,诗的形式并不限于充当内容的工具、外壳、装饰品和换洗衣服。诗的形式与诗的内容是一个有机的不可分割的整体。

　　有一本颇为畅销的文学辞典是这样界定"形式"的:"作品的形式包括语言、结构、表现手法、体裁等要素。"对此我不以为然。我主要是不赞成降低语言的重要性——单方面判归形式抚育是欠妥的。明白无误的事实是,任何一个有过诗歌写作经验的、郑重的作者,都有这样的体会:在一行诗中,选择这一个词而淘汰另一个词,绝非文字游戏,绝非心血来潮,绝非抓阄抽签,绝非歪打正着,绝非幸运碰巧,绝非胡乱应付,也绝非有啥吃啥,而实在是呕心沥血九死不悔的刻意追求。因此,我确信,语言不是纯形式,至少不单单从属于形式。用结构主义语言学的术语来讲,诗里的主要词语,不仅是"能指",而且是"所指"。一定要把这算作"形式",那么,这种形式无疑是参与了"整合",参与了"塑造",一身而二任,既属于"形式"又属于"内容"的了。我曾经和一些真诚的诗人朋友交换过各自的心得,结论是一致的:形式问题解决不好,内容问题肯定也解决不好。反之亦然。

　　当然,最省心的办法是照抄一段经典语录,笼而统之地宣布,我们要求"革命的政治内容与尽可能完美的艺术形式的统一",就万事大吉。事情果真这样简单么?倘若多问几个 W(what、why、where、when、who),恐怕就要颇费斟酌了。"文化大革命"长达十年之久,只是事后方才判明,那十年的"革命政治",恰恰是十足的反革命政治,而所谓尽可能完美者,也不过是罂粟花而已!可见,唯上,唯书,是解答不了现实生活中层出不穷的新问题的。

　　具体说到诗的形式,格律诗是一种形式,自由诗也是一种形式。格律诗讲究甚多,这从中国古典诗歌中的五七言绝句、律诗、排律、词、曲几大类的调式、篇式、句式、句数、字数、押韵、换韵、节奏、平仄、排比、对仗等许多项目归纳下来,那不可更易的守则就不下数十条。五四文学革命了,白话诗代替了旧诗,可旧诗的生命并未终结,而且也不会终结,大手笔闻一多依然慑服于古典艺术的无与伦比的魅力,毫不隐讳自己崇拜的感情,心甘情愿继承格律诗的某些被人视同敝屣的遗产,"戴着镣铐跳舞",方显出诗人的不凡。建国初期,何其芳再一次为建立新格律诗大声疾呼,并亲自做过有益的试验。这都是不应该遗忘的。

无独有偶,外国格律诗同样存在着许多"清规戒律",尽管它们都是在漫长的岁月中约定俗成的。例如,节有定行,行有定字,每一句至多只能排列两行,押韵的方式甚至比中国还复杂,韵的落点区分为头韵、腰韵、脚韵,韵的复合形态又区分为交韵、抱韵、对偶韵、连环韵。此外,还有根据不同的语言特点、审美习惯而形成的语言流长短强弱轻重差别,以及符合人体节律的"顿"和"音步",等等。另有一种与诗人的思想感情水乳交融的所谓思路节奏,就愈发的精微莫辨了。这一点,是古今中外的诗共同具备的。

语言学家做过大致的统计,以使用者超过一百万人口为下限,目前的世界上约有两千种语言。这两千种语言都有自己不可取代的"质",宛如风声和因风而生的林涛声、雨声、雷声和潮声、瀑布声、浪声、涌声、泉声、溪流声等种种的水声,都各自拥有的莫可名状的"天籁"一般。正是这一"质"的规定性,构成了既影响到诗的形式,又影响到诗的内容的基本因素之一。即以不押韵的自由诗而言,实际上也还是有潜"韵"可寻,否则,自由诗就很难做到与作者的生理—心理节奏合拍,与读者(听众)的生理—心理节奏共振。我们欣赏用英语朗诵的惠特曼《草叶集》和用汉语朗诵的郭沫若《女神》时,照旧感受到起伏跌宕、抑扬顿挫的情致,实在全依仗了英语、汉语的丽"质",尽管他们二位写的是百分之百的自由诗。

下面,我要把话题转向"三行体"。三行体,固然不自李云鹏始,但是,一下子就拿出三百首"三行体"的诗人,到目前为止,似乎还只有李云鹏一人。

"三"是一个很有趣的数目。特别对中国而言,在汉民族的文化心理积淀当中,"三"同"七""九"相近似,都占有一个异常显著的位置。这确乎称得上是耐人寻味的文化现象。回头看,自从凝聚汉民族智慧的伟大典籍《老子》说过"道生一,一生二,二生三,三生万物"以来,"三"就变成了某种精神图腾。《史记·律书》对此更做了进一步的发挥:"数始于一,终于十,成于三。"可以说,"三"象征着生命的本性和宇宙变化发展的规律。"三"不能不深深地渗透进我们的美学思维中。也是这种类似宿命的定势,"三行体"使我不由自主地联想到了灿烂的古华夏文明代表——鼎。鼎是汉民族"三"的观念的物化。鼎有三条腿,鼎的造型美与这三条腿密不可分,它体现了非对偶而极匀称、似危险而实笃定的形式美。如果说,第一个吃螃蟹的人最勇敢,那么,第一个发现三角形的稳定性的人就当之无愧地最聪明了。

关于鼎的全部言辞,都适用于"三行体。"

"三行体"突破了"两行体"的平板与单调,而"四行体"实际上是"两行体"的衍生物,"八行体"则是"四行体"的另一种存在方式;"六行体"一般都是"两行体"与"四行体"相加之和。因此,不论同哪一种常用习见的形式相比较,"三行体"都能给我们更多的刺激,它新鲜、灵活、诡异,充满了力度和运动感,而且险象环生。我觉得,每一首成功的"三行体",都只有杂技表演中的高难度动作差堪比拟。

要是我的上述解释大致不错的话,那么,"三行体"的圆稳风姿,就必然逼使这种诗的形式与这种诗的内容更加相互体贴入微、血肉难分了。

文学语言是语言的精英。诗的语言又是文学语言的精英。由此观之,诗贵精,简直是天经地义。中国古典诗歌一向有炼字炼句之说,西方也有类似的主张。马雅可夫斯基自称需要动用几千吨语言的矿砂,方能找准一个词,那情景一如"镭的提炼"。

一般说来,短诗更受读者欢迎。平心而论,我们不能要求绝大多数爱好诗歌的人都具备过目成诵的禀赋。事实上,人们能一下子背熟杜甫的《望岳》(登泰山),却对《北征》《自京至奉先咏怀五百字》莫可奈何,只好摘取其中最为光彩的片断反复品味。当然,我无意鼓励读者拒绝长诗,更不会丧失理智,妄图从诗国中放逐长诗。我在这里只不过实事求是地指出一个自古至今始终存在的普遍倾向而已。云鹏的"三行体"问世,我甚至敢做预测,也许会引发一阵效尤之风;笨拙的模仿诚不足取。然而,若因此有助于诗的质量提高和读者群的扩大,倒未必不是一种额外的收获。

诗是什么?迄今为止,有谁能数得清、说得准下过多少定义?奇怪的是,新的定义还在不断地出现。这一现象,无论如何都可以理解为:那许许多多的定义,未必真"定"得了"义"。

才疏学浅如我,在这个吓人的问题面前岂敢置喙。有时打打边鼓,也只限于配当一个合格的诗人起码需要哪些素质和特长之类饶舌一番,泛泛之论罢了。

回忆起来,我先后涉足诸如品格、胆识、思想、感情、责任感、忧患意识、才智、阅读面、人生经历,以及性灵、境界、形象、意象、梦幻、联想、通感、顿悟等题目,后来还鼓足初生牛犊的傻劲说过天赋、气质和灵感。

我始终没有碰一下"直觉",尽管自己私下里对三两知心者说过:诗是不能排除直觉的。离开了直觉,不但诗人写不好诗,而且读诗也无从灵犀一点通。

我们曾经闹过不少笑话——含泪的笑话,比如灵感,是提倡唯心哲学、神秘主义和不可知论,政治上是反动的,阶级属性是资产阶级的。后来,借重一位领导人的内行话,才得以挣脱重围,这句话只有八个字:长期积累,偶然得之。又如才能,也被圈入禁区。王昌定就因为写了一篇文章,标题定作《创作需要才能》,"文化大革命"期间,他便被封为"放毒能手"。只是由于忽然有"世界上几百年,中国几千年才出现一个"之说高唱入云,天才到了几近于《推背图》的地步,那场大批判才羞羞答答地收场。再如气质,总算向物质形态的血液、胆汁那儿求得了一柄保护伞,虽仍存疑,但好歹暂时允许在唯物主义麾下栖身了……

那么,是否可以援例替"直觉"一词正名呢?

直觉,拉丁文为 intuitio,本意作凝视解。作为一个语码(code),凝视在我们汉语中,含义广泛,就中包含有屏息、专一、静思默想、入迷、沉溺其中同时期待脱颖而出、临近一种飞跃式的感悟、通过最短途径直接进入真理诸多意味。诗人们和诗歌爱好者们很少不曾有过这样一种内心体验:排闼而入,豁然贯通,一下子便切实地捕捉住了某一诗"质"扑朔迷离流光溢彩的内核。

似乎有那么一点儿只可意会而不可言传。

不错,是"得来全不费功夫",然而,请别忘了"踏破铁鞋无觅处"。

不错,是"蓦然回首,那人却在灯火阑珊处",然而,请别忘了"众里寻他千百度"。

不错,是"第六感觉",然而,请别忘了,第一、第二、第三、第四、第五感觉早都接受了紧急动员令,并且进入了战斗。

一部诗史,记载着多少有关直觉的彰明昭著的例证!有的时候,单纯指望理性的指导、逻辑的推断,是攀登不上诗的高峰的。我在诵读云鹏的这部"三行体"的某些篇什时,就屡屡直觉到云鹏的直觉!只能采用这一角度,只能截取这一断面,只能放大这一细部,只能使出这一招数,只能宣泄这一心声,如此等等。

依我个人的创作经验与阅读经验,我深感:直觉是自由的不可分割的组成部分。当我充分享有创作自由与阅读自由时,我的审美能力就比较开放,比较强大,比较活跃,比较灵敏,也比较有后劲。一旦我受到了某种规范,某种阻遏,我的写作状态必定潇洒不起来,我的竞技水平也无由充分发挥;同样的,我的阅读情趣也必定难以舒展自在,甚而被迫废然掩卷。

这里不存在什么背离马克思、皈依柏格森的问题。我自信是唯物主义者。我愿引用一位不十分知名的诗人写的一首十分知名的小诗,奉献给大家:

  假如世界上没有眼睛,
  太阳也是黑的。

(萧振有《假如》)

所谓的眼睛,当然指的是人。说到底,审美是主观的。难道不是吗?离开了"人",离开了人的"眼睛",连诗歌中模山范水的低劣之作都无由产生,遑论其他乎?

小诗不小。"三行"不等于三行。

唯其"三行",哲思与艺术必须同时到位,否则,鼎的三条腿,有一条短些,或者脆弱些,势必摆不平、立不住,纵然勉强凑合,也经不起推敲。这是万万怠慢不得的。

唯其"三行",也最害怕浪费,得一个钱掰作八瓣儿花。

唯其"三行",尤其少不了直觉。迟疑犹豫,便走样了。

云鹏这三百首诗,颇为可观。虽然说不上字字珠玑,但人生况味、世态万象,乃至诗人自身的痴、癫、玄、魔,都有所披露。当今之世,人人惊呼新诗已然跌入低谷,一册置诸案头,想来还是于世道人心有些许裨益,同时又能增强对美好事物的信念的。愿为之序。

1991 年 4 月 4 日—11 日匆匆写于合肥

灵魂的独白
——读诗人彭燕郊新作《混沌初开》

一

二十世纪四十年代初期,我在学习新诗的道路上刚刚起步,彭燕郊已经是一位很活跃的青年诗人了。这个历史事实,就注定了我永远是他的小兄弟,兼之我们又有着近似的人生经历,读他的诗,写关于他的文章,要求完全摒绝感情色彩,是几乎办不到的事。这是我首先乐于承认的。

其次,还必须指出,以燕郊的品格、气质、志向和审美追求,成为"七月"的一员骁将,实在是十分正常的事,而此后的坎坷蹭蹬,颠沛艰辛,也实在是十分正常的事。

选择诗,是需要勇气的,因为诗是不祥之物。我和燕郊由通信而相识,其"中介"便是这个非吉祥物。

我们的初次会面,是在一九九〇年十一月十八日,距离我记住彭燕郊的名字,整整半个世纪了。

相见恨晚。

事先有朋友透露,说他最近完成了一部大作品,历时三度寒暑,可谓呕心沥血。见面后,我立刻要他拿出来让我欣赏。他答道:会请你批评的,但不是现在;原稿托人带到外地打印去了,可以不花钱,而且质量特别好,像书一样。当时我暗自一笑:还不就是图省几张"大团结"么。但我到底不曾说出口,因为我同时想到了自己,换了我,也得打一打"小算盘"的。谁教中国诗人活到这个份儿上了?

我站起来参观他的"府上"。格局有点奇特,三间相连,仿佛一串糖葫芦。一了解,才明白当中最窄的所谓客厅原先是走廊——家家户户都嫌挤,于是一致公决:隔断它!各派各的用场——这自然又是中国人的思维定式:穷则变,变则通也。

到处都是书,有的索性堆在了地上。他同我一样,爱书。足见彼此彼此,这辈子是"输"定了。桌上摆着一帧不知从哪里剪下来的外国人的肖像,唔,是奥克塔维奥·帕兹(Octavio Paz),诺贝尔文学奖得主、墨西哥诗人。"我喜欢他的诗,你呢?"燕郊问我,不等我作答,又补充了一句,"他不断地突破自己。"

我只是点头,我的心和眼睛还不大适应这室内的幽暗。瞧!这就是彭燕郊劳动(写诗、译诗和编诗)的场所!典型的中世纪作坊!

那时候我还没有读到下述的出自帕兹之口的一段言论:"诗人写人类的情况。一个作家要写得好,而且必须是社会的批判者。我的目的有二:一是做诗人,一是批判社会。"假如我当时就知道帕兹有过这段言论,我将会对他建议,你应该邀请帕兹来做客,听听他怎样描写你的,人类一分子的情况。(帕兹的话引自一九九一年第一期《读书》杂志,梯姆:《纽约传真·帕兹谈书与社会》)

二

一九八八年四月二十八日,我写过这样一首诗,题目是《每当我陷落于骚动的人群……》,发表在后来停刊了的《海内外》第三期上。很短,照抄一遍吧。

每当我陷落于骚动的人群,

立刻感到孤独与郁闷;

一旦周遭岑寂,万籁无声,

连树叶上的风儿也犹自未醒,

我乃爆发强大的生命力,一如

奥林匹斯山上的尊神。

我相信,唯有0是无限大,

而最小单位当数恒河沙尘;

诞生既不意味着增殖,

灭亡也并非等于消殒。

我猜想,不忧其忧,不乐其乐,

正合乎天地之本心;

卵一般完美且高贵的是

混沌,混沌,混沌。

这首诗的写作是在注明日期的那一天,然而,它的酝酿就说来话长了。一言以蔽之,许久以来,我就觉着,作为一个中国的知识分子,尤其作为一个天生百倍敏感的诗人,活得实在太累,肉体累,心灵更累。写这首诗,便是为了吐一口气,喊一声累。怎样解除这种窒息人的超负荷的疲劳感呢?我不知道,至少是不确切知道。我也曾像不少朋友那样,想到过诸葛亮的"宁静""淡泊",想到过郑板桥的"难得糊涂",当然更想到过老子和庄子留给后人受用不尽的大智慧……对于营营于眼前耳边的熙来攘往,"争名于朝,争利于市",我打心眼里感到厌恶。

柯灵先生在为《中国新文学大系》(一九三七——一九四九)散文卷撰写的序言中,发表了许多精辟的见解。其中有一段话,我很赞同。他说:"从个人的发现到阶级的发现是一个进步,符合中国现代历史的走向,个人的消失却是一种倒退,退回到近似的封建宗法秩序中去。"柯灵先生有感于"何其芳的经历最有代表性,却也最引人深思"。他"深思"的结论是:"至于文学创作,完全是个人独立的精神劳动,没有个人,没有个性,也就没有文学。'我已经消失在他们里面'(何其芳语),恰好就像恩格斯给明娜·考茨基信里所说的那样:'个性完全消失到原则里去了。'"

我认为,柯灵先生的"深思",也应该触发我们的"深思"。

联系着新诗的状况,前几年有人在诗歌理论与诗歌实践中,倡导"走向自我","写你的内心世界"(这本来是对长时期统治诗坛的"大我论"的正当反拨,可以理解),不幸走火入魔,变成了纯粹的孤芳自赏和鄙视人民,不仅疏离和割断了同社会的血肉联系,甚且疏离和割断了同自然的血肉联系。这肯定是真理多走一步乃成谬误。如今大不同了。因之,我又有了新的忧虑,我不希望"矫枉必须过正",以致忘却了不应忘却的痛苦教训。

让我回头去再说一说我的这首小诗。拿上思想—艺术一体化的尺子量一量,和我下面马上就要介绍的燕郊的长诗《混沌初开》比较,相差诚然悬殊,虽则其指归的都是"混沌"。我的小诗层次浅,只来得及表达一种要求解脱的心愿,并没有根绝当今弥漫于知识圈的浮躁心理,多少有一点强作达人语的味道。燕郊显然有过更多的辗转反侧,更多的长夜不眠,因此他比我还要清醒,说白了,就是他把一切都看透了。此外,在结构方面也做了全神贯注的经营。否则,从内容到形式,都不可能达到如此汪洋恣肆又宁静澄澈的境界。

三

今年二月初,燕郊终于把《混沌初开》寄了来;是他亲手装帧的,素朴典雅,果然像一本书。令人会心苦笑的是燕郊毕竟也只能和我们的老祖宗一样,无法做到"得鱼忘筌,得意忘言",还是思谋着正式出版。为此,他嘱我写上几句读后感。

而我不读则已，一读真有感。

人们早已习惯于把分行排列的文字理解为诗，为了以示区别，凡是大段大段写下来的，一概称作散文诗。作为文体，诗与散文诗固然无高下优劣之分。但对燕郊的《混沌初开》，我却有一个固执的看法：它是一部真正的长诗，五大章，一万八千字的长诗，气势磅礴、光彩照人的长诗，记载了一个中国知识分子、中国文学家心路历程的长诗。

  你已来到无涯际的空旷，界限已被超越，
  界限不再存在，悠长的叹息消失在悠长忍受的终了。

这第一章的第一行，像章鱼巨大的吸盘，一下子就把我牢牢地"抓"住了。

这是完全非人间的 X 光，仿佛洞穿了燕郊的灵魂，赤裸裸的、透明的、纤毫毕露的。我之所以能"看"到这灵魂，其前提条件，自然是我也得剥光自己全部的躯体，同样以赤裸裸的、透明的、纤毫毕露的灵魂与之对应。

我的灵魂紧紧跟定他的灵魂走。

愈往前愈轻捷，但也愈有更强烈的痛感。这个痛感，包藏着不可分割的两重蕴涵：一重是痛苦，一重是痛快。

这痛感是一个短暂而又漫长的过程。就我而言，狭义地讲，就是读解过程；广义地讲，一如作者以全生命为代价体验到的，就是我——燕郊的同时代人——也会以全生命为代价体验到的一切。

这是燕郊的灵魂的独白。

又岂仅是燕郊的灵魂的独白？

中国的知识分子，尤其是从事人文科学、从事文学艺术劳动的知识分子，大抵都是自这样一个"激灵"引起全身心的战栗的：

你,属于人类,你却不了解"人",却不了解你自己。

反思逐步深入。这是一次探险,一次犯禁,一次闻所未闻的自己动手解剖自己的高难度手术。"在平静与汹涌之间,遗忘与记忆交替出现",就像那些及时和不及时递上来的血管钳、止血棉球、微型窥测镜、针和羊肠丝一般。大汗淋漓的冷峻!手术的对象是个怪物:没有脑颅,只有胸腔;没有脑子,只有心的诗人。

我想,世上的怪物绝不止这一个或者这若干个,那些从未写过一行诗,却天生就有一颗诗心的人都和他们属于同类。

他们(包括那些虽然不被别人称作诗人,却拥有一颗十足赤金般的诗心的人)屡屡遭受外部世界的无端摧残。也许是出于本能吧,燕郊带头哭喊,双手抱头,仰望苍天,而就在这一刹那,燕郊蓦然发觉诗人原来还是有一样东西安放在自己的双肩之上的!他感到了一丝欣慰:"你也有一个并不璀璨的额头,可能有的那一点光辉都收敛在沉思里了,可能有的那么一点点的光辉正在凝聚。"

此所谓痛定思痛。

立刻恍然大悟。"你之所失就是你之所得,你将在失去中获得。"

看罢,周遭是一片大光明。"混沌发光,同时吸收光,反射光。"在这大光明中,不再有苦恼了。因为"苦恼只会在阴暗里滋生,一场火灾之后的阴暗"。

火灾?对,火灾,我们遇到过多少场火灾!火灾时,火也发光,但终非光明。火灾熄灭后,留下的余烬散发着难闻的糊焦味儿;即便是太阳正射,那余烬、那糊焦味儿,也只能给你一个百分之百的阴暗的印象,更不用说星月俱无的黑夜了。

"混沌不是不毛之地。"还是混沌好,风光旖旎,无分昼夜。

有血有肉的诗人进入了混沌,一时半刻尚难以弥散,然而,开始"现出透明的剖面"了。

此刻,他的自我感觉良好。"不含畏怯,不含果断,只是自然,只是自如",好一个"只是自然,只是自如"!诗人僵硬的肌肉,紧张的神经都松弛下来了,诗人会笑了。笑,并非由于得到了某种"满足",只不过是忘记了"那些箴言和符咒"。诗人的生命中,既没有了不能承受之重,也没有了不能承受之轻。

怎么能不心情舒畅,四肢舒展,浑身舒坦呢?混沌乃是坦途,看不见路,但处处有路,"没有围墙、豁口、关卡、暗礁,没有灯塔的暗淡的警告,没有航标。混沌无所不在,拦截什么?堵塞什么?不用再为这些分心了",于是,"你也终于抛弃后脑勺上再长出一只眼睛的空想,总是需要提防突然袭击是叫人厌烦的"。

诸如此类,其实,如今"都不过是些古老的幻象"。这大概也算是一种"心有余悸"吧。

到了这一层次,诗人有可能获得第二种生命了。请注意,我说的不是第二次生命,是第二种生命。

多少春天又多少秋天,诗人,以及所有虽未写过一行诗,却永葆一颗诗心的人,都在参加超越自我的马拉松长跑比赛。可惜,其中相当一部分抱有误解,以为自我的消失便是自我的超越。

何况,即便超越,还是远远不够的。

"你需要的是最高层次的激动。"因为,仅仅"识破愚昧的欢乐"还不足以令人欢乐,能"分别悲哀和欢乐的冷静",也未必可以被称作"清醒"。

你已经是混沌的过来人了。你告诉我,混沌是一个既"没有火药味也没有香水味"的浩茫广宇。它不再有地球的逼仄、龌龊和摇摇欲坠,黏附于其表面多少年,耗尽了活力的诗人,终于扔掉了囚禁自由双脚的"鞋子",同时也扔掉了徒然方便某些人赐给你某种称谓,除此而外便别无他用的"帽子"。"鞋子"和"帽子"当然不是全部,还有同于包裹自身的一层又一层的人造皮壳呢,通通扔掉,扔掉。

扔掉了这些,你就还原为婴儿了,赤条条来去无挂牵。

外部不同,感觉自然不同。你异常兴奋地宣告:"痛觉被无痛觉所代替,压觉隐退出现了超压觉。没有热觉、冷觉,只有恒温觉、体位觉。而代谢觉则是全新的。"至于"肌觉、平衡觉","更完善了"。这许多种感觉叠加的结果是,产生了一系列"元气淋漓的动人的过程"。

你餐风饮露,翻滚旋转,"在回归中完成本真",在回归中完成"圣歌的谱写"——"我"遇上了"第二我"。

到了这会儿,似应合一了,但仍有待分晓。

你用"我"来想象"第二我",——我该死的地球引力!——你熟识他,可他并不认得你,当"我"同"第二我"打交道时,你习惯于看脸色,无奈,这回行不通了,"第二我"根本没有脸,没有表情!一切与人世间耳濡目染、言传身教得到的"人际交流方式"都失灵了。

原来,"第二我"和"我"的最大差异在于:一个不含水,一个"水分太多";唯其不含水,他才既"砍不出血",又没有任何多余的分泌物,例如"眼泪鼻涕"等等。他全然不像"我",偏爱甚至擅长"多愁善感,偏爱甚至擅长抒情"。

可是,"第二我"还只是脱离了"我"的躯壳的一缕游魂,是通向"新我"的桥或渡船。

"我"——此岸,"新我"——彼岸,"第二我",或许不妨命名为混沌中的一只太空梭吧。

现在,有条件观察周遭的种种了。

到底什么是混沌?竟如此滔滔不绝,茫茫无边!如此熙熙攘攘而又各得其所!"没有冲刷也没有焚烧,不是粉末也不是灰烬"。

"新我",即"非我"。

"非我"是可以描摹的:"多么可爱的单纯,这个非我,从来不想它会拥有什么无上的权威。在它的单纯里有难以达到的丰满,好像是生命无意识的化身,在它的动作——闪现出有那么多的优美的大的跨度,壮丽地偏离规范的心理历程的起伏跌宕,用许多顿悟衔接起来的迷乱。多向度的单纯,多向度的丰满。"

你,还有我,以及全体有心人必须牢记:非我不是神,不可以用巫术(**包括现代巫术**)冒犯它、亵渎它。

你,可说是久经锻炼了。不过,在这光代替了空气的所在,你还得努力适应再适应。

因为,说到底,这才是"混沌初开"。

你、我,以及全体有心人必须认知,"全光中,时空有了全新的性质。时间已无可逃遁,空间已无从确定"。那一度使你"疲惫""身心残损"的往日,是遥远而又遥远了。

"粼粼的光波也可以比微风更妩媚。"诗人说得多么美好! 全然是天外的梵音!

"发光,这是和凡间世上穿衣吃饭一样平常的事,在爆炸性的闪光中,水晶球是谁也不干扰谁的,像凡间世上那样用嫉妒来代替竞争的事,这里是没有的。"诗人说得多么动听! 这岂不是一纸天国的略图么!

"全光"出现后,混沌随之进入了自己的高级阶段。你瞧!"所有的光柱都像舞蹈者酣舞中突然转过身来的那一瞬似的,有着自信的、神秘的笑容! 在全光中不陶醉是不可能的。"

待到这等地步,你就会发觉,好像有一束光紧紧地跟住了你。其实,这束光就是你自己,"你成了全光的一部分",你一点不剩地消融于全光中,"全光的创造者中有微小的你在内,全光中有你微小的位置"。你的杂质在听不见夯击声的重锤之下灰飞烟灭了,你纯净了。不纯净是休想发光的。

超越"我",超越"第二我",蜕变为"非我"。咬破了茧子的飞蛾绝不是原先那一只。

诗人,愿你与全光同在。

四

而我们的灵魂仍旧在流浪。

流浪,意味着无家可归。

与其说是灵魂的独白,不如说是灵魂的幽泣。

五

燕郊年逾古稀,我也花甲早度,但地道还是一对痴汉,无可救药。他痴人说梦,我又何妨痴人圆梦?

就诗论诗,我敢断言,《混沌初开》是彭燕郊自己的一个里程碑。

在新诗运动的长河中,《混沌初开》又会摆在什么位置上?

最好别相信历史课本。历史课本有时会骗人的。

相信历史,相信"全光"一般无远弗届的历史。

1991 年 4 月 15 日—20 日　合肥

关于《中国羊年》

记不清打哪一年开的头——总不出十年左右吧——好事者们纷纷热衷于翻检旧历书,为其中的插图再作"插图",挖空心思。找出些彩头话来解释一通:仿佛邮电部每年发行十二生肖纪念邮票似的,某些报刊群相起哄,大耍诸如龙、虎、马、牛之类的文字把戏,一如孩子手里的变形金刚。对此,我历来嗤之以鼻。然而,今天面对"淮风金章"青年诗歌大赛初选作品,我却不能不特别属意于《中国羊年》了。我以为它的含义是符合当前中国绝大多数老百姓心愿的。

感谢作者将千百万人所萦念、所渴望的一团祥和,倾注于诗中,化作羊、化作善、化作美、化作祈求:"羊的性格和情趣还将深刻地影响/站在它身后的那一串动物/乃至整个九十年代/或者更远"。这实在是我们人民最谦卑的一声呼吁:"咩。"——虔诚得近乎求告,执着得令人战栗。

"羊走进中国",哪如读作"中国走进羊"! 不能再有扼杀希望的暴戾之气了。在这一被作者诗化了的普遍社会心理大背景下,我投票赞赏《中国羊年》。

1991年6月26日 合肥

---

* 按:《中国羊年》是甘肃作者武永宝参赛作品,获"淮风金章"三等奖,原诗见《淮风》第二期第十一页。

关于《心曲》

爱情在《辞海》中，只有一则界定，而在人生里，却存在着并且继续涌现着数不清的解说。就爱情诗而言，一千个身陷爱河的诗人，就有一千种戏水方式；而这一种与那一种之间，其区别存乎纤毫，微妙不可言传。

我认为《心曲》三首，每一首都比较精细，比较生动地描绘了维纳斯一笑一颦的那一"瞬间"。

佛谒有云：刹那即永恒。由是观之，这三个不同的瞬间，便有三重永恒的意义；自然我指的是，当它们处于爱情母体的不朽光照之下。

听说《心曲》的作者身居湖南浏阳山乡，山乡乃是爱情的沃土，爱情好比庄禾，播种、插秧、秀穗、灌浆，以至最后收割……桑间濮上，自《诗经》而下，一直传诵丰收的喜讯。

祝愿作者也能挥镰刈获那理当归属于他的一份。祈福之余，还不能不注意到，拖把、舌头和哑巴这样三个形象；是谓诗眼，顾盼灵动地述说了各自不同的故事。或曰：何其粗俗乃尔！非也，诗眼不忌粗俗，粗俗入诗，一经点化，便既不粗又不俗了。《心曲》为我们提供了有力的证明。

1991 年 6 月 26 日　合肥

---

* 按：《心曲》是湖南浏阳县官渡乡作者姜时斌的参赛作品，获"淮风金章"三等奖，原诗发表于《淮风》第二期第五十八页。

《金苹果》随想

胡永康君贻我以他多年培育的散文诗集《金苹果》(天津百花版),我很高兴。这枚"金苹果"使我回忆起个人与散文诗的一段缘分,也促我认真回顾了一下这些年来散文诗创作的整个态势。当然,我更没有忘记掂一掂苹果本身的分量,于是,信手写下了这篇三段体式的短文。

一

大约四十年前吧,作为练笔,我写过不少的散文诗。其中一九四七至一九四八年间完成的数十篇,曾以《夜梦抄》为总标题,在当时颇有影响的《中国新报》《文林》副刊上连载,同时又为秦似先生主编的香港《野草》丛刊所不断选用。这些篇什,确也记录了一个被禁锢于黑暗中的知识分子向往自由的心声,并且多少传达了那个时代的脉动。也许正是出于有这点滴的可取,郭风先生决定将它作为独立的分册,书名就叫《夜梦抄》,收入了"黎明前散文诗丛",交由某出版社刊行。没有料到的是,书稿一压便是七载,迄今依旧杳如黄鹤,令人望穿秋水。

这个令人沮丧的遭遇,加上无法欣赏某些散文诗的"阴盛阳衰"文风,教我提不起重新投入的兴致,每一次的命笔都废然而止。

但我始终是关心和热爱散文诗的。鲁迅先生的旷世杰作《野草》,无论哪一年我都要读上好几遍;感时反刍,总能品咂出无穷的滋味来,真是常读常新。

二

近五六年来,散文诗之风似乎又颇见强劲了。

表征之一是,成立了全国性和地域性的专业团体,不少朋友的名片上,都纷纷增添了新头衔,这是队伍;

表征之二是,一些刊物(尤其是诗歌刊物)开辟了散文诗专栏,承认了它的"合法地位",很少再听到所谓非驴非马的讥讪了,这是阵地;

表征之三是,若干家有眼光、有气度的出版社出版了成套的散文诗丛书,诗人彭燕郊主持的世界各国散文诗名著荟萃,特别引人瞩目,这是基本建设;

表征之四是,已经能读到关于我们自己散文诗的历史与现状的言之有物的好文章了,这也是基本建设。

不错,就整体而言,现今的散文诗运动,还只停留在蚯蚓阶段,默默地耕耘,简直默默到悄没声息的地步,要到达大泽龙蛇、吞吐风云的阶段,显然还有很长很长的路等待大家去跋涉,然而,只要坚持走下去,总会得到属于跋涉者的开阔地的。

三

具体说到胡永康君奉献给读者的这枚"金苹果",我考虑,可否用下述八个字来表达咀嚼之余的味觉,即甜而不腻,香而不醇。

前四个字指的是文笔朴实,构思脱俗,颇有分寸感,不像时下流行的所谓美文,一味追求辞藻俏丽和华贵,仿佛贵妇人炫耀自己周身的珠宝,这自然是长处。

然则又有不足。不足之处,也正是相当多的散文诗作品的通病:蕴意比较单薄、单一和单调,缺乏大家功力和大家风范,致使这枚果实难以芬芳得长久,沁人心脾。

如果能将集子里的多数,一律写出《山亭》《清溪》《醉翁亭情思》和《大佛前断想》等的思想——艺术水平,那该多么好!

我以为像《山亭》《清溪》那样的散文诗,才是能替散文诗争得荣誉的优秀之作。

激情与多思应该血肉一体。"热"与"冷"可以互为依存。文采必须服从真实。

我觉得,这些是散文诗写作的基本原则。

也不妨刻画"丑",能把"丑"写活,写出它的本相、本质,倒是一种难以轻易进入的境界。从审美价值上估量,刻画成功的"丑"本身,正是美外之"美"。固然,这不单单是散文诗得以独立完成的美学任务。

这已是题外话了,打住。胡永康君具有质朴、不媚俗及孜孜以求的刻苦精神,对他以《金苹果》为起点的散文诗创作,我是抱着更大的期望的。

1991 年 9 月 14 日　合肥

我的劳动和劳动中的我

　　文学艺术创作是劳动,这一点,大概不会再有人反对了,合乎逻辑的,诗人、作家乃至其他门类的艺术家,也就和工人、农民一样是劳动者。所有创造性的劳动都是神圣的。然而,诗人、作家的劳动同工人、农民的劳动毕竟又有差别。前者主要依仗智能,后者主要凭借体力。再往细微处思索,那差别似乎还有一些,比如,一个采取个体方式,一个采取集体方式;一个提供长期的审美效应,接近于永恒(严格说,永恒只是人类描述时间的概念之一,是相对的,而根据宇宙演变的进程,既有开端,也有终结,因之也就无所谓永恒;另外,那种专供闲人翻上几页便随手扔掉的玩意儿,不在讨论之列),一个成果仅具备消费性;一个拒绝雷同,强调唯一和不可替代,一个则大批量制造;一个从头至尾始终处在流变过程之中,由此世上才找不到一部与最初的构思分毫不爽的著作,一个却除了改型换代之外,必须严格遵照播种规划和设计蓝图生产。总之,一个属于精神领域,尽管它得借助于笔、墨水、纸张与印刷机,一个则完全以物质形态表现自身的存在。

　　我们出生后,受教育或者不受教育,都会长大,都要从事某项劳动。至于究竟是哪种性质的劳动,很大程度上取决于环境和机遇。而在一个超稳定的农业社会结构中,机遇的重要意义是不言而喻的。

　　不论哪种劳动,都需要本领。本领从哪儿来?锻炼,舍此别无捷径。

　　毫无疑问,假如这位求业者有某种特殊禀赋,同时这禀赋又恰巧与他想做的工作有内在的共振点,那么,他获得成功的可能性就将无限增大。

　　篇幅有限,我只能粗线条地回顾一下自己是怎样逐步走上文学道路以及又是怎样不断锻炼劳动本领的。

不满十一岁(一九三七年),有一天,国语课老师宣布,作文不出题,要求同学围绕着日本儿童亲善访华团抵达上海的新闻去写,自由发挥,形式不拘。我写了一封致日本小朋友的公开信。受制于知识面和理解力,写得十分幼稚。可是,我揭露了"鬼子"的"鬼"。老师把它送给南昌当地的一家报纸刊登了。姓名用铅字排印,这是生平第一遭。事情显然纯属偶然,但它体现了全国老百姓同仇敌忾要求抗日救亡的民心,又确实是历史的必然。写作必须传达千百万人的心声,这便是从中得出的相应结论。

将近两年后,我已是初中一年级学生,家住赣州城内,学校却在乡间。晴天响了一声我听不见的霹雳,我的胞姊刘仁慧触电惨死于昆明。她的过人才智、勤勉、温柔、美貌和罕见的事业心,一直是全家的骄傲。如此巨大的悲恸,当时却统统压在双亲老迈衰弱的肩头。我被结结实实地瞒了一整个学期,等我得悉详情,不由得大哭一场,我深深懂得,从今而后,希望全寄托于我了。应该说,与命运搏斗的悲壮感,此刻已悄悄播入心田。紧接着,当我转入另一所更远的免费中学,忽接父亲来信,通报了待我如亲兄弟一般的张明(一位多才多艺的抗敌宣传队队长)竟因肺痨不治身亡的噩耗。死神又犯下了一桩谋杀罪!旧恨新仇,令人发指!我立即写下了一篇分行文字(不敢说它是诗)。我控诉:这邪恶的黑手为何总爱掐断那些滴露含苞的鲜花?《新赣南报》很快予以发表了。这次经历使我又得出了第二个结论:写作动机必须纯正,情感必须真挚,倘非一吐方快,切勿硬写。

我是灾难的儿子。我在八年抗战和解放战争中成长为青年。这大概不能称作美好的岁月,可是我感到幸福,因为我从未间断课余习作。先后使用过连自己也记不清的几十个笔名,接触过我有胆量去接触的多种文艺形式,并连续获奖。虽则不免粗糙和肤浅,却也有值得引以为自豪的成分,那就是,它们拥有一个共同的坚实的内核:忧患意识。这正是我的第三个结论。在中国,没有忧患意识的诗人、作家只配叫作糊涂虫,大众是不会承认他的。

一九四六年春,我从《诗经》上挑选了一位民族先人的煌煌大名公刘,借作我的笔名,沿用至今。众所周知,《诗经》里的公刘是一个诚笃苦行胸怀天下的形象。这个形象不容玷污,他激励着我:坚忍,淡泊,自爱。

几乎与此同时,我彻底抛弃了"法律救国"的幻想。我决定学习鲁迅先生"弃医从文"的伟大榜样。虽然一九四五年我所报考的两所大学法学院都榜上有名,冥冥之中,却仿佛有谁伸出有力之手硬把我拽向文学,并且牢牢不放。一九四八年春,我被迫逃亡香港。洪遒和葛琴介绍我加入了全国文协。我和文学从此结下生死缘。

我是先参加革命,后参加军队的。我有幸随军进入无论从什么意义上讲都是一块宝地的云南。军旅生活强化了我的阳刚之气,边疆风情增添了我的浪漫色彩。我劳动得越发勤奋了。

水到渠成。并非由于自己的申请,而是西南大区的主动保荐,我成了最早的全国作协会员之一。随着《阿诗玛》的世界性影响,也随着先后问世的《西双版纳》组诗和《阿佤山》组诗(*其中包含后来为文学史家、评论家反复评骘的所谓成名作*)客观上已初步萌生成一些可供编织桂冠之用的月桂树叶,从此,我被人称作诗人;我固然从未借此招摇,却也深感荣幸。

然后就是令人艳羡的上调北京总政治部创作室,然后马上又是一百八十度的教我头晕的大逆转:一九五五年"反胡风",同年下半年"肃反";一九五七年反右,每一场政治运动,上帝都圈定我当"运动员"。结局可想而知,四分之一的二十世纪便这么流失了。其间除却偶尔从水底挣扎上浮,吐过几个漂亮的气泡外,我"失踪"了。我的"失踪"无非由一种劳动方式转换成另一种劳动方式而已:修水库、磨滚珠、打铁、热处理,直到"文革",雁门关下多了一个终年与粪土打交道的庄稼汉……

莫非这是对我的捉弄? 不,试着换一个角度审视,这无疑又成全了我。我扪触到了任何革命都不曾撼动的民族的"根"——亿万劳动者背负数千载的心理文化积淀。长期形成的思维惯性往往在我胼手胝足时呼唤我去捕捉意象,但我不能,有眼睛盯住我,会说我在记"变天账"(基于同一原因,连恢复英语学习也不行,"里通外国"的帽子将随时自天而降),多少电光石火般的灵感稍纵即逝,永不复返?至今忆及,犹有遗憾。这足见前面说的转换劳动样式不过是开玩笑,关键还在于劳动时的身份和心境。

一九七九年,"右派"一案得到纠正,我重新归队,由于积郁,由于愤懑,由于激动,由于爱,我觉得,两只手同时写都来不及。我把每天清晨升起的太阳都认作一个新太阳。当然,我并没有淡忘昨天的阴影。底层赐予我的一切喷薄而出。因此,黄子平将他专门写我的论文干脆命题为《从云到火》,是贴切的。不错,我是火。不过,请放心,这火不会盲目焚烧,火的敌人姓假、姓恶、姓丑。

实践告诉我,那个尽人皆知的口号"深入生活"是不尽准确的,生活有待"深入",那说明你不过是客人。这个不曾有人质疑过的提法,也许恰好可以用来解答何以有人"深入"了,却依旧写不出生活真实来的原委。其实,生活就是你周围的人们及他们相互之间的关系的总和。倘使你有强烈的参与意识,那么,生活本身将深入你。你的心将化作海绵,汲取周遭全部的恩惠,你会受用不尽!这,大致就是我的第四个结论。

在拜金主义狂潮和意识形态冲突激化的今日,操守的"值"已差不多近乎代数学中的无限大:一个诗人或者作家,如果耐不住寂寞,如果经不起诱惑,肯定只能自我毁灭。为此,我要说,我们谈论锻炼劳动本领,着手于技巧固然重要,着眼于品格尤其根本。或许,这可以称之为我的第五个结论。

综上所述,我也像当今大多数的中国诗人、作家一样,与其说是自己选择了文学,不如说是文学选择了自己。

我的身体早已元气大伤,归来后的狂热工作,又无异于雪上加霜。一九八〇年,我患脑血栓之前,每天深夜两点以前的时间都属于别人。相当一段时日,寄给我私人的稿件能顶半个编辑部,收发室可以做证。我自己的作品大抵都是利用节假日和出差途中写的,这只需要对一下日历,不难核实。一九八四年,右眼失明,实在难乎为继了,经过我所在的单位替我印发公函婉言解释,才算慢慢得到了大家的体谅。

我不怎么信服"代沟"论。我相信以心换心。十年来,由我介绍给诗坛而崭露头角的青年朋友颇有一些。事先我与他们一概素昧平生(**包括顾城**),我只认识作品。在这些人当中,居然有那么几位成名之后假装什么都不曾发生过。不过我仍旧不认为"代沟"是注定不可逾越的,当然,健忘的天才应该除外。

我不会饮酒,不会抽烟,只喝一点茶;扑克边学边忘,象棋下得很臭,麻将于我是绝缘体。怎么办?干脆不休息吗?不,我休息,让大脑休息;居家过日子的琐事,像择菜、淘米、买粮、打油、扫楼道、洗衣服(**大件都由女儿代劳**),直到漫不经心地浏览报刊,与三两文友聊天……都是我的休息,积极地休息。我爱听古典音乐,轻音乐也不坏,那算享受。

我最操心的是横穿马路。唯恐沉溺于谋篇布局,斟字酌句,像居里博士那样被白白撞死,岂不冤枉!

许久以来,我不再终日伏案,体力、视力均不允许;过去那种夜半梦回,为某个不招自来的图像或者意念所驱策,拧亮台灯匆匆捉住一个"线头"以备翌日拉抻的事,也很少有过了。为撰写本文这样连夜加班,堪称破戒。

希腊神话中有一则普罗米修斯为了解救人间饥寒去天庭盗火的故事。说是宙斯大神因此惩罚他,让他每天死一次——将他缚在悬岩上,教秃鹫啄食其肝脏,偏又教这肝脏当晚重生。埃斯库罗斯以作品替他申辩无罪,雪莱更为他高唱颂歌。为什么诗人、作家们纷纷为普罗米修斯鸣不平?因为,在一定的程度上,严肃的诗人和作家都是小普罗米修斯,为了大地上的光明和温暖,他们不惜奉献肝脏!作品即肝脏,诗人、作家每完成一部创作,就都得体验一次休克。

"诗的使命在于把隐匿在时间的皱褶里的东西公之于世。"(**一九九〇年度诺贝尔文学奖得主、墨西哥诗人欧·帕兹语**)这话有点抽象,我理解,当是指将暂时寄存在大脑沟回里的所见所闻、所思所感统统写出来的意思。留给儿孙,知所借鉴。须知,从"时间的皱褶"里不仅仅能发掘出过去事件的真相,抑且有可能推导出未来事件的预言。某些伟大的诗人、作家见微知著,作品充满了洞察力和预见性,其奥秘端在于此。

  我老了,今年已是六十五岁,来日无多,我得加紧努力把"时间的皱褶"一一搜遍才是,哪怕不发表。

1991 年 11 月 6 日 合肥

我想有个家

前不久,有位评论家问我:依你之见,这些年来,你在诗歌创作中比较有根本性的转变是什么?我立即不假思索地回答:由坚持人民性升华为呼唤人类意识。当然,二者并不相互排斥,我觉得,人民性倒是坚实的台阶,没有这个台阶,无由登上更高一级。

为什么会有这样的变化?原因固然首先应该从主观方面去寻求,比如,新的人生体验,新的理论启蒙,新的认知感悟;而得以步出国门,余眼观察和直接把握别的国家各色人等的言谈举止和心理活动,又的确提供了有利的客观条件。

这就构成了双向开放:别人将他们的生活开放给我看,我的心也开放着欢迎别人进入。

毋庸置疑,人类意识比人民性品位高出一格,涵蕴深入一层。须加说明的是,我是在坚持人民性的前提之下,去追求人类意识的。我认为,世上不存在一种鄙薄或者反对人民性的人类意识。

我不知道,第一个把我们共同居住的这个小小星球唤作地球村的人是谁,我只是对之止不住心中涌出虔敬、感激之情。我钦佩他,信服他,这位首创者在我心目中伟大如神,慈悲如佛,却又长着一颗有血有肉的爱心,平凡如你,如他,如我,如一切普通人。

多少世纪了,人类追求大同世界,大同世界却始终是个理想,永远在前面闪闪烁烁,永远可望而不可即。且不追述古代中国、印度、希腊、希伯来的前贤先哲们的有关学说,即以近代而言,就有过数不清的方案和蓝图:巴枯宁、克鲁泡特金的无政府主义,欧文的乌托邦,马克思、恩格斯的《共产党宣言》,摩门宗教公社,罗斯福的"四大自由",联合国宪章,铁托的工人自治,格瓦拉的革命输出,毛泽东的"寰球同此凉热",以斯堪的纳维亚为实验场地的"福利国家",绿色组织的全球性抗议运动……不是个别杰出人物,而是万千公众,在各自不同的历史条件下,呕心沥血、披荆斩棘,探索着自认为正确的前进道路。

这反映了人类早就意识到重疴在身,因而企求自赎自救的实际。

然而,直到目前为止,似乎并没有找到一个举世认同而又行之有效的"药方"。

冷酷的现实是,人类并非一个整体;每天翻开报纸,揿开电视,打开广播,耳闻目睹,哪儿有乐土?哪儿不被阶级、集团、宗教派别、意识形态、种族、民族、贱民制度、黑社会乃至男性与女性的"对立"所困扰?

我不是瞎子,不但眼睛不曾瞎,尤其心不曾瞎。我明白,剥削依然存在,压迫依然存在,歧视依然存在;有赤裸裸的剥削、压迫和歧视,也有用花言巧语的遮羞布捂着的剥削、压迫和歧视。

这不能不被认为是人类的最大悲剧。当地球面对着能教它毁灭千百次的核弹头,面对着被撕得愈来愈大的大气臭氧层缺口,面对着热带雨林的连根消失和生物链一次又一次的断裂,面对着人口的数量膨胀、质量衰变(**这主要是在第三世界**)、结构老化(**这主要是在发达国家**)等表现形式迥异的难题,面对着毒品泛滥和性乱,还有瘟疫似的艾滋病……人类向何处去?

尼采宣布:上帝死了!尼采因而被俗人称作疯子。那么,会不会有另一个尼采在某一天宣布"地球死了"呢?我没有资格去充当这样一个疯子,但我要坦白地说:我在等待这个疯子到来。

好多年了,当我看到了包括从"文化大革命"直到萨达姆下令放火焚烧科威特油井诸如此类的暴行时,总不免为人类的丧失理性、愚蠢与堕落而深深遗憾,难道这些以所谓改善生存状态为标榜(**往往是拿民族主义、爱国主义**

替统治者当幌子)的行为不正是对地球的谋杀吗？同时不言而喻的,这种对地球的谋杀不又正是人类的自杀吗？难道那个十六世纪的法国僧侣诺思特拉丹玛斯(Nostra – Damas)的悲惨预言果真会不幸而言中吗？难道二十世纪九十年代果真是我们大家的末日吗？

哪儿有新的诺亚方舟？莫非有朝一日,数以亿计的劫后余生果真能携带他们聚敛的金银细软实行星际移民,而且在别一个天体上继续不改其尔虞我诈的习性？

二

我先后出访过三个国家,它们分属于三种不同类型。这无疑是我的幸运。

一九八二年,去的是从来就非"正统",从来就是漫画题材的(前)南斯拉夫社会主义联邦共和国。在贝尔格莱德的一爿小酒馆里,我遇上了一位文化官员,他在完全清醒的状态下捅了我们全体中国人隐隐作痛的伤疤:"难道十亿人——就没有一个不迷乱？"曾几何时,似乎又轮到我向提问者提问了:"难道两千二百万人——就没有一个不迷乱？"一九九一年,短暂的十年如白驹过隙,可敬的文化官员先生,你的祖国竟也掉进了苦难的深渊！我很抱歉,这样对比委实有点残忍,但请相信我丝毫没有幸灾乐祸的恶意,我只不过是想说明:当掌握国柄的人鬼迷心窍,一意孤行之际,与权力无缘的沉默的大多数,即使"不迷乱",同样也无可奈何。

一九八七年,去的是被人为地割裂为两半的西边一半——德意志联邦共和国。人们的勤奋、守法、效率、严肃、组织纪律性以及冷静和整洁,都给我留下了难忘的印象。这是个被政论家比作希腊神话中的海仙普罗透斯(Proteus),意即"不断变幻形象的国家"。它宛如一个巨大的谜。的确,我去的时候,谈起慕尼黑,就仿佛那只是啤酒的代名词而已,根本不提张伯伦、达拉第曾经在这儿干过出卖捷克斯洛伐克的肮脏勾当。是真的遗忘了,还是有意回避? 一九九〇年,轰的一声,柏林墙坍塌了,全世界在瞠目结舌之余,再一次看见了闪电。当然,这一次的闪电是西德(联邦德国)兼并东德(民主德国)(即所谓统一),不是希特勒向四邻发动的闪电战。心有余悸的欧洲,眼巴巴望见国力、科技、人口、面积都首屈一指的新德国重新崛起,能不忧心忡忡,怀疑前些年的所作所为,不过是一场韬光养晦的把戏么?! 风云如何变幻,谁也捉摸不透。遥望西天,我且拊掌合十,唯愿德国朋友好自为之:复仇之路走不得,冤冤相报,永无了日。

一九八八年,又去了美利坚合众国。天之骄子,当今唯一货真价实的超级大国。这个国家给我的感觉是:熟透了,开始散发一股酸甜的酒香了,自然,这不是好的征兆。我抵达洛杉矶之日,正值布什与杜卡基斯竞选总统的关键时刻。数百名奇装异服的同性恋者在大街上游行,他(她)们手中高举标语牌,表明了神圣一票的价值:"你们俩听着! 谁保护同性恋者的一切合法权益,我们就选谁!"这也是一种交换。然而,偌大一片新大陆,毕竟才二百年,不会一下子便衰老颓唐,不辨是非的。在纽约著名的现代艺术馆里,我就为一座雕塑作品无声的呼号所震动、所感召,这作品是一个四分五裂、到处龇着虎牙狼齿的地球,仔细一瞧,那虎牙狼齿竟又都是些刀枪、刑具、镣铐乃至注射毒品的针管! 这不正是人性、道德、理智的具体表征么? 它也充分说明了,住在"天堂"里的上帝子民,并非一个个都飘飘欲仙,醉生梦死,也有头脑清醒的好人,"生年不满百,常怀千岁忧",检点起来,怕还是占了压倒优势的。为此,我感到欣慰。我要告白的是,倘或美国真像某些报道描述的那样,正在沦为甚或已然沦为第二个古罗马,那么,谁又是拯救芸芸众生的代表新兴力量的"蛮族"呢?

一九八九年,我本来还有一次机会去汉城参加第十二届世界诗人大会的,请柬寄来了,住地安排了,却未能成行。这次大会有来自地球村每一角落的同行们,可以恳谈,可以交流,可以彼此拿对方当镜子,当尺子,当动"艺术手术"时的解剖刀子和止血钳子,可惜的是,统统失之交臂了。这些诗人,身为他们所自诞生的人种、民族、国家、地域和部落的"人的花朵",又拥有何其斑斓的色调,何其馥郁的异香啊!这一切,我都错过了。

三

我承认,较之往昔,我对人类的前途愈来愈悲观了。

不过,我毕竟是诗人,诗人很少像有的哲学家那样厌世的,诗人一旦陷入最最绝望的困境,他还有最后一件武器防身自卫,那武器的名称就叫:幻想。我们往往可以碰到衣食无着的行吟者,饥肠辘辘却大做其白日梦。老祖宗屈原,想必正是一位代表。

何况环顾四方,终究并非不透气的罐头盒子。还是会偶尔爆出几粒火光,氤氲一片轻暖的。这火光,这轻暖,就值得歌唱,再歌唱。

我在这八十六首描绘域外风情的篇什中,除去少数属于针对自己国家的反思之作外,自信使用的全是批判眼光,这里用的"批判"一词,当然是按它本来的科学意义,而绝非被我国某些"审判官"所惯于和擅于从事的"量刑问罪"。遗憾的是,我从眼力到笔力都称不上犀利,加之都是来去匆匆,根本没有时间和精力让我进行全然冷静、一丝不苟的解剖,因之,我在诗中肯定的,未必真好(或者全好),反之亦然,我在诗中否定的,未必真坏(或者全坏)。这是应该请求读者明察的。

然而,我的诗心是贞洁的。我高举着这颗贞洁的诗心,同时高举着这诗心的痛楚,同时也高举着渴盼缓解痛楚的祈求。

活在这个乱糟糟的人世,我只剩下一个谦卑的期冀:我想有个家,真正的家、平安的家、温馨的家。这该不能算作非分的奢求吧。

我希望,在这样的一个家里,没有无谓的自相惊扰,没有不速之客,除了生与死像风一样自然地正常地来来去去。

最后,我还要补充一句话:我一向将自己比作一个穷愁潦倒却身怀薄技的锔碗匠,我毕生都在用自己的劳动,替这只打碎了的珍贵的地球补缀复补缀,却总也补不完,总也补不完……有朝一日,我当长叹一声,小心翼翼地放下活计走开,永远地。

1991 年 11 月 4 日　合肥

写完这篇文章,有人告诉我:你这个打算同时用作书名的标题,和某一位台湾歌星演唱的拿手节目重复了。这写的可没有办法,我从来不听流行歌曲。不过,我有把握,我这五个方块字,尽管和她唱的那五个方块字一模一样,内涵肯定不会"撞车"。再说,自古至今,伤春悲秋,感时怀远,又有过多少题同而义不同的诗文!

(公刘附志)
1991 年 11 月 17 日

诗话断简

一

开宗明义,亮一亮我的基本态度。

一九九〇年十月二十四日,我在安徽省中青年作家座谈会上有过如下的一段发言——

我认为,目前,我们的文学艺术事业又面临着新的严峻考验;我有一点杞忧,即会不会重走极端?会不会再一次出现一种倾向掩盖着另一种倾向的危险?

怎样看待本土文化与外来文化(主要是西方文化)的冲撞?这是问题的焦点。

我历来主张,既不当西崽,又不当遗老,这从我过去的文章中可以找到大量的证明。我个人的看法是,就我们整个的作家队伍中的大多数而言,在过去强调横向移植、拿来主义的时候,并没有谁去成立"维持会"。当如今重点转移到纵向继承、发扬传统的时候,我想,总不至于出现组织"义和团"的"大师兄"吧?改革开放毕竟是中国历史的大趋势,同时也是世界历史的主潮流。对一个自爱的作家说来,思想支配着行动,文品表现着人品;我们一定要有所为有所不为,采众家之长,走自己的路。

那次座谈会也有不少位诗人参加,因而,我的上述观点同样适用于诗。

二

有好心的朋友为我鸣不平:你在一九八八年第四期《文学评论》上发表论文《从四种角度谈诗与诗人》后,竟引起了现代派的"围攻",现在时机到了,为什么还不发起反击?

我感谢这样的关切。然而,我不打算"冤冤相报"。我更不愿借助于诗以外的任何力量。

何况,我并不觉得那是什么围攻。相反的,我倒以为其中有不少文字还是相当说理的,只要说理就行。至于那个"理"到底对不对,不妨从长计议,让实践去检验。我是一家之言,人家也是一家之言,这才叫作平等。之所以客观上形成某种围攻的印象,既和个别人自视优越的贵族腔调有关,也和众所周知的事变,迫使编辑部来不及再组织和发表赞同者的稿件有关。据我所知,诗坛上有相当数目的颇有影响的诗人,都曾为我替他们说出了心里积郁已久的意见而大为欣慰。我不是孤军。然而,不管自身的位置是处于强大,或者弱小,是占据优势,或者下风,都应该以理服人和据理力争;除非根本不讲理了,就像"文化大革命"那样。

三

我坚决反对排他性。

虽然,我从不卷起我一贯高举的现实主义旗帜。但我不认为,现实主义天然地有权独占诗坛,从而拒斥现代主义、后现代主义,更不必说拒斥那似乎无从构成威胁的古典主义和浪漫主义了。

基于同一理由,我也坚决反对任何非现实主义诗歌以现实主义诗歌掘墓人的姿态君临天下,发表种种狂言乱语,一会儿 Pass 这个,一会儿 Pass 那个。

我衷心希望:我们大家都活着,活得健壮,活得热闹,活得潇洒,活得文明,活得有价值,有贡献。

谁也别"埋葬"谁吧!

当然,现实主义者马雅可夫斯基"埋葬"了先锋派——未来主义者的马雅可夫斯基,象征派诗人里尔克"埋葬"了浪漫主义诗人里尔克,那是诗人本人的事。严格说来,这一类的例子并非"埋葬",而是"自我超越",实现了适应于彼时彼地彼人的生命之完成。

我们过去吃排他性的苦头吃得难道还不够么? 在这个问题上,是不宜实行"以其人之道还治其人之身"的;与其用传统心态、传统模式回潮去拒斥前几年一度颇为"行世"的"新诗潮",何如团结一致地排"排他性",共存共荣!

四

作为一种创作方法,现实主义无疑需要发展。它绝不是十全十美、一成不变的东西。

未尝不可以拿相对稳固的法律条文来打比方。法律条文够神圣不可侵犯了吧? 然而,随着社会的不断前进,连法律条文都得相应地做出调整甚至更改,而标新立异,恰恰又是诗的(文学艺术的)终级使命之一,不变行么?

硬要据守一隅,只好向隅而泣。

五

为了健全自身,壮大自身,丰富自身(这是一个永无止境的命题),现实主义必须"日日新";僵化的和钝化的现实主义,首先就犯了反现实的错误。我们的生活有如飞速行驶的列车,五十年代、六十年代、七十年代和八十年代的站台早已被抛在烟尘之中了;死抱住老皇历,认定许多日子都"诸事不宜",大家统统歇着不干,绝不是朝气蓬勃的表现,如若以腐朽为新兴,那更是倒退,或曰:张果老骑驴式的"前进",只能贻后人以笑柄。

六

就诗论诗,变化了的世界现实,变就变在现代主义、后现代主义的相继崛起,而且势不可当;谁也拒斥不了,谁也不该拒斥——假如还有现实感的话。不错,现代主义之介绍进中国,固然可以上溯到三十至四十年代,但后来不再介绍了,却并非介绍者的疏懒或者"悔悟",非不为也,实不能也。怨谁呢?以此证明它不稀罕是可以的,以此证明它无足观则是不恰当的。

现代主义和后现代主义,都不是某几位诗人一时心血来潮的发明,而是历史的产儿。现实主义也许万寿无疆,现代主义、后现代主义未必就一定蟪蛄春秋。作为现代人,标榜"老死不相往来"是自欺欺人的吹嘘加偏见,我们应该学会和平共处,彼此宽容。

我一再宣告,我是现实主义诗人,我也一再认定,一切非现实主义诗人都是我的诗友。至于由谁充当中国诗坛的主力军,是不故步自封的现实主义,还是有现代主义、后现代主义色彩的先锋派?那就必得通过竞赛,让时间去评判了。

重要的是双方(或者多方)都应严格自律,同时实行"费厄泼赖"。

七

尤有进者,有出息的现实主义者应该从现代主义、后现代主义者那儿"偷"一点"艺"。俗话说"艺多伤身"是不对的,"艺多养身"才是正经。自古至今,包括当代的高科技竞争,"偷"不算耻辱,倒是自强不息的招数。

平心而论,现代主义、后现代主义又何尝真的与现实主义了无瓜葛?不可能。文学艺术的一切"主义"都共着一位祖宗：生活。

世上的万事万物都相互关联着，休想隔绝，休想"纯"。菲律宾的皮纳图博火山爆发，除去岩浆和火山灰，光是二氧化硫就释放了一千九百万吨；科威特油田的全面长时间燃烧，其后果也不仅限于他们本国三米之外就视界模糊。根据大气检测数据，这一股自然界的和一股人为的污染都波及了中国。我们就在这样的环境中生存，无可逃避也无可选择。

这似乎也是诗的命运。

目前唯一尚可依靠的，大概只有土壤了，中国的土壤。然而，从宏观的角度审视，土壤不也在不知不觉中起着变化么？

八

检读旧作，我往往情不自禁地联想起某些现实主义的杰作，也往往情不自禁地联想起包括现代派在内的非现实主义精品，如此反复品味，得失益损自明。

我发觉，这样一种双向联想，大有好处，打一个不十分贴切的比喻——比喻总是难以完全贴切的——如同理发，我们面对一面镜子，而理发师又从背后添加一面镜子，利用反光，让我们看清楚发型的全貌。用两面镜子对着照，你就更了解你自己了。

九

不知道别人的情况如何，我现在写诗，一气呵成无须更易的状况是愈见稀少了。可能是年纪老了，脑力衰了，但也可能是标准高了，心劲反而更旺了。我总要改它十遍八遍，有的篇什压了一年乃至两年，翻出来重加琢磨，仍觉有必须剔掉的瑕疵。

缘由何在？经过深思，终于省悟：人改诗的过程，实际上也是诗改人的过程。一首诗的被"修正"，正透露了诗人自身已被"修正"；逆向的流程隐藏于单一的管道之中。

为什么会发生"修正"？

第一，来自阅历，跌宕而繁复的阅历。

第二，来自阅读，广泛而驳杂的阅读。

第三，"川阅水以成川"。（陆机：《叹逝赋》）经过收纳和汇合，逐渐形成一条波澜雄阔、风光壮美的江河……"阅水"这个词是古语，如今几乎不使用了，不大好懂。其实，将它"翻译"成现代语言，就是"激活"，由于阅读，由于阅历，由于二者的交互作用，其结果是调动了当事人的全部记忆库存与想象潜力，一切原先看上去仿佛已然死亡的东西又获得了新的生命，而且，一加一大于二（$1+1>2$）。

我对我自己近作的自我鉴定是：现实主义的基调未变，现代主义的和弦初具。

我的生命进入了深秋，我愿把这看作我的秋收。

各人的收获丰歉不等，我且领受了我这一份吧。

1991 年 12 月 15 日　合肥

几句大实话

为别人的著作写序是桩难事。

首先,我得把陌生(或部分陌生)的书稿至少通读两遍,达到分寸了然于心,这一件工作的劳动量已经很不小,何况我仅剩下一只左眼,戴镜视力复一年不如一年,如今已下降为0.4了。此其一。

无奈我偏死板,不合潮流,还立了一条个人守则,绝不写那种"放之四海而皆准"的套话、废话和矫情话。每为人撰序,主观上总想抓牢一个问题,既有具体对象,又有普遍意义,这样有感而发的议论,自忖虽未必中的,但让人能从正面触发点滴联想,或从反面汲取些许教训,未始毫无益处。不过真的按"守则"行事,耗费脑力当属无疑的了。此其二。

由于上述两方面的考虑,我辞谢了许多相识和不相识的朋友,可能其中还有所开罪吧,但也顾不得了。

前几天,我才将一部诗稿退还豫北山区某地的一位作者。这位作者几年来省吃俭用撙节下数千元,却面临着两难的选择:要么是买书号,自费出诗集;要么是替二老双亲修葺摇摇欲坠的农家危房。我回信劝他:千万不可图一时的虚名,招终生的遗恨,还是照料老人当紧,诗人就暂时缓当了吧。

与此同时,我对这位"诗痴"的作品自然也认真读过,有了一个基本的评估,即多他这一本不显眼,少他这一本不抱憾。

这类事情往往也令我忐忑不安,似乎自己变成了美国的"地下医生",替什么理该当妈妈的妇女非法堕了胎。然而,仔细思量,二者到底不是一码事。对诗作者要求严一些,希望"婴儿"真正足月才生下来,而不是孱弱的早产儿,绝非出于恶意。

陈运和的"方式"与上述豫北的那位青年诗人如出一辙,也是不等我表明态度,便一大包捅了过来,复晓之以乡谊,动之以友情,这一回,不遵命恐怕太不近人情了。

那么,我只好硬着头皮"上"。可是,我要保留一项起码的自主权:不做违心之论。

统观运和辑入的七十八首诗,我姑且谈一个总体印象,我觉得,除去《根》《跑》《历史,我熟悉他》《不足为怪》《出院时的诗,不再那样苍白》《感触,在黎明时醒了》《烟》《寄托》等篇,其余大多是"璞",必得假以时日,切之磋之,琢之磨之,方能现出美玉的本相,焕发出逼人的光彩。另外,还有几块纵有"暖日"也难"生烟"的顽石夹杂其间,如几首赠人之作,我以为,诗味都不足。

人性的弱点是喜欢赞扬,哪怕明知是假。我在这里公开评论一位诗人的作品是"璞",是不是轻慢,是不是侮辱?不!我不这样理解,我倒以为是一种本质的肯定,一种诚挚的期冀。听话固然要听音,但尤其要听心。

拿我做例子。我早年写的诗,可谓绝大部分是"璞",而且直到今天,涂鸦整整半个世纪了,还不时有半成品出手。不单是我,即以更有修养、更有成就的卓然大家而言,也无法保证他不碰上"心中有而笔下无",辞不尽意的尴尬局面。毛糙目涩的情况终归难免,不必大惊小怪。所谓"诗圣""诗仙"也者,难道不正是用了血、泪、汗搅拌生活的膏泥塑造起来的么?哪儿有什么百分之百的天生异秉!

我切盼作者继续努力学习,努力劳动,一往情深,一往无前。"诗痴",倘仅仅止于"痴",是不足取的;不当痴处宜不痴,我指的是清醒地面对生活:生活中的愉悦,生活中的痛苦。清醒地面对自身:自身的长处,自身的缺欠。

这样一通大实话,居然充"序",不知运和可情愿接受?

1992 年 2 月 26 日　合肥

应强化乡土诗的批判精神

——致刘小放

小放:

多谢你给我寄来了《大地之子》,它帮助我对你,同时也对中国(北方)农民有了深一层的理解。

早就知道,你有一位《我乡间的妻子》,早就知道,你对所有在乡间的人之妻们天赋的情愫。

正如你所听说过的,我在北中国耗尽了自己最好的年华。而其中,又大抵都与农民或者来自农村的"农民式的工人"滚在一铺炕上。"文革"的一半时间,我甚至差一点要在雁门关附近的野山上落户了。为此曾学着干过除了车把式以外的各种活计营生。故而对你在《大地之子》中所状写的一切,自信还不算过分陌生。

我最喜欢的是与诗集同名的那首长诗,夸张地说,我以为它实在是截至今日为止的中国农业的《离骚》。

特别欣赏如下的句子:

耕牛/犁杖/我/组成大地上的北斗星座

(貌似自述,实为赞美农民这一整体。)

还有:

我和叔伯兄弟们盘根错节/倔强的绿色家族/是旋转的大地之轴

（貌似介绍家系,实为歌唱维系我华夏民族数千载于不坠的沉重而不可或缺的农业。）

还有：

大地上的脚印都是我寻求的问号

（貌似一己拟问,实为当今亿万农民尤其是青年一代——对过去陈腐的一切开始怀疑、不满,对新的价值观念产生了羡慕、好奇和试探隐秘的心理写照。）

这些都很好。正是这样一种深沉感,使你这首长诗立了起来。

短诗中也不乏精彩之作。如《马贼之死》《血灯笼》《牛之死》《家谱》《麦鸟》《闭门雨》《回声》《天火》《哦,我的光棍儿五哥》《麦秸垛》,我以为它们各有各的特色,有的质朴,有的清亮,有的谐趣,有的委婉,其共性则合而为一,纯粹是属于农民式的。

可惜,在整个诗集中,也掺杂进了若干不调谐的音符,仅举一例:《挂灯》中的"彩色的生活／金色的憧憬／一条胡同一条灯河／一个村庄一团星云",它们从思路到文字(语言),能不造成某种突兀扞格之感吗？反正我读到这样的句式,总觉着别扭、难受,仿佛咽下了一枚枣核。你不妨冷静下来细细琢磨一番,看我讲的是否有一点道理。

此外,最大的不满足,无疑就是:批判精神不足。我这里使用的"批判"一词,与我们国家由来已久的"大批判"绝对无干,我珍重的是科学态度、历史的公正性。对农民(*尤其本人又是农民出身的作家、诗人*),可不能只顾"护",而忘掉了"帮"啊。要及时指出他们的不足,乃至缺陷和丑陋,为了农民自身,也为了中华民族……只有这样,方显出真正和完整的爱心。

祝你夺取新丰收。握手!

公刘
1992 年 3 月 17 日

一首意象主义的好诗

我向各位推荐《黑花朵》。我读过的关于煤炭的诗不能算少了,可是,像《黑花朵》这样的以外科医生的心态和手法,直接切入煤层的作品,还真的是头一回见到。

我认为,这是一首既远离感情倾泻式的浪漫主义,也远离道德灌输式的现实主义的诗歌,整体看来,写得颇有特色。不妨说,这是一首意象主义之作。

意象主义产生于二十世纪初,直到一九三〇年,在它的西欧故乡,便走向了自己的尾声了。然而,意象主义传入中国比较迟,而且似乎也并未得到长足的发展,以至于我们今天很难列举几位真正意义上的中国意象派大家的名字。

不过,正如世界规模上的意象主义鼎盛时期虽已结束,但至今仍旧余音袅袅,回声不绝一样,在我们这里,前几年的"朦胧诗"就也掺和着这一成分,而一时成为众人诧异的话题。

《黑花朵》为植根于中国土地上的株茎所滋养,它的芬芳理所当然地带有东方的神韵。它固然不是比照意象主义诗学主张写下来的第一首中国意象派诗,也绝不会成为最后一首。可喜的是,它的的确确是引人注目的一首。

《黑花朵》特别突出了直觉的功能,同时,它写得具体、客观、雕塑化,含蓄而冷静,冷静到了不动声色的地步。它全靠事实本身说明一切,而并不依赖任何经过理性筛选的判断与夸饰过度的滥情。

还有,它几乎摈斥了所有韵文必备的传统,它完全是自由的。

它丝毫也不害怕如实地表现采煤者下井时以至在井下辛苦劳作时的内心世界——一个没有内心活动的内心世界。准确地说，内心活动诚然是有的，只是都被逼进潜意识中去了。

它充满了一种对"人是有限的"这一命题的自我认识。做到这一点，近乎残酷。因为，多少年来，我们一直被告知，"人是万能的"；否定万能，正视极限，需要很大的勇气。

煤炭不声不响地帮助人类更好地生存下去。而且，人类的一部分，又以攫取这一帮助作为自己的生存方式。通过掌子面的采煤劳动，煤才得以改变其"自在"状态，进入人类的现实生活，进入人类的生态循环，乃至不可或缺。

在这个过程中，隐藏着无可奈何和宿命的情绪。

《黑花朵》正是因了再现了沉默的煤和沉默的采煤者，才给人以别开生面的灼痛感。我们何妨对比一下那些声嘶力竭的煽动，看看究竟谁更接近于燃烧；而只有纳入燃烧，我们才听得清、听得懂煤的语言。

倘若以意象主义的审美要素作为严格的要求，那么，《黑花朵》至少有一个致命的弱点：背离了简洁的原则。简洁，本是意象主义的一大特长。

望作者拿出新的创造，向大家证明，他还可以写得更完美。

1992 年 4 月 1 日　合肥

读书千字文三则

《图腾层次论》

杨和森(彝族)著
云南人民出版社一九八七年九月第一版

Totem,一个民族学概念,自清末严复首次音译为"图腾"并引进我国以来,已得到了知识界的普遍确认。

据上海辞书出版社的《汉语外来词词典》诠释,图腾是"原始人所认为的与本氏族有特殊神秘关系的某种动物、植物或无生物,即为该氏族的保护者和徽记"。

"考图腾"一词,滥觞于美国民族学家摩尔根的名著《古代社会》,语出印第安人阿吉布洼部落方言,有时也发音为 Dodaim,包含有界定血缘关系,标明婚配限制,举行崇拜仪式和维系氏族团结诸般用意。摩尔根剥掉了它的神巫色彩,把它改造成一个科学术语。马克思非常重视摩尔根朴素的唯物主义观念,曾对这部名著做过详尽的摘记。恩格斯更在《家庭、私有制和国家的起源》中大量引用了摩尔根有关图腾问题的翔实可靠的第一手材料。

由于历史的局限,当年摩尔根没有来得及进一步探索图腾的诸多层次、诸多形态,因而未能揭示原生图腾(与"最初的氏族"相对应的最初的图腾)——演生图腾(与因原氏族人口繁殖所造成的分支,以及因环境变异和部落战争所造成的迁徙,而"宣告独立"的新民族相对应的第二级图腾)——再演生图腾(基于与第二级图腾类似原因形成的第三级图腾)这样一种客观上已然存在的序列。早岁翻阅《古代社会》时,我就因摩氏语焉不详而颇多疑惑。同样的,马、恩著作虽属经典,对此也只是做了若干理论性的推导,终究缺乏具体的补充发展。就这一意义而言,杨和森先生的《图腾层次论》可谓初步填补了空白,其学术价值不可低估。

彝族是我国少数民族中人口较多,而分布地域又颇辽阔的一个古老民族。正如剖析"活化石"水杉,不难测定远古时期植物群落的生存状况一样,研究彝族文化中的"活遗产",不仅能对撰写一部真正完备的中国通史做出突破性的重大贡献,抑且对人类社会发展史上的若干含混不明处,也会起到举一反三的澄清作用。

五十年代初,笔者在云南生活过,接触过有限的彝族人文景观,但由于学养不济,终无独立的考察,今天品味杨和森先生的创造性劳动成果,不啻补上了一课,倍感亲切。

读了杨著提供的许多佐证,我更加确信,我们中国史上的某些疑点,实在必须打破那种困坐书城的老办法、死办法,走阅读与社会文化勘察相结合的路子,获取新资料、活资料,两相参照比较,才能求得带规律性的新认识。中国正处于大变局中,时间已经不多了,必须以抢救的心态对待才是。

还记得,林河先生也曾以"野外"所得稽征"卷内"所得,如此解读《九歌》,为屈原研究领域吹送一股新鲜之风。如今再喜读《图腾层次论》,不能不分外感念已故大家范文澜先生的倡导:学者们当立志寻觅"山野妙龄女郎",虽则辛苦,但终归幸福。

何况,这本书不只所论虎图腾的渊源流变,极其引人入胜,诸如十月历、向天坟、左衽、尚黑、用松、火葬、崖墓等等,也无不涉笔成趣,引发读者穷根究底的欲望。

不妨顺便提到,最近我又有幸看到少量有关云南楚雄彝族虎图腾崇拜的文字与图片，它们包括神堂上供的虎"祖灵"，门楣上悬的"虎木牌"，房顶上立的"逼山虎"，乃至野外路旁埋的"石虎神"……以上种种，统称"罗尼"（彝语中，"虎"为"罗"），皆极富人情味而又野趣洋溢者。

《摄影版画》

康诗纬作
浙江摄影出版社一九九一年六月第一版

可以有边缘科学，为何不可以有边缘艺术？

将摄影"嫁接"为版画，全然系新探索、新技法、新品种、新收获。

我乃有了新的审美视角和新的审美享受。

曾有人将版画称作木刻，这并不确切。当然，倘或把"弘扬民族文化"理解为"弘扬国粹"，那自当别论；盖中国之有木刻，至少能上溯至唐末五代，莫高窟的众佛妙相即其明证。

作为具有本体意识的艺术创造，版画与木刻，其实是大为轩轾的。这正如摄影艺术与咔嗒一声的照相是两个概念一样。康诗纬先生复将这两种不同质的"高级阶段"经过类似"生物工程"的繁复组合、精心筛选，终于趁上帝休息的日子，诞生了前人所未见的混血宁馨儿。康先生必定有一双能手、一颗匠心，否则，何得以提取刀法之神灌注于影像之形并使之臻于无缝天衣？这一重大成果，不仅是作者辛勤劳动的酬偿，同时也标志着在中国，这两门艺术都跋涉了一大段不平凡的路程。

众所周知，鲁迅先生是绍介版画进中国的第一人。在他留下的若干这方面的文字中，最强调的恐怕莫过于"力的美"了。而康作恰恰实践了鲁迅先生的遗教，借摄影的用光张扬了"力的美"，借版画的线条输送着"力的美"。或有驳诘：你的评价未免太高。所谓摄影版画，尚稚嫩得很哪。我将谨答：唯其稚嫩,方见成长;唯其稚嫩,方有未来。力是锻炼出来的,力是没有穷尽的;美也是锻炼出来的,美也是没有穷尽的。

据作者自己小结,他追求的目的是"摄影与版画进行科学的对撞",他运用的手段是"摄影的忠实记录和版画的刀法肌理"。就我个人的感觉,以为此说并非矜持之论。我们似乎特别需要注意到他所选择的字眼的分量:对撞,刀法,肌理,在在都有力度。

举一个例子。《棠樾牌坊群》,黑白双色,黑愈见其沉重,白愈见其恢远,删繁就简,沙里淘金,对比如此强烈,涵蕴如此深邃,真可谓有诅咒,有咏叹,有警惕,有瞻望……简直是一首反封建、反愚昧的好诗!而这一切,俱在无言中完成,斯为上品。

尝见康先生自述,彼早年曾专攻美术,继而从事专职摄影记者廿余载,生活积累是丰厚的;一分汗水,一分果汁,这才酿出了最初一枚的芳醇。

我猜想,摄影工作者和版画工作者读此书必有触动,同这两个行当无关者会不会也有触动呢?有的,在下就是一个。

《聂绀弩还活着》

《聂绀弩还活着》编辑小组　　
政协京山县文史资料委员会　　合编

人民文学出版社一九九〇年十二月第一版

掩卷。太息。闭目。回神。如见其人,如闻其声。

无疑这不是传记。但无疑又是传记,一部多人合撰的叙述聂绀弩生平的好传记。固然,漫道"生平"失之笼统,因为它毕竟未涓滴不漏地写尽绀翁大不寻常的八十四度春秋。

撰稿人地北天南,有男有女,阅历、学识、职业互不相同,各如其面;高寿者可呼绀翁为贤弟,小辈人应事绀翁若祖父,然则,唏嘘都是幽幽的,泪珠都是潸潸的。我想,一个人活了一辈子,能这样画句号就很够了。然而,绀翁在世之日,肯定不希冀不追寻这些。唯其不希冀不追寻,这些才冲他而来;唯其不希冀不追寻,他才"冲"不倒。

斯人奇人,斯书奇书,人书般配,谁云不宜?

集中描绘聂绀弩的行状片断,散似玉,串若珠,其情如火如水,其神如风如云,无不生动、具体,关键处见气节,细微处显英雄,感人至深。毫不夸张地说,我是好几年不曾读到过这样的书了。

最令人动容者,当推他坚持反"反胡风"、坚持当北大荒"劳改诗人"、坚持于"死囚"牢中大啃《资本论》这样三部分;字钉颗颗,血珠颗颗,娓娓道来,惊心动魄。

你看,这"三只耳朵"就是不愧较别个多长出了一只。当胡风案发,别个大多都装聋作哑时,他偏要充"傻帽儿",当"第一个"(参见梅志文)。似这等铁肩道义,也许会被嗤笑为旧道德,然则岂不比那自炫新道德实际无道德强得多!绀翁旧学根底甚厚,他之所以能开创空前亦复绝后之"聂体",又确乎再次印证了"国家不幸诗家幸"的可怕真理。试看他笔下的北大荒,苦中作乐乐亦苦,和我们拜诵过的千校颂歌,矫情造作,言不由衷,又判若霄壤了。尤以"文革"中以"恶攻罪"投入刑狱后,憨态不改,令人起敬,黠慧如故,又令人喷饭!始终都是一个完完整整的聂绀弩!而当黄埔三期、莫斯科中山大学留学、老地下党、老左翼文化人等等金字招牌,统统被泼上马粪之余,竟落了一个"混"进"特赦国民党战犯"群中方得以重见天日的喜剧下场!这难道不是十足的用政治辣子、政治大蒜、政治葱头、政治胡椒、政治咖喱杂拌而成的政治笑料么!它的超级辛辣,总该教某些陈年感冒鼻塞患者为之开窍吧。

绀翁已去了另一世界,笔者似可不必害怕攀附嫌疑,回忆点滴往事了。一九四八年四月,我逃脱了特务逮捕,间关抵达香港,借住秦似家中。先我到港的聂绀弩常来秦家神聊(实际上是商量《野草》编务)。每逢这种场合,我,一个毛头小伙子,自然只有垂手恭听的份儿,插不上嘴的。早在一九四二年前后,我就反复细读过他的《兔先生的发言》《韩康的药店》等轰动一时的名篇,而且在向同学推荐时戏称之为"活鲁迅",语言虽然幼稚,景仰之情可是发自肺腑。如今出现在我眼前的,竟是一个手摇蒲扇、脚趿凉鞋、说话满口乡音、作风吊儿郎当的平头百姓!我说不清是颇为失望,还是大喜过望,也许二者都有吧。总之是印象极为深刻。真正的"对话"倒是在七年之后的北京。一九五五年,已故友人田庄领我去看望他,依稀记得那是一座什么胡同的老式四合院。彼此说了些什么,全然理不清了。但谈话显然很愉快,很投机,因为他和周颖大姐执意留下我俩吃晚饭。现在回忆起来,假设天下太平,我肯定会再三再四地登门讨教的,无奈风云突变,反这反那的接踵而至,我被卷入旋涡,他也遭了灭顶之灾,从此,"明日隔山岳,世事两茫茫",便彻底地断了联系,真是痛失交臂,遗恨终生!时至今日,我也只配写这篇短文聊表寸心了。

回过头来还得补充一句题内话。我以为,整个的装帧设计,于简朴中挹清芬,封面的版画肖像,封底的逝者印鉴,一律漫天皆白一品红,丁聪先生的爱心,聂绀弩翁的人格,体现无遗矣。

1992年4月12日—15日　合肥

单挑一点疑虑

——序陈祖忻《论王辽生的诗歌艺术》

王辽生兄函告,陈祖忻先生的著述《论王辽生的诗歌艺术》即将付梓,祖忻先生亟望我撰一短文代序。据辽生兄言,考虑到我的健康情况,他对此曾"犹豫再四",不敢造次,我很感谢朋友的体贴;自己也的确同样"犹豫再四",终究拿起了笔,且说几句不太费脑子的闲话吧,所谓"周瑜黄盖"者也。

每提到王辽生,不知何故,我的"条件反射"必定是忆起一九八三年新疆石河子的"绿风诗会"。在诗会组织的一次出行中,我欣赏了王辽生高亢激越的歌声。当时诗人们都坐在一辆大巴士中,窗外转换着的大背景单调而严峻,不是茫茫戈壁,便是滚滚沙浪,其基本色调是灰黑苍黄。不过,你只消稍稍校正视角,上方就会倾泻大片出奇的蔚蓝,仿佛是造物主赐予的安慰与平衡。在大西北,只要不刮风,天总比内地显得更澄澈、更透明、更鲜亮、更高远,也更深邃。这样一种色调的对比,极富刺激,它使你喉咙都痒痒了,不长啸是不可能的。记得王辽生引吭而歌的是一首古曲——岳飞的《满江红》。这歌曾令多少男儿心血沸腾!可惜,自一九八〇年患脑血栓后,我的嗓子完全倒仓,否则,我自当立刻响应,形成二部重唱。须知,原先我的男低音竟曾登台亮相过哪。

击节赞赏之余,我带头大喊:Encore(再来一个)!

与此同时,自然而然的,我分明也听清了来自古战场的回音:白昼的铁马金戈,月夜的胡笳羌笛……岑参、高适,前后出塞,所有的文化积淀一刹那全部訇然跃起!王辽生和我是内忧外患中长大的同辈人,此时,此地,此情,此心,不唱《满江红》唱什么?!我理解他。他也谐和了我。

这印象是如此之深,永远不会忘怀的,永远。

辽生兄的坎坷经历,和我大致相近。经历有时是一种优势,有时又适足于化为局限。据此我之所以比较喜欢他的作品,既不妨褒之为同声相应,也不妨贬之为同病相怜。这些,过去已经当面说得够多的了,再炒现饭,没有味道。今天倒是打算单挑一点疑虑,作为一个问题,向诗人与评论家讨教。

人们一般认为,王辽生的歌吟,大抵不出爱国主义的范畴,诗人本人,似乎也以之顾盼自雄。不错,爱国主义感情,固然是好的感情,应该充分肯定。然而,实际生活远比抽象概念复杂得多。对此,这几年我开始反思求索,况且我绝未滞留在"你爱国,国爱你吗"这样一种计较个人得失的浅俗层次上。我极力追究的是,我们鼓吹爱国主义、鼓吹"小我"融入"大我",会不会于无意识间成了某种迷彩服的组成部分?就我鄙陋的认识而言,结论是不幸的。请注意,试咀嚼一下汉语结构之微妙玄机:国家国家,国可以是家的扩大,家又何尝不可以是国的缩小?!当今之世,那类窃"富国"之名,行"发家"之实者,还少么?

我正是在经过了这么一段反复审察、仔细思量之后,才变得慎之又慎的。

辽生兄,你要警惕啊!

至于陈祖忻先生的论著,由于只有机会读到已发表的导论与第一章,未见全豹,不宜妄作管窥。初步的感觉是分寸适当,文气流畅。无疑,在季候风下面,我们全是些普通的树、普通的草,有哪一株哪一茎能不随之俯仰?但即使如此,那标题照旧点明了"艺术"二字,已属难能可贵的了。

拉杂写来,却自信并非应酬文字,"有为有不为"的准则终归是坚持了的,二位以为然否?

1992 年 4 月 18 日　合肥

《地陷东南》小序

通观国史,所谓东南,历来近乎一个地缘政治概念。八年抗日战争时期,尤其如此。一九三七年,上海爆发"八一三"事变,这一地区便首当其冲,许多富甲天下的通都大邑相继沦陷;日本侵略者的"三光政策",制造了以南京大屠杀为其顶峰的无数罪行,铁蹄所至,尸骨成山,庐舍为墟;一时尚未到达之处,贴着红膏药的飞机,照样随时会来撒播死亡与灾难。生于斯作息于斯的近半数中国劳苦大众,水火煎熬,不是三天五天,而是整整八年。特别是一九四四年至一九四五年间,敌人打通了自武汉至广州的粤汉铁路全线和自杭州至株洲的浙赣铁路全线,将这半壁河山紧紧围困起来,使之与依托云、贵、川的"大后方"彻底断了联系,东南地区乃一度陷入最黑暗的岁月。

然而,纵使黑暗到了顶点,终未绝望也终未屈服,这本书就是明证。

回首当年,以全民奋起的抗战为契机,东南各省,一时风云际会,聚集了不少名诗人、名作家、名翻译家和名记者,尽管条件极差,经过他们的耕耘,出版物反倒雨后春笋般遍地冒头拔节,只是日后的环境愈加险恶,才渐次寥落。作为一个读者、习作者,我亲身体验了这艰苦卓绝的全过程。

天开文运,这对原先相对闭塞的丘陵腹地,无疑是一种极大的推动。在我的印象中,江西的上饶、吉安、泰和、赣州,福建的永安、南平、建阳、长汀,浙江的金华、丽水、龙游、永嘉……都各自先后有过一阵相当活跃的文化生活。当然,堂皇的文艺期刊,大抵寿夭不定,主阵地只能指望报纸的副刊。副刊篇幅有限,这就决定了鸿篇巨制的无由问世,因之,小诗多,散文多,杂感随笔多,诚属势所必然。而国民党政权本性之腐败与反动,导致文网日密,许多人便学会了"放一枪便跑"的策略,笔名更换频繁,增加了日后稽考的难度,但这于当时却是可以理解的。就总体而论,大多数篇章出自青年作者之手,堪称本书一大特色。尤可惊喜的是,他们虽则稚嫩,虽则亢奋,在服膺于救亡图存的时代要求之际,并未忘了艺术的独立追求,同样堪称一大特色。

做如上的判断,我是有根据的。只要翻阅一下这个选本,读者当能首肯。

几乎可以说,民族解放战争的结束,便是人民解放战争的开始。前前后后,总共是十二个年头。

基本上处于国民党统治下的东南地区的文学工作者,毕竟是有骨头的,不但挺过来了,抑且继续奉献了富有营养的精神食粮,其代价无疑又是汗水、眼泪、心血乃至生命。

编者们本身正是这个光荣群体中的中坚分子。如今,他们又不吝暮年余热,自动结合起来,八方罗掘资料,惨淡经营数载,使这一具有文献价值的选集得以诞生,这是值得纪念与感激的。

蒙三位垂顾,嘱我撰序,序不敢当,简略一叙而已。

又嘱代取书名。这可难煞了我。当今食客,所嗜生猛大菜,都离不开"酒色财气"四字,倘若跟定这股行市走,对那十二年的过来人实在无异于严重的人格污辱。想来想去,想到了《淮南子》一类的古籍,其中不都载有"天柱地折维绝","天倾西北,地陷东南"之类的神话么?何不就借用"地陷东南"四个字?这于民族命脉存亡绝续、涅槃再造之秋的一九三七至一九四九年,似乎也有某种暗合。于是,我做了这样的建议,采纳与否,尚乞明鉴。

1992 年 4 月 25 日　合肥

《三祭岳坟》跋

这一回,我得学着写一篇纯粹青菜豆腐账式的文字,半句多余的感慨也不要。

云南人民出版社出版一套散文丛书,向我伸出了友谊之手,我很感动。

在此之前,湖南文艺出版社曾印行过我的一个散文小册子:《酒的怀念》。据传,读书界的反映还过得去,我见到过专家的评论。

这使我鼓起勇气再试一次。

有三篇文章,应略加说明:

(1)《风云琐记》,系应共青团江西省委之约,为江西青年运动史撰写的当事人回忆录;过去仅见诸内部书籍,公开发表这是第一次。

(2)《荷李活道旧事》,也是特约稿。一九八八年春,香港《文汇报》寄来了以彩印大号封套投递的专函,嘱我为该报创刊四十周年写一篇文章,"以光篇幅"。作为香港《文汇报》草创时期的从业人员之一,我满怀深情地写了几千字。古怪的是,文章虽以头条位置推出,并收入同时发行的装帧精美的大型纪念册,却既不捡寄当日报纸,更不赐赠纪念册之类,仿佛根本不存在此人此文。待我在友人处偶然撞见上述各种物证后,才委托香港诗人吴正先生持我的亲笔函件登门查询。不料对方竟毫无歉意,随便以遗漏登记为由,补发少量稿酬了事。吴正先生既为我愤愤不平,也觉得自己受了污辱。忝为所谓的前辈同行,稿件又属应他们"诚邀"之作,此事过程似乎值得一叙。

(3)《彼岸三题》,原作系《彼岸四题》。正当刊物付梓,时局剧变,好心的主编怕我惹祸,临时抽掉一题,因之某些段落读来不免"咯噔",但我自己手头又没有存底,无法修补,只得随它去了。这里交代一声,用意在于铭记主编的关照,并向读者致歉。

关于体例,仍按个人习惯,依照写作时间的先后排列。不过,部分手稿早已捐献给北京现代文学馆了,查对困难,可能会发生个别次序不尽准确的情况。

一九九一年下半年,我在搁笔一年半后,又陆陆续续重新发表了一点东西,除开特殊例外,凡一九九一年年底前脱稿者,概辑入于这薄薄的一册中了。

1992 年 7 月 10 日写于合肥客寓

可以用诗唱挽歌 绝不为诗唱挽歌

后悔,是只有人类才具备的心理——感情活动。

一般说来,青年人是不大后悔的,道理很简单,他觉得他还有的是时间,有的是机会,重要的事是往前闯,先干,干了再说。

上了年岁的人就不同了。老年人情不自禁地爱回头看,其中有一部分干脆成了病态——沉湎于忆旧,不能自拔,往往生出许多无端的苦恼,别人劝他,他还要讲漂亮话,总结人生。总结的结果怎么样呢? 大抵是悔不当初居多。

我如今六十五岁了,至少算得上跨进了"老"的门槛。再也不能打肿脸充胖子,硬往小伙子大姑娘当中扎堆了。尽管我的心依旧是那颗心,远未僵硬腐朽。然而一抚今追昔,我自然也有不少地方值得长叹一声:怎么那个时候会是那个样子呢? 叹罢,怅然若失久之。

不过,独有一桩事,我是从来没有自责过的,更别提什么后悔了,那就是:爱诗,写诗。倘若允许我从头再活一遍,我相信,我还会照爱照写不误。

由是之故,当我在一份刊名《乌鸦》的民间出版物上,读到江西青年诗人程维如下的字句时,不能不感到震惊与悲哀了。程维顶多三十左右吧,正该是不识悔滋味的峥嵘岁月,缘何成了这样! 莫非世道糟糕透顶,无可救药? 莫非诗人内心世界的"天柱""地维"俱已摧折,根本无法保持平衡?!

程维写道:"让我独自在蓝天下为诗歌而流泪,并且教导儿子:关心商业和仕途,仇恨诗歌。"(着重点是我加的——公刘)

但愿这不过是一时冲动,情感激愤之词。

我是江西人。然而,我极端缺乏那种爱屋及乌的思维习惯,倾斜而不自觉其倾斜,欣赏自己家乡的一切,包括丑陋。但我也有未能免俗的一面,即总盼望江西能够重开文运,再度焕发两宋时代的灿烂光华。平心而论,颇有些年月了,江西真正的才人不像理想的那么多,而程维,又恰好是我默默瞩望的佼佼者之一。瞧,他偏偏"独自在蓝天下为诗歌而流泪"了。我不忍心责备他,说这是软弱;这是不了解中国历史和中国诗歌史,这是精神准备不足。

是的,几乎大多数小有才华、态度也较严肃的诗歌作者(**不妨扩而大之,读作文学作者**)都一步三回首地,或者猝然掉头地,离开了阿波罗和缪斯,皈依了新的神祇。曾几何时,喧哗鼓噪变作了寥落萧条,呈现在我们视野中的,竟是一派秋色一片秋声!只剩下三五成群的"玩家",正兴致勃勃扣着猎枪射杀最后几只麻雀;极其孤独的是思想者,彼此互不来往,只好形影相吊⋯⋯

是的,那边市场上万头攒动,这边官场上千夫竞走,真是繁荣兴旺,形势大好!两相对比,怎不教徒有雄心的竞技健儿由于失去了对手和观众,心灰意懒,索性去"与墙壁碰杯"呢?

是的,这还仅仅接触到当代中国诗坛这么一个小而又小的背景,假如有勇气放眼社会,我们简直要号叫起来了:原来,我们是身不由己地一头扑进了瞬息万变的魔幻世界!国际大气候,风诡云谲,不是我辈置喙之地。单就这影响衣食住行的计划经济与市场经济之争吧,就足够搅得你阴虚阳亏通宵失眠的了。形象思维在这里毫无用处。你虽然拒不投降,但你已被彻底解除武装。所有无法相信的,俱成为确凿的事实。最圣洁的和最污秽的,最辉煌的和最阴暗的,最真诚的和最虚伪的,最值得为之赴汤蹈火的和最令人恶心呕吐的,全都奇怪地扭结在一起。诗,必须投鼠忌器。当前,某种似乎炫人耳目的"诗"便在这种状况的制约之下,变成了类似"飞去来"的杂耍,使劲投了出去,最后却又落回到投掷者的手中——没有目标;换言之,失去了目标。

极而言之,目前,此刻,诗人的某些见闻在一定范围内,竟依稀重演了伟大马克思曾精当描述过的资本原始积累过程:每一个毛孔都充满了血污!不仅此也，它还打上了中国的特殊烙印，即我们通常被人反复告知的："封建主义残余"；其集中表现形式，便是赤裸裸的权力与金钱的转换。尴尬的是，诗人又天然地是改革开放的尖兵，为改革开放不遗余力地呐喊冲锋过。可以毫无愧怍地宣布：在某种意义上，诗人一直是改革开放的志愿劳动者。他和企业家不同之处在于：无利可图，纯属义务。从理论上，诗人也深深明白：改革开放是必然要经受历史的阵痛的，其中，也便包含着诗人所为之付出的那部分代价；从近期的微观的角度加以考察，这代价将是无偿的。于是，诗人陷入了两难的境地：首先，从情感上、理智上，乃至天性上，是绝对的快乐和幸福；其次，从日常生活上（*不蕴含人际关系与柴米油盐两个方面*），却又是绝对的匮乏、痛苦和难以适应！

然则，我又生出奇思：这一种前无古人的"两难"困境，会不会转化为孕育新的杜甫、新的李白的温床呢？也许，程维该嘲笑我了吧。"笑一笑，十年少"，又何妨破涕一笑呢。

我同时又想，我们毕竟还是在建设社会主义啊，既然是社会主义，对一些明摆着的薄弱环节，总该通过调整予以加固吧。例如，连同诗人本身也不例外的国民整体素质问题，就亟待一点一滴地做艰苦细致的工作，一点一滴地使之朝向现代化的客观要求靠拢。素质与教育有关，与文化有关，与传统心态有关，与价值观念有关，与以诗为前导的文学艺术一切部类的劳动质量有关。我们要汲取教训，否则，我们便会白白地一次又一次地交付目前所谓的"学费"。说实在的，这教训并不像我们自己看不到自己的耳朵那样，它们是不必通过照镜子才能证明其存在的。

号召诗人"一箪食，一瓢饮"，于社会主义是不光彩的。据我所知，有的诗人——还是相当不错的诗人——早已因失业而挨饿了。置身于这等难堪的境遇中，能不萌生惶惑之感吗？

需要重点保护的不仅仅是古代文物——它们标志着中华民族曾经达到的文明水准，同样需要重点保护的，还应该有我们当代诗人和作家的心灵——他(她)们标志着中华民族即将企及的文明高度。出于相当大的功利性考虑,开始对自然科学人才表现了关注,这很好;什么时候才轮到诗人、作家呢?但愿不要觉悟得太迟。

时代的大潮有涨有落,诗人的思绪也随之会有波动。这是可以理解的,不应苛求。记得几年前我就说过这样一句话:诗是贞洁的,时至今日,条件愈加恶化了,但我的保持贞洁的信念并未丝毫改变。相反的,胁迫愈多,诱惑愈多,愈显示操守的重要。

诗是艺术。艺术要求精品意识。一个真正的诗人,也许才力不逮,但不可不做经典性、权威性的追求。诗人创作一百首诗,其中哪怕只有一首能臻于艺术,这位诗人也就无愧了;一百位诗人当中,哪怕已有一位能达到经典性、权威性的水平,这支队伍也就无愧了。

这几首诗堆积了我思绪波动的若干碎片,或大或小,或重或轻,或美或丑,心胸宽阔者当以水下折光视之。我所能保证的唯有一条:可以用诗唱挽歌,绝不为诗唱挽歌。石在火种在,人心不死诗不死,诗是拒收挽歌的。

1992年7月29日于合肥大蒸笼中

可传之传

这是一部可传之传,不同于我们多年来惯常不读的所谓树碑立传之传,传主为一代名将陈赓。

由作家苏策来完成这个使命,再适当不过了。

我曾在一篇文章中,写过这么一段话:"在我的印象中,你(指苏策)是第一位正面写陈赓的作家……你不但积累了许许多多口头文学式的、活在连队基层指战员嘴上的陈赓逸事,而且你们两个还有过那种属于男人之间的不拘小节的对话。我本来以为,你会继续写下去的,可是,文坛流行的'一拥而上'风,连这类题材也未能幸免。从此,你倒退得远远的,不凑'热闹'了。"(见《仁者寿》)此中既怀有隐忧,也透露着一个心愿:苏策应义不容辞地写陈赓传!

如今好了,希望已经成为现实。

"……写得不错。比较严肃。而且写陈不是孤立地去写,把事业和他捆在一起,给人印象较深。谢谢你。"这是陈赓夫人傅涯对此书的总体评价。我觉得,话是很有分量的。而且,我以为,当中一个"捆"字用得非常精到,不仅点出了陈赓的最大特色,同时也点出了这本传记的最大特色。

陈赓的一生,是风诡云谲,充满传奇色彩的一生。在中国现代史中,虽说他并非大主角,可唱的偏是重头戏。历史往往就是这样,必须到全剧人物离开舞台之后,方显出英雄本色——作为一个人的质量。倘要论地位,这才是真正的地位,活在人心中,而不是表现在变幻莫测的所谓排名次序中。

作为陈赓司令员手下的普通一兵,我有权叫一声:咱们的陈司令员!为此，我深感自豪。我也永难忘记，当我抛弃较为优越的生活、工作条件，从香港回广州参军四兵团时，陈赓司令员出人意外地跑来驻地看望我和吴漾、刘龙等一批新战士，热情表示欢迎的场景。眼见得站在面前的赤色骁将，竟是戴着一副老式黑框眼镜，文质彬彬的模样，我不禁暗暗称奇：难道他就是那个奇人，既舍身救过蒋介石的命，又坚决要革蒋介石的命？

作者苏策，称得上长期追随陈赓，一步一个脚印，有扛枪上火线的造化，有拿笔蹲机关的体验，从太岳直到云南，这无疑是本书获得较大成功的基本优势，作家的劳动本领倒属其次。

陈赓戎马一生，将个人命运与中国人民的革命武装斗争融为一体。为这样的传主立传，不懂一点兵法韬略，是不可想象的。看得出来，作者在这方面还真下了苦功。不同凡响之处，在于一切都用的是陈赓的眼睛，观察、把握、体贴到每一个战役、每一场战斗、每一位禀性各异的指挥员、每一名有血有肉的战士。尤其值得称道的是，并不尽渲染"过五关，斩六将"的风光，同样写曾付出的惨重代价，比如中街之战。正负俱在，这才叫作真实。

战争有风险，各式各样的风险。当形势发展到渡江成功，准备围歼白崇禧的阶段，风险更内外夹攻而来。由于客观需要，四兵团暂归林彪节制。陈赓面对瞬息万变的前线，相继做出跨越大庾岭，撇开广州城，猛追不舍，直捣阳江，断敌海上退路等等一系列英明决断，取得了中央军委的理解与支持，表现了有理有节，无私无畏，不骄不躁，巨细不捐的儒将风范和军事天才。这一段"风险"都记录在"与林彪周旋"中。听说，有位老同志对这个小标题感到不妥，建议删去"周旋"二字。到底怎么改，容作者斟酌。但由此倒引起我的些许联想，斗胆一言。

全部问题的症结，在于牵涉到了林彪。作为开国十大元帅之一，林彪当然不是草包。我想，倘要公道，就不应不承认历史事实。但林彪也是人，也会有常人可能有的各色毛病。"与林彪周旋"中的林彪，涉及的正是林彪的一种毛病。这和温都尔汗以来盛行不衰的漫画化、脸谱化，不可混为一谈。

传记文学的楷模是司马迁。司马迁作《史记》,秉笔直书、字字千钧,他为名将李广修传,既把李广的神勇多谋、治军有方写得足足的,也不避瑕疵,记录下了李将军受报复心的驱使,杀掉醉中羞辱过他的灞陵尉的错误。然后,盖棺定论,再在结束语中"赞"曰:"及死之日,天下知与不知,皆为尽哀。"就这样,司马迁给后人展示了李广的全貌。可信。

陈赓的有趣故事,可入书者肯定还有。关于在南京政府眼皮子底下越狱逃跑一节,就极富戏剧性,换在外国,单是这一奇迹,便能拍成系列悬念片,保险大叫其座了。然而在中国,作者自有作者的难处,"随和"一词,含义是丰富的。《名将之鹰》的某些方面,未能铺开来写,确又令人扼腕。非不为也,是不能也。为什么中国产生不了欧文·斯通那样的大家?根本原因正在于此。写到这里,忽然记起鲁迅先生有一则有关史传的深刻见解。大意是说,修史立传,本朝人不如别朝人自由。我不忍仿《春秋》责备贤者之义,批评苏策他已尽到他的本分了,且让时光老人将来再做补充吧。

1992年8月15日　合肥客寓

散文不可缺少文化感
——兼评余秋雨新著《文化苦旅》

这几年,散文创作呈现一派生机,新名字多了,好作品也有一些。

然而,我却从中察觉到,与生机并存的还有危机。

这种感觉,是从对比中产生的。对比愈细致,感觉愈强烈。

同什么对比?余秋雨先生的散文,是对比的尺子之一;马丽华女士的《藏北游历》和张承志先生的《心灵史》,也都是这样的尺子之一。

余秋雨先生当然并非在所谓散文复兴中应运而生的新秀。多年来,他就像一位老农,日出而作,日没而息,辛勤耕耘。老农就是老农,侍弄庄稼,生产谷物,似乎是他天经地义的终身劳役,是他阐明自身存在的唯一方式,他绝不可能通过"作秀"来引逗世界的注视。尽管路过者一望见他挥洒汗珠所换来的金秋,便不免驻足而观:"嚯!好收成!"想当年,余秋雨在《收获》上开辟专栏,我正是击节赞赏的一员。那时,我还只朦朦胧胧地意识到,其中活跃着某种标高独立、别具一格的稀有素质。但它到底是什么,我还欠把握。

待到这一回,上海知识出版社刊行了他厚厚一册《文化苦旅》,再次捧读,方才恍然大悟:其品位之所以居高,不从众,有魅力,端赖于作者充沛、厚重、成熟的文化感。所谓文化感,的确是我的杜撰。我虽不才,却自信非此三字,不足以论余文。

可以安慰余氏的是,我,肯定还有与我相类似的读者,咀嚼罢老农奉献的粮食,确乎"有一种苦涩后的回味,焦灼后的会心,冥思后的放松,苍老后的年轻"。这一切,也确乎体现着"一种文化,一种历史的生命潜能和更新可能"。我明明知道,自己也"无法不老",而《文化苦旅》却或多或少地赐我以援手,使我的心理年龄保持恒定。

鸟瞰我们的散文创作潮流,真可谓波翻浪涌,泥沙俱下!其特点大抵正是比较欠缺文化感,比较虚张声势。在我看来,有些表面上似乎南其辕北其辙的车马,竟都因涉嫌哗众取宠而殊途同归!这一很有趣的现象,值得深究。

其中,有一股名曰"雅"。内里细分又是两支:一支无疑是名门贵胄,七宝玲珑,胭脂兰麝,罗绮锦绣,偏又春花秋月,慵态愁绪,百无聊赖,欲说还休。个别的还仿效时装模特儿,摆弄一点"新潮",手持"味道好极了"的雀巢咖啡,做津津有味状。另一支兴许是高人隐士:颇有魏晋遗风,谈酒、谈茶、谈吃、谈喝、谈斗蛐蛐、谈遛鸟,间或在申明自己是唯物论者后,再谈打卦谈相面,谈鬼神谈扶乩,平和冲淡,绝无烟火气。这两支显然共着一面旗帜,循老路子走;散文即"美文",且有某种程度的恶性发展。

再一股却反其道而行之。他们反对"美文"说,拿出来的武器也正好相克,不妨称作"丑文"吧,满纸村语,粗,乃至低级趣味,不思筛选,终而又滑向另一极端,忘记了说话、动笔,毕竟应该有个文野之分。

总体而言,无论是公开炫耀贵族气派的,抑或大肆标榜平民化(实为市民化)的,都不敢接触社会,接触苦闷、严峻、沉重、惨淡的人生。纵或偶尔擦边,也化为调侃,一笑了之。这说明了我们的部分散文作家,潇洒是假,怯懦是真,兼爱天下是假,自私与犬儒主义是真。我想,这绝非滥加罪名,株连无辜,只消拿上时下流行的风月文章,与鲁迅先生的《准风月谈》稍作对照,便一目了然了。

我在一九八三年曾写过一篇《月牙泉与伪散文》,当然,也是有感而发。尽管"伪散文"一词,从此不胫而走,不少读者拍手称快。然而,毕竟人微言轻,散文中作伪作弊的可耻行为,却未见收敛。

我的那个主张,即狭义的散文必须有真情实感,必须写亲身经历,不得任意虚构,不得合理想象,如今又获得了进一步的充实。现在我认为,散文应见作者的真性情。这个真性情,不是指单一的精神状态,而是仿佛一只由三条腿支撑起来的鼎,是一种复合结构。一条腿是真,一条腿是性——赶紧解释,此"性"非 Sex,乃人性、秉性之性也——一条腿是情;真代表灵魂,性代表骨气,情代表血脉,三者缺一不可,合则鼎成,分则鼎亡。

文章写到这一步,敢问一声了:在我们草长莺飞的散文复兴运动中,又究竟出现了多少扛鼎之作呢?

答案是:不多。像《文化苦旅》这样的力作,庶几近之。

我个人的阅读感受是,它融文学、美学、哲学、史学,以及其他学科为一体,因而顶饥、解渴,且养人。这当然不是一朝一夕得以致之的。余氏带着属于自己,却又想着众生的脑袋行万里路,读万卷书;出得去、回得来;进得去、出得来。体会这一点,即足以令人肃然起敬了。

关于本书的内容,我也打算饶舌几句。不过,从个人喜好出发,取舍自与"内容提要"所指示的不尽一致,一家之言罢,姑妄听之。

《都江堰》。普天下李姓何其多也,自古迄今,出过"真龙天子",也出过诗人、将军、宰相与名妓。余秋雨独独拈取了两个李门中不太走红者——李冰父子。李冰治蜀,最大的德政便是治水,由于抓住了根本,这恩泽一直延续到两千余年后的今天。主人公的选择意味着对务实、苦干、恤民、懂科学、内行的赞赏,这才是"用人"的标准、强国富民的真谛,而与所谓的专家治国论无干。专家治国,不过是换上一批技术官僚。已然成为官僚了,技术又有何用?这是《都江堰》一文给予我的启示。

《青云谱随想》。这似乎是读懂学者余秋雨的钥匙,通篇闪烁着他高超而冷峭的审美眼光。笔下写的虽然是别有一重伤恸的皇室末裔朱耷,却涵盖了晚明至有清一代,整个中国美术史上的大转折时期。正是这一时期,中国绘画实现了突破性飞跃。"横涂纵抹"(齐白石语),舍弃了一毛一发的追摹,表现出画家的本体意识与人的生命本真。如今的青年人往往争说凡·高,殊不知中国也有中国的凡·高,像朱耷、原济、青藤、"扬州八怪"等怪杰,不也应该去了解吗?他们不仅属于中国,同时也属于世界。我猜,余秋雨不曾明言的感慨,在此。

《五城记》。手法别致复精致,颇堪琢磨。作者始终致力于营造一种亲切、轻松、愉悦的气氛。而他本人,还有我们,都参加了交谈;娓娓道来,宛如三五好友,于雪夜围炉品茗,兴会所至,地北天南,说古道今,让不同禀赋、不同笑貌、不同才情、不同衣着的五座名城,变作彼此共有的五位知己,听任大家对它们的品评,其中也不乏善意的揶揄。议论中,不可避免地触及了各种文化形态、文化剖面;这些有关文化积淀的翻掘与展示,又并非余秋雨刻意为之,实在是作为中国地方文化的结晶核,自动释放出来的热。篇幅小,能量大,秘密何在?博采多思,厚积薄发尔。

《笔墨祭》。这是一部浓缩的中国书法文化史。不仅具体状写了这一东方文化的特殊载体——笔和墨,更其关键的是深刻地剖析了这种文化的主体。余氏并不浅尝辄止,而是有胆有识,道破了文不必如其人、画不必如其人的残酷事实。我有意撰写专文揭穿这类黑幕久矣,今读余文,快何如之!

《家住龙华》。之所以受到广泛赞誉,绝非偶然。它的长处在于,用极平静的语气,抒极激烈的感情,叙极悲悯的故事——中国知识分子的哀哀乐乐,哀大于乐,哀多于乐,且终于至哀而非极乐。小文章造成了大反响,它乃变作了一纸中国文化悲剧(但愿是尾声)的说明书。

写在新加坡的系列,共有四则。我偏爱其中的《漂泊者们》和《这里真安静》。前者写几个活在他乡的中国人,后者写一群死在异域的日本人。而那共同的着力点,似在于凸现中华民族和大和民族各自永不衰竭的群体凝聚力,虽然其间有是非、善恶、美丑之分。字里行间,森森冷气扑面而来,令人莫可奈何,徒呼生也苍凉,死也苍凉。也许,有人会嗤笑笔者:你用词不当。新加坡地处热带,蕉风椰雨,既无"大漠孤烟",又非"风吹草低",何苍凉之有?我将申辩:否。余氏文思之妙,正妙在这里,他能超脱地缘政治感觉,提供心理文化感觉。跟着他的思路走,我获得了这种感觉。这是粗心大意者容易错过的胜境。

至于《上海人》《庐山》《西湖梦》，我倒颇不满足。也许，人人都有体验、都能评说的对象，反而难以面面俱到，皆大欢喜吧。

至此，我的絮叨理当结束。何况，我对"文化感"一词，愈来愈有了更确切的把握：它是不断爆发创见与机锋之光的思辨性，它是无孔不入的诗意，它亦是渊博、新鲜、妙趣横生的知识探险。

请别误会，我绝无意于鼓吹散文的余秋雨模式。我唯一的祈望是，有更多的热心人从不同角度，切入不同层面，合力开掘我们中国文化的富矿，这岂不也是一条精神的共同富裕之路么？

朋友，不要贪图那小小的肤浅的惬意，且随同余秋雨们去"文化苦旅"一番，苦尽甘自来，何乐而不为哉！

1992年8月22日—28日　合肥

烧给浪漫主义的纸钱

——从彭燕郊《和亮亮谈诗》一书说起

北京三联书店编印了一套"今诗话丛书",已出十册(包括拙著《乱弹诗弦》),作者都是诗人。诗人谈诗,自有其不同于学者的特色。就我个人读后所得的印象,以为要数彭燕郊先生的《和亮亮谈诗》最见分量了。

所谓分量,集中体现在他对浪漫主义稳、准、狠的一击之中。

这又是优雅的、有文化的一击。彭燕郊确乎把握住了大至世界小至中国现代诗的来龙去脉,因之,在他所描绘的双重轮廓中,多有惊人之笔;见解之精辟透彻,胜似某些曾经负笈巴黎,学富五车,业有专攻的行家里手。范围广大而无疏漏,立论精当而不琐屑,尤其当锋芒直指向浪漫主义的要害部位时,语言更充满激情,读来每每由于深得吾心,令我不禁拍案叫绝。

扯点题外话。杭州有位盛海耕教授,一直错爱于我,跟踪我的每一颗铅字,倘见得失,必定告以所感。他曾多次来函询问:您无疑是一位现实主义诗人,虽然,您的作品中并不缺乏浪漫主义成分。但是,从您陆续发表的不少涉及诗歌创作的心得、感想中,始终缺乏专门论述浪漫主义的系统文字,可不可以在方便的时候,公开亮一亮您的观点?

如今,时机似已成熟。读了彭燕郊的大著,心为之动,手为之痒,决定借着评论和推荐彭氏的方便,不怕露乖,捎带发表一点个人的看法。借花献佛,也算是对盛教授的一种回答吧。

一部世界诗史,假如不做过分细致的断代区分,古典主义后面,显然就是浪漫主义。浪漫主义是变革古典主义的对应物,最初出现于十八世纪六十年代前后的启蒙时期;由于这一思潮在欧洲各国和新大陆的不同进度,从它的崛起到没落,大约维持了一百年的漫长时光。浪漫主义和古典主义的关系,也许可以比作破坝溢洪的关系,水还是那股水,但方向、流速、势头都不大相同了。古典主义诗歌中,原本就存在着重情感,热衷渲染异国情调,甚至隐喻某种命运之神秘氛围的传统手法,被浪漫主义推向了极致。彭燕郊列举了莎士比亚等等例证,强调说明了这一不争的事实。我想,这无疑是必要的。我们往往在思想方法上再三再四地重犯一个老毛病,即凡是革命的产儿,必定与母腹毫无瓜葛,至少是牵连愈少愈好,以为非如此不足以显示革命之彻底与新生事物之纯粹。然而,任何一棵树,都是有根底的,浪漫主义之树,其根底正是古典主义。

还有一种不确切的认识,仿佛古典主义等同于现实主义或者近似于现实主义,倘若这不是无知,那也是误解。前些时候出现的倡导新古典主义的主张,就是一个可疑的标本。其实,同浪漫主义一样,现实主义的主要成分,也是能从古典主义中间解析出来的。古典主义的经典作品当中,既包含了纤毫毕露的再现,又包含了海阔天空的表现。我以为,燕郊对此所费的言辞虽不甚多,但于廓清迷雾还是大有裨益的,值得称道。

《和亮亮谈诗》一书的主要篇章,是有关现代诗的专论。在这篇专论中,最重要的论点之一,莫过于评论波特莱尔了。彭燕郊针对强加于波特莱尔身上的"颓废"标签,表现了诗人式的义愤与深恶痛绝。因之,他为长期蒙冤受屈的这位法国大诗人做了有理有据、声情并茂的辩诬。这应该算作本书作者的一大劳绩。

在我看来,彭燕郊是极其敏感、极其精明地抓住了从浪漫主义诗歌转变为现代诗(请注意,在彭氏笔下,具有现代意识的诗,不宜混同于时下众说纷纭、概念含混的"现代主义诗歌")的关键人物——法国的波特莱尔,往后的一切,皆肇始于他的《恶之华》。也就是说,以《恶之华》为起点,形形色色的"向内转"和"内视"说,纷纷登上诗坛亮相表演,争奇斗妍。然而,万变不离其宗,现代人的物质生活决定了现代人的精神生活;现代诗人终于完全挣脱了古典的牢笼,发现了和外部世界存在的同时,还存在着一个同等真实可感的内心世界。对待这个内心世界,只能经由探险式的反省、苦思默想、意会和顿悟去进行考察,而所有不同途径的探险,又都必然会取得某种新鲜的体验。这些新鲜的体验,便被区别为同中有异、异中有同的旗帜、宣言和流派。

谁开辟了这一万象纷呈的新诗坛?答案是:波特莱尔!我作为读者,便心悦诚服地跟随彭燕郊,尊崇波特莱尔为新近一次世界革命的前驱了。

必须承认,现代诗夺取浪漫主义的一统江山,确实是一次伟大的美学突破和美学解放。

而现代诗作为又一棵艺术之树,其根底又深深地楔入浪漫主义的土层。

浪漫主义有过许多令后人感激的奉献,比如,接过文艺复兴的火炬,呼唤人的个性,高扬人的主体精神,不可逆转地将人的心理活动变作公认的第二现实,要求进一步打碎宗教的和绝对理念的枷锁,并走向崇拜自我的极端,而且,这种对自我的崇拜,往往又和对自然的崇拜相结合,孕育出若干狂野的姿态、偏激的情绪和理想化的娇艳色彩来。因此,综观浪漫主义大师们的不朽作品,不难发现他们自相矛盾的地方:讴歌人道、自由的同时,又鼓吹英雄史观,从而让英雄的铜像遮挡了"人生而平等"这一箴言的哲理光芒。另一方面,我们还看到,浪漫主义对古典主义几乎是处处反其道而行之:逻辑的严密被打破了,代之以夸张的想象、均衡的完整被冲垮了,让位于局部的畸变、贵族的典雅被抛弃了,蜕变成平民的俚俗,如此等等。到了后来,有人干脆宣扬起直觉、超验和神秘来了。

我们,浪漫主义祖先的子孙,理当心平气和地清点这一份丰厚的遗产,把一切有用的东西"拿来"。我想,彭燕郊否定浪漫主义的坚决态度,正是具备着这一实事求是的前提,唯其如此,批判才不会沦为"再踏上一只脚,教它永世不得翻身"的同义语。

浪漫主义之所以最终难乎为继,是有其深刻的内在原因的。这在今天已经看得十分清楚了。它的致命弱点,恰恰藏身于它的无敌强项之中。浪漫主义追求美,追求善,追求光明,却畏惧丑、畏惧恶、畏惧阴暗。然而,不幸的是,蛰伏在人类生活实际当中的,偏偏是大量的、愈来愈花样翻新的丑恶和阴暗!随着现代社会物质文明的日益上升,伴之而来的却是精神文明的日益堕落。这样一种相悖方向的加速运动,适足以将浪漫主义所标榜的"净化"撕为碎片。所有的牧歌都微茫了,所有的神话都失灵了,所有的许诺都作废了,所有的期待都落空了,所有的热情都淡薄了,浪漫主义变成了一团对外界难于做出反应的麻木的脂肪,让位于骨骼强壮、肌肉矫健的后来者,就是它历史的宿命。

然而,这样说,并不意味着作为文学基本素质之一的浪漫主义因素,从此宣告绝迹。不,在某种客观条件下,在某一位诗人的头脑中,浪漫主义会出现"回归"现象。这也正是我们一再反复声明的,不能排斥对浪漫主义的继承与借鉴、吸收与改造的用意之所在。换句话说,也就是:作为哲学——文学思潮之一的浪漫主义,业已覆灭,但并不妨碍作为一种创作手法的浪漫主义,它的某些"分子"继续保有活力。

既然浪漫主义时代已然在世界范围降下帷幕,何以又在我们中国,关于浪漫主义的鼓噪,始终不绝如缕?

为了剖析这一颇为奇特的"事端",有必要多费一点笔墨。

我想从彭燕郊苦心营造的基地出发,再往前跨进一步。

中国之所以在浪漫主义死亡之后,还要下功夫组织"抢救",甚至广为宣告,将会出现复活的奇迹,其原始动力并非来自艺术本身的内在规律,而完全依托于政治的外部驱策。正是为此,最具权威的领袖人物才不厌其烦地屡次三番地阐释他所理解的浪漫主义。

显然,这种干预的直接后果,乃是制造出一种特殊的、与世界潮流脱节甚至隔绝的浪漫主义,也许可以称之为有中国特色的浪漫主义吧。

这真是中国现当代文学运动的不幸。

请试着回过头去,考察一下七十余年的中国新诗史,能够从中引出的结论之一是:中国的浪漫主义等不及发育完全,便夭折了。之所以发育难得完全,根本原因在于中国不像西欧,中国不具备个人主义的社会基础。中国是以"儒"为"教"的古国,而"儒教"的中心是伦理纲常,是"克己复礼",个人是没有地位的。接着,取代"儒教"的,又是新兴阶级的集体主义。二者形成双重板结,岂是浪漫主义存活的土壤?!

这早夭的浪漫主义,其杰出代表人物就是大名鼎鼎的郭沫若。青年郭沫若,的确具有极高的浪漫主义禀赋、才具和抱负,通过《女神》,他在五四运动所开辟的文学革命道路上,留下了巨大的脚印。这当然是不该忽视和低估的。可惜,郭沫若很快就将自己的视线投向了政治风云,随后,斗争遇到了挫折,又转入学术研究,钻研甲骨文之类。单从这三段体式的经历来看,就完全可以断言:郭氏是中国一大奇才,也是一位非常政治化的学人。他在许多方面,都有很高的造诣和独到的建树;同时,又必须如实指出,在诗歌创作上,也一如在学术研究上一样,后期不如前期,非但引人遗憾地不曾达到他本来可望达到的领一代风骚的境界,反而愈到晚年愈走下坡路,甚至倒退,以至于除了《女神》,他再也拿不出可足称道的东西来了。至于继郭沫若余绪的浪漫主义诗人王独清辈几声吟哦,更没有激起什么反响。于是《女神》既是浪漫主义的开篇,又是浪漫主义的绝响。

我的上述言论,自忖绝非有意贬抑郭沫若先生。他的各类著作摆在那儿,功过是非也摆在那儿,任何人锦上添花式的溢美或吹毛求疵式的诋毁,都不能改变历史记录的一丝一毫。

我诚心诚意想做的,不过是说出真相,假如有人认为,这不合乎刚举行过的郭沫若诞辰百周年纪念的"调子",我也坦然接受。

浪漫主义在中国的寿命,如此短促,一方面固然决定于世界性整体走向已趋尾声;另一方面,也取决于当时中国面临的严峻选择:到底是将启蒙运动推进下去呢,还是应该集中全力,救亡图存?

国民党的倒行逆施,日本军国主义的疯狂侵略,使得中国的诗人、作家,除了躲进象牙塔之外,再也无路可退。而象牙之塔,又是一切有血性者不愿居停的地方。

历史,就是这般无情,这么决绝,不以人的好恶为转移。

代之而起的,理所当然的是反映生活实际和介入生活进程的现实主义诗歌的长期鼎盛。与之平行的,还有一支虽小却精悍的队伍——力求以艺术补救现实主义之粗疏,并不远离时代而去的现代主义诗歌。

就这样,于不知不觉中,现实主义被牢牢地绑在了政治的战车上,变成了伪装战车的苫布。

也是于不声不响之中,现代主义被狠狠地压在了政治的履带之下,变成了凝血结痂的轨迹。

而苫布并未从轨迹中获得半点"好处",倒是惹了一身的血腥气。只有政治,才是唯一的既得利益者。

然而,政治还不满足。有一个声音,一直在执拗地召唤着所憧憬的浪漫主义。

上有所好,下必甚焉。于是——

需要"英雄"吗?"浪漫主义"为你炮制各色"样板"。需要"理想"吗?"浪漫主义"让你进入热昏梦魇。需要"天堂"吗?"浪漫主义"向你指点海市蜃楼⋯⋯这种"浪漫主义",可谓法力无边,并且正式冠之以"革命的"或者"积极的"动人标签了(我应公开检讨,当意识形态僧侣们做法事摆道场放焰口之际,我有时也自觉不自觉地跟着背诵过那不知所云的经文)。在这些参加做法事摆道场放焰口的现代僧侣当中,据我所知,真有甘愿舍身饲虎的虔诚弟子。作为一个具体的人而言,我毋宁是对之充满尊敬同情的;但其中居多数者,却不过是身披袈裟的骗子。骗子行骗,说到底,目的只有一个:谋一己的私利,而绝非普度众生。最可叹的是,那些虔诚弟子往往身陷于难以辩解的尴尬困境,他们不得不面对自己设置的悖论:一方面是纯而又纯的唯物主义,另一方面是玄而又玄的形而上学。他们的最大困惑和痛苦是:缺乏理论勇气,不敢承认别人递给他手中的那张牌是假牌。

由于政治坚持强行介入,这种伪浪漫主义,往往隔一段时期,便要跳出来大喊大叫一阵。近年来,也许又是气候适宜吧,伪浪漫主义竟然忘乎所以,盗用鲁迅先生的名言,扯大旗作虎皮,胡说什么他们的"战斗正未有穷期";而在宣示神谕的过程当中,又再一次祭起了那早已破产的"英雄""理想"和"天堂"等法宝来。

中国的新诗,中国的文学,在这种周期性的逆袭之下,又像"打摆子"的病人似的忽寒忽热了。

彭燕郊在他的论文结束处,情不自禁地迸出了一声:再会吧,浪漫主义。我以为,这是有感而发的。

然则,针对性还不够。

我们必须直截了当地向着那正面挡路、侧面绊脚的伪浪漫主义,再次断喝:永别吧,伪浪漫主义。

伪浪漫主义不去,中国的新诗将永远无法取得现代意识(**现实主义诗人同样应该拥有现代意识**),而没有现代意识,中国新诗就没有希望。

1992 年 11 月 11 日　合肥

一封给作者的信
——答王明韵

明韵:

赐寄处女作诗集已通读两遍,并随手做了一点记号,这样检索起来,较为便当。

信也看了,安于清贫耽于诗,堪称难得,为此,我最欣赏的,反而倒在诗外了——不为所谓的时代大潮所裹挟,石头般的顽固,令人感动。

钱,固然是生活中必不可缺的东西,人不能离了钱生活,可人又不能光为了钱生活。在这个根本问题上,眼下不少作家颇有一点颠倒迷乱。

然则也不足为奇。我们这支从事文学事业的队伍,本来就很不纯。这不纯,大抵首先就决定于拿笔的动机不纯。或图钻营仕途,或为所谓"知名度",或骗稿费,或索性仅仅想抹上风流才子(女)的油彩去团结异性……他(她)们视诗歌、小说、报告文学之类为"敲门砖",倘敲了许久,敲不开,就完全可能去找别的更厉害的"砖",而扔掉手头的这一块;而一旦认准了大有油水可捞的"门",也就必定千方百计,另辟蹊径。这都是非常自然的事,可以理解。

"下海"之风正炽,假如仅仅出自于自救,本亦无可厚非。倘更有发愤而又仗义之人,怀抱以商养文,乃至普度众生的宏愿,那简直就是活菩萨了。至于无数唯时尚是从、随风飘去的乱世佳人(包括男士们、女士们),彼等在先之从事笔耕,本来便是历史的误会。为了文学队伍中少几位叽叽喳喳、捣捣戳戳之辈,其实,是大可以开个欢送会的——欢送他(她)们去8—8—8。

下面,简单说几句有关大作的感想。

我生性鲁直,一贯不善于拐弯抹角,奉承卖乖。我想,你当不会介意。万一竟因此生起气来,那就实说了吧,我们之间的友谊也只好画上句号了。

第一,爱情诗的分量太重,某些比拟也太玄乎。在你这个年龄,公道地说,这不能算作错误。我也年轻过,醉过,疯过,不过,所不同的是,我还懂得,爱情毕竟不等于人生的全部,"痴"便"痴"得稍有节制了。至于用情,无论如何是不应失之于滥的。那位贾宝玉少爷,绝非你我的榜样。我怎么也想象不出,爱一个女孩子,就非得吃她的胭脂不可。依我之见,这是病态。我们当然是宁愿活得正常和健康的。

第二,处理政治性的题材,我以为,首先的也是唯一的着眼点,只能是为了老百姓,为了胼手胝足的普通劳动者。对你而言,尤其必须具体化为那些下井挖煤,用自己的"黑暗"点燃别人的"光明"的矿工们。如果花费太多的笔墨,倾注太多的热情,去为"大人物"唱赞歌,似乎大可不必。须知,"大人物"之所以"大",恰恰"大"在胸襟上——心中只装着人民。这是一个先决条件;凡居高位者,缺了这一条,谈何"为人民服务"?!尸位素餐,装模作样,每天忙于上荧屏、抢版面、念秘书写好的套话,这同过去时代的一切统治者有什么本质上的不同?至于那压根儿便是以鸣鞭为业绩的嗜血动物,就更不值得青眼相看了。写诗作文的朋友,聊堪自慰的只有一条:褒贬评说,多少还能起一点点作用。当然,倘若连这一点自由都被剥夺了,也就回到鲁迅先生所痛斥的无声的中国去了。我相信,你本意并非想阿谀吹捧,借以捞取什么"好处",你的疏忽是没打预防针,染上了流行病——封建的小农式的感恩思想,一门心思幻想"青天大老爷"救民于水火。正如你清醒时觉悟到的,这样做的结果,与改造和提高整体国民素质的历史追求,是背道而驰的。

第三,你的诗,几乎每一首,都不难发现闪光的东西,有的多些,有的少些。然而,遗憾的是,金子往往被沙子所淹没。整部诗集中,我以为可以列为上品的仅有两首,即《永恒的流浪》和《饮水思源》,它们共着一大特色:深沉,可绝非某些人的那种故作深沉状,或曰"玩深沉"。你做到了不动声色,却字字闪着血光、泪光。要达到这等境界,的确不能指望一蹴而就。为此,我要向你表示赞美,同时,衷心希望你多多写出这等水平的篇什。但话又得说回来,两首,到底是为数过少,压不住秤盘,若不是糟蹋("糟蹋"这个词儿,是否过于严重?)了若干上等材料,例如,《深入井下与煤打交道》《热爱玉米》《门》等等,那么,诗集肯定会厚重得多。

作为选择,《最后的道路》,名字起得很好;但作为起点,显然又并不确切。你的道路还长着哪。

祝你进步。

1992年12月22日　北京马巷胡同客居

夸一夸传火族
——《当代中国煤炭诗选》序

回想起来,我和煤矿,还是有一点缘分的。

因了"右派"一案,充军煤炭王国——山西二十二载期间,曾先后下过大同、阳泉、古交、辛置、轩岗、阳方口等地的矿井,可惜,都没有真正体验到"煤黑子"受的那份苦,故而腾不出手脚,写一写那特殊的感受。而在我的凝视中,这种"烧得着的黑色的石头"(马可·波罗语)委实太神秘,而唯一能制服它们的矿工,又的确太神圣,万一不慎,将二者亵渎了,岂不罪过!加之,除去一九六二年内有限的几个月,我始终是一名"思想犯",被剥夺了写作权,从投稿到发表,概属禁区。这么一来,我一直未做这类尝试,也就不难理解了。

一九七九年,我来到了另一个产煤大省——安徽,结识了一位青年朋友,他姓郭,名传火。淮北煤矿的诗歌爱好者。这本《当代中国煤炭诗选》中,收有他的作品。一个出生于世代矿工之家,本人又投入过生产流程的人,将自己的名字叫作传火。我觉得,这是有头脑的选择。难道煤炭不正是凝结着、压缩着、哑默着的火么?一旦点燃,它立即释放出呼隆隆的阔笑和暖洋洋的春意,那蓝里透红的光焰,亦随之烛照天地。我乃进而省悟,所有的万千煤矿工人,岂不都是无私的传火者?又何妨赠这伟大集体以堂堂正正的大名"传火族"呢?

对煤矿工人怀有深厚感情的广东诗人桂汉标和曾在矿山工作多年的青年诗人邹英杰,克服困难,通力合作选编的这部《当代中国煤炭诗选》,自然也就是夸一夸咱们的传火族的自豪歌声了。

诗,自来与光和热共生。既然煤蕴含着光,蕴含着热,它势必蕴含着诗,这是固不待言的。六十年代,已有传火者的稚嫩歌声流播,例如,较为知名的孙友田君便是。但毕竟不够热闹,不够雄浑,也远未形成原本应有的多声部合唱。如今,形势大不同了,改革开放造成了人和矿两个方面的深刻变化。众多的诗人,同他们开掘的乌金一起,涌现自地层深处。对此,我深感激动,虽然自己老了,无可奉献了,但有机会为他们的作品汇编撰序,却是三生有幸,义不容辞的。

收入这部选集的三百五十首诗作,出自三百多位作者之手。无须饶舌,他们相互之间的区别是明显的:不同的切入角度,不同的采掘层面,不同的共生成分,不同的光泽质地,不同的色谱结构……我想特别提请大家注意的是他们彼此大异其趣的生存环境(广度和深度),以及生存者的力度。而这本《诗选》充溢着的阳刚之气,也恰恰是当今诗坛乃至文坛的第一需要。

必须指出的是,选本里的专业诗人所占比重并不大,居多数的倒是煤炭战线上的普通劳动者。这无疑是一个令人刮目相看的好现象。从一定意义上讲,它无异于一纸煤炭题材文学创作的体检健康合格证。《诗选》反映出来的煤矿诗歌实力,是茁壮的,且方兴未艾;它本身,正是一座取之不竭的富矿,令人欣慰。

缺点和薄弱环节,也不必讳言。我以为问题之一是,格局是否合理,即能不能让所有"有戏的"角色都登上舞台,一显身手?

问题之二是,开采是否充分,即有没有重复劳动、无效劳动和其他浪费现象?

问题之三是,利用是否全面,即会不会忽略了潜矿层,乃至被"鸡窝"作业方式所糟蹋了的巨大资源?

我国是煤炭大国,解决国家现代化的历史课题,已经历史地落在了中国煤矿工人的肩上。我们的煤炭,除了作为造化的自在之物的深刻寓意之外,每一块还都被矿工们赋予了浓烈的社会一个人的感情素质,用一句大白话来说,挖煤的汉子,时刻置身于六块石头夹着一块肉的严酷处境,每一寸的掘进,都有如战士通过雷区采撷到的胜利果实……艰巨而又辉煌。

一九九一年岁暮,正当我告别淮北煤矿回合肥之际,省管某矿却传来了揪心的噩耗:井下火灾,酿成重大事故,死难者多达二十六人。

这个矿的一位诗人,立刻写下了悲恸的诗篇:《煤殇》,情真意切,写得不错。由于赶不上《诗选》的编辑进度,未得收入,令我扼腕。不过,我又想,全国自北至南,有多少座大小煤矿?作为一个整体,它们几乎无一年无牺牲,只是囿于于理不义、于情不仁的所谓保密守则,消息与哭泣都被封锁住了。而这部《诗选》,竟也回避了这种尖锐场面,诗人们缺乏直面真实的勇气与智慧,当是无可否认的。那么,排列下来,这算不算问题之四呢?

据此,如果提出要求,希望今后有更多,更优质,更高品位,更少掺杂精神矸石的诗诞生,我觉得,不应视为苛刻吧。

1993年1月3日至15日写于北京—合肥的零下八摄氏度严寒之中

《活的纪念碑》作者自白

大抵是一九八六年吧,中国的严肃文学在诸多因素的作用下,运交华盖。出版事业立刻相应地显得不正常起来,产生了所谓"买书号"一说,这意味着,事情颠倒了个儿:出书不但拿不到应有的劳动报酬,反而得拉关系、走后门,送礼贴钱,甚至还要兼任推销员。

也正是从那个时候开始,我基本上中断了定期结集的工作惯例。其间,除去一九八九年六月之后封笔的两年外。虽陆陆续续写出了百余万字的文稿(不包括新诗),并先后应约编定过一本杂文集、一本文艺评论集和一本访德文集,不幸却都由于众所周知的原因,胎死腹中了。

就在如此令人沮丧的形势下,上海知识出版社毅然决定,编印一套高水平的《当代中国作家随笔》丛书,敦请著名老作家柯灵先生封印挂帅。一九九二年初夏,当我从陇南归来,路过上海之际,丛书常务编委王国伟先生和编委肖关鸿先生,便曾相继专程枉顾恳谈,嘱我提供一册。这,已经是将近一年前的事了。

我自然万分高兴和感念。试想,置身于目前这种四面楚歌的氛围中,有机缘正儿八经地呈献出一部呕心沥血的著作来,怎能不令人大大地透一口气!

据说,在如今的买方市场上,非花里胡哨、血里胡拉或油嘴滑舌神聊滥侃者,便不受欢迎,甚而至于完全无人问津。根据是,大家都蜂拥麇集于赵公元帅麾下,钻钱眼去了,没有时间,也没有心思去读书,何况读费脑筋的书!这样的分析,诚然不无道理,然而,与此同时,也存在着另一种事实。以收入本书的《活的纪念碑》为例,当它刚刚在《收获》上揭载,立即便有各界不同身份(**包括商人**)的读者来信,向我述说自己的激动。应当承认,比起我八十年代初期的类似体验,来信的绝对数量是少了。不过,一个明白无误的信息是:这每一封读者投书,都有着百倍于昔的珍贵!

我的这个小小的切身感受,使得我对上述的悲观估计产生了怀疑。

然则,话还得说回来,怀疑归怀疑,底气毕竟不足。世道的确变了,今后的中国作家倘或坚持不改初衷,恐怕一方面要做好甘于寂寞、甘于清贫的思想准备,另一方面也真必须以战战兢兢、如临深渊、如履薄冰的写作态度为应对的上策了。

关键乃在于质量。

因此,我认真地准备着这本书,筛选复筛选,补充复补充,手头不做时心里还想着,如此耗费了两百多个日日夜夜。

但我依旧没有把握说一声,所有收入的篇什,都能不负出版社的美意,都能不负读书界的厚望。

至于体例,不得不粗略划分为四辑,以示感情倾向与表现手法的不同。我分别用了如下的一些小标题:"风雨故人""苔痕屐印""断想臆说"与"闲话散札"。全书则统称为《活的纪念碑》,意在保存一个文人人生历史的真实记录。

其中有的篇章不免自嘲,似乎多少透露了我有点儿阿Q气。

可是,我又不免要替自己辩护,倘若没有丝毫的阿Q气,在中国,你还能活得下去么?

值得特别一提的,是第四辑中打头的五篇,全系一九四六年至一九四八年的旧作。我是历来不悔少作的。对这几篇东西,除了字迹漶漫辨认不清者外,同样一字未易。它们发表在江西南昌的《中国新报·文林》《中国新报·新文艺》和香港《大公报·大公园》上。最有意思的是《笔祭》,本系逃离国民党暴政统治下的中国前夕匆匆草就,直到我平安抵达香港正式参加学联工作半年之后,才放胆付梓。这得感谢洛汀先生的体贴和良苦用心。《睡垃圾箱的人》《十二年祭》和《顽固分子》,发表时通通用了一个化名:江水,这又是秦似、罗孚二兄出于某种考虑,商榷待定的;追忆往事,诚堪感念。

感谢为我"发现"旧作的张自旗等诸位先生。我原来以为,那些注定都成了劫灰了。当然,重见天日的它们,只不过是百分之一的幸运儿。

我很欣赏《菜根谭》中的一句箴言:

"文章做到极处,无有他奇,只是恰好;人品做到极处,无有他异,只是本然。"

我理解得恰好,当指分寸感,自适,不矫情;我所理解的本然,自系本色,不事淫巧,更不曲意媚俗。

1993年2月4日　合肥客寓

一部优秀的唐诗今译

前后差不多花费了三个月的每日阅读时间,才仔细读完了诗人弘征先生用白话文新体诗翻译的《唐诗三百首》。我完全同意周谷城老先生的题签:"一本青年应当熟读的好诗选"。也许有人会琢磨周老这句话,貌似模糊语言,实则不然,它实际包含了两个方面的含义:既指蘅塘退士编选的《唐诗三百首》原书,又指弘征先生的今译新解。

译诗难。有人干脆断言,诗不可译,这多半指的是将外国诗译成中国诗。外诗中译,里边确有许许多多的"关卡"要过,而这些"关"又非刺刀见红,无法杀出一条血路来的。门类、体式、声律、音韵、分段、建行诸如此类诗学范畴以内的繁难固不待言,而民族的集团的社会的行业的审美趣味与欣赏习惯又彼此大异其趣,尤其是诗的内部流变不居的情绪、意象和个人风格,实在均不易把握,不易传达。基于同样的道理,中国的古诗要变成中国的新诗,除了上述难点一概存在外,而且还面临一个更可怕的问题,即方块字人人认得,稍不小心,马上走板。要战胜这么多"敌人",没有勇气,没有毅力,是断然不行的。而仅仅有勇气有毅力还不够,更重要的是,必须真正懂行。倘或不懂行,或一知半解,我认为,不如索性贴一张"闲人止步"的告示挡住去路,也免得耗费自家的精力且耽误读者的光阴。倘再往细里说,这"懂行"二字,又可作两层解,一层是有国学功底,能吃透原作;另一层是有新诗的创作实践,不至于生下牛头马面的怪胎来,贻笑大方。

我曾滥竽充数,干过这类译事。那是五年前,人民文学出版社古典部的李易先生心血来潮,发动组织一批诗人、学者合译一部《唐诗今译集》:选题是他个人开列的，无任何蓝本可据，目的在追求精品。我是被他"抓壮丁"的对象之一。开始我颇犹豫，李易先生以如簧之舌，几次三番动员说服，最后只得硬着头皮应承下来，照他指定的篇目，一一译来。其中固然不乏成功的喜悦，然而，同时也有失败的尴尬。为此，我对弘征先生遇上某些晓畅如话的名篇，采取再拜揖让的办法，十分欣赏。在这一点上，弘征先生远比我明智。

白居易的《草》，他非但不译，且在赏析中写道："今译将是对语言的破坏。"信哉斯言！又如，贺知章的《回乡偶书》，他也不译，又公开申明："不能也不用今译。"同样，对孟浩然的《春晓》、李白的《夜思》、贾岛的《寻隐者不遇》、孟郊的《游子吟》、崔颢的《长干行》等，一概依此办理，避免了吃力不讨好。而我是有过教训的，奉命硬译杜甫的《前出塞之六》："挽弓当挽强，用箭当用长。……"结果完全是画蛇添足，徒招悔恨。

看得出来，为了这部书，译者弘征是下了功夫的。不算最初的尝试，光从全身心的投入后，"挥汗呵冻"的日子，至少也有多半年吧；心无旁骛，全神贯注，这是很不容易的。所幸同一译者，有译司空图《诗品》的宝贵经验，想来似较顺利。我读过他的《诗品（今译·简析·附例）》，质量堪称上乘。任何人翻上几页，都不难得出译者深知个中三昧的印象。一九九〇年，译者陪我一道去拜谒汨罗屈原祠，随后又一同参加湖南省民族文学笔会，一路之上，笔者亲眼看见了他那稍事沉吟，便即席挥毫的气度，且所有题写的口占之类，都颇见风韵，当中还不乏巧思佳句。我觉得，他和时下某些旧体诗作者不一样，他真正是写诗，而并非填诗，陈腔滥调、无病呻吟是与之无缘的。能做到这一点，很不简单。同时，弘征先生新诗写得也不错。这都说明了他知识较渊博、学养较丰厚，因而他新旧两栖，悠游自在，不露捉襟见肘的窘态。由他来承担《唐诗三百首》的今译任务，可谓得人。

有不少篇章，译来相当传神，诗味较浓，既未损伤旧的，又不束缚新的，难得。最典型的例子是杜甫的《丽人行》，但太长，占篇幅，我只能转而抄写一首戴叔伦的五律《江乡故人偶集客舍》：（原诗略）

秋夜的月儿又圆又亮，
照耀着京城几千重楼阁宫墙；
想不到江南的朋友能欢聚一堂，
简直恍惚在梦中一样。（公刘按，"简直"二字，或多余）

风吹动树枝惊起了栖息的鹊鸟，
草叶上露珠是寒虫哭泣的泪光。
漂泊异乡唯有一同痛饮，
最害怕晨钟敲响又将各散四方。

文情并茂，丝丝入扣，意外的欢乐和注定的愁苦相糅杂的心绪，把握精确。特别是下阕第二行，神思飞扬，令人击节！

类似的情形尚有很多，诸如刘长卿《长沙贾谊宅》、李白《月下独酌》《长干行》、杜甫《梦李白》《丹青引》《观公孙大娘弟子舞剑器行》《月夜忆舍弟》、韦应物《初发扬州寄元大校书》、元结《石鱼湖上醉歌》、柳宗元《渔翁》、王维《归嵩山作》《终南山》《送别》、卢纶《晚次鄂州》、李商隐《相见时难别亦难》等等。

当然，像这等最佳档次的译笔，它未必完全没有瑕疵，如《月夜忆舍弟》中"露从今夜白"句即是，为什么露从今夜开始变白？缺乏答案，这是美中不足的。

值得注意的是，弘征先生给自己立下了一条死规矩、一个高标准：一行对一行。检索之余，发现除了李白《长相思》之一的第二小节，原诗六句，今译作五句，元结《贼退示官吏》最后一节，原诗六句，今译作四句外，都是严格遵行了的。此外，我不曾发现随意并行、衍行、乱转行的情况。对弘征先生取得的成绩，我认为必须肯定；不过，我又有所保留。我觉得，不必勉强处还是适当宽松为宜,一丝不苟,固然显出译者的本领高强,但"硬扣""死咬"也会生出不必要的麻烦来,甚至适得其反。比如,白居易《问刘十九》,原作短小精悍,谐趣横生,添一字累赘,削一字不足,无论添、削,结局都是丑。怎么办呢?诗人绿原先生给我们做了一个有趣的实验:他将原作改定(意译)成跳跃性极大的新诗,由于放得开又收得拢,反而更生动更确切地表达了知心朋友间不拘形迹的随意性、亲切感和幽默感。我认为,绿原先生的译作是别开生面的,破坏本体的顾虑也是多余的。以弘征先生之才学,其实大可不必拘泥。
(绿原译品,请参看人文版《唐诗今译集》)

不能不特别强调,弘征先生的译本,赏析部分都写得颇为得体,理当受到格外的赞扬。它们既提纲挈领,言简意赅,又多见文采。更难得的是,弘征先生于字里行间,赋予它们一种价值标准,除掉介绍写作背景,还发表一点评论。这无疑起到导向作用,于青年读者大有裨益。《唐诗三百首》一书,诚然是流传民间的最为广泛的普及读物,但其中也并非首首俱佳,无可挑剔。限于历史条件,厕入次品是完全可以理解的。唐玄宗的《经鲁祭孔子而叹之》就是一个标本。鲁迅先生对此曾经要而言之地指出,那不过因为是皇帝写的,便选了进去;弘征更不客气地书面提出批评,这是实事求是的举动。

值得商榷之处,也有一些。首先,我想提出陈子昂《登幽州台歌》,正因为它是人人吟诵的千古绝唱,理当全力以赴,把那"绝"劲儿抉剔出来才是。很可惜,译文在这方面令人失望,生硬且不说,后两句简直牵强。依我看,陈诗的特色乃在于此,它表现了古代中国知识分子精英的一种终极关怀和失落感。抓不住这一点,势必陷于平庸和琐屑。另有一些好诗,原作中某些关键性的字眼被遗漏了,例如司空曙《云阳馆与韩绅宿别》:"孤灯寒照雨,深竹暗浮烟。"一个"寒",一个"暗",恐怕是形容词借用为形动词,如此,方能既衬托前边的"孤"和"深",又带出后边的"照"和"浮",不宜直作"寒雨""暗烟"解。李白《金陵酒肆留别》中的"压"字,弘征先生赞曰:甚妙。这固然是对的,然而,译作"榨出"似失之浅,光体念当炉酒娘榨取私酿美酒的形体动作,忽略了她劝酒筛酒乃至可能溢出了杯口的内心激情。同样,杜甫《古柏行》,"古"字怎么表达,似需再行斟酌;我意译作"盘空的虬枝使得四野也容颜荒老了",也许更准确。又若《哀王孙》,说的也是乱世贵胄"宁愿作奴"以求苟活的反常心态,而并非仅限于平板的"道"与"乞"。同一作者的《蜀相》,整体译得不错,却不知为何要回避那个"自"字和"空"字,致使译文减色。《梦李白》,"累"字自有"株连"之意,译作"受累"易致误会,仿佛是受了劳苦了。李颀的《古从军行》"胡儿眼泪双双落",倘把着眼点放在"两行"这一量词上,失之俗。我体会,这当中实在是描写泫然不断的悲凄之情。祖咏的名篇《望终南余雪》,无端蹦出一朵"白莲"来,亦不足取。张继的《枫桥夜泊》蜚声海内外,尽人皆知,至今还吸引着不少外宾络绎前来"体验生活",倒为政府赚了不少硬通货。不过,就诗论诗,专家标准与群众标准并不完全吻合,要害就在那个"到"字,到底如何解释为宜?这至少在赏析中是可以略加涉及的。李白《清平调》,通篇缺少了一个作为主体的诗人;重复出现的两个"想"字,理当包含着"仿效"与"嫉羡"的深层意蕴。李商隐《贾生》也是久已脍炙人口的佳作,"不问苍生问鬼神"!一声感叹,百代相传!译作"不问民生大计只问鬼神出现的原因",似较轻浅。无疑,汉文帝是唯心论者,迷信神怪谶纬,他真正感兴趣的,未必是"鬼神出现的原因",怕是鬼神出现的结果吧?当皇帝的,日夜悬心不决的事,岂不正是唯恐天地异象暗示他的统治不稳?怎样禳灾祈福,才是他的本意,这正是贾谊的悲剧所在。倘使我的这些揣测无大错,那么,译文就显得太简单化了。最后,不能忘了李商隐的神秘的《无题》诗"昨夜星辰昨夜风",既扑朔迷离,又晓畅如话,正合乎弘征先生序文中所说的"纯乎天籁",既属天籁,怎生捕捉?千载之下,众说纷纭,但可意会,不可言传,译者再高明,碰到了这等哑谜,都不免惶恐;怎么挖掘出暗藏诗人心底的惆怅和隐痛呢?这首诗,译句无法尽如人意,是意料中事,不应苛求于弘征先生。

最后,提一个小建议,此书再版时,可否将《琴歌》赏析文字中"淮河"改正为"黄河",《秋登万山寄张五》赏析文字中对"晌"的解释也加以勘订？按,"晌",系北方农家俗语,晌者午也,故而有前晌(上午)、后晌(下午)、歇晌(午休)一类的土话流行。另有若干因韵害意的地方,如"护呵"(呵护)、"害谋"(谋害)之类,都需稍事更改,以求纯洁祖国语言,臻于更加完美。

古人云:诗无达诂,见仁见智,难以统一。上述浅见,未必正确,一家之言耳,聊备参考。何况,所有这些求全责备,都不影响我对这个译本的总体评价:它的确是"一本青年应当熟读的好诗选"。

1993 年 2 月 12 日　合肥

读书千字文两则

不该被"遗忘的脚印"

由广州花城出版社印行的二十五人(常任侠、李广田、雷溅波、雷石榆、邱晓崧、缪白苗、丽砂、包白痕、罗铁鹰、李岳南、魏荒弩、蒂克、吕剑、丁力、以诒、李一痕、炼虹、杜苔、圣野、吴朗、吴秾、牛汉、钟辛、叶淘、申奥)诗合集《遗忘的脚印》,一九八五年八月第一版,印数八千七百册,以今天的"行情"衡量,不能算少。不过,八年过去,始终不见任何人加以评荐,难道真的注定是被"遗忘的脚印"么?扔个石子进池塘,还有响声哇。这不公道。

尤其是,收入集中的二十五位诗人,作古者已居半数。对带着冤屈和遗憾的心情告别人世的死者而言,我以为,肯定是无法释然于怀的。

综观全书,集中二十五人,似乎并非某一定型的诗歌流派的所属成员,其中,有的索性毋宁应该纳入别的流派,或者风格毗邻于另一流派的,如牛汉之皈依于"七月派",丁力之接近于"乡土派"。这样的事实,也是谙熟当代中国诗界走向的广大读者群理当知情的。

然而,这不同的二十五人竟走到一起来了。我认为,它不是毫无来由的。除了客观的地域因素——"大后方"(包括川、康、云、贵、陕南、湘西和鄂西)外,其主要特征,不妨追溯到那最初的大本营,一九四二年,创刊于重庆的《诗焦点》(李岳南主编)。什么是诗的焦点?求同存异,主动聚光于"抗日反蒋"这一根本目标之上。也就是说,以诗歌为武器,从各个角度、各种局面,喷发而为全民族、全社会的"今天"与"明天"的呐喊,这正是二十五位诗人笔锋之共同指归。

有一个奇特的现象,值得强调指出,即《诗焦点》虽然在重庆仅仅办了两期,就因故停刊,然而,它很快形成了强大的辐射,相继出现了沅陵版、芷江版、贵阳版、西昌版、涪陵版、璧山版、成都版,甚至印度的加尔各答版!沅陵版出了二十六期,芷江版出了二十八期,表现了异乎寻常的顽强生命力。而由李一痕先生主持的《火之源》《诗地》,尽管名目变了,却仍旧多多少少与之存在某种血缘关系。总之,《诗焦点》,曾经一度发展为拥有期刊、副刊、丛书和"皮包出版公司"的"诗歌事业系列"。这之于整部的中国新诗运动史,不但是空前的,恐怕也将是绝后的吧。它的繁衍,它的分蘖,除了拿"抗日反蒋"这一民心士气的体现来解释外,你还能找到什么更恰当的说明词呢?

平心而论,对于现今的诗歌爱好者,特别是青年诗歌爱好者,它似乎只能寄托一点怀念、一掬同情、一声叹息、一页新诗 ABC 常识而已。因为,毋庸讳言,由于战乱、颠沛流离和白色恐怖,这群诗人从物质到精神,都营养不良,缺乏加以精心雕琢的条件。这部合集,在艺术上,确是比较粗糙的、急就章式的和参差不齐的。

就中,牛汉先生发表于昆明《枫标文艺》(一九四四年第六辑)上的诗篇:《长剑,留给我们》,最令人深长思之。这是写给早夭的诗人李满红的一首挽歌。李满红,是闪射于四十年代诗坛的一个光辉名字。他写作勤奋,却命途多舛。笔者至今还记得他发表于桂林《诗创作》上的《枪的故事》。牛汉先生再三再四地使用了"种子"的意象,说"种子是诚实的""剑(是种子,因而)是诚实的""诗和诗人(都是种子,因而都)是诚实的"。支付了如许的"诚实",然而,报偿又是怎样的呢?

历史,却是不诚实的,极端地不诚实。

无疑,这是深创剧痛的悲哀。

单凭这一点,这本合集,就绝不可以以"遗忘的脚印"漠然视之!

二十五位生者和死者,都睁圆了眼睛在等候回答。

1993年6月16日写于江西赣州惠园客寓

可喜的尝试,成功的实验

在中国,写散文诗的作者大有人在,但写出味道来的不多,我以为,在这"不多"之中,许淇先生,可算得其中的一位。而尤其可贵的是,他把散文诗视同一个变数,拒绝程式、拒绝凝固、拒绝僵化。在这方面,许淇先生晚近所做的大胆试验——词牌散文诗,他因此付出了艰辛努力,取得了丰硕成果,堪称独领风骚。

广西民族出版社的"99散文诗丛",于一九九二年十二月推出许淇的新作结集《词牌散文诗》,我反复诵读多遍,大喜过望,觉得这是中国散文诗史,乃至中国新诗运动史上的一件大事,并且深信,时间将会证明这一点。

何谓词牌散文诗?作者本人在自序中有过解释——

> 这些词牌本身就很美,
> 就是一首简练的诗。

"浪淘沙"使你联想到什么?"沁园春"使你联想到什么?"如梦令"使你联想到什么?

问得好。似乎不可能有答案(其实,这一册诗集便是答案),它暗示着一种等待,一种寻觅,一种追求,用许淇自己的话说,叫作"一种尝试"。

美籍华人学者丁·刘苙愚先生有言:"每一个词调都有自己一定的格律,所以,词的格律形式非常纷繁,真正使用于宋代的曲谱均已散失,但由之而产生的格律形式却保存了下来。十八世纪,依据乾隆皇帝御旨,编写了一本《钦定词谱》，内收826调并由之而产生了2306体。当时问世的还有另外一本书，即万树编著的《词律》，该书收875调，1675体，这标志着中国词学的巨大发展。尽管过去的乐曲大部分都散失了，但我们仍然能够依照原来的格律款式来填词。"（见《中国诗学》第32—33页，河南人民出版社一九九〇年八月版）

丁·刘荃愚先生所说的"词调"，大致相当于"词牌"。固然，词的雏形肇始于唐。唐人擅长于诗。鲁迅先生甚至发出感慨，中国的诗已被唐人做尽。这当然是极而言之，以表示他对唐诗的倾倒。但有唐以后，诗还一直是在被人做下去，并未灭亡。另一方面，也的确需要变革，这才相继出现了词、曲和新诗。词到了宋代大盛，因而一般都总结为"唐诗宋词"。词何以盛于宋？我想，词的形式较之诗，的确"自由度"要大得多。而决定性的因素，还在于商业资本的萌芽和市民生活的需要。"词牌"的繁富，与"律""绝""古风"的局限，乃形成了鲜明的对照，从必须适应生活的角度去理解，形式也是一种内容。

许淇先生的"野心"是不小的。"'词牌'是古典的，散文诗是现代的。寻找现代世界和民族传统的结合点，创造一种新的艺术"。而任何一个真正的艺术家，都应该有自己的艺术野心。凭着这本《词牌散文诗》，我觉得，许淇是初步实现了他的理想的。

这一初步实现，体现在《自度曲》《忆江南》《月下笛》《荼瓶儿》《忆王孙》《八拍蛮》和没有来得及辑入的《菊花新》中，也体现在许许多多令人倾倒，却并未列入这张名单的其他数十篇佳作中，当然，也还体现在限于我的个人审美偏爱而遭遗珠的一些篇章中。

肯定会有人轻率地评断：这不过是"玩花样"。然而，倘或欠缺一定的国学修养，你倒也来"玩"给大家看看！就怕结果是"玩"不转吧。

能从惯常接触的"词牌"中发现诗意、发掘诗意、发展诗意，不能不被认为是许淇的别具慧眼。

许淇博闻强记,这只是粗粗浏览一下他的散文诗,便不难察觉。而他的散文诗之独树一帜,得益于自幼练习美术绘画尤多。待到后来,弃画(实际上不但不曾"弃",且兼善书法)工诗(散文诗),自然而然地会比别人更注重色彩、光线的运用,构图、质感的显示和氛围、境界的营造……且以《茶瓶儿》为例。我曾经设身处地考虑过,这个题目,落到我的手里,我将怎么下笔呢?首先,"静物"是不难联想到的,但,老实说,我未必能得心应手地铺陈出这等精彩的诗句,我无法完全捕捉下面这样一些既具象又抽象的词组——

"双耳象征天地间的疑问""新月被咬,留下天狗的齿痕""一块蜡染布……古旧的岁月的经纬,由老妇人梭织""蓝的蓝的""一把水果刀孤独地做着怀才不遇的梦""流畅的线和光的色泽,是贞净的欲火煅烧的突变""窗的分割。卦爻组合日月之胎盘"……

像这一类的采情丽句,多得随时都能碰上。它们所具备的,不仅仅是美,它们以穿透时空的力,达到了哲思的高层。我只能说一句话:由衷钦佩。

然而,绝不可以由此产生误解,以为无非是紧紧地扣住古意和雅趣;恰恰相反,作者肯定意识到了这一点,故而变中求变,勇敢地驾驭着时代之车,奔向异域(《思远人》),奔向新潮(《多丽》),奔向科学(《消息》)。

我怀着敬意,诚挚地向读者朋友们推荐这厚重的薄薄一本小册子:《词牌散文诗》。

开卷有益。

1993年6月27日写于赣州永南岭头之蕙园

诗歌事业的基石之一

我同段宝林教授相识,是在全国民族文学、民间文学暨沈从文学术讨论会上,时间为一九九一年五月十九日上午,地点为美丽宁静的湖南省凤凰县城。当下,他还见赠了厚厚的一部《民间诗律》。

实际上,那书我早已拜读过。正因为读过,我才知道北京大学有这么一位潜心研究古今中外民歌的专家,所以见面之际,并不觉得陌生。

不久,他又寄来了同样厚厚一部《中外民间诗律》。

今天,他的第三部编著《古今民间诗律》即将印行,于是,与第一部、第二部首尾衔接,构成了一个完整的三卷体的学术系列。

这真是孜孜耕耘,默默奉献,其精神令人钦敬,而绝非"欣喜"二字所能概括。

宝林先生来信嘱我撰序,居然说什么"非您莫属",闻之不胜惶悚!是什么原因促使宝林先生下这个决心呢?思来想去,恐怕还是同前边提到的那次会议有关。原来,就在我们结交的第二天,大会开幕式上,我被邀请登上主席台,复被突然点名讲话。我估计,就是这番即兴发言给段教授留下了一点印象。

其实,我并无惊人之论,完全是"老调重弹",尽管它是我个人学诗半个世纪的亲身体验。所谓言为心声,那份实在与痛切却是无可怀疑的。

记得我开门见山的第一句话就是:不喜爱民歌的诗人,不可能成为被人民喜爱的诗人,更不可能成为被人民纪念的大诗人。

远在一九八四年,我给《民间歌谣报》书写的题词,便有类似的语句。一九八八年，我在《诗神》上发表长文，评荐叶延滨和梅绍静的新作时，又一次阐述了学习民歌的重要性与必要性。

在这次发言中，我举了若干古今中外著名诗人的例子，证明民歌是一股活水，能灌溉诗人的心灵，能濡润诗人的笔锋。

我认为，一切诗歌的源头正是记录人民生活的民歌，鄙薄民歌，犹如不认娘亲，不仅有害于艺术，有悖于逻辑，有违于历史，且有悖于道德。

我还说，民歌貌似粗陋，实则质地佳美，蕴藉丰厚，有取之不尽的财宝可供有心人开掘、继承和改造。

我又进一步指出了现实中的大不幸，当今的某些诗人，尤其是一部分青年诗人，自命"先锋"，认宗"现代"，唯"洋"是举，非但自己不读民歌，而且嘲笑别人学习民歌，妄言凡民歌皆糟粕，这完全是一种极其皮毛、极其偏激的见解，徒然于自身的提高与创造不利。

当然，我也没有忘记指出，民歌有真有假。上述片面的结论，从某种意义上看，也正表明了一种对假民歌的较为普遍存在的逆反心理。所谓"大跃进"民歌，便是赝品的典型。我提请在座的朋友们注意，民歌姓民，不姓官，姓官的假民歌，必然别有用心，对之应该擦亮眼睛，谨防上当。

我又特别强调了民歌的艺术技巧：比、兴手法；运用谐音以造成联想效果，不可一概以文字游戏视之，以及"象"和"象外之象"；等等，都值得我们认真借鉴。

五月二十三日大会闭幕，我又遵嘱为之题词，一张六尺宣纸，被我的几十个酣墨颜体撑得满满的——

一切的民族文学都始源于各自的民间文学。而不同的民间文学的共同的人民性，又规定了不同民族文学的共同的世界性。

这段题词，目的在于寄语与会诸君：人民性必须升华为人类意识，民族色彩必须奉献给世界的整体画幅。否则，一切势必失却其自身的存在价值。

以上，是对有关往事的追忆。

往事叙述罢,通过这篇短文要表达的话语似乎也可以同步结束了。

需要补充的一点是,今日倡导研习古今中外的民歌,绝非倒退,而是前进的需要,温故得以知新,绝非复旧,而是推陈,推陈为了出新。这就是我对学习民歌问题的基本理解。

1993年7月20日　合肥

诗国日月潭

一九九三年八月七日下午,在海南大学举办的罗门、蓉子学术研讨会上的发言。

我要说的第一句话,就是向本次会议表示衷心的感谢。这次会议,给我提供了一个机会、一种缘分,使我得以和神交已久的罗门先生、蓉子女士相见。

我们之间,已有数年之久的通信往来。事情的开头是,罗门先生发表了忧思深广、别具一格的乡愁之作《时空奏鸣曲》,我读了不禁怦然心动,便仿效古代诗人之间的唱和,也写了一首篇幅相当的长诗《广九路有两条》,正好当时香港的一家诗报约稿,便寄了去,没想到他们居然认为有"统战"嫌疑,退了回来,于是,我便交给另一家刊物用了,同时刊登了罗门先生的原作《时空奏鸣曲》。后来,我又将它收进了一九九一年出版的诗集《梦蝶》中。说起所谓的"统战",我不敢担保,没有人负有这等光荣使命。但对我而言,这实在是过分抬举了,我哪儿会有"统战"罗门先生的资格?他们根本不曾读懂我的《广九路有两条》,因为,在那首诗当中,我通篇都在进行自我反省,通篇都充满对罗门先生以及类似罗门先生的台湾诗人的兄弟手足之情。照理说,神经过敏症是不会传染的,可是,不知道为什么,住在香港的朋友们居然也得了这种内地病,令人遗憾。

下面,我再说几句不算题外的题外话,用以验证我对会议的重视——虽然,从表面上看去,似乎纯属私人性质。

一九八九年,我接到过在韩国汉城召开的第十二届世界诗人大会的请柬,但我正在听候"政治审查",无法应邀前去。一九九二年,我又收到了在美国亚利桑那州菲尼克斯城召开的第十三届世界诗人大会的请柬,又由于填写各种各样的表格而延误了时间,兼之筹措不到足够的路费,再一次望洋兴叹。据罗门先生事后写信告诉我,他和蓉子女士是出席了的。今年五月,在美国旧金山举行第四届"文化与诗歌"世界大会,照例又有请柬发来。这一回,我四处举债,总算凑足了盘缠,而且拿到了签证,连国际航班的机票也已购买。谁知天有不测风云,临到动身前没几天,突然,中华人民共和国驻美国旧金山总领事馆发来紧急电传,"建议公刘同志撤销访问",并且说,对一起受到邀请的科学家钱伟长先生也照此办理。理由是"两个中国"。人们也许会说,人家仅仅是"建议",你可以采纳,也可以不采纳嘛!可我却深刻地感受到这"建议"二字的分量。事实上,安徽省外办已经扣留了我的护照,我即便不"采纳",又能怎样呢?最有意思的是,也是在五月份,海峡两岸的新闻传媒都在汪辜会谈上大做文章,一致认为,这是一大突破。我看也的确是一大突破。试想,前上海市市长汪道涵先生去第三国新加坡同中国台湾的辜振甫先生会谈,不是"突破"是什么?然而,对照自己一想,又不免觉得古怪了:汪道涵先生和辜振甫先生算是"民间",而我,一个从无一官半职的、以写作为业的普通老百姓,倒似乎有了"官方"身份!我又想,只要台湾保持现状,那么,举凡全球性的学术活动,就很可能有来自台湾的诗人、作家、艺术家和学者、科学家在场,莫非大陆就一概拒绝与会么?我忍不住要做一次不中听的批评:这未免太愚蠢了!

上述三次可能与罗门先生、蓉子女士见面的机遇,都被一一错过,我怎么能不格外珍视今日的终于相逢呢?

鉴于我自己的切身经验,我能充分体会到,海南大学举办如此大规模的海峡两岸的学术会议,是需要勇气的,也是艰辛备至的。为此,我再一次向周伟民先生以及所有支持过、服务过的女士们、先生们致敬。

待到正式进入正题,我又颇为踌躇了。坦白地说,我不曾完完整整地通盘研究过罗门先生、蓉子女士的全部著作。严格说来,这样一个人是无权在此说三道四的。不过,既然来了,又被要求发言,也只好献丑了,简单说上几句吧,否则,就不仅是对会议的失礼,而且也是对罗门先生和蓉子女士的不恭了。

若从学写并且把分行排列的东西变成铅字算起,我与新诗结缘,有半个世纪了。我一直生活在中国内地,我的思维方式和表述方式不能不适应并习惯于中国内地的情况,打下中国内地的烙印。在这种条件下,来谈罗门先生、蓉子女士的诗,在某些专门术语上,也许双方会有不同的理解,我希望不致因此而造成任何误会,我是善意的,我是你们可以信赖的同行。这是首先应该说明的。

我只打算谈两首诗:罗门先生的结构宏伟的名篇《麦坚利堡》和蓉子女士的过目难忘的佳作《一朵青莲》。我认为,这两首诗,既能象征他们二位的人格,又能体现他们二位的诗观,是典型意义上的代表作。当然,罗门先生、蓉子女士所涉猎的领域和所攻占的高地,所在多有,但二位的实力却是被这两首代表作所充分显示了的。

我读《麦坚利堡》,只觉得仿佛自己走进了宇宙的深处,只感到前无古人,后无来者,无边无涯的寥寂和苍凉,只感到周身每一个毛孔都充溢着凛然的肃穆,但那并非压迫,更不是窒息,相反,倒有一种彻底解脱的大痛快!像这样一种感觉,是我几十年读新诗时绝少体验到的。感谢罗门先生,是他,截至目前,也只有他,如此逼近、如此真实、如此充沛、如此本色、如此完美地正面诠释了直到今天仍旧在人类生活中肆虐的大怪物——战争。还从来不曾有过哪位诗人像罗门先生这样,钻进战争的肚子里,谛听战争的咒语,方得以尽揭战争的秘密,而不耽于一味地礼赞或唾骂。这说明了诗人的超然脱俗。它使我联想起罗门先生提倡的"第三自然"说。"第三自然"是罗门先生在诗歌理论方面的一个具有穿透力的著名论点,我完全同意这个论点。我相信,

《麦坚利堡》正是"第三自然"理论的一次成功实践。

有人说,《麦坚利堡》在诗人笔下带有批判的锋芒,对此我不能苟同。我觉得,不是批判,而是清醒的自省,全人类的自省,像教徒跪在忏悔室外向神父做的喃喃自语,像夜半醒来时的扪心自问,也是全人类对人性的再一次确认,对人道主义精神的再一次弘扬。一个诗人,代表全人类发言,谈何容易!倘若没有特别强大丰沛的人类意识,任谁也只好望而却步的。

不妨拿我自己现身说法,同罗门先生做个比较。我自信,如果不是为客观所局限,我本来是可以进行更为理想的比较的。然而,我很惭愧,尽管我有过行伍生活,也写过一些反映战争题材的诗,但我没有《麦坚利堡》,我不可能有《麦坚利堡》。以一九七九年的那场中国—越南边境战为例,当时,我已离开军队二十多年了,竟又被派往前线,去歌颂这场战争的正义性。

我想讲一个属于我自己的"麦坚利堡"式的故事。中国军队从越南境内撤兵之际,我去距越南边界不过十五公里的金子县城,城与山相连,而山已成了一个大墓园,是中国军队的烈士公墓之一。它不像"麦坚利堡",只是密集地插着一些木板,木板上草草写明死者的姓名、籍贯、年龄、兵种和军衔(**有的连这些都不全**)。我站立之处,木板上的姓名恰恰是我熟悉的,他的事迹我也了解,而且我认识他的父亲——一个一九五七年无辜受难的"右派"。离他的坟墓不远,还长眠着一个地主的后代,此人是安徽六安地区的新兵,入伍不到半年。我本来也掌握了他的有关线索,但我不忍心去做采访。这是怎么一回事?有这么多"反革命"的后裔混入了革命军队?这里有一个大背景必须交代清楚,即"文化大革命"期间,千百万知识青年被动员"上山下乡","接受再教育";而军队是天然的"左派",很吃香,又可以逃避"插队",所以,凡有"关系"者,都"光荣参军"了。到了七十年代末期,中越边境开始出现紧张局面,事情便颠倒过来,能"走后门"逃避兵役的,一般都上别的地方"为人民服务"去了,于是,便出现了上述的罕见情况。

事有凑巧,临上飞机来海口的头一天,我收到了北京大学教授段宝林先生寄赠的一本新书——《当代讽刺歌谣》,匆匆浏览一遍,正好发现了一首题名《路路通》的民谣,对上边我谈到的情形,普通老百姓是怎么看的,它可以提供一个旁证。且引用如下:

> 上山下乡他穿军装
> 打倒"四人帮"他进学堂
> 对外开放他去留洋
> 经济改革他去经商
> 不让经商他把官当

　　这就是大陆"麦坚利堡"里的反常现象之所由来。由于对第二次世界大战的性质,世人已有共识,麦坚利堡便成了自由与奴役、民主与法西斯极权生死搏斗的象征。牺牲在太平洋战场上的七万个史密斯·威廉斯,尽管他们的人生十分短暂,但各人的故事最后毕竟都能归结、消解于花环之中。金平山上的烈士公墓就不同了,它所包含的内容,恐怕要复杂得多。比方说,我刚才提到的那个"右派"之子和那个地主之孙,难道他们不是背负着某种"原罪"感战死沙场的吗?何况,这场持续十年左右的"边境冲突",兵戎相见的双方本来是意识形态相同的"同志加兄弟"!面对这样的墓园,我的悲慨莫名,就甚至不是用"思绪万千"四个字所能形容的了。这场战争的真相,已经随着时局的演变而愈来愈清晰,我相信,总有一天,它会完全大白于天下。我不具备罗门先生享有的一切,我也害怕"资产阶级和平主义"一类的大帽子,只好为那位"右派"的儿子写一篇散文《酒的怀念》,借着中秋月圆人不圆发些感慨;其他一些诗,更停留在市民式的浅俗层次,一味斥责越南统治者"恩将仇报"。应该说,我实在看见了一个比麦坚利堡还麦坚利堡的麦坚利堡,但我写不出《麦坚利堡》。才能和功力且不去说它,我的历史感和人类意识,纵使不下于罗门先生,又如何之!

回过头来,集中谈罗门先生的长诗《麦坚利堡》,归结到一点,即《麦坚利堡》是真正纯净的历史感的化身,它未受任何磁场的干扰,它体现了一个诗人,一个有现代感的诗人,站在人性和人道主义的立场上,所观察、所体认、所感受、所转化、所升华的历史张力。这种历史张力,其实也是生命张力。因为,所谓的现代,正是明天的"历史";而所谓的历史,又正是过去了的"现代"。它既与诗人的博大胸怀同在,便不能不拥有真理的品质,不能不带有"剪不断,理还乱",莫可奈何的宿命色彩,不能不发散形而上的气息,不能不频频摇撼读者的灵魂与良知。古往今来,描写战争主题的诗歌不可谓少,但能超过《麦坚利堡》的却真的不多。基于此,我愿做出我对它的总体评价:罗门先生的《麦坚利堡》一诗,必将与麦坚利堡本身一样不朽。

接下来,我怀着欣悦的心情,把视线投向蓉子女士的《一朵青莲》。不像《麦坚利堡》,这首抒情短诗,不是鸿篇巨制,它的特点是精粹与精致,有如一粒水晶、一颗金刚钻,于沉静的光辉之下,明净得使空气感到羞愧,锋锐得又教空气也想逃避。

它总共十六行,何不通篇朗诵一下——

　　有一种低低的回响已成过往仰瞻
　　只有沉寒的星光照亮天边
　　有一朵青莲在水之田
　　在星月之下独自思吟

　　可观赏的是本体
　　可传诵的是芬芳一朵青莲
　　有一种月色朦胧有一种星沉荷池的古典
　　越过这儿那儿的潮湿和泥泞而如此馨美

>　　幽思辽阔面纱面纱
>
>　　陌生而不能相望
>
>　　影中有形水中有影
>
>　　一朵静观天宇而不事喧嚷的莲
>
>　　紫色向晚向夕阳的长窗
>
>　　尽管荷盖上承满了水珠但你从不哭泣
>
>　　仍旧有蓊郁的青翠仍旧有娇婉的红焰
>
>　　从澹澹的寒波擎起

　　明丽典雅，端庄娴淑，音韵婉转。严肃的诗人诚然不会有意识地去通过某首诗来"宣扬自我"，然而，身不由己，笔不由己，一旦她如实地写出了一己的情愫之所寄托——中国人数千年的审美对象：莲荷，那就会自然而然地形成一幅客观上的自画像，一段客观上的内心独白，这的确是不由人的。古今中外，许许多多诗人的爱憎之情（哪怕是用了极含蓄、极隐蔽的形式），都正是他（她）们人生的取舍选择、他（她）们认定的价值标准的自然流露，从而又成为别人研究他（她）们的重要凭证。

　　《一朵青莲》，对了解蓉子女士其人其诗，无疑是一宗极端珍贵的资料。

　　你看，她首先替我们勾勒的意象是"在水之田／在星月之下独自思吟"的青莲。莲且青，表明她尚处在生命的旺季，含苞待放；但请勿误解，她的稚嫩不等于她的懵懂，她有独立风前的头脑，事实上她已经在曼声浅唱了。不过，她唱的不是童谣，而是经由大脑过滤的大千世界。紧接着，蓉子女士又使用自己的语言，"越过这儿那儿的潮湿和泥泞而如此馨美"，复制了众所周知的那种崇高境界："出淤泥而不染"。爱莲之说，古已有之，它已成为渗透中国人尤其是中国知识分子的骨髓的遗传基因了，所以，这里传达的就不仅仅是美学主张，抑且是道德信条了。再往下读，好"一朵静观天宇而不事喧嚷的莲"！一个"静观天宇"，一个"不事喧嚷"，前者说明她并非一味以高洁自诩，美人芳草，遗世而独立，与外界老死不相往来，也就是说，她还是积极的、入世的、关心现实的；后者，却又充实了前者，平衡了前者。二者并列，这朵青莲又是何其谦逊！何其克己！何其自重！作者于无意中泄露了百分之百的中国士人的传统心态。唯其矜持，有所为有所不为，才显得仿佛颇为孤寂。然而，纵然如此，"尽管荷盖上承满了水珠但你从不哭泣"，那是上天的甘露，是神灵对青莲的怜爱，而并非眼泪！"青莲"们仍然蓬蓬勃勃通体透彻青翠的生机，燃烧红焰的辉煌，一柄一柄地，从澹澹的寒波中"擎起"。请注意，这里蓉子女士使用了一个"澹"字，切不可与大陆的简体字"淡"混为一谈，这个"澹"，分明指的是一种淡泊的境界、一种心态、一种操守、一种为人的气节。

蓉子女士是登上台湾诗坛的第一位女诗人，享有"永远的青鸟"之美誉。从她的诗作中，可以看出她的学养是相当深湛的，再加上她自幼出身于宗教家庭，那始终弥漫于歌吟中的对人类的博爱、对自然的泛爱、对世态的悲悯、对生态的关切，其何以如此之深厚浓烈，也就不难理解了。

中国自古多有对自然风光的题咏，山水诗领域才因此而先后出现过各领风骚的若干大手笔。蓉子女士的《一朵青莲》，既继承了山水诗的灵秀潇洒、超脱自我，又借鉴了和吸收了西方印象派绘画的技法，它之所以受到各方面的推崇，绝非偶然。我觉得，这在当年的台湾，一方面囿于"横向移植"，一方面又热衷于种种时髦的"主义"，《一朵青莲》能在那样的群体迷失中，坚持圣洁，难道不是特别值得称道的吗？

如同罗门先生一样，蓉子女士也写下了不少十分精到且中肯的理论文字。比如，她在《〈维纳丽沙组曲〉后记》一文中说："诗人往往是被平凡的幸福遗忘了的人，他无法过一般人那种轻省的生活；同时他虽真正地生活在人群中，他的灵魂却像是一个异乡人，真像注定是卜居在人众欢闹外缘的，有一种永恒的孤寂感。"我完全赞成她的这一段告白。假如我的理解不错的话，蓉子女士所说的这番意思，正是我经常耿耿于心，不敢或忘的诗人的超前性。

诗人必须具备超前性,较之同时代人,他(她)们应该早醒,应该先行一步,否则,就不成其为诗人,也不必要有诗人了。依我看,所谓的"永恒的孤寂感",这固然是诗人的悲苦所在,但又何尝不是诗人的幸福之源!我觉得,做真正的诗人,写真正的诗,总是得付出代价的,同时,也不是没有报偿的。

对这样一对可敬的诗人夫妇,对这样一对诗路跋涉的旅伴,有没有必要将其各有千秋的创作世界加以比较呢?我想,没有什么必要吧。周伟民先生、唐玲女士(**这同样是一对贤伉俪**)合著的《日月的双轨》,一个标题就似乎把话说尽了,人们从中可以演绎出无数对比来。说到这里,我忽生联想,台湾有一处胜景日月潭,风光无限,罗门先生和蓉子女士就该当是诗国的日月潭了。别人怎么看,我不知道,反正我的答案是肯定的。

1993 年 8 月 4 日　急就章,合肥

暮年的爱情

写下这个标题,立刻想到应该赶紧声明,我不是要赞叹哪位老者的夕阳恋,而是打算就任耀庭同志新近出版的诗集《马上岁月》,简单谈一点读后感。任耀庭,如今高龄七十三,却异乎寻常地保持着青年人的蓬勃朝气与执着追求,爱诗如命,笔耕不辍。我以为,单凭这一条,就很值得人们尊敬了。何况,他还是我在二野时的老战友,尽管当初军阶悬殊,尽管迄今尚未见面。我自忖,应该密切关注他,这是我的责任。

如今的中国,最大宗的积压滞销产品,恐怕要数诗人了。随便是谁,只要写过五六首分行排列的东西,不管文字通不通,便可以自封为诗人,而且是所谓的先锋派。以任耀庭的经历,仅仅上过几年小学,随即参军,二等残废,由于一贯刻苦自励,才不断取得进步。大西南解放后,他曾出任贵州和川藏兵站的领导工作,离休时,已是军级干部了。这样的一位老革命,显然不会对浅薄张扬的作风表示敬意。他无意于参加新潮竞赛。虽说他也出过三本诗集,但到底没有造就多少诗名。许多人不知道他,知道他的人又往往嗤之以鼻。因为,用他自己的话来说:他"只不过是作为业余爱好罢了,并非立志要当诗人的"。试想,倘若你也有过一种纯属业余性质的个人爱好,但在"文革"中竟因它而大倒其霉,罢官不算,批斗时还横遭拳打脚踢,复继之以长达三年的变相劳改,你能做到情痴不悔吗?你不忌讳家人埋怨、旁人讪笑,问声"所为何来"吗?

然而,世上果然有这等人,他,就是任耀庭。请看《折翅的鹰》——

　　大漠袒露博大的胸膛

迎接一只折翅的鹰
　　天旋地转跌落
　　一片血染的云

　　雷击还是中弹
　　傲然的锐眼
　　依然呼啸着
　　疾如闪电的雄风

　　长空托起
　　冲刺的意念
　　折翅插沙而立
　　竖一道指天的剑影

诗中的鹰，岂不正是历尽磨炼的作者本人么？而就艺术论艺术，那意象的运用，也是颇为得法的。

由此足证，这个老兵并不老化，并不像某些人主观臆断的一定是盲目排外。集子里，还有若干写得比较好的篇章，如《高原汽车兵》《刻在马鞍上的诗》《列车北去》《大雁塔》《高粱地里一条小道》，特别是《黄河故道行》一组，都各具不同的感情色彩，质朴、深沉，有阳刚之气。

依我之见，像任耀庭这样头上没有"诗人"桂冠的诗人，反而更有条件轻装前进，放得开也收得拢，既没有条条框框的拘束，也不受"自我感觉"的干扰。当然，关键还在必须学到老和写到老，尤其是一个"学"字。

愿作者珍重，祝作者健康长寿，宝刀不老。

1994 年 3 月 22 日　合肥

病蚌得珠

　　二十世纪只剩下六年,就永远地结束了。无疑,如今是货真价实的世纪末。从历史上看,几乎每一次世纪末,都会流行某种"世纪末病"。这也难怪,人们,特别是彼时彼地和此时此地的知识阶层,总是在一个新世纪的开初,对刚刚展开的岁月寄予种种期待,然而最后了却照旧是以希望的彻底幻灭告终。这已经成了不断重复上演的全人类悲剧。韩瀚先生的新作,书名点出了"苦闷"二字,我以为,苦闷,正是马上就要逝去的二十世纪的世纪末病。

　　古人论文,往往使用一句成语:"病蚌得珠"。在我看来,韩瀚先生就是这样一只得了"世纪末病"的"病蚌"。他含辛茹苦,笔耕不辍,终于营造了一颗珍珠,而且是一颗黑珍珠。我想说,这本随笔杂文合集《难得的苦闷》,应该说是韩瀚的代表作,尽管他写过不少好诗,也写过不少好小说。

　　那么,这部作品的过人之处,又在哪儿呢?依我看,最大的长处就在于,它体现了当代中国知识分子的某些痛苦思索,因而充满了深刻的东方人文精神。东方人文精神,是我们有别于西方世界的值得自豪的文化传统之一。我们的光荣祖先,糅合了儒、佛、道的思想精华,开创了禅学的南北二宗。本集中的许多随笔,就都既有类似于禅的特色,笔致洒脱,语多机锋,而又兼具当代中国文化人的特点:对民族的忧患意识,对人类的终极关怀。这不是溢美之词,我们可以从状写田汉、启功、沈从文、黄永玉、韩世昌和李淑君、赖少其、毕朔望、康殷及戴敦邦等人的文字中,得到足够的证明。此外,那封题为《美化和丑化都是歪曲》的致范曾公开信,也完全显示了作者的骨气,尤为难得。不过,倘或卷四某些篇章在编辑时便自行略去,全书当能愈见分量。

韩瀚发挥了他曾经担任过《人民中国》记者的优势,勾勒了那个特殊年代中,他所接触到的风云人物或者非风云人物的某一侧面、某一场景。为一部中国文化史留下了可靠的资料和宝贵的镜头。我认为,这都是些可以信赖的史实,即所谓信史。我相信,为了这一点,后人将会感谢韩瀚的。

苦闷,苦闷,你韩瀚苦闷,我公刘也苦闷,千千万万有良知的知识分子,谁个不苦闷?但,你我有幸,生而逢辰,遇上了二十世纪的世纪末,让我们珍惜这一份难得的苦闷,并且在苦闷的大茧中,不忘积蓄和发扬无敌的东方人文精神力量。也许,有朝一日,能咬破这个窒息人的大茧,飞往不苦闷的世界。当然,这多半是我在这儿痴人说梦吧。

1994年6月2日　合肥

诗与自然之我观

——应第十五届世界诗人大会之约而作

两千年前,先哲就提出了"多识于禽兽草木之名"的教育主张。我小时候,学校还设有自然课。可是,如今的城市儿童,竟分不清小麦和韭菜、螳螂和蚱蜢。据北京一家报纸所做的社会调查,有一所学校的二年级老师问班上的学生见过水稻没有,百分之六十的同学摇头,其中居然有这样的答案:大米是长在树上的。商品经济造成的生存压力,驱使为父母者全神贯注于捞钱,可怜的孩子们便把误人子弟的电视机和游戏机认作了排解孤独和寂寞的玩伴。不难想象,一旦他们置身野外,偶遇突发事故,恐怕就只好乞灵于"变形金刚"了。

如果说,孩子们不幸成了自然的弃儿,他们固不应对此承担责任,那么,背离自然的诗人们就只能被称作自然的逆子了。

但也有无奈。拿我自己为例,我倒自幼喜欢禽兽草木之类,可我现在无缘亲近它们。终日困居闹市,推开窗子,收入眼底的尽是高墙,高墙,高墙;由于都会的畸形发展,被扭曲了的人怜爱被扭曲了的盆景。外出旅游吧,赶上这饿死诗人的时代,哪来那么多的钱?

孔子曰:"仁者乐山,智者乐水。"苏格拉底也说过唯智者方能为仁者(大意)一类的话,证之以希腊神话中多有对山林海洋的讴歌,足见东西方之间,在亲近、礼赞和视大自然为神祇这一点上,大抵是差别不大的。诗人理当是仁慈的和智慧的。在我们古老的诗歌传统中,从来不乏仰之弥高的天籁清音。

但今天谁又能"清"得起来?且不说意识形态的扰攘和窒息,举目四顾,环境污染,能源匮乏,人口爆炸,淡水危机,森林消失,土地沙化,物种灭绝,还有那不知预示着什么厄运的臭氧层裂洞……人类岂不正在以自己区别于禽兽的"工具化""技术化",加速毁灭着自己的"生存场"么?何谓战胜?何谓自杀?二者间的界限,已经相当模糊了。

"你站在桥上看风景,看风景人在楼上看你。"这是三十年代老诗人卞之琳先生的名句。可惜,如今,连蓝天和星星都成了绝对的奢侈品,无论是站在"桥上",还是站在"楼上",你都看不到任何风景了。发现继之以消失,欣喜转化为绝望,不能不令人深感悲哀。

"暮春者,春服既成,冠者五六人,童子六七人,浴乎沂,风乎舞雩,咏而归。"这等逍遥自适复生机郁勃的心境,怕是难以重见了。因此,我觉得,当今最需要的诗人,既不是红色的,也不是白色的,而实在应该是绿色的。绿,正是人的自赎。

1994 年 6 月 11 日　合肥

代序：一种心境

我把这本小书定名为《重轭浮生》，目的仅仅在于表白我的一种心境。据《辞海》解释，所谓浮生，含有世事无定、人生苦短的意思，"是一种消极的人生观"。然而，在我看来，"浮生"也者，不过是指证了人生如寄的客观事实，消极云云，恐怕未必。就拿我说吧，从前，当有人问起我对什么什么事情是抱乐观态度还是抱悲观态度时，我好歹都会做一个肯定或者否定的选择。可是，后来我就往往答以"既不乐观，也不悲观，我'不观'"了。真的，我真的"不观"了。为什么"不观"了呢？原来，活到将近七十岁了，我才恍然大悟：乐观又能怎么样？悲观又能怎么样？既然都不能怎么样，不如干脆不观！所以，倘若批评我偷懒，我承认，但批评我消极，我就无法接受了。我想，一个人只要不讲大话，不打官腔，"浮生"二字，人人有份，又岂是能够用积极、消极之类的字眼来轻率褒贬的？

友人许觉民（洁泯）先生主持一套丛书的编务，来信命我也提供一本，我答应了。既然答应了，就该信守诺言。可怎奈自己身体偏不争气，断断续续闹了半年的病，把时间全给耽误了。然而，虽不敢夸口一诺千金，但友谊总是不能辜负的。于是，只好在跑医院和煎中药的忙乎当中，叼空子写，不知不觉地，好赖也攒下了长长短短这么几十个小段子。因此，我想说，首先应当感谢洁泯兄，没有他施加的这点压力，还真不可能有我的这本《浮生×记》呢。足见，在一定条件下，人，还是需要外力"压"一"压"的。

提起《浮生六记》，倒不禁想絮聒几句闲话。我是十分喜欢沈三白写的这本书的。金木水火土，沧桑历尽，至今在我手头，居然还保存着民国三十六年(一九四七年)的六十四开竖排袖珍本,开明书店出版,俞平伯先生点校;卷首且有俞先生先后亲撰的两篇序文,立论可圈可点。毫无疑问,《浮生六记》是古典散文中的精品,文人自传的杰作。它之所以出类拔萃,端的在于一个"真"字。作者处于胶汁般凝冻的封建伦理纲常的密封中,能如此大胆地状写世态,特别是家族内幕和闺房私情,不仅在有清一代罕见,即便拿到今天来看,和一些作伪的所谓回忆录相比较,那精神也是难能可贵的。而俞平伯先生的序,更不是那种读了等于没读的套话,它尽撷了沈氏笔下的精英;俞老强调了,沈文"全书无酸语,无赘语,无道学语",见"真性情",由此生发开去,又引申出这样一些至理名言,如"文章事业的完成,本有一个通例,就是求之不必得,不求可自得""我们和一切外物相遇,不可着意,着意则滞;不可绝缘,绝缘则离"。我以为,这些分析和点拨,"于小品文的创作",的确有"尤为显明"的重要性,值得所有的散文作者牢牢记取,其恩惠必将终身受用不尽。

　　这本小册子,当然根本无法与沈复的传世之作相比附。他风神恬淡,我却有太多的烟火气。同时,体例也不够严谨,有几篇心境相近的杂文也收了进来。不过,要说还有一点半点可取之处,大概也仅止于"真"吧。我自知缺少一管天花乱坠之笔,公开坦露的只是一颗平常心。唯其平常,终难见大器。因之,我说的重轭,大抵是一堆鸡毛蒜皮相加之积而已。鸡毛蒜皮,固属所谓的轻量级。轻者,生命中难以承受之轻也。我不懂捷克文,不知道昆德拉先生的名著《生命中不能承受之轻》里的"轻"字,在原文中,是否还有别的含义。在我,却绝对是一堆鸡毛蒜皮而已。

　　鸡毛蒜皮就鸡毛蒜皮吧,浮生未尽,重轭难卸。像这样的小段子,其实是有得写的。也许,将来还会出第二本、第三本,是不是仍旧沿用《重轭浮生》的书名,那就无法预料了,暂且拉杂涂鸦到此,搁笔。

1994年6月13日—15日　合肥

独立苍茫

一

独立苍茫。

这里说的是一种心境,此时此地的个人心境。

如果要更具体地加以描述,那就是:人在羁旅,魂度关塞,暮色四合,忧从中来。

六十八岁了,以现代科学允许的极限而言,这个生理年龄似乎不当充老。然而,人毕竟不是树,单凭一圈圈的年轮,就能准确地算出它度过了多少春秋。世上物种以亿计,唯一有心理年龄的生物,恐怕就数人了。何况,各人心路历程不同,未可一概而论。举我自己为例,枷虽卸,锁虽开,心灵却始终被一种大孤独、大寂寞所笼罩,唯一能切近感知的是窒息,沉重而冷硬的窒息。

按说,我应该比现在年轻,因为我曾被厄运克扣过二十二年。遗憾的是,上帝并不依照小学生的运算方法去考虑问题;正相反,我所损失的,似乎远比八千余天要多得多。

站在这题无解方程式前,我无可奈何,像我一样的人,全都无可奈何。

况复直到如今,我仍夜梦颠倒,且多不祥,不是梦见无休止的批斗,就是梦见跋涉,跋涉,路途险阻漫长;最好的梦,也不过是正在写作,眼看就要完篇了,却又被人强行打断……

依陈抟老祖的命相学说解释,此乃煞星冲犯紫微,注定终生劳碌。

二

忧从中来,"中"者何？冷风吹热肠,"中"既是冷风,"中"也是热肠。

最忧的是人本身。因人而忧及社会,忧及自然。

有史以来,出于改善人类整体处境的愿望,精英们不知做过多少设计,画过多少蓝图,从大同篇到理想国,殚精竭虑……然则,令人泄气的是,历史却始终不曾提供半个成功的例证,倒是留下了大大小小无数失败的教训,一个接替一个,永远也总结不完。

号称万物之灵的人,事实上最愚蠢、最无能,并且从来都没有真正树立过"对道德律的敬畏"(康德语),因而连自己也管理不好。

作为人,我感到羞耻。

而且,人和自然的关系,也愈来愈演变成一种乱伦关系。人太骄横了,迷信自己拥有花样翻新的淫巧奇技,从而以为,可以恣意强奸这座星球。忘记了,只有自然才是人的衣食父母。于是,我们也丧失了"对星空的敬畏"(康德语),丧失了血缘感,堕落为逆子。

我们喧哗,我们打斗,我们既是捣毁地球村的暴徒,又是自杀的疯汉。

作为人,我感到罪孽。

尤其是对自身的复制,本来既归属于自然,又统领于社会,人却偏偏表现了双重的亵渎。看看我们都奉献了些什么吧,贪婪、腐化、狂妄和蒙昧,这岂非欺天复自欺？

人的欲壑是人的墓穴。

不是不报,时候未到。

在某些人心目中,我肯定是化外之民。而我的结论恰恰相反:这个世界太野蛮……

三

佛教讲涅槃,道教讲羽化,基督教讲复活,诗人讲什么呢?诗人讲"诞生在第二次"。

目前的我,正是个第二次诞生者。

既然有再一次的诞生,那产床势必设在吓人的落马坑。老实说,我曾企望,新的奋蹄路上,每扬一鞭,能否较前略胜一筹?可惜,再次诞生之际,婴儿竟已五十有三了,廉颇老矣!何况,有关绊马索的种种暗道机关,未免也明白得太迟太迟。

但,终于明白总比至死糊涂为好。

这个集子,就多多少少地能够说明我不再是原先的那个我了。因为在体例上,本集存在着一个鲜明的特点,那就是,以个人的所谓复出为上限,带有某种断代的性质。这也就是说,我只从七十年代后期开始往下编,以前的一概未选。当然,这样做,绝不意味着,昨日所写的全都应该扔进废纸篓。不,我是历来不悔少作的。以往笔下的一切,包括成功的、失败的、幼稚的和愚蠢的作品,自问同样是我心灵的物化结晶;只是,其中的一些,在不同层次的提纯过程中,发生了个人力量难以左右的异化和衰变罢了。

对我而言,这的确非同寻常。

我相信,读者在披阅这个集子以后,当会印证我的告白,"大孤独""大寂寞"和"沉重而冷硬的窒息",并非聊斋说狐,向壁虚构。

四

前不见古人,后不见来者。

念天地之悠悠,独怆然而涕下!

穹庐天地，俯仰古今，慷慨、悲悯、遒劲、苍凉、平易、透辟，这便是百代传诵的五言变体，有唐诗人陈子昂的杰作《登幽州台歌》。

陈子昂所排遣的，也是一种独立苍茫的情怀。论者历来强调，由于怀才不遇，陈子昂才发此浩叹。我却认为，这固然对，但并不全对。作为封建士子，陈子昂之奔仕途，干爵禄，效力朝廷，完全可以理解。不过，这只是半个答案。我觉得，事实上，陈子昂并未在"货与帝王家"的书生私愿面前止步，他还是努力推己及人，一心想兼济天下的。及至幻想破灭，才神思腾飞，跳出了个人的小圈子，超拔到忧世的罕见高度，从而在艺术上体现为凄恻至绝和壮阔至极的有机统一。因此，评价这首诗，无论如何是不宜局限于消极一端的。至于我，除了东方人文精神的继承外，复经西方人本思想的熏陶，选择了一份对人类对宇宙的终极关怀，这就更非一己之遭际所能解释的了。

五

红尘舞乱剑，臭氧层和心灵均为之洞穿。

何以自救？人淡如菊。

金风急，众花瑟缩，唯菊振作，她不怕活么？非也，她不怕孤独。

秋声紧，众花失色，唯菊灿烂，她不怕死么？非也，她不怕寂寞。

唯其不怕，乃淡；我以菊为楷模，或亦淡。然则诗不可淡，诗淡，就有损于诗了；有损于诗，必将有损于世界——尽管这个世界教人困惑，迷茫，恼怒，痛心，却又莫之如何？

依旧独立苍茫。

1994 年 11 月 3 日　合肥

诗本事(二则)

《远去的帆影》自白

有人问:《远去的帆影》是写给谁的?

也许不妨仿效外交辞令:无可奉告。然而不必,完全可以公开。这首诗的受赠一方是所有曾以爱心对待过我的朋友,不单是女性。

爱是能够超越时间、地域、种族和性别的。诗,恰好最适宜于、最擅长于传达这份深厚博大之情。

1991年12月11日　合肥

《自沉》附识

小诗《自沉》写的是老舍先生的惨死。不,与其说是惨死,毋宁说是壮别。人所共知,数十年间,在中国内地,有过好几场针对知识分子的"运动"。那掌握"第一推力"者,无疑是深谙《孙子兵法》的行家,"攻心为上";所希图瓦解的,正是知识分子的良知、自尊和人格。这一谋略,屡经发展,至十年"文革"而臻于顶峰。但,老舍先生,以及许许多多类似老舍的爱国作家、艺术家,都不约而同地采取了"壮别"的方式,以生命捍卫了知识的价值。"士可杀而不可辱",这正是中国知识分子恪守不移的"道"。

一九七九年前后,大众传媒开始隐约透露,老舍先生被迫自沉于北京什刹海。一段时间过去,遗属对此加以辩正,指出:什刹海系太平湖之误。此时,诗已广为流传,兼之诗艺固有的某些特殊要求,似已不宜再做更改了,不得已而保留原状,非关敝帚自珍也,尚望各方鉴谅。

1994年11月30日　合肥

《不能缺钙》编外絮语①

住院近三个月,得以保全身躯,完整回家,并且能着手编纂这部杂文随笔集,真该仿效前贤,脱口高喊一声"不亦快哉"了。

但毕竟病后虚弱,颇惮思虑之劳,那么,还是本着自己一以贯之的作风,有话则长,无话则短,且就几个必须向读者交割清楚的问题,略加说明,以求有助于较多的理解吧。

随笔要见作者的真性情、真体识,这已是不刊之论。杂文呢?杂文实在是从随笔中分蘖出来的庞大新一族,依我浅见,杂文尤其要见作者的真性情、真胆识,二者的区别,不过是将一个"体"字换作一个"胆"字罢了。由此也足以了悟,随笔和杂文确有某种血缘关系,他们是亲兄弟。而像我这样既写杂文又写随笔,且随笔中往往会流露出所谓杂文笔法的人,亲兄弟就简直成了双胞胎了。

不过,凡事有利必有弊。因了这种不便区分,界限不妨稍稍活泛,然而,到底又还是应该区分,于是带来了诸多不便。怎么解脱这一两难困境呢?我的做法是,从它们之间的共同点入手,换言之,就是瞅准杂文和随笔的结合部:议论,即以议论为主者为杂文,而在状写感喟之余,仅以议论点题的则是随笔。不待说,这里所谓的议论,已然是上升到哲思高度的某种心灵结晶了。

---

① "这是我为父亲编辑的第八本书;八部书中,大都是编定之后,便请父亲自己写序作跋"(参见拙稿《〈不能缺钙〉编后追记》)。此"编外絮语"即如是。

然则,当年蒙宁夏人民出版社抬爱,一再命编辑者作跋,我只得补作"编后追记"一文入书。父亲的这篇文章便被撤下。——刘粹 注还不妨进一步打个比方,这种结晶,它类似于钙,我们生命中不能或缺的钙,为人为文不能或缺的钙,由是,我乃挑选集中的一个篇目作为总的书名——《不能缺钙》。

稍稍值得一提的是《创作自由臆说》和《访德谈话录》。前者写于"创作的黄金时代已经降临"的一片鼓噪声中,由于我持的是低调,因之一经见刊,便反响强烈,而且,未曾料到的是,大加谬奖的竟占了绝大多数;当然,也有个别人不高兴,认为是泼凉水。至于我本人,则始终认定了实事求是的准则:谁说了也不算,一切都有待实践检验。后来的检验结果如何?客观进程早已有了答案,无须饶舌。一九八八年,我曾将它作为理论文字,收入一部名为《感情圣殿》(这一书名,已被人不告而取)的评论集中,却又由于市场法则的局限,迄今难以付梓;考虑到它毕竟充满了抒情笔调,现在再充当随笔,并作为《裸体艺术断想》的姊妹篇,同时收入本集。也许,不能以牵强视之吧。

比起《创作自由臆说》来,《访德谈话录》在读书界所激起的呼应,就愈发令人感奋了。不但全国范围的大小文摘纷纷予以节选转载,抑且收到了山南海北的许多来信(已择其有代表性者若干,收为附录,请参阅),提议我将分别发表在不同地点的不同内容的谈话,辑成专册,以便携带和收藏。其间,有几家出版社曾主动找我联系,也的确和南方某一家谈妥了,只是由于自己主观上陷入误区,一心想把它弄得更充实、更全面,发傻劲赶着整理了一篇长达十万字的访德工作日志,以为如此方能为那些谈话提供一个确切的大背景,殊不知欲工反拙,由于内容涉及了某些人和某些事的具体过程,难免不犯时忌,结果,倒连累得独立的《谈话录》也出不成了。前些日子,老出版家范用先生旧话重提,嘱我不必求全,先将访德期间的即席发言印出来,有一点总比一点都没有强。范用先生的话是有道理的。我想,即席发言,岂不正是"语言的随笔"吗?把它编进杂文随笔集来,也可谓顺理成章了。

此外,对《"读书无用论"寻根》一文,似乎也应带到一笔。张宿宗先生的批判文章,无疑是必须立此存照的(不知道张先生为什么要生造"讨评"一词？让人产生"讨伐"之类的可怕联想）。我原来打算,仔细罗列"文革"期间,伟大领袖关于教育革命的全部"最高指示",作为对张宿宗先生的正面回答;可转念一想,本人非"造反派",没资格打语录仗。因之,还是建议张宿宗先生,劳神找一找一九五五年第一期的《读书》杂志,读读资中筠女士写的好文章吧:《清华园里曾读书》,那真是不见血泪而字字血泪啊！知识断层,人才断层,早已是尽人皆知的铁的事实了,我们为此曾付出过沉重的代价,而为了尽可能减轻损失,至今,我们还在千方百计地从事积极的补救工作……

写这种痛心文字,的确令人伤神。猛然间,记起了自己还是个病人,那么,何苦来！搁笔了吧。

1995年4月24日—26日　合肥

评《纤夫的爱》

说话要有根据，批评更得讲理，而打算对当今最走红的歌曲之一《纤夫的爱》发表个人管见，尤其不可大意。为此，我特地找来了它的歌词，全文照录，这样做，既便于读者诸君参证，也借以说明，我对批评对象的确是尊重的。

我手头只有一本内蒙古呼和浩特远方出版社发行的《1995年歌曲台历》，那上面的《纤夫的爱》，虽然词曲作者一概佚名，但内文与磁带似无大出入。如下："（男领）妹妹你坐船头，（女）哥哥你岸上走，（合）恩恩爱爱纤绳荡悠悠。（女领）小妹妹我坐船头，哥哥你在岸上走，（合）我俩儿的情，我俩儿的爱，在纤绳上荡悠悠，荡悠悠。/我一步一叩首（哇），没有别的祈求，只盼拉住我妹妹的手（哇）跟你并肩走。/你汗水洒一路（哇），泪水在我心里流，只盼日头它落进山沟（哇）让你亲个够。"不过，我从另一篇题名为《文人斗法·对簿公堂》（文宁/《文化周报》一九九四年七月二十九日）的热点报道中了解到，尽管出了冒牌货，该曲真正的词作者乃是崔志文先生，曲作者乃是万首先生，崔、万二位现今皆在武汉。

本文想着重商榷的，主要是这首歌的词，但也不能不涉及诠释歌词内涵的这首歌的曲。人们知道，德国哲学家叔本华是反对歌词的，其论据是，歌词往往会干扰欣赏者对曲调的完整认识。依我等俗人浅见，除去无标题音乐，这话未免绝对化。事实上，世上确有不少词与曲珠联璧合、相得益彰的好歌。不过，让我们暂且撇开叔氏论点，先就曲说曲吧。假如我没有说错的话，那么，我觉得，这首歌，不过是撷取了旧时代风尘女子卖笑劝酒时的某些牙牌小令，以之作为音乐语言的基本素材，再运用时下风靡的轻摇滚手法加工点缀而成,并无多少突破性的创造。需要声明的是,我无意贬低秦楼楚馆有点色情意味的所有谱式,倘若认真地进行改造,从而实现整体的提纯,也不是没有取得成功的可能。有口皆碑的好电影《松花江上》的插曲《四季美人》,就脱胎于关外窑姐儿接客时的拿手段子。所以,我并不笼统地一概反对利用这类调式,我只是想驳斥那种认定《纤夫的爱》"发展了民歌"的无知妄说。依我看,实际上,《纤夫的爱》与健康的民歌并无深厚的直系血缘。

下面,将着重检讨歌词,顺带讲一点与之有关的材料。

歌词太荒谬了。最大的荒谬乃在于,把只有才子佳人后花园里荡秋千时才有可能出现的感觉,强加于胼手胝足的险滩背纤者,说它残酷,不为过分。然而,此"千"非彼"纤",二者终难混淆。众所周知,纤藤一旦绷紧了,其直如箭,偶遇锋利的礁石,难免割断,从而导致船毁人亡,怎么能"荡悠悠"得起来呢?况且,一条仅有一名乘客的小船,无疑是放鸬鹚的舢板了,谁又见过给舢板背纤的呢?抑有进者,根据歌词提供的规定情景,这名乘客既然必须是个"妹妹",于是,录音带的包装设计就更加匪夷所思了,那个"妹妹"竟在河风当头的船头上打着花伞!

忆当年,歌曲看"火",就有与作者们同处一城的杂文家鄢烈山先生提出质疑。文章不长,题为《哪朝哪代的纤夫的爱》,刊于《南方周末·茶座》(一九九四年七月二十九日)。不幸的是,这非但没有引起作者们和舆论界的正视,反而遭到了攻评。我这里指的是,著名的北京××报,八月十二日即做出快速反应,它在一篇题为《妹妹不许哥哥亲一亲》的专栏文章中写道:"一旦某种做法获得了大众的认可,轻易的道德批评可能是有问题的,否则,'人民群众喜闻乐见'的标准将无可适从。"好家伙!准备打"语录仗"了。但是,且慢,但求"娱乐",休管道德,难道就对么?我倒要不知趣地插一句嘴:当你们振振有词之际,至少是把三个概念混为一谈了。毛泽东所强调的"大众"和"群众",无须饶舌,指的当然是占人口大多数的工农兵,与当今以白领阶级为主的大众文化(mass Culture)毫不相干,而与所谓的流行文化或通俗文化

（popular culture）更属风马牛。而在英语中，mass 作民众解，popular 作众人解。一般说来，工业社会里，大众文化有三个不可或缺的条件，即大批量生产、大众传媒传播、大众各取所需。与此相近，通俗文化也兼具这些特点。二者之间的区别，仅在于审美层次的高下不同。然而，环顾国中，我们又何尝有过成熟的白领阶级？倘将少数因拥有科技知识产权，靠劳动致富的正派人略而不计，那么，或倾斜、或认同于黄黑杂陈的街头书报摊和喧闹终宵的卡拉OK厅的"大款"们，又岂能膺此殊荣？大概这也是中国的国情之一吧。商品经济造就市民社会，大众者，市民也，住在城里的有钱有势有闲者也。而"侃爷"们之所以能左右"导向"，其奥秘端亦在此。然则，有关三种大众化的关系，已不属本文探讨范围，暂且点到为止。

言归正传。鄢烈山先生的文章诚然是有弱点的，那弱点就在于义愤有余，论据不足。我愿为之稍做补充焉。先引唐代大诗人李白的《丁都护歌》："云阳上征去，两岸饶商贾。吴牛喘月时，拖船一何苦。水浊不可饮，壶浆半成土。一唱《都护歌》，心摧泪如雨。万人凿磐石，无由达江浒。君看石芒砀，掩泪悲千古。"纤夫的血泪生涯，已是如见其人，如闻其声了。再举一出有名的清宫戏《海瑞背纤》，表演的正是海大人当年在浙江淳安知县任上，深知生活于最底层的新安江纤夫，跌扑艰辛，这才不畏险阻，孤身深入，体察民瘼。那时，全长四百里的新安江，同现今造出个千岛湖来的新安江，是无法相提并论的。清人黄仲则诗云："一滩复一滩，一滩高十丈。三百六十滩，新安在天上。"此正纤夫之所以难为纤夫，海瑞之所以难为海瑞也。至于外国，也一样，世界级的俄罗斯男低音歌唱家夏里亚宾，一阕《伏尔加船夫曲》，响彻寰宇，闻者动容；而油画大师列宾同一主题的名作《伏尔加河上的纤夫》，更催人涕下，令人过目难忘。

巧的是，今年年初，我生病住院，难得浮生数月闲，竟把一本洋人写的厚达六百四十九面的学术著作《停滞的帝国》啃完了，发现其中居然也有涉及二百年前中国人怎样背纤的记载，现仅节录有关天津附近水流平缓的白河中的若干情景:"中华帝国的所有河流上都有以拉纤为职业的中国人。每个纤夫的身上都套有一根木条(公刘按,应译作木板),木条的两侧拴着两根绳,同帆船的桅和船头连在一起……就这样,他们像牲口一样按照有节奏的号子一步一步前进……泥浆水一直没到他们的肩部,他们不得不互相牵曳而行才能拉动后面的船"(第一〇四页)。多么悲惨!而这实在已经可以算是老天的"优待"了,倘换作南方湍急的河川,又该当如何?!

那么,在当代中国作家笔下,景象又怎样呢?沈从文先生的大作,大家都熟悉,不待赘言。即以我信手翻阅的近期杂志为例:"原来我以为歌是逆水行舟时的劳动号子,现在方知道错了。船在逆水行舟时,船夫们在背纤,腰折成一百二十度,发音系统被压迫着,是没有歌声的"(化铁/《黄河文学》一九九五年第二期)。又如,"不,连我这个小难民听到的川江号子都是揪心扯肝、以生命与急流险滩搏斗地嘶喊,也从来没有看到美丽的白帆,只有灰色的破帆,纤夫的赤背赤脚和石柱上纤索磨出的深沟"(赵大年/《随笔》一九九五年第二期)。我尤其想着重推荐《龙门阵》一九九四年第一、第二两期连载的长文《漫话旧时船工习俗》,作者邱昌明,该文内容丰富、资料翔实,堪称宝贵的民俗史。而其中有关川江纤夫生涯的细节,更于冷静中见沉痛,读之不寒而栗。

下面就该轮到我本人了,虽不敢夸口了解纤夫喜怒哀乐的全部,但由于命定夙缘,对之也略有见闻。且从少年时代谈起吧。抗战爆发后的第二年,故乡南昌沦陷前夕,我家夹在无数难民和大量调防的军队当中,乘船南逃赣州。中途必须经过万安十八滩。江西人都知道,十八滩者,鬼门关也,过得去算你命大。南宋民族英雄文天祥二次被俘后所作《过零丁洋》诗,有如下名句:"惶恐滩头说惶恐,零丁洋里叹零丁。"所谓惶恐滩,指的正是十八滩中最为险恶的一滩。清代皖籍诗人施闰章更吟有关于十八滩纤夫的长歌《牵船夫行》:"十八滩头石齿齿,百丈青绳可怜子。赤脚短衣半在腰,裹饭寒吞掬江水。北来铁骑尽乘船,滩峻船从石窟穿。鸡猪牛酒不论数,连樯动索千夫牵。

县官惧罪急如火,预点民夫向江坐。拘留古庙等羁囚,兵来不来饥杀我。沿江沙石多崩峭,引臂如猿争叫啸。秋冬水涩春涨湍,渚穴蛟龙岸虎豹。伐鼓鸣铙画船飞,阳侯起立江娥笑。不辞辛苦为君行,梃促鞭驱半死生。君看死者仆江侧,伙伴何人敢哭声!自从伏波下南粤,蛮江多少人流血?绳牵不断肠断绝,流水无情亦呜咽。"我之所以不厌其烦,整首照抄,是因为一九三八年夏自己亲眼看见的一幕,与之竟无二致!待年岁稍长,方才觉悟到,时光流逝易,中国改变难;那匍匐着的纤夫,拖的又岂仅是船,他们实在拖的是这个古国啊。

闲言少叙。且说船船相衔陆续过滩那阵,大人们都吓得屏息噤声,我却格外亢奋,觉得无一不新鲜。事实上,头天我就知道了,第二日要举行某种仪式,因为船老板已经将大红公鸡、猪头三牲、白酒及香枝、蜡烛、黄表纸之类,一应准备停当,只待祭神还愿了。隐约间,我还听说,船老板和老板娘三天前就不同衾共枕了(不妨对比,《纤夫的爱》居然大唱特唱"让你亲个够")。尽管我年幼,不懂男女之事,也注意到了这种大不寻常。然而,怨自家贪睡,次日拂晓,一阵鸡儿扑棱挣扎之声将我惊醒,才想起来有热闹好看,但此时舵师已在船头跪定,一脸肃穆虔敬,公鸡自然早就被杀死了,船帮上滴满了血,香烛俱已点燃,黄表纸仅余灰烬……错过了隆重的场面,令我万分懊恼。正丧气间,却见众水手脱得几乎一丝不挂,只在胸前拴一块不宽的纤板,纷纷凫水游向岸边,三两个水性特别好的,还合抱住纤索踩水而行。其后,便开始了背纤(岸上另有"铁路警察,各管一段"的纤夫加入)。我从未见过这等场面,只是这一刻,我才明白,原来,背纤不是走,是爬!这个痛苦的印象,从此便深深地烙进了我的心坎!我一下子懂得了,背纤乃是世上最危险的职业之一,纤夫自然也就成了世上最伟大的一群劳动者。而更加蔚为奇观的是,下水船"放滩",同样也要背纤。那船头却和上水船方向一致,只是纤夫们把纤板从前胸挪到后背,然后将身子斜倒,保持四十五度角,仿佛打算就地躺下一般,力点放在脚上,双手紧紧地攥住纤索,一把一把地倒捋着走,直等到进入水势平缓的河段,再掉转船头,顺流而去。想想吧,这背纤,会如同《纤夫的爱》所表现的那般浪漫吗?答案无疑是否定的。然则,难道纤夫就注定没有"爱"吗?不,还是有的,在沈从文先生笔下,这种"爱"一概安排在过滩之后:回家,或者串吊脚楼。这是完全符合实际的。众所周知,背纤期间,白天既不可能打情骂俏,黑夜也不允许行房合欢。这,实在是最最起码的常识了。

可惜,偏偏有人不顾常识,闭门造车。尤有甚者,根据《纤夫的爱》摄制的MTV,其背景竟取自素有"小三峡"之称的大宁河。恰巧,我在一九八二年因参加屈原诗会,曾有过大宁河之行。大宁河全长二百四十华里,而落差高达一百二十米,其险峻湍急可知。记得我们在巫溪县城联系船只时,就煞费周章;上船一问,才知道大凡乘客较多时,必须碰运气,倘正好遇上有思谋卖船的业主,那倒也不难。我们坐的船不大,仅容十余人,约有八成新。卖到哪儿去?巫山。我还打听过,这船是绝对无法靠背纤拉回原码头的。只有舢板,在极个别的河段有指望上溯,而大多数场合都得叫上几个帮手,头顶肩扛,攀缘山路而归。试问,《纤夫的爱》里的"纤夫",既悠游自在地背纤,又情意缠绵地对歌,宁非天方夜谭乎?或曰,追求画面风光幽美——权作一辩吧,终难免有欺人之嫌。至于说到未来"三峡出乎湖",一片波光潋滟,情侣荡舟其间,则又无须背纤矣!

一九九一年,我又有幸"漂沅水"。所谓"漂",是夸张,它与勇士们的漂黄河、漂长江,不可同日而语。私心不过在于,趁麻溪垭电站大坝合龙前,踏着当年沈从文先生的脚踪,看看那些行将沉没水底的物事而已。五月三十一日,我们乘大船来到了著名的清浪滩。当晚,就在这个野性尚未褪尽的小镇上,我和同行诸君邀请了本地数位老人,借星光叙谈,复有县第七中学的校长、教员们携了录音机来参加;不曾料到的是,机器失灵,两盘磁带空转半天,什么也没能录下。多亏我的工作日志上,还记了寥寥数笔:"八时半,开了一个别致的座谈会,光临者有老标工(**即舵手**)、老纤夫、老河工(**即领航员**),以及老水手、纤夫李荣庆(**七十八岁**)唱了一段下水行舟的摇橹号子。……至十一时半,尽兴而散。"李老人告诉我,这种号子,即兴编词,原自洪江一直唱到洞庭湖,但他嗓子不行了,起锚的一节从略,是从沅陵唱起的。

我探问:"您老背了一辈子纤,能不能唱个背纤的号子?"李老人答道:"连气都出不匀,还唱么子歌!实在非张嘴不可,那也是怕'破滩',大家拼起老命吆喝:一!二!三!鼓劲呦!硬要说是号子,就该叫拼命号子啰。"

众人谈兴甚浓,听老人们讲了不少古。不知谁把话题扯到了湖南的民间传说"寡妇链",老人们立刻动了感情,纷纷发言驳斥:么子传说!寡妇链是真的!然后便如数家珍般告诉我们,说是当初麻泖袱一带,石滩如同虎牙,碰上么子咬么子,不知道吃过多少纤夫和水手的血肉。可怜,寡妇们为了不让别人再失去当家的,齐心发誓做女红,攒钱雇来匠人,沿着陡崖埋下铁桩,安上铁链,让纤夫们有个抓挠处。我们听了很是感动,两天后,便赶到麻泖袱,专程前往凭吊。遗憾的是天降大雨,一路泥泞,而我又缺少一点纤夫精神,就叹息着折身回去了。

综上所述,我想足以论证,近年来的所谓时髦作品,大概再也没有更比《纤夫的爱》脱离历史,脱离真实,脱离劳动和脱离生活的了。可是,就在最近的《文论报》上,仍有论者为它捧场,说什么作为摇滚乐,它可以和何占豪、陈钢的小提琴协奏曲《梁祝》相媲美,云云。对此,我不敢苟同。姑且撇开包括金属摇滚乐在内的西方新潮音乐开始走下坡路的事实不论,单说《梁祝》植根于中华民族文化心理积淀的精华部分这一点,试问,《纤夫的爱》又植根于何处呢?

我看,形成目前这种可悲局面的原因,不外四条:第一是有人着意迎合,同时也助长初级商品社会醉生梦死的不良风气。第二是意识形态部门,历来只盯牢严肃作家的严肃作品,恨不得长出三只眼来;而对这"星"那"星",无论闹出什么笑话、丑闻,一概宰相肚量。第三是某些新闻传媒,推波助澜,从而也暴露了这部分人本身的文化素质不高,既唯利是图又不负责任。第四是看来乐坛和文坛的确难兄难弟,都存在着"三多"现象。哪三多?老好人多,耍小聪明的多,唯"物"主义者多,因之评论队伍(**恕我不恭,包括某些评奖的评委们**)不战自溃,结果自然可想而知了。

据说《纤夫的爱》一再被评为金曲,高踞榜首,历久不衰,而且风闻还有"系列"之作问世。如此说来,我写这篇文章,真个是既招时忌,又犯"众"怒了。不过,我还是决定再当一回"傻帽儿",不管它还会获得多少崇高声誉,还会获得多少次大奖,我反正亮出我的一张反对票,阿Q就阿Q吧,我相信,纵然孤立,也是光荣的孤立!

1995年5月27日—6月15日　合肥

[附]

公刘，你好迂

何满子

一面读着发表在《文论报》（八月十五日）上的诗人公刘的文章《评〈纤夫的爱〉》，一面心里替他暗暗着急。人真有这么迂，竟会正儿八经地去对待这种所谓"金曲"！耗费那么多的精神，以情、以理、以亲验的生活去证明这种破玩意的"脱离历史、脱离真实、脱离劳动和脱离生活"。一口唾沫就足够对付了的东西，竟然用了五千多字去和它说理，可谓迂不可及！

公刘兄啊公刘兄，你也不想想，这类"金曲"的作词、谱曲者能听得进乃至听得懂你那番道理吗？即使听懂了，他们要历史、真实、劳动、生活干鸟用！那些玩意能卖钱，能颠倒众生，能"评为金曲，高踞榜首"吗？在他们看来，你那些奉为庄严的历史、真实、劳动、生活，全是吃饱了撑的；他们要的只是"恩恩爱爱，纤绳荡悠悠"就行了。至于纤夫与逆流搏斗的牲口般的劳动么，理应化作风流小生般的闲庭信步，如果拍MTV，又没有"有伤风化"的限制的话，他们准想把拉纤的风流小生剥得精光，裸体出现（纤夫事实上也近于裸体，顶多只有腰间一片布头）。当然，与之相应，坐在船头的妹妹，也一定想玉体无遮，最多穿件比基尼，那样就更能表现"荡悠悠"的"恩恩爱爱"了。

公刘兄啊公刘兄，你费了那么大的神写出来的论文，发烧友、追星族之类当然不屑一顾,耳目习染于香艳肉感的肉麻声和肉麻相的听众观众也觉得大倒胃口。谁爱看那"绳牵不断肠断绝,流水无情亦呜咽"的纤夫挣扎的惨痛场面呢?你要的那种生活的真实岂非大倒只求"潇洒走一回"的柔嫩的胃口!阁下岂不闻"耳听肉麻声,眼吃冰淇淋"才是当今"过把瘾"的时尚么?

再剩下来,你是想把道理说给"金曲"的评委们、管意识形态的官们和传媒听了。但你明明又知道,这些对象有的"着意迎合"时尚;有的只盯着严肃文艺,对这星那星,则无论闹什么笑话和丑闻,向来都有容忍之量的;有的又素质不高,不比发烧友明白多少;有的是唯"物"主义要紧。既然如此,你何必浪费笔墨,去败人家的兴?你难道竟忘了说皇帝光屁股的孩子是要挨打的故事么?

公刘兄啊公刘兄,你好迂!

致"西岭雪山诗会"

亲爱的诗人孙静轩老弟请转
西岭雪山诗会全体与会的兄弟姐妹们:

此刻,正值盛会召开,大家欢聚一堂之际,你们可曾看见,千里之外,还有一个拄杖西望的老头儿也在向各位伸出他的手臂?

遗憾的是,这不过是诗的想象,不是现实。然而,我的心,却完全包容在这一姿势中了。

打从去年十二月起,我就运交华盖,新旧疾患缠身,迁延至今未愈,以致眼睁睁坐失良机,既无福负友情之暄,又无缘献野人之芹,姑且用机子"写"上几句话,聊表祝贺吧。

祝诗会圆满成功!祝诸位健康愉快!

我还要借此机会,祝贺中国诗歌学会的诞生!这可是中国诗坛的一件大事。基于此,愿向中国诗歌学会略陈个人管见,供方家斟酌取舍——

1. 提倡少"炒"些主义(当然是艺术上的主义),多写些作品;

2. 提倡少恋些"自我",多爱些众生;

3. 提倡少拉些"铁哥儿们",多搞些大联合(当然是有利于诗歌繁荣的大联合)……

至于具体想法,这里就不细说了。

老杜诗云:"窗含西岭千秋雪,门泊东吴万里船。"诸位有福了,"西岭千秋雪"笃定会踩在你们脚下,可我的"东吴万里船"呢?我连"门"在哪儿都找不见啊!但我又深信,只要活着,我终会找到这扇"门"的,唯望诗之门和天府之门都为我常设,为我常开!

1996年7月11日 寄自合肥

《裤裆文学和文学裤裆》自序[①]

首先应当声明,执笔写这篇序言之际,我已经是四年间的第三次住院,并且躺了两个月了。因之,这本被百花文艺出版社列入"当代名家杂文精品文库"的自选集,作者本人是难以直接操作的。真正主其事者,系受到作者全权委托的刘粹。

刘粹,是作者的独生女儿,也是作者近十年来大小手稿的第一位审阅者,即所谓把关人。而我之请她代编的诗集、文集,数下来,已是第九本了,因之,她还是有一定经验的。

再往深里说,我之所以完全信任她,请她主持遴选,自问又绝非仅仅出于血缘亲情,亦绝非由于她曾阴差阳错地读了个文学评论研究生,啮咬过几块海德格尔、德里达等等的"胡僧肉",建构、解构、能指、所指之类,也都能敷陈成篇;而实在是由于她的秉性坦荡刚直,且有胆有识又稳妥细致,从不做小儿女态。对"热闹复寂寞的文场"(刘粹语),她有自己独特的观察视角,故而,迄今犹抱臂远立于文坛之外,甘当无名小卒。对此,我是抱着赞赏态度的。

也许,有人还会追问,何以你公刘要让她代编了这许多?谨答曰:八十年代,我的"右派"铁案,甫获"改正",我竟大冒傻气,以为那无端失去的青春,是可以"追"回来的,于是成年累月地奔波在外,生活,创作;及至九十年代,忽而积疴嚣发,我又不得不成年累月地与病魔搏斗了。总之,无论哪种状态,我都只能单顾一头:写,写,写。职是之故,举凡同出版社打交道的具体事务,

---

[①] 1997年《黄河文学》刊载时,家父自己另拟一标题:《冷兵器操练小记》。——刘粹 注

一应巨细,大抵便全落在了不拿秘书工薪的女儿肩头。

上述简介,目的在于,一则帮助责编和读者了解内情,二则也是由衷地向刘粹表示一个既不称职、又无权无钱的老父的愧疚、感佩和谢意。

提起杂文写作,自信不能将我归入"初出道"的一拨。早在一九四六年,当我告别了信手涂鸦、信手署名的积习,正式启用"公刘"这一笔名时,那第一篇排成铅字的东西,正是杂文,亦即收入本集的《茶壶以及他的茶杯们》。其时,诗人张自旗兄和我一道都在江西南昌那家发表该文的《中国新报》社工作,不同的是,他是正式职工,且系中共地下党员,我不过是一个追求进步的大学生,"打工仔"而已。这篇东西,当然我原来也一直珍藏着的,新中国成立后,七灾八难,你审他查,都幸得逃脱,然终不免于犁庭扫穴的"文化大革命"。多亏有心人自旗兄,虽然他自己也蒙受"假党员,真右派"的灭顶之灾,居然不知用了什么计谋,替我保全了一份,并于新时期恢复联系后慷慨惠赠。什么叫作友谊?窃以为,似这等不惜招灾惹祸之举,方得窥其一二。然则,倘我仅此张嘴道一声谢,又岂非太苍白了!

不过,正当我在国民党统治区恣情学写"鲁调"杂文,以及《野草》式的散文诗时,却也同时萌生了一大错觉。犹记得,我第一次接触到《在延安文艺座谈会上的讲话》,是在夜深人静之时,用被子蒙住头,打着手电偷读的。而待到白天,我又每每和同学们一道放声高歌《山那边呀好地方》了。于是乎,我乃无师自通地琢磨出一个结论:既然"山那边"是"好地方",不像山这边的鬼地方,那么,"好地方"之彻底结束"杂文时代",废止"鲁迅笔法",诚属天经地义。(由此观之,"新基调"的首创权,到底归属于谁,似可争议,一笑!)

眨眼到了一九四七年,南昌市内,望城岗头(我所在的大学校园)开始屡屡出现黑名单,贱名赫然立于榜首。既然特务索捕甚急,我岂能束手就擒?叼了个空子,我便远走高飞了。先是打算从天生港渡江北上,但突闻交通遭到破坏,偷渡暂时中止,乃改为南下香港,进入地下全国学联总部,做一点文字工作。这已是一九四八年春上的事了。如此约有一年零七个月。其间,公开身份虽几经变化,始在生活书店附设之持恒函授学校当教员,继则被派往由沪迁港复刊的《文汇报》任校对,旋即擢升编辑,我却始终是全国学联宣传部的一分子。

那时的我,既非CP,又非CY,却思想激进,几近狂热,凭的就是一腔碧血。因为好发议论,杂文这一冷兵器,可谓须臾不曾离手。《野草》《华商报》《文汇报》《大公报》《周末报》,乃至叶灵凤先生担纲的《星岛日报》,我都常去敲门。只不过,考虑到殖民地环境险恶,不得不重操故伎,恢复了多所化名的"战法"。在这个集子里,从目前能找到的有限旧报刊中,择其少数,算是填补了一九四八年至一九四九年的空白,聊备一格吧。

再往下便是与杂文长达三十年的睽隔(一九四九年年底参军,一九五七年劳改,一九七九年归队)。这样一直憋到一九七九年,才又开戒,写了一篇论战文章,批驳李剑的《"歌德"与"缺德"》,题名《论题目的学问》(因过长,本集未收),接下来,才有了《也说镜子》。

我是一贯主张诗入杂文,杂文入诗,并为此身体力行了的。早在四十年代末,已故杂文家秦似先生即以此语向人对我加以评骘。对于秦似先生的谬奖,我是视同鞭策,不敢或忘的。

但,将诗与杂文相比较,若仅就数量而言,诗肯定超过了杂文。事实上,我的许多杂感,往往都通过诗的形式做了变相宣泄。在我笔下,它们是奇怪地彼此沟通着的,当然,这是指最深层次的交互渗透而言。正因了这一特殊情况,我的杂文专集,简直少到了令人汗颜的地步。如今有人居然称我为杂文作家,凭良心说,是名不副实的。

这些年,随着世事的动荡和年龄的虚长,见闻渐多,思虑益深,写诗的欲求日见其淡,写杂文的冲动倒无法自抑。然而,杂文似乎又更难写了。忆当年,牛犊初生,不惜肝脑涂地,遇隙注流,竟也组成图案花纹。如今,不知自己老了,思想滑坡了,抑或是时代进步了,牵扯多了。反正,据个人体验,大凡发行量大、读者面宽的报刊,其神经结缔组织也往往成正比例地增强。想要在那里发表三言两语,无一不需自行先削其角,折其刺;设若作者竟坚持不改,对不起,只好请您四处瞎碰去吧。抑有进者,即便某些篇什,曾一度"漏网"面世,待到正式辑录成册,也可能遭遇阻力。为此,刘粹多有感慨:闻一多先生当年倡导现代格律诗,好有一比,说是"戴着镣铐跳舞",以状其美;没想到,编杂文集竟也如此,只是,丝毫也找不着美感!我唯有默默,报之以苦笑。

杂文尚可为乎?无可为乎?联系到自己,实在还是只有那句老话:知其不可为而为之。

是为序。

1997年3月3日至6日

写于安徽省立医院

换一种角度看得失
——《纸上声》代跋

一

相传古时候,有一位靠养马为生的老者,家住塞上,人们称之为塞翁。一日,他走失了一匹马,邻里全为之叹息,他却说,别急,说不定会有好事。果然,没过几天,那匹马不但自己回来了,还带来了另外一匹。乡亲们转而向塞翁道贺,他偏叨叨,就怕带来的不是马倒是祸呢。结果,竟证明这并非多虑——为了调教这匹生马,他儿子摔折了腿骨。但当众人再赶来宽慰时,老头儿又回答,背兴透了就该走运了。事情还真叫他说了个准,不久爆发的一场战争,将丁壮征调一空,且大多战死他乡。可是,塞翁的儿子反而因残疾得以苟全。这是一则出自《淮南子》的寓言。渐渐地,它演变为一个尽人皆知的成语:"塞翁失马",准确而生动地揭示了事物相克相生矛盾转化的普遍规律。

这无疑是对特定哲学命题的高度概括。早在两千多年前,老子就在《道德经》中做过总结:"祸兮福所倚,福兮祸所伏",成语"祸福相倚"即本于此。其后,《文子》也有类似的观点:"利与害同门,祸与福同邻",因之,又衍生出另一含义相近的成语:"祸福同邻"。总之,塞翁失马、祸福相倚、祸福同邻等等,用意都在告诫人们,世上之事,不会好就绝对的好,坏就绝对的坏,一切皆变,好事可以变坏事,坏事同样可以变好事,关键在于紧紧把握住变的契机,变的"度"。

写到这里,本文已切入正题——近百年间,尤其是近数十年间,中国社会剧变,人们也在剧变,有的变好,有的变坏,有的由好而坏,有的由坏而好。其间所谓的祸福吉凶,荣枯消长,成败进退,有时候简直就像一枚硬币的两面。当然,问题又并不像硬币那么简单,非此即彼,往往倒呈现出一派你中有我、我中有你的复杂景观,一时半刻难以断言。

举我个人数例。我从迈进大学门槛、粗识革命道理的皮相起,便被传染上了"左派幼稚病",自己却浑然不觉,相反,还以为非如此不足以显示"进步"。接着去香港并参加了全国学联的工作,尽管环境大为改观,能接触到不少经典著作了,可惜仍逗留于字面理解,并无切实长进。如今回头默想,其时练笔的某些篇什,竟颇有"指点江山,挥斥方遒"的意味,真是不胜惶恐!前不久,我曾就一九四八年写的《过河卒子行状》一文,初步做了一点反省,题名《愧对胡适》,发表在湖南出版的《书屋》杂志上;限于水平,不敢说认识已有多深,坦然无忌却是真的。记得与《过》文错前错后,还由于受到当时以《大众文艺丛刊》为代表的极"左"思潮(我以为,其特点是表面上大唱统战高调,骨子里大搞宗派主义、关门主义)的影响,我也起而学舌,指摘沈从文和朱光潜"太右"了,而他们实际上正是我自幼景仰的小说家和美学家。至于对胡风、萧乾们的批判,大概是太难认同了吧,虽未跟上起哄,却也种下了某些狐疑。这些事,直到今天,想起来还心情沉重。

更加莫名其妙的是,我还在《大公报》上发表过学习《整风文献》的长篇心得,分两天载完,题目居然就叫作《我的文风有问题》,何等狂悖!何等滑稽!然而自问又确系出自政治上的虔诚,并无邀宠之心。不久我回来参军,开始看出了某些奥妙,才悚然感到后怕,同时也意识到那份虔诚倒是不折不扣的愚昧!心想,当时的我,既非 CP,又非 CY,哪有在这类题目下面乱说一气的资格!

讽刺尤为辛辣的是,当新华社全文播发了《论人民民主专政》之后,为了辅导港九读者的学习,我在《文汇报》自己分管的副刊《社会大学》上,写了一篇《试释人民民主专政》。公刘何人？胆敢"试释"！何其不知天高地厚耶！说到底，我又何尝吃透了人民民主专政亦即无产阶级专政的个中三昧，若说比较有了一点感性知识，那也是在自己被卤水猛煮三遍之后的事了。

二

半个世纪过去了，最后我也没能混上个"左派"。请注意，这个"左派"，是打了引号的，和列宁批评的《左派幼稚病》中的左派，不是一回事。患左派幼稚病的左派，虽说幼稚，尚属正常。当然，倘"幼稚"到高烧"狂热"，如同彭德怀、张闻天在庐山所指斥的那样，便不是"病"，而是灾了。只是不知缘何，长期以来，中国总有那么一批自诩"政治成熟"者，以"革"别人的"命"为毕生之专业，老百姓管这种人叫"左王"。"左"而"王"，必有权力背景在焉，其出类拔萃者，往往本身就是某一权力层次的象征，比如，十亿人民都领教过的林彪、康生、江青之流，即是。

在文化人中，大名鼎鼎的姚文元，大概称得上是这一行的"样板"吧。提起这位火箭牌的"左王"来，我个人与之倒有一段纠葛，可助谈资，这里无妨带到一笔。

"文革"前期，山西太原的街头巷尾，几乎每天都有乱七八糟的"北京来电"和"特大喜讯"之类公布。一日，我所在单位，不知哪位学富五车的"造反"人物，忽然也张贴出一则独家新闻，内容竟是针对我的，看标题就煞吓人：《姚文元同志狠批大右派公刘》，说什么公刘的诗是修正主义文艺的堕落典型，是大毒草，云云，但一细看，竟是炒现饭，我便懒得紧张了。原来，除个别词句外，都是对着姚文元批修正主义文艺思潮的那本"著作"照抄的。得亏几年前我曾偶然翻过它，知道其中有条专门拿我开刀的注释，但那也显然是在我被打成"右派"后追加上去的。这说明，"左王"的所谓火眼金睛，不过是毫无"预见性"的事后诸葛亮，无甚稀奇。倒是随后刷满南华门东四条胡同整堵院墙的一条超长标语,着实将我放学归来的小女儿吓了一跳。"坚决贯彻中央'文革'首长指示,彻底批倒批臭批垮反革命修正主义黑干将、大右派公刘!"我悄悄地安慰孩子:假的!甭怕!让他们演戏去吧,只是你莫对外人讲就是了。人说,捡起鸡毛当令箭,这回是错捡了麻雀毛啦!

一九五六年秋,时任上海《萌芽》杂志编辑的姚文元,倒的确专门来找我约过稿。那时,我住在北京和平门北新华街的总政宿舍里。这既是我第一次,也是我最末一次看见姚(往后,就只能在银幕上,瞻仰他尾随领袖平步天安门的风采了)。在我的印象中,小个子的姚,除了一对金鱼眼珠和满口蓝青官话,以及可能是由于担心北方天冷,穿得比较臃肿外,别无出众之处。固然人不可貌相,海水不可斗量,我既不擅麻衣相法,自然料不到人家日后的发迹与发福。不过,这些我全都瞒过了女儿,唯恐她不识深浅,说漏了嘴惹祸——有谁能给我具结作保,不以"丑化革命领导光辉形象"量刑呢?

然而,究其实,漫说姚文元式的"左王",割我脑袋我也不会去巴结;就是真正的左派,一旦他当了"官",我也极少往来,唯恐落下高攀的嫌疑。关于这个"毛病",另有一件小事可资说明。一九五四年,《中国青年报》发表了我的《佧佤山组诗》,据说一时居然在首都造成了小小的轰动,担任全国作协秘书长的邵荃麟,立刻向主管该报文艺部的吴一铿询问,这个公刘是不是他在香港认得的那个公刘?吴乃写信找冯牧求答,冯持信让我过目,我说,不错,说句没高没低的话,我和邵还是持恒函授学校的同事呢。冯说,怎么从未听你说起过?我说,那有什么好说的,过去的事了。不久,我上调北京,但我仍旧没有去找邵叙旧。我就是这么一个人,借用"大批判"的语言说,这叫作"公刘是茅坑里的石头,又臭又硬"。是的,我实在太"不会事儿"了,所以,笔耕至今,也只有文友,没有"哥们儿"。

一九七九年,"右派"一案改正,负责其事的总政干部,付给我人民币五百元,并解释说,你被列入"家破人亡"一类,这是按政策规定给予你的补偿。补偿?五百元?要说家破人亡,父母忧惧双亡,妻子背我他去,丢下一个小女儿与我相依为命,情况确也符合。可是,寿夭岂可任人赎买?且不说我的天赋人权、无价青春与事业了。我默默地接过钱,未做任何表示,更没有哭。数年后,当我看见电影《牧马人》的主角许灵均竟为五百元而大恸时,我真觉得反胃,心想,既然莫斯科不相信眼泪,眼泪又何必相信莫斯科?!

三

　　一九九七年第四期的《随笔》杂志,发表了老友彭荆风的文章《忆蒋牧良先生》,文中说我于一九五五年总政京郊莲花池肃反审查中,由于受不了逼供,便"胡说八道",承认自己是"派遣特务"不算,还招认"在军内外发展了一批特务,其中就有彭荆风",因而他才"也被隔离"起来,云云。寥寥数语,如石击水,噩梦重温,扣人心弦,既唤醒旧的悲愤与惭愧,复增添新的惊疑与遗憾!为了减少讹传,合当稍作申辩。

　　不错,我生性桀骜而又资质驽钝,遇上想不通之事,总是按自己认住的"死理"去头撞南墙,虽说教训多多,改也难,真是没有法子。就说一九五五年的莲花池肃反吧,我和彭荆风的不同反应,就很能说明各人的性格特征。他因"好发火"而"大吵大闹,还要动手打人",竟而得以迅速"解除了""特务之嫌"。我呢,太没出息,只知一再遗书明志,要求还我清白,岂料因此反而平添暗云,于是一查经年,直到一九五六年夏才重获自由。

　　骨头烧灰也不敢或忘的是,我在审查的白热化阶段,在那昼夜车轮大战求生不得求死无门的情境下,被迫做出了鲁莽灭裂的选择——不但作践了自己,而且伤害了无辜。万幸的是,当打手厉声追问"快交代!你都发展了谁"时,于昏乱中,神志并未完全泯灭,因之,对这个混账问题,我还是颇费考量的。有关经过,我已在一九九一年写的一篇纪实文字《无论是"得"是"失"都充满了忧伤》中,大体做了记述。该文发表于《得失谈》,复收入拙集《活的纪念碑》("当代中国作家随笔丛书",柯灵主编,上海知识出版社印行),这里容我摘抄其中的一小段,或能有助于澄清事情的真相。我曾写道:"借此机会,我愿提着我的始终滴血的心,向被我无端株连的王平先生、谢章生先生(**现名谢长辛**)和林予先生(**本名汪人颐**)谢罪!"(《**活的纪念碑**》第六十六页)人们当能注意到,其中并无彭荆风的大名。

我在别处还写道,凡属"我生平的奇耻大辱,必须时刻引为鉴戒。对别人的过失不能耿耿于怀,然而,对自己的污点却应该耿耿于怀。"(引自《**我的追求**》,见《**活的纪念碑**》第二百八十一页)或仍有驳诘:这是在务虚,你能拿出过硬的证据来说明你记忆无误吗?敬谨答曰:能,我有人证,也有物证。请容我择要一叙。

话得从一九五六年夏莲花池肃反正式结束之日说起。当时,似乎只剩下我独自一人了。显然,我是重中之重。这天一大早,监管干部宣布,回去吧,没事了,你恢复自由了。我当即抓紧时间,先办妥朝思暮想的那桩大事——驰函大理十四军的谢长辛和昆明昆华师范学院附属中学的王平,恳请他们宽宥。然后,乘长途班车进北京,在向原单位总政创作室报到的同时,又急忙找到与我共事的林予,当面谢罪。应该说,林的态度是厚道的。

犹记得,在接踵而至的短命的一九五七年早春天气中,总政创作室的党支部曾根据最高当局的谋略,开过一次所谓"赔情道歉"的扩大支部会;支部书记虞棘再三号召,要党内党外所有在莲花池挨过整的人"放胆出气"。我原本决定绝不张嘴的,却难敌他的劝诱,虽拖到最后一天,但还是发了言。谁承想,这口再忍二十四小时就能忍到底的"气",半年后,竟又成了"恶毒攻击肃反"的"新罪证"。不过,我也趁创作室全体成员基本到齐的机会,再次当众向林郑重道歉(这正是我所说的人证)。不久,林即主动提出,拟将我的长诗《**望夫云**》改编为电影文学剧本,并要求我与之合作。剧本脱手后,西影厂决定开拍,并由《**延河**》先行发表。但一夜风云突变,"反右"压倒一切,人间即从此万事休提矣。如今,我来絮叨这些"开元盛事",都只为说明一点:电影《**望夫云**》虽告流产,但整个过程足以说明,林对我已前嫌尽释,尽管这并不能减少个人的内疚于万一。

话分两头,再说谢和王。谢长辛很快就有了回音,他以忠恕之道相待,表示谅解,令人感激莫名。王平则音讯杳然,而我的去信亦未见掷还。我认为,这无疑也是十分正常的反应——须知王与我仅一面之识,但竟因我而横遭祸殃,焉能不恼怒难忘?将心比心,我对他的不屑置答,确是无权嘀咕的。这是我的肺腑之言。

造化小儿捉弄人,不容眨眼工夫,我又被打成了"右派"。虽说形式上并未剥夺与外界通信的权利,可我怎么有脸再和人们来往呢。忧患人生,就这么一晃二十二年,好容易盼到一九七九年"改正"了,怪事,一切又仿佛成了一九五六年的重演。我再一次分别向谢、王二人致歉。依旧是谢回信,王未复。不过,已然成为画家的谢长辛,从此倒和我结为知交,鸿雁往返,历久不断。回忆一九五三年,我在大理十四军图书馆初识这位管理图书的江西小老乡时,他就给了我以澄明单纯的印象,正因此,日后我在逼供中竟扯上了这么个好人,也就愈发罪无可逭了。对他我羞愧多多,因而将他的所有来函,一概珍存,以志不忘(没想到如今却变成了物证)。遥想何时能和谢重聚苍山,把晤洱海,饶我腼颜话旧?实在是此生一大心愿。

回头再说林予。当年,我是个就差没被开除公职的"右派",发配山西劳改。林也以莫须有的"中右"身份,放逐北大荒。虽说情况双方都了解,却不便互通音讯,如此直到"四人帮"垮台。一天,林忽然从哈尔滨来信,说是才从冯牧处打听到,我已由忻县农村调入文化馆,他很为之高兴,云云,旋嘱我为他的新作电影剧本《孔雀飞来阿佤山》撰写主题歌及数达十首之多的插曲歌词,我当即欣然命笔,并以此为契机,再次恢复联系。

然而,我和林的真正从容深谈,倒还得感谢老友彭荆风的玉成。此话怎讲?一九九一年,彭牵头策划了一次楚雄笔会,作为五十年代的云南老兵,我和林都被列为邀请对象。旧地重逢,格外动情。记得是彝族火把节那天,趁自由活动的闲暇,当着第三者在场的情况下(这也算个人证吧),我们既从东欧真相(林刚出访匈牙利归来)到我国趋势,又从往昔到当下,更从社会活动到私人生活,几乎以一整天的时间,做了一次全面交流。就中,我重又提起那不堪回首的一幕,林立即打断我:不要再说了,我们也"向前看"吧。想想如今林已作古,我有幸能抓住这最后一次机缘,第三次向林致歉,真是不胜唏嘘!

上述各节,都是与莲花池肃反有关的私人善后事宜。接下去,便不妨触及彭荆风的文章了。毫无疑问,以我的脾性和作风,如果事情真像彭所说,那么,早在一九五六年,我就该对他低头忏悔了,此其一。及至"文革"后,我和彭又屡有接触,就其次数之多和时间之长而言,皆远非林所能比拟。按常理,说什么我也不会再对此缄口无言了,此其二。于是,事情便只剩下了两种可能:要么是我居心不良,蓄意有负于彭,要么是我坦荡自信,对彭问心无愧。换句话说,也就是,要么彭继续相信大小"左王"们的"兵不厌诈",要么彭从此相信理智与事实——公刘何苦要在向谢、王、林三位连连赔礼的同时,独独避开彭荆风一人?

我复思忖,倘再进一步,具体联系到个人的这桩小小公案(众所周知,"文革"结束后,叶剑英曾在一次重要讲话中透露,建国以来,历次"运动"所造成的冤假错案,其涉及的人口总数竟高达一亿!据此,我在莲花池经受的些许,固已不在话下了),确也并非无所"得"——我终于知道了,四十年前的罪孽,至今尚留有后遗症。不过,看来最大的"胡说八道"者恰是"左王",而非旁人。是以对于"左王"的残暴和伪善,人们无论做怎样的估计,都不为过。感谢彭荆风,假设他将此事一直窝在心里不说,我就要落个黑锅背到死了。当然,在"得"的同时,也许还会有所"失"吧——失掉我一向自以为是朋友的朋友。

四

刘粹早已成人(所谓成人,指的不仅仅是体格的健全,更主要的是心智与胆识的健旺），她再也不是当年那个任谁假传一道"圣旨"便能蒙住的小女孩了。

这本书，是她为我编订的第十本书。要在指定时限内，从一大堆书稿和剪报中，筛选出六十余万字来，这对必须坚持上班，且受病人拖累者，诚非易事。作为父亲，我合该对之深深鞠躬。

根据我的行事准则，用人不疑，疑人不用，何况是自己唯一的女儿！何况我又百病缠身，力不从心！因之，事凡涉编务，我一概放手不加干预。只有当最后决定书名，她来征求我的意见时，我才提出一条建议：就借用"纸上声"仨字，如何？她听了也认为极好，立马表示同意了。

"纸上声"，不是我的创造。小时候，当我第一次读罢《呐喊》，再掉过头去品咂鲁迅的卷首题诗，不知缘何，"弄文罹文网，抗世违世情。积毁可销骨，空留纸上声"，这区区二十个方块字，对一个涉世不深的少年竟产生了无比强烈的震撼。及至步入社会，亲历渐多，就愈发地深深拜服了。鲁迅就是鲁迅。他这哪是在吟诗，直是在呕吐一颗带血的心啊。

此番冠它为书题，不过是借大思想家的浩茫喟叹，聊寄一粒渺小的心音罢了。我想，这么做，当不致引起僭妄之类的误读吧。

然则，这首五绝，情怀壮烈，又确乎弥漫着一种人生的沧桑感。

如今，人人争说金钱万能，诚然，有了钱，还可用钱来赚更多的钱；而有了书呢，恐怕就只好永远认"输"了。回首平生，涂抹在纸上的东西，历来都徒然给自己招祸，以至于差一点要"失"掉小命，但我却顽劣依旧，写、写、写，输、输、输，果真是应了鲁迅所言，"得"了什么呢？"空留纸上声"而已！

本书的序文，已请刘粹主撰，这类似题外话的闲篇，姑且算作代跋吧。

1997年11月7日—12月1日　合肥

因为人生是一首大诗……

——答《诗歌报》月刊记者问

访问前记：

公刘先生住在安徽省合肥市省文联大院内。大院北面不远，是合肥市最繁华的商业街长江路。大院内显得有些破旧，但还算安静。公刘先生住在一幢公寓楼的四楼，一套简陋、失修的房间。进门可以看见客厅兼饭厅的地面上，沿墙堆放着很多书报，码得非常整齐。这是个两口之家，只有公刘先生和他的女儿刘粹。多年来，一直是刘粹照顾着先生的生活起居。

访问时间是在一九九七年十一月十六日下午，当时合肥恰巧下起了第一场小雪。访谈是在十分逼仄的客厅内进行的，厅内陈设简单，只有一张很旧的木圆桌，一台小小的白色冰箱，几把折叠椅。先生的精神与气色很好，我们熟悉的满脸长髯已在去年的一次病中全部剃掉了。他非常愉快地接受了这次采访。整个访问持续了三个多小时，中间没有休息，却未见先生有丝毫倦意。

在这次访谈中，笔者清晰地感受到了先生身上所透出的，那经过多年风雨锤炼的巨大人格力量，深切地领略了先生的正直、机智、锐利与风趣。可惜的是，读者从笔录中已感受不到那由短句、语气停顿、语调变化所显示的幽默，以及很多辛辣的话语，还有那不时发出的爽朗笑声了。

叶匡政

叶：公刘先生，您今年七十初度了，仍保持着旺盛的诗歌创作力，而且在不断求变。近几年,我从《上海文学》《诗歌报月刊》《星星》《诗神》上读到了您的不少新作。您能向关心您的朋友们,介绍一下近两三年的生活和写作情况吗?

公:可以。有部我没看过的中国电影,片名叫作《一半是海水,一半是火焰》,让我借用一下,我这三年的生活也可以说是一半是死神,一半是诗神。死神指的是病,大病,其中一九九五年十二月二十六号发作的那次最厉害,经过四夜三天的抢救才活转来,是因颅腔积水兼脑梗塞并发引起的。这就是死神。还有一位诗神,不是纯粹指"诗歌"的诗神,而是美神、艺术之神。为什么这么说?因为,除了诗以外,我还写了不少别的样式的文学作品,比如杂文、随笔和评论。先说诗以外的部分吧,其中有些曾经产生过一定影响。比较重要的一篇是《裤裆文学和文学裤裆》,全国有几十家报刊加以转载;此外,如《评〈纤夫的爱〉》《九三年》《不能缺钙》《是否需要重新评价鲁迅?》等,也反响较大。还有两篇:一篇是《可怕的是混进官场的流氓》,我收到过不少读者来信,都说是讲出了他们的心里话。这篇文章的特点在哪呢?我笔下所写的流氓指的是陈希同。当时,他还没有完蛋。可以说,这篇文章是个预言,它在精神上判处了陈希同的死刑。它说明,好的文学作品是可以走在事件前面的。另一篇,叫《且慢经典》,是在《人民日报》上发表的,编辑写信告诉我,北京反响比较强烈,包括文学界以外的人士,都有反馈。据我所知,北京以外的其他地方,也有不少好评。对于一个作者来说,文章没有白写,这就是最大的安慰了。

说到诗歌写作,与八十年代相比,这些年的产量,确实要少些,但我从未中断过。即使在一九八九年以后的那几年间,我都一直诗心不死。说到作品嘛,近两年,我自认为比较主要的,有一九九五年早春在医院里写就的《自寿五章》,还有后来发表于海外报刊上的组诗《五种集中的方式及其过程》等;而《西部蒙古》组诗十九首,则是腹稿于一九九五年,定稿于"死而复生"后的一九九六年秋。另外,一九九六年那一次大病的住院后期,也写了不少诗,内容与《自寿五章》不大相同,还有写苏州风物的一个组诗,这两组都是早已成型,比较完整的,就差最后定稿了。其他零零碎碎的,这里就不说了吧。

叶:您在一九八四年谈起自己的创作风格时说过"我在努力塑造自己的风格";一九九一年,您对自己作品的评价是:"现实主义的基调未变,现代主义的和弦粗具。"而从您近几年的一些作品,特别是发表在《诗歌报》上的《西蒙五章》看,我感到您的作品有了明显的改变,情感变得更冷峻,语言更精练,更注意内在节奏,您对自己近几年的创作风格是如何评价的?

公:"风格"这个字眼是一个很崇高的字眼,不宜轻慢,我目前还是处在努力塑造的途中,并没有实现我的愿望和追求。《西蒙五章》是组诗《西部蒙古》的一部分,刚才提到过,整组诗发表在江西的大型文学刊物《百花洲》(**那是家颇有风骨的刊物**)。你的观察是很准确的,像"冷峻"等等的描述,但那也是一种实验。作为组诗,我还比较满意,但一首一首地单看,就有比较弱的部分了。可惜,这组诗没引起评论界的注意,诗评家可能只注意那些国家级的刊物吧。

回到风格这个问题,我还是不敢说形成了什么风格,只能说在追求之中,还得继续努力,也许最终能完成,也许最终并不能完成,因此,说公刘已经形成了某种风格,为时尚早。

叶:因为我们从您的近作中感受到这种变化,我想问,作为诗人,是什么促使您做出这种风格上的改变的?

公:我感到,一个人,不论写作不写作,或者写作什么,都不能僵化,一僵化就等于死亡。不过,不愿僵化,还只是防御性的,应该具备一种进攻性的态度,那就是要竞争。当然,这里的竞争指的是凭自己的劳动去竞争。我的追求,不妨用十二个字来概括,那就是:人无我有,人有我新,人新我优。现在不是提倡创名牌、出精品吗?我将尽力争取使自己的作品拿出来,让人一看就觉得不一般。当然,这只是我的主观愿望,不一定能实现。

叶:对您而言,在诗歌写作中最难处理的是哪个方面?您有无力解决的难题吗?

公:有啊。首先,语言就是有限制的。说到底,语言的表达、语言的张力、语言的外延部分等等,总是有边缘的,不可能是无限的。虽然读者可以去充实它、发展它、演绎它、解释它,但也必定有边界。于是,作者永远都会感到力不从心。怎么说呢,我想这不仅是我的悲哀,也许是全体诗人的悲哀。所以,有时我会感到写诗就是搏斗,其中既有苦恼,也有快乐。

叶:既然我们谈到了语言,就不能不联系到现代汉语。我们知道,现代汉语的历史相当短暂,有人说它还处在"新石器时期",您认为一个中国诗人是否应该为现代汉语的建设做出某种贡献?怎么做呢?

公:当然应该。不仅是诗人,所有的文学工作者与语文工作者都应该做出自己力所能及的贡献。"新石器时期"的说法,只是一个比喻,不能机械理解。现代汉语确实还处在远不够丰富、远不够精确、远不能适应现代文明要求的尴尬状态。因此,在写作当中,就经常得从很多词中选择一个词,这种选择,往往可以看出一个诗人的功夫。为什么是那个词,而不是这个词?这本身就形成了对汉语的一种筛选、一种改造、一种推动。同时,现代汉语的发展也是一个自觉和不自觉的过程,现代汉语不是哪一个诗人能够有意识地塑造出来的,只能靠大家的力量去不断丰富它,有一个长期的扬弃过程,一方面是发扬,一方面是抛弃。

叶:您说过自己作品中"现代主义和弦粗具",从技巧而言,是否有哪些现代主义诗人对您有过影响?

公:很难说。为什么难说呢?因为我们通常指的现代主义诗人,大多是国外的诗人,他们使用的是另外一种语言,经过翻译,有大量的水土流失。有人说,诗不可译,虽有些绝对,但也不是没有道理。我粗识一点英语,但多年不用,也丢得差不多了,如今又精力不济,重新捡起来也不大可能了。

一般来说,我对翻译诗是持怀疑态度的。不过,好的翻译诗对我还是很有益处的,第一是参照系,第二是营养剂,第三是推动力。比如说,波特莱尔的《恶之花》,开一代先河,现代主义的老祖宗。他把丑变为美,这是一大贡献。像阿赫玛托娃,我也很喜欢,我喜欢她的忧郁,不是一般女性的忧郁,而是整个俄罗斯民族的忧郁,如同柴可夫斯基的《悲怆》一样。

总之,现代主义诗歌主要是传达了诗人内心的骚动,对工业文明的不满和抗拒,对物欲的鄙弃和对精神的追求,裸露出多数人的灵魂,我觉得这一点很有启示。

叶:您是怎样看待作品的时代精神与永恒之间的关系的?它们有冲突吗?

公:这个问题,往深里说,可以写一本书。要简单地说,一句话就说完了,有冲突,有矛盾,但也有根本一致的方面。如果真正体现出时代性,这本身就是永恒。我理解的永恒不是一个抽象的概念,不是那种单一的、纯而又纯的抽象,而是一种叠加,是一种心灵与心灵的叠加,一代代地叠加,而且一环扣一环,每一环都是一个特定时代的时代性。我觉得,从这个意义上说,它们不矛盾。有人觉得写现代事物,就没有永恒价值,我觉得这是一种片面的看法,必须通过现在才能看到永恒,如同必须有现在才有历史一样。社会发展也是这样,一环扣着一环。为什么我们今天要搞市场经济?就因为那一环缺落了,所以得补课。难道写这一环就感觉不到整个链条吗?不,关键在于你是否真正把握住了这个时代的脉搏。

叶:您在诗歌写作中感到自由吗?

公:客观、主观都不自由,非常不自由。也许这个世界上根本就没有这种自由,永远不会有,过去没有,现在没有,将来也没有。大概,这也是人类社会永恒的悲哀吧。

叶:您曾经这样评价过自己的性格:"绝对清高而又绝对'入世',怯弱而又宁折不弯,落落寡合而又温情脉脉……"在您的一首诗中,您也说过自己:"有人夸他慈祥,有人怨他乖张",请问,您的性格与您诗歌风格的形成有着怎样的关联呢?

公：你刚才引用的句子，如果记得不错的话，前面引自《我的追求》，后面引自《流浪》。这也是一种现身说法吧，自己把自己摆进作品里去，让大家看，公刘就是这样一个人。这说明了，我的诗，就是诗的我。说句绕口令式的话：诗人的诗，就是诗的诗人。如果不是这样，你就没资格写诗了。诗人必须对读者坦诚，敞开自己的襟怀，一切都让读者来评判，这样才有可能引起共鸣。如果躲躲藏藏、遮遮掩掩，隐瞒自己的缺点，又把不存在的优点强加在自己身上，这就不是实事求是、恰如其分的态度。对读者不忠实和对生活不忠实，同样是可耻的行为。

我的性格可以说与我的美学观点是一致的。我希望自己的诗是一种倾诉式的，把自己的内心毫无保留地交给读者检验、评判、剖析。记得我曾写过一篇文章，其中特别强调过三个字：不设防。我希望作者与读者之间不要有防线。而要实现这一点，首先作者一定不能摆出高高在上的姿态，驾驭众生；也不能光是欣赏自我，重三复四地总去描述那些不为多数人所能理解、接受和认同的东西，否则，就很难写出成功的诗作。

叶：您刚才谈到了读者，那么您是怎么看待读者这个问题的？您是否在诗歌写作中，为拥有尽可能多的读者而牺牲什么？

公：我绝不牺牲什么，我反对做这种交易性的牺牲。你真正努力了，但有时，你仍可能并不为更多的读者所接受，那你就得耐心等待。比方说，现在这个社会，许多人都在孜孜求利，相信金钱万能，而你却写与之相反的东西，也许就会招致反感了。如果是这样，那你就耐心等待吧。

在这个问题上，我是这样要求自己的：坚持做一个正派的诗人，而不去做廉价的"码字儿的"；我宁要少量知音，也不要在地摊前边排队的顾客。

叶：您认为诗人应肩负某种使命吗？如果有，应是一种怎样的使命？

公：诗人当然应该有使命，而且这种使命应该是诗人自愿承担的，是一种觉悟、一种良知。现在有人强调"娱乐性"，说写诗就是好玩，就是为了娱乐自己，我觉得这种理解太肤浅，太绝对化，也太自私，太庸俗了。同样的，你若把写诗夸大到能够治国平天下的地步,一诗兴邦,一诗丧邦,也是没有任何价值的高调。至于我,我对自己的要求仅仅是:如果把千百年来的诗歌看作是一座由人类的心灵构筑成的圣殿。我只想在通往圣殿的路上做一粒铺路的石子,让别人能踏着我步入圣殿。余愿足矣!

叶:七十年来,由于不同的社会状况,使您经历了许多完全不同的生活,这些可以从您的随笔中读到。以您丰富的阅历,您认为什么样的生活方式对于一个诗人比较理想?特别对于今天急速变化的中国,一个诗人的写作与生活应保持一种怎样的关系呢?

公:诗人也是人,作为肉体的人,他有人的普遍的、共同的那一面。但作为诗人,他把诗歌当作自己的第二生命,他的生活就有了两重性。作为人,他有很多的人的苦恼。在今天的中国社会,首先就是谋生,怎么解决生存问题?他得靠自己去奔走,去奋斗,无论你愿意不愿意都得被卷入社会竞争的旋涡。但作为诗人,他又有自己诗的生活。这就是说,除了稻粱谋之外,还必须有自己关在书斋,关在内心的诗的世界,"躲进小楼成一统",完成自己的使命。这样,诗的生活和世俗生活便连接起来了,而不是两张皮。我相信,它们是可以统一起来的。

回想当年我被打成右派,尽管诗心仍在,但我想都不敢想往后写诗的事。但生活并未辜负我,虽然吃了很多苦,受了很多罪,但那些体验现在就可以为我所用了。对于一个诗人来讲,如果生活出现了动荡起伏,从大处着眼,其实未必不是一种幸运。比如布罗茨基,如果他没有劳改营那段生活,没有彼得堡那段坎坷和沉沦,没有与阿赫玛托娃的接触,培育了他的诗的触觉,后来他被驱逐出境,到了美国,能写得那么精彩吗?

叶:既然我们谈到了诗人的生活,我想起庞德说过的一句话:在整个社会还未明显感到失业率的情况之前,最优秀的诗人们就失业了。这句话,放在今天的中国社会,似乎同样合适,您是怎么看这一问题的?

公:这句话说得很精彩、很深刻。无疑,不同的诗人有不同的解释。我对这句话的理解可以分为两个层面:第一个层面,根据目前的现实环境看,为实现生存权而斗争的诗人们不得不做稻粱谋。在这种状况之下,他有可能被迫暂时放弃诗,这些诗人固然不幸,但是还有希望,一旦条件允许了,他们还会回到诗神麾下来的,这是浅层面的理解。另外一个层面是,相对于时代而言,诗人是超前的,超前就意味着这个社会对他是不适应的;或者说,他会被这个社会判为废料,等于失业了。但即使这样,诗人也不必悲观绝望,总有一天会讨回公道,因为社会在前进,合理的价值观还会建立起来的。诗人的超前是诗的骄傲。他所预言的东西终将降临。

然而,从另一个角度看,真正优秀的诗人是不存在失业问题的,因为他永不下岗。也许他这段时间不写诗,甚至可能几年、十几年不写诗,但他的生活、他的人生轨迹还是一首诗。一首大写的诗。

叶:最近文坛对"诗人改行"现象谈得较多,您的名字也在名单上。对此,您想说什么吗?

公:首先,我要谢谢这些对当代中国诗歌创作满怀关切的人,他们这样开列改行名单,至少包含了一种对诗歌现状的忧虑和对诗歌走向的困惑。但不能忽略的是,这里存在着一种误解,他们对这些列入名单的人的了解并不全面。比如我,诗和杂文一直是我走在文学道路上的两个轮子,是缺一不可的。由于不了解这一经历,便认为我改行写杂文了。另外,如邵燕祥,他也在写诗嘛,尽管他杂文写得很多,写得很好。牛汉也没改行,也在写诗,同时也写一些别的体裁的作品。有时我也认为诗已不可为,但就我的总的立场而言,还是愿意继续为诗奋斗终生的。

叶:诗歌在您的生命历程中扮演一种什么样的角色?或者说,是一种什么样的力量?

公:两种情况,在我年轻、狂热的时候,诗歌就是我的生命,两者是画等号的。后来的一段时间,包括现在,诗歌仍然是我生命的旅伴,人存在一天,诗也就存在一天。

叶:您认为,对一个诗人最大的威胁是什么?您害怕什么吗?

公:最大的威胁是伪善合法化。最害怕的是浮躁成为流行性感冒。

叶:您能向我们描述一下您孕育一首诗的过程吗?

公:我觉得一首诗就像一粒种子,它是什么时候埋进你心灵的土壤的?也许是刚才的某一个场景,也许是二十年前一段难忘的经历,只要这粒种子落入了你的心中,只要条件成熟,它就一定会萌芽的。诗人会以一种观赏的态度,看着嫩芽一点一点地拱出地表。这个时候,诗人是世上最幸福的人。他的情绪最饱满,冲动最亢奋,力量最强大,于是,诗就长成青苗了。

叶:您在一九八四年的一次谈话中说过:"坚持童心,也许要付出代价,然而这是值得的。"在与您的交谈中,我也感受到了这种"童心"。您今天仍然这么看吗?

公:今天仍然不变,而且依旧认为值得。否则,公刘就不是公刘了。这里所说的童心,似乎应加以解释。我想,至少包括两个方面:一方面是要有一双纯贞的眼睛,容不得半点灰尘,无论是看外界,看人生,看生活,还是看自己。另一方面呢,这童心是指得像小孩一样,不计利害得失,不怕恐吓威胁,坚持自己的价值观。所以,诗的童心,既指观察事物的眼睛,也指判断事物的尺度、追求真理的决心。

叶:您认为,一个诗人应在何种程度上关心他所处时代的社会政治问题?

公:关于这个问题,八十年代中期,《诗刊》主编专门约我写过一篇论文,题目就叫作《诗与政治及其他》,观点比较尖锐,当时颇有影响。当然,事情在变化,我写的是过去。现在从表面看,似乎不那么突出政治了,但它至少还在"发挥余热",并未完全淡出,尽管,上上下下都在"恭喜发财"。但是,请别忘了,马克思说过,政治是经济的集中表现,将来中国的政治走向如何,值得思考。不过,政治终归是个敏感话题,不宜细谈。

叶:既然谈到了诗歌外的话题,您是否愿意评价一下今天中国的社会状况?它们是否对您的诗歌写作产生了影响?

公：我行我素，尽管社会在变，但对我的诗歌写作这一行为本身没有产生什么影响。我该怎么写，就怎么写，即使发表不了也还是那样写。我有一句话：一个鄙视诗人的社会，肯定是个野蛮的社会。也许，它以金钱豹为图腾，但也脱不了"野蛮"二字。

叶：一九八六年，你评价当时的中国诗坛，说过两个词，"一曰：冷静；二曰：乐观"，那么对于目前中国诗歌的现状您是否愿意发表自己的看法？

公：我对中国当代诗坛的印象主要有三点：一是病急乱投医；二是人人开药方；三是算命先生太多，这个说诗歌死去了，那个说空前繁荣了，都是没有根据的瞎说。我认为，"冷静"这个观点，还是必须保持的，尤其是现在。第二条，"乐观"前面，却必须加一个限制词，变成"审慎的乐观"。这就是说，既不能盲目乐观也大可不必悲观。你放眼历史长河，目前新诗的某些曲折甚至回流，又有什么可怕的呢？中国新诗才八十年历史，不要着急。

叶：您是怎样与诗坛保持沟通与交流的？您认为一个诗人，是否有必要保持这种沟通与交流？

公：我想，这个问题因人而异。我是一贯主张，也是一贯实行面向文学、背向文坛的。这同样适用于诗，即面向诗歌，背向诗坛。古人说："道不同，不相与谋。"否则，无谓的消耗过多，影响创作情绪。我就是这个观点。

叶：您是怎么评价今天的中国诗歌批评的？

公：这个问题，我恐怕要有所不敬了。我认为，在今天的中国，几乎不存在真正意义上的诗歌批评。我觉得，目前的某些诗歌评论和它所吹捧的某些诗歌作品，似乎下决心要消灭新诗，事情到了这个地步，真是一场灾难！最令人反感的是，那种二道贩子，卖野人头式的诗歌评论，满篇都是趸来的新名词、洋语录，就是空对空，不联系具体作品做具体分析。这种现象，如果要比喻的话，那就是炒勺和被它炒的"美味佳肴"正在联手谋杀食客。

叶：在整个中国诗歌史中，您比较喜欢哪个阶段的作品？

公：标准的答案是唐诗。我也的确喜欢唐诗，我曾在《飞天》写过一篇文章:《我与唐诗》,不少人都表示惊讶,说,"原来公刘这么喜欢古典诗歌呀"!鲁迅就说过,唐人已经把诗给写完了,这自然是极而言之,言其不可超越吧!

但是,我最重视的是《古诗源》,它是我们中国诗歌的源头。可惜,这个源头,人们渐渐淡忘了。《古诗源》的诗,大抵都比较朴实,富有人性和人情味,而且没有被污染。这个源头是诗歌的发祥地,是诗歌的圣地,是我们取之不尽、用之不竭的一口活井。《古诗源》给我的最大影响,就是素朴,素朴是最大的美,如何如实地又生动准确地表达出事物的原子核。

叶:人们听说,您的女儿在生活和写作中为您提供了很大的帮助,对此您有什么话要说吗?

公:回答这个问题,是否会引起误解呢?但愿不致如此吧。我有刘粹这样的女儿,的确感到幸福,有她在身边,我就觉得应该多活几年,这是一方面。另一方面,我又感到自己很残酷,很自私,倒宁愿马上死掉。她太辛苦了,为了我,她不仅做了一个好女儿能做的一切,而且也做了一个好儿子能做的一切。为什么呢?我们家的体力劳动也全靠她呀。依我目前这个情况,浑身是病,想帮忙简直都帮不上。我试着排一下她的身份吧:一是审稿人(**十年以来,几乎每一篇稿子都由她第一个审阅**),因为我比较冒,她比我稳重,常常帮我修掉些刺儿,并且修得很得体。第二是秘书,我不少信件都由她作复。一九八〇年,我在广西第一次因脑血栓病倒,她放弃考大学,赶到桂林,有五百多封信,七八十个电报都是她一手处理。这么称职的秘书,我却不给发工资。第三是护士,照料我这个病人,可谓无微不至。第四是我的保姆,老小老小,如今的我就是一个小孩,许多事自己都做不来了。另外,她还是我的电脑老师,我很早就换笔了,电脑知识都是她手把着手教的。当然,如今又加了一个身份:是随员,我走到哪儿她得跟到哪儿。

我现有的四十本著作中,由她着手编订的就有九本。最近,她又为我编订了第十本。有时,我不禁会想,假若今后我能亲手再编一本,我就会在扉页上写上一行:献给我的女儿刘粹。也许,这将永远是个梦,因为它似乎不符合中国的国情。归根到底一句话,如果这段时期,我在文学上做出了一点成绩的话,那么,其中有刘粹的很大的一份劳绩。

叶:如果抛开那段特殊的历史境遇,您是否还有一些别的遗憾?

公:有啊!最大的遗憾就是没有体会过真正的爱情。

叶:对于这个时代的青年诗人,您是否有什么建议?

公:让我想想,就说是"四不要"吧:一、不要荒嬉;二、不要浮躁;三、不要急功近利;四、不要抱团结伙。总之是,好自为之。

叶:如果让您选择自己的一首诗,您认为到目前为止哪一首诗最能代表您?

公:我可以模仿聪明人的回答:最好的那首还没写出来。但另有一个更吻合我的性格的答案,就是:不必言诗,主要看你这个人,看你人生之诗完成得怎么样。因为人生是一首大诗,我希望自己能写好这首诗,把我这一生写好,那就是我交给读者最好的一首诗了。

叶:最后一个问题,在一九八八年一次访美谈话中,您说过您只有三十六岁,因为有四分之一的世纪,您无权写作。这么算下来,现在您也只有四十五岁,请问四十五岁的公刘先生对未来的诗歌写作有什么计划吗?

公:现在都搞市场经济了,还提什么计划!当然,这是跟你开玩笑。提起计划,就必须务虚,所以我只能说随缘吧,生活提出了问题,而我又觉得自己有兴趣探索、有能力解答,我就会去写。有一条是必须坚持的,不断创造、不断实验、不断探索、不断突破、不断超越、不断攀登,我七十岁了,可能也没有什么攀的气力了,但无论如何,总不能掉下去吧。

在《托起太阳的人》作品讨论会上的发言[①]

长篇纪实作品《托起太阳的人》的主人公刘明善先生,写这部作品的作家温跃渊先生,都是值得赞扬、值得学习的人。我和刘虽然接触很少,但他在谢一矿和新集矿创造的业绩显著,大名鼎鼎,人所共知。至于温,那就更不消说了,谁都知道,小温是多面手,创作、编辑、书法、绘画,都拿得起来。不但兴趣广泛,而且胆子不小,"四人帮"垮台前,他正在合肥市独自一人编一本名叫《文艺作品》的刊物,刊物虽小却相当有骨气。正是冲着这份骨气,才吸引我给他远道投稿。后来,我从山西来了安徽,他也调进了省文学院,我们开始有了直接交往。有一年,他告诉我,他下决心要自费去西藏,这件事,让包括我在内的不少人深感惊讶和钦佩。有一年发大水,他又自告奋勇,深入到被洪水围困的凤台;水灾平息了,他也因而更受人尊敬了。这类事,在精明人看来,肯定是"傻"到家了。那么,到底是什么力量,支持温跃渊去干这样一些"傻事"的呢?我以为,主要靠的是他的人格,靠的是作家的良知。今天是精明人过剩的时代,像小温这样的作家,在安徽,怕也是屈指可数了吧。眼前,他的这部连生活带写作历时一年,篇幅长达二十多万字的大型报告文学,又提供了一个例证。这部作品,直接反映了中国举步维艰的改革事业,描写了煤炭战线上"条条块块"间的诸多矛盾冲突,并且介绍了解决它们的某些成功经验,讴歌了刘明善和他手下的一百单八将,以及那些被称为"黑户"的英雄矿工。我认为,单凭这一点,"热爱矿工的人"之类的光荣称号,也理当归

[①] 此为刊于《清明》一九九八年第三期的讨论会记录稿。——刘粹 注

在温跃渊的名下。时下不正在大力提倡艺德吗？作为作家的小温,心向群众,脚踏实地,艺德无疑是高尚的。我甚至还认为,既然提倡主旋律,那么,这部《托起太阳的人》,就完全有资格进入鲁迅文学奖的评选序列。

我简单谈谈读后感。首先,它使我对刘明善的坎坷经历、坚毅性格和顽强作风有了一个总体印象。看来,刘明善是真正的改革家,没有私心的改革家。同时,我对原先自以为比较熟悉的小温,也增添了几分敬意。首先,他能长时间地坚持追踪一位有争议的人物,不为流言所惑,这是一般人很难办到的。其次,他能在对方倒霉的时候仗义,在对方风光的时候进言,这就更加难得了。事实上,所有为煤炭事业付出心血汗水的人,都是托起太阳的人,不过各人的分量不同罢了。话说到这儿,我忽然想起了发生在淮南八公山下的那场"淝水之战"。当时,苻坚统兵南下,东晋王朝气数将尽,百姓们普遍盼望谢安出山,挽救危局,于是有了"斯人不出,奈苍生何"。这样一句充满感情的话,一直流传到今天。事情也真巧,今天再说淮南八公山,这句话就不妨借用到刘明善身上了："斯人不出,奈煤炭何！"温跃渊在书中写道,当上级决定新集矿上马时,让谁来挑大梁？煞费考虑,最后还是看中了刘明善。因此,我相信,经受过考验的刘明善,今后也该同样能经受住新的考验,把新集矿区建设得更好。

再说说我个人感到的三点不足,供作者参考。第一,无论对人对事,细节的运用都嫌不足。我们知道,细节不足,人物形象就很难丰满,故事也就不耐读了。第二,也许,由于作品用的是编年体,因此线条粗了些,也少有文采。尽管其中穿插了不少诗篇,但也没能增色多少。最后,也是最当紧的一点,作品对某些人和事似乎有所回避。比如,刘明善主动拜会杨宗震的场面,本来很能说明刘的大将风度,可惜,内心开掘不深;另一方面,杨宗震也写得太"平"了。当年他对刘搞突然袭击,不"告"而诛,表面上是"文革"思维方式的后遗症,可实际上真正的要害是:究竟该怎样管理煤炭工业,才能适应当今市场经济的新形势？我觉得,作家应该有勇气正视这个问题。

小温从事写作四十年了,愿他能通过这部作品,对自己做个小结,扬长避短,"而今迈步从头越",那边风景会更好!

忧患、悲悯及沧桑感
——论新诗不可丢了自家的金饭碗

尽人皆知,中国的新诗,是诗体革命之后诞生的一个文学品种,稚龄不满百岁。是否可以认为,所谓诗体革命,实际上不妨戏称之为中国诗界的一次"洋务运动"。也许,正因为其性质类乎洋务运动,借来遮阴的阳伞太烂,扎根本土的嘉木过稀,故而心灵的水分难得丰润,艺术的植被难得繁茂,结果,也就和政治、经济诸多方面的洋务运动一样,未能实现当初的美妙理想,也未能取得彰明昭著的成功。

长期以来,有眼光、有骨气的诗界先进,为了寻找中国新诗的出路,无不殚精竭虑,各自构想有声有色的方案,一再做过尺短寸长的实验。凡此,皆理应受到我辈后来者的铭感。

更紧要的当是做出正确的总结,既总结前人的种种思路,也总结当下的种种诗路。

这份总结,将必然涵盖错杂乃至相悖的内容。如此重负,区区短文岂堪担承!是以我只想浅探其中的难点之一,即尊重国情、尊重传统、尊重古典。

必须立即申明的是,这个主张,无论如何都不宜被视作倒退,是在号召人人改写旧体诗。尽管旧瓶同样可装新酒,且颇多佳酿。我所指望的唯一诠释是,从今而后,大家(包括我本人在内),都能用古而不复古,师外而不媚外,发挥真正的原创力,锻造出中国的现代诗和现代的中国诗来。

一部世界文学史切实地记录了,小泉八云醉心日本,金斯伯格钟情西藏,而引新潮诸君子竞折腰的意象主义宗师庞德和极端主义首领博尔赫斯,他们二位,恰又毫不隐讳自己对中国古典诗歌的迷恋,并坦陈其部分作品的灵感之源正潴于唐宋之间。这说明了什么？这说明了，中国诗人原本是拥有大可自豪的财富——祖先留下的金饭碗的。然而，不知缘何，我们偏偏显露出一副乞儿相，满世界沿门托钵，流浪讨吃。

环顾左右，在我们的队伍中，确乎不乏专营出口转内销的二道贩子。那阵阵吆喝叫卖之声，吸引并欺哄了若干受众；而后者大抵都因了缺乏经验，复兼浮躁，以致不辨真伪、误入歧途。

这真是中国新诗的悲剧！于是，不少作品成了翻译诗，不少诗人成了"香蕉人"。

为了突显我所强调的主旨，且标举几篇私下特别喜爱的极品，略加剖析，或能求得更多的宽容与理解吧。

试诵历代诗帖，可谓佳作如云，老凤雏凤，翻谱新声。然则，优中择优，最令我击节太息者，还数陈子昂的《登幽州台歌》、张若虚的《春江花月夜》和苏轼的《定风波》。陈诗襟抱奇伟，风骨清峻，消融小我，超越时空，尤其可贵的是，不为格律所囿，简直就是中国的第一首新诗（这也许是我的怪论）！张诗则思绪绵密，诗情摇荡，状景寄慨，有憾无告，其名句"江畔何人初见月？江月何年初照人"更充满了对宇宙、对人生的无穷追问，是不可凭光年之类的科学概念苛求于古人的（有的选家认为，"感伤""空虚落寞""阶级的印记"等等，错了）。至于苏词，直抒胸臆，"一蓑烟雨任平生"，最后又穴结于"回首向来萧瑟处，归去，也无风雨也无晴"，真是枯墨著神笔。考量到诗人谪居黄州的险恶悲苦，那勘破祸福，处变不惊，宁静淡泊，我行我素的强大人格力量，就愈发撼人心魄了。抑有进者，我还觉得，充溢于诗中流布于诗外的忧患意识、悲悯心态，以及难以言说的历史沧桑感，正是这三大名篇的根本共性。而这些，自然都得靠历练、识见和对万物的关怀去支撑，难以一蹴而就的。值得注意的是，在外国诗中，还极少能读到有此三长兼备的，由此也足见其珍稀了。

可以说，忧患意识、悲悯心态和历史沧桑感，正是我诗国之宝，是足赤的金饭碗，是流贯于中国古诗、新诗血管中的血液，堪称命脉之所系。

或曰,新诗是对旧诗的彻底否定,新旧两不相干。我过去也曾持这种观点,然而,如今自觉应加以修正了。回眸史籍,由对劳作、婚媾、蛊巫、征战、祭祷之类的集体即兴踏歌,到诗的个人刻意吟诵,是为一变,由诗而词,又一变,由词而曲,再一变,接着由词而白话新诗,当然更是一变。变虽繁复,其总趋向却自有轨迹可寻,那就是:内容的通俗化和贴近民众生活,形式的自由和多样。然则,不论这形式是独创还是"拿来",毕竟不能替代灵魂。灵魂是无法变的,中国诗的灵魂是我们的中国心。我愿大声疾呼:新诗,切不可丢了自家的金饭碗!

1998 年 3 月 8 日　合肥

思想的芦苇[①]

帕斯卡,十七世纪的思想巨人之一,卓越的法国哲学家、数学家、物理学家和神学家,他的名字,对于中国的知识分子,早已不再陌生了。由何兆武教授译介的巨著《思想录》(商务印书馆,一九八四年版),也早已为众多读书人所津津乐道。在这本书中,有个形象生动的命题——人是能思想的芦苇,闻之令人神往。就凭了这诗一般的语言,刹那间,竟为谢世三百余年的作者赢得了万千东方知音。

这也许堪称之为文化奇观吧。然而奇观不奇,只不过因为帕斯卡的这句话,代备受思想禁锢之苦的我们,吐出了压抑已久的积愫罢了。

值得深思的倒是,活在十七世纪的西方的帕斯卡,何以能道破活在二十世纪的中国知识者的心事?就中,是否多少泄露了欧洲中世纪的宗教黑暗统治与中国的绝对个人崇拜之间,存在着某种可比性?毋庸讳言,五十年代以降,有将近三十年光景,中国的人命贱如草,而中国知识分子的人命尤贱。不过,脆弱,仅仅是事情的一面。另一面,却因了心灵的力量,知识分子偏又具有令体制大为恼火的坚韧。无疑,此中当推陈寅恪和顾准为其杰出代表。不错,更多的通例是以死相搏,比如老舍、傅雷和邓拓、田家英等等。死,实质上是一种不合作、一种抗议。这些芦苇,或为干旱所窒息,或为风暴所折杀,但又何尝真正从人间消失?只是事情演变到了这等地步,他们就成了特别的芦

[①] 本文原系为赵昂杂感集《冷言热语》所作的序言,因词锋犀利未能收入。后见刊于《安徽统一战线》和《广东工商报》。——刘粹 注

苇,永远的芦苇,就取得了高贵的精神品格,可以用来印证帕斯卡的光辉定义,人是能思想的芦苇了。

说到底,中国是幸运的。幸运在于,她拥有无数能思想的芦苇,这大概也正是我华夏人文精神赖以续断起衰之根本吧。

因之,从一九七九年开始,随着思想解放运动的反复递进,当代中国的出版物中,思想杂感之类的文字,乃如雨后春笋,一发而不可收。赵昂的这一本(即《冷言热语》,上海人民出版社一九九八年版——编者注),自系其中之一。

然而,事情又绝非一帆风顺。

以我为例。在号称直言无忌的南方,有一家颇具影响的报纸,就曾对一篇仅仅是漫谈读书方法的拙作滥施斧钺。起初,我并不理解其所以然,因而颇感惊愕。但经过反复思量,终于了悟,原来,表面上直言无忌,其实还是有忌的,而我恰恰犯了这个忌——忘记了世上还有一种医生治不好的过敏症,写下了这样的句子:"……一定要牢记,任何时候,都必须保持独立思考的人格尊严;拒绝别人,哪怕是大伟人,在我们的头脑中跑野马。"

显然,在过敏症看来,思想只能属于伟人。也就是说,只有这一个人配有思想。至于这样做的客观效果是否等于提倡"领袖脑壳论",大抵是不愿细想的了。

不过,话又得说回来,思想解放运动毕竟是历史大潮,谁也无法阻挡。即便有几只不自量力的螳螂,充其量,也不过是捣乱于一时一地而已。

为了生存,为了兴旺,中国绝对需要自己的能思想的芦苇,而且,这样的芦苇愈多愈好。

正是基于这一点,我才欣然命笔,破例为赵昂的这本书撰序,尽管言之有物的小序难写,尽管往往一序即成便成陌路的结果所在多有。

不少朋友都知道,由于健康不佳,也由于上述的寒心教训,进入九十年代后,我几乎不再替任何人写序了。这一回,算是开了戒。但我又必得赶紧申明，给赵昂写了一篇，不等于可以接着替别人写。

是的，就历练、博览、智慧和笔力而言，年轻的赵昂还显得相对单薄。但考虑到他所处的岗位，有思想，总是值得高兴的。何况，我相信，只要他坚持用自家的肩膀扛住自家的脑袋，总有一天，赵昂会老辣起来、成熟起来。

"我们全部的尊严就在于思想。"（帕斯卡）

思想万岁！

1998年4月25日　合肥

诗是宗教

一

坏人欺压好人,劣币驱逐良币,世风浇漓。

诗风亦浇漓。

但,诗界某些"大户"却扬言,眼下正当牛市,凡说熊者,都是别有用心,画鬼吓人。

然则据我所知,诗界确实有鬼,而且不是谁故意画出来的鬼。

倘能做到有鬼则公开承认有鬼,倒不乏实事求是之心;明明有鬼偏闭上眼睛,就难免贻掩耳盗铃之讥了,至少,是钝化了自家的现实感吧。

以我浅见,为保诗界一方平安,当紧的问题似在于,要弄清楚到底是什么鬼,它在哪儿,而后再琢磨,怎样才能捉住而消灭之。

二

什么鬼?

有人说,商品经济和物欲刺激是鬼;有人说,拜金狂潮是鬼;有人说,享乐至上是鬼;有人说,科技主义是鬼;有人说,多元并存是鬼;有人说,全盘西化是鬼……

对此,我一概难以苟同。因为,举凡上述种种,都不过是给新诗之病提供了某种理想的温床而已。换言之,它们只是带菌的环境,藏垢的背景,暧昧的氛围,而并非"鬼"的本身。何况,无论以它们当中的任何一条做前提,都势必推导出改革开放搞坏了的错误结论来,岂非等于诬告改革开放是最大的鬼了?!

事实当然绝非如此。中国人民的眼前利益和长远利益都一直毫不含糊地昭示我们:唯改革开放才能救中国、富中国、强中国。因之,生活在中国,享尽改革开放带来的一切好处,却偏要使劲反对改革开放,你就简直弄不清楚他是哪国人了。

无妨进一步指出,这个别企图拿新诗的困境做口实,含沙射影,攻击改革开放,借以发泄其不满情绪的人,也许正是鬼的一种——伥。

然而,伥毕竟只是帮凶、三流角色,那么,祸害新诗最烈的鬼,又到底藏身何处?

三

我的回答是,鬼在诗人心中。

这鬼忒奸恶,竟将身子潜伏于诗人心中,可算是找到一个最安全的窝了。

因而要反求诸己。

康德有言:"有两种事物,我们越想它越感到敬畏,这就是天上的星空和心中的道德律。"(见《实践理性批判》)在这里,康德是泛指一般人,至于人中之人——诗人,康德不曾说,但我想,诗人无疑须添加一条,那就是,敬畏诗。

有句俗话说得好,打铁先靠本身硬。且慢怨天,且慢尤人,诗人们确有必要首先来一番自我检查,看看本身硬不硬。倘若这个思路不错,那么,我就要说,第一步,得反省自己,何以失去了对诗的敬畏?第二步,得反省自己,何以失去了对诗的皈依感?

在我看来,有的人戴着"诗人"的桂冠,可并不真正懂诗、爱诗,这才是作祟多年的真正的鬼啊。

这个藏在心中的鬼,自然不甘寂寞,它总是要顺着笔杆,爬到人世来作孽的。

且扪心自问,现在我们是怎样写诗的?对照对照古人吧,对照对照前辈吧,答案不就明摆着了吗?

试想,连诗人自己都在亵渎诗、作践诗,能指望别人尊重诗、喜欢诗吗?

四

没有了皈依感,就没有了内在的充实和外在的庄严,更不会有自爱和自律了。

皈依感,其实就是宗教感。

一个人,只有当他的灵魂有寄托,肉身有追求,才能指望他言语实在,不生妄念,行动实在,不发邪火,才能指望他在言语和行动中"不同而和""不党而群"。

诗人要把诗当作自己终生不可违逆的宗教,不是出于戒律,而是出于信仰;不是出于威吓,而是出于志气。

诗人对待诗要虔诚。每写一首诗,都应该像真正的佛徒诵经那样,像真正的长老布道那样,嘴唇随灵魂同步战栗;倘有轻慢,便立刻会自觉头胀欲裂,浑身疼痛,坐立不安,仿佛将遭天谴。

而一旦失去了敬畏,诗人的心灵便难得警醒;一旦失去了皈依感,诗人的心灵也便无由提升了。其结果必然如浮萍在水,如飘蓬在风,于此情境之下"作"出来的诗,只不过是一碟矫情的卑俗、琐屑、噪聒和堕落而已。真云乎哉!善云乎哉!美云乎哉!

五

遗憾,在一向缺乏宗教感、缺乏神秘感的中国,没有相宜的土壤,心灵作物很难栽培。何况说的还是诗的宗教,形而上再加一个形而上!

尽人皆知,中国人(我指的是占人口绝大多数的汉人)历来都是泛神论者。儒学统辖人心数千载,孔老夫子的两句名言,早都成了口头禅了:"未知生,焉知死。""子不语,怪、力、乱、神。"就一般人而言,行事从赤裸裸的得失考量出发,倒也并非虚妄。

记得笔者少年时代,为了逃避日本鬼子的飞机,全家常常得躲进草草挖成的防空洞,头顶上机声轧轧,四周是炸弹爆破和机枪扫射之声,内心当然是颇为凄惧的。每当此刻,我母亲便会情不自禁地念念有词:"救苦救难,观世音菩萨,救苦救难,观世音菩萨……"我听了,竟往往忍不住打断她:"妈,你平日忘了烧香,如今倒……"对于我的多嘴,母亲并不呵斥,不过是瞪上一眼,照旧念她的。我母亲是个善良的普通妇女,她大概可以被看作绝大多数中国善良人的代表吧——无事不登三宝殿,一旦急了,就天经地义地认为,该着神女士和神先生出来露一手了;如果不露一手,那凭啥要奉您为神呢?我们民族的集体无意识正是如此。的确,入世、功利、实用、医巫同源、神魔合流,从来都是中国人的做派。

值此"马无夜草不肥,人无横财不富"的社会转型期,可以说,这一普遍做派是日益地恶性发展了!

人们只在乎"拥有",只在乎"潇洒走一回",只在乎"爱你没商量""我是流氓我怕谁",反正豁出去了。因之,但求活得感官上满足,不求活得健康、合理,便成了大众时尚。社会的种种问题,诗的种种问题,似皆滥觞于此。

这样看来,要去诗的麦加朝圣,铁定路途艰辛。

六

在中国,提倡诗的宗教,无异于创建新教。面对算盘珠子(如今换作计算器了)下面的惯性力量,谈何容易!

君不见,肩负"导向"重任的媒体,正在大肆炒作:要娱乐! 不要诗! 那情景,宛如回到了六十年代,游行队伍在街上整齐划一地高呼"要古巴! 不要美国佬"的口号。

无可争辩,快餐文化已然渗透了各个领域。诗亦未能幸免。试举一例。八十年代纷纭旗帜,为何才升又降,好景不长? 尽管对此有过不少高论,但努力向社会心理层面延伸,并做出有说服力的分析者不多。因之,事情乃成为不可理喻,仿佛一夜之间,亿万中国人忽而全部神秘莫测地变得喜新厌旧了……

由于缺乏针砭梳理,导致"玩"论风行,凡遇崇高皆"消解"之。该淘汰的和该传承的,该唾弃的和该珍惜的,良莠不分。理性、智性和人性视同敝屣。有关人类生存困境的终极关怀,竟遭到了公开嘲笑。

其结果自然是,诗异化为一次性的消费品。

而且,据某种"抽样调查"显示,诗简直就休想获得一纸"市场准入证"了。

真是岂有此理! 诗怎么能是一次性的消费品呢? 不是的! 至少,好诗绝不是一次性的消费品! 难道,人们不是至今还在背诵李白、杜甫、莎士比亚和普希金么?

这是万万说不通的,因为它是谎言。

七

而商品社会里,市场经济,又的确每时每刻都在生产着大量的一次性消费品,包括某些文化泡沫和文化垃圾。不过,诗既非泡沫,又非垃圾,怎会落得个如此下场!

痛定思痛,我不能不再一次地想起宗教——有谁敢说宗教是一次性的消费品? 没有,过去没有,现在没有,将来也不会有。

此中大有启示。

积五十年之惨痛教训,如今我们大体上能取得这样的共识了:诗非奴才,不阿权贵;诗非商品,不换钞票。大我不是徒托空言,小我亦非顾影自怜。诗是以平常心歌吟的平常人的平常哀乐(战争和灾难之非常,在其时也成了平常),一阕销魂变成绝唱。

总之,诗不是政治,不是经济,诗只能是宗教。

诗的宗教能使人清洁,诗的宗教能教人宽容。诗的宗教能引导人看重自身的道义位置,诗的宗教能造就一代褒义而非贬义的真正的精神贵族。

这样一批精神富有者,他们的荣耀在于通过克尽文字的义务去享受文字的权利;他们强调,人生的着力点应落脚于主观而非客观。他们先自忏悔,然后才谛听别人忏悔;他们先自行道,然后再要求别人悟道。他们不艳羡伪币制造者的臭美,也不学习恶之徒那样呼朋引类,欺行霸市。他们崇尚人格独立,他们是当之无愧的人中人。

上述各节,当是诗的宗教和其他宗教的共同点。

但也有相异之处,即诗的宗教坚决抵制国师、红衣大主教之类,坚决拒绝强制性的教典经文,因而自然也就无所谓教权、教规了。或有秽言劣迹,怎么办?靠公众的舆论裁判和本人的良心指归。抑有进者,诗的宗教还允许不同教派彼此竞争,相互质疑;倘有歧义,则坐而论道,不得攻讦诋毁。任何人改宗转向,一概不予干预。

诗只相信诗,无偶像,无宝剑,无经卷,无香火。

综上所述,所谓诗的宗教,实在不过是一盘灵魂指针,一面诗美大纛,目的仅在于引领诗人,不懈怠地跋涉下去,少迷途,少落入陷阱罢了,岂有他哉!

然则,可以预料的是,即使在诗人们当中,推广诗的宗教也大不容易,原因不言自明。

但我还是祈望,将有更多的诗人成为自觉的教徒。

否则,怎样驱鬼禳灾?怎样实现"不同而和""不党而群"?怎样跨入二十一世纪,迎接新诗百年?

恐怕也只剩下这一条路了吧。

八

应该告白这篇文字的来历。

早在一九八八年,我就试探着提出过诗是宗教的概念。那是我应邀赴美参加首届中国诗歌节活动期间,于洛杉矶第一场朗诵会的简短致辞中。当时,我曾明白无误地将诗和宗教挂钩,主张诗人应具备宗教情怀,否则无以言诗。待到一九九五年八月,我瞻仰了内蒙古的五当召喇嘛庙,所见所闻,更坚定了这一信念:诗心不立,诗运难开。我当即写下了如下的诗句:

因善男子等身长跪,我乃顿悟:诗须是别一宗教,我须是别一迷徒!

一九九六年春,我不幸患脑梗塞住院。病情平缓后,我要女儿给我拿来个空白练习簿,随手涂抹。不知不觉间,居然积少成多,渐见雏形。因之,眼下的全文,草稿实际是那时打的,已是三易寒暑了,为如此不成熟的东西,花费这许多精力,有人也许觉得不值,但我不悔。

到底有几分对、几分错,愿听众家评说。

1998 年 4 月 26 日—5 月 2 日　合肥

答 客 诮
——兼及新诗写作中的若干问题

有客来访,口无遮拦,余不以为忤,反好言对答,盖亦惯熟人也。因所涉庞杂,日后或有可资证者,乃以 X、Y 分别代表客、主,略记之。

X:在我的印象中,你老兄似乎已经多年不写诗了,作为中国诗歌学会的副会长,你不觉得这有点滑稽可笑么?如今不少人拿新诗开涮,你之所以戒诗,是否也意味着撇清?

Y:你错了。我没有戒诗,只不过量不像从前那么大罢了。我说的从前,大抵以一九八九年划界。眼下光我手头就攒了近百首,等着慢慢定稿,不急。人老了,又多病,急有何益?

X:倒是经常能听到你的"建设性意见"(坏笑),比如,最近那篇在第四届国际华文诗人笔会上宣读的主题论文……

Y:你指的是《忧患、悲悯和沧桑感》吧?

X:是的。在这篇论文中,你将不成功的诗体革命和失败了的洋务运动做了类比。据我所知,这在中国,大概也算破天荒了。不知你可听见,有人在背后议论你,说,公刘变了,"中体西用",成了保皇党了。

Y:哈!我成了保皇党!(拊掌大笑)说这种话的人,肯定没闹懂我那文章的主旨是什么,同时也没闹懂,到底什么叫"中体西用"。事实上,我已经说得再清楚不过了,我最在乎的是,忝为中国诗人,有没有一颗中国心?提起中国心,这个主张倒真是有年头了。这不是信口胡说,我马上就可以拿证据给你看,喏,一封刚收到的信,写信人叫作黄强,山东诗人。你看这儿,他是这样写的,"一别就是十四年,十四年来,我不敢忘记您的教诲——嗨!'教诲'!吓人!——您写在我笔记本上的这行字,我已刻在心上了"。说真的,要不是黄强抄下这句话再寄还给我,我早都忘了。我给他写过些什么呢?"新诗,新诗,顾名思义,要出新。但万万不可忘了,在新诗前面,还有两个字:中国"。可见,中国心之说,于我是一以贯之的,不是一时心血来潮。

不过,封我为保皇党,倒教我联想起了鲁迅的一句话,那可是对"中体西用"一针见血的批评。鲁迅下了个非常精彩的定义,叫作"本领要新,思想要旧"。这个评语,对眼下某些"先锋"诗,岂不也像量体裁衣,大小合身?有些自命前卫诗人的"佳作",难道不正好是用靡巧包装陈腐,本领新而思想旧?"先锋"而"保皇",真是不可思议!

X:这方面,我承认你说得切中时弊。不过,你也得承认,你的某些观点是有了变化的,比如,你公开提出"金饭碗"问题,主张新诗作者要"尊重国情,尊重古典,尊重传统"……

Y:其实,对我而言,"金饭碗"算不得新观点。唯一做了"微调"的,倒是新旧关系问题。以前,我只觉得新诗不妨借鉴旧诗,如今我却认定新诗必须传承旧诗了,这就涉及所谓的"三尊重"……

国情,古典,暂且放一边不谈,咱们先琢磨"传统"二字。什么叫传统?我以为,传统是条河,古人在上游,今人在下游。当然,这里所说的上游、下游,只是一种"序",一个时间概念。在原创性的追求上,今人倒是应该力争上游,不该甘居下游的。不错,鲁迅说过,唐人已经把诗作尽,我理解,这是极言唐诗之美,而不是说后人再写诗就是犯傻。假如真是这样,那鲁迅自己还写它干什么?!当然,千百年后,下游之下又会有下游。我想,下下游也不可怕,那时的人,照旧有诗可写。重要的是,我们今天要尽量写好,别让自己变成了后人非扬弃不可的对象。

X:前不久,又读到你的《诗是宗教》,单是题目本身,就忒新鲜,一看就忘不了;可一细读,又仿佛是高僧说法红灯区,认错门子了(坏笑)……别生气,

别生气,开个玩笑嘛。

Y:(正色)我可没空跟你开玩笑。我算什么高僧!即使有高僧,那也是别人!这是第一。第二,诗界再乱,也并没有乱成你说的红灯区。何况,我建议立诗为宗教,无非是呼吁恢复诗的神圣地位,同时奉劝诗人们在诗面前谦卑一些,如此而已,难道这也会给谁添乱?

X:息怒息怒(涎皮赖脸),让我再捧"金饭碗",继续讨教吧。我记得,你说到了目前流行的怪现象:有的诗像翻译诗,有的诗人像"香蕉人"。这话听着解气。的确,崇洋媚外早就该批评了。不过,崇洋媚外恐怕还不限于洋腔洋调和假洋鬼子这两方面吧?

Y:当然不限于这两方面。随便举个例子吧,这些年,到底都发表了多少有关西绪弗斯的赞美诗?西绪弗斯推石头上山,固然象征了一种苦难、一种无奈,但他和我们的神话人物吴刚,受惩罚到月亮上去砍树,砍了又长,长了再砍,二者有什么本质区别?还有,歌颂凡·高的诗,也多得快要用麻袋装了。到底有几个中国人亲眼见过油画《向日葵》的真迹呢?可就是写个没完,有这么足的精神,为什么不去了解了解徐渭?论说疯癫,徐渭刺自己的睾丸,那痛苦,总不亚于凡·高割自己的耳朵吧。可是,诗人们对徐渭就是无动于衷。这说明了,在题材的选择上,的确存在着误区:洋的高级,土的低级。别误会,我不是反对写西绪弗斯,写凡·高,我只是不赞成这样一窝蜂地拥上去,写之不休……

柏杨在台湾说,他不反对崇洋,只反对媚外,根据是,无论在精神领域还是物质领域,有些东西,人家就是比咱们强。柏杨这样说,也许有他的道理。可我和柏杨不同,我连"崇洋"二字也回避了,单说"师外"。也就是说,我主张,凡是我不如人的地方,都不妨以人为师。不过,我担心,就这样的纯粹理性思维,会不会又惹翻另一帮先生,再给我换上个"卖国贼"的骂名?

X:骂就骂呗!今天的中国还有谁不挨骂?我倒是在想,你老兄今天谈兴甚浓,何不趁热打铁,再向你提一个"热点"问题:该怎么看待懂与不懂之争?

Y:唉,热点热点,可也是个难点,让我查查书,也引上一段洋语录吧。——该引的还得引,总不能因噎废食吧。——看看人家聂鲁达是怎么说的:"一个诗人若不是现实主义者,就是一个死的诗人。一个诗人若仅仅是现实主义者,也是一个死的诗人。一个诗人仅仅不合情理,就只有他自己和他所爱的人看得懂,那十分可悲。一个诗人完全合情合理,甚至笨如牡蛎的人也看得懂,那也非常可悲。"请注意,在这里,聂鲁达还是将重点放在了诗人肩上。所以,万一读者喊不懂,诗人也该避免情绪化,不要说那些"你不懂,你儿子、你孙子会懂"之类的气话。你说对不对?

X:当然对,不过这已经进入道德范畴了。我还是想接着说说懂与不懂。我认为,在这个长期纠缠不清的争论中,评论家也必须承担一部分责任。评论家该多做正确引导嘛,可事情似乎正好相反……

Y:(兴奋)真看不出,你对诗倒挺关心的!要是多几个像你这样肯用脑子的诗歌爱好者,我想,事情会好办得多。

对于新潮评论家,我说过一些失敬的话,那是在接受《诗歌报》记者采访的时候。不过,当时我认为时机还不成熟,因此没有实行"竹筒里倒豆子"。实际上,很长时间了,我一直有个强烈的感觉:诗歌评论基本上是一边倒,倒向新潮。这只要翻一翻各地的诗歌刊物,就一目了然。究竟有多少联系实际的争鸣文章? 不是花拳绣腿、空对空,就是干脆趸贩外国人的现成结论。依我看,只有叶橹等少数几位功夫比较扎实,虽然未必篇篇言之成理,却也笔笔持之有故。至于有真知灼见的诗论,老实说,这些年我只读到过一篇,而且是登在宁夏出版的影响不大的《黄河文学》上,作者绿原。也许有人要反驳,绿原是大诗人,是行家。对不起,我也同样要问,难道别的诗评家就一概外行? 不,他们是有诗经验的,只不过好像都忘了。其实,忘了的又岂仅是诗经验,他们简直连评论的经验也忘了——我这里指的是,"十七年"的那种政治评论。于是,事情便变成了,没有"话语权",就要争夺"话语权",有了"话语权",又想垄断"话语权",也就是说,光反对过去的别人的老教条大一统,不反对如今的自家的新教条大一统。然而,我要说,任何品牌的大一统,任何品牌的舆论一律都是妨碍诗歌进步的!当然,话还得说回来,之所以会造成这种不幸的大一统,编辑也有一份责任,不管他们是自愿还是随大流,也不管他们是气壮如牛还是尴尬不堪……

X:既然说起了新潮,就不能不说起谢冕。听说,谢冕最近又遭到了一轮围攻,假如这是真的,你能不能谈谈你的感想?

Y:谢冕和我是朋友,而且是观点相当接近的朋友。一说朋友,似乎就很难保证没有偏袒。那么,且让我试试看,力争做到不偏袒。我认为,对于诗学建设,谢冕是有突出贡献的。他既是教授,又富于诗人气质。因此,既有学者的严谨,也有诗人的浪漫。当他热情举荐新人时,难免也会说些过头话。但套用一句滥调,就是,功过之比怕是九个指头与一个指头吧。倘若有人想借检讨新诗得失的机会,再一次向谢冕发难,我看恐怕很难如愿以偿。因为,非常有意思的是,这一次,谢冕恰恰不是"后现代"的保护者。谢冕看出了"后现代"的危机,也许,还看出了自己学术生命的危机,于是,他态度坚定、旗帜鲜明地对学生们做了善意的规劝。可惜,激进的学生非但听不进去,反而高声大叫:"谢冕老师,您该下课了。"这很有趣,它使我想起了十多年前的一片"Pass"声——谁说历史不会重演?

X:有人说,你的杂文《且慢经典》也牵扯了谢冕,这又是怎么回事?

Y:事情很简单,《且慢经典》那篇杂文,矛头是直接指向"红色经典"的,虽然它点了《中国百年文学经典》,那不过是个由头。不料,很快就有人开始吹风了,他暗示读者:注意!公刘在攻谢冕了!这当然是一厢情愿。我不慌,我相信谣言止于智者。不久,又有人在《文艺报》上和我"商榷",我也没有回应。因为,我才说"样板戏"是江青梦中的"经典",这位先生便接着说,"样板戏"是"人民心中"的"经典",根本没有思想交流的基础嘛,怎么展开讨论?不过,这位先生倒是拙文的真"知音",他很明白,我讽刺的是"红色经典",不是《文学经典》。

当然,我对《文学经典》,也不是没有看法的。既然隐瞒自己的观点是可耻的,既然你今天又问起来,我就不如和盘托出了。什么看法呢?转句文说:兹事体大,欲速则不达。在这一点上,谢和我肯定是有分歧的。然而,这不过是具体操作的分歧,不应该影响,事实上也没有影响我们之间的友谊。

X:(赞赏)老兄实话实说,简直要抢(中央电视台)崔永元的饭碗了。

Y:(苦笑)有啥说啥,不绕弯子,这是天性,不是脱口秀(Talk Show)。尽管一辈子惹祸遭罪,可总也改不了——好在朋友们都知道我这个臭毛病,谢冕当然也知道,想来不会见怪的。

X:嗨,得亏你不当官,要不你准玩儿完!你看,如今就连官办刊物的卷首语、编后记什么的,也都要打打太极拳……对了,说到这儿,我倒要问你,依你看,比起官方刊物来,民间刊物总该多一点实话实说吧。

Y:那也未必。不过,我可没法子给你一个标准答案:是,不是,或者百分之多少的是与不是。在这方面,恐怕我比你考虑的要多得多。

X:(大感兴趣)那你倒说说看!

Y:好吧,你既然愿吃药,那就先吃药引子吧——我们的谈话虽然相当意识流,可每一段总归都是有特定对象的,比如,这会儿说的就是民间刊物,而且仅仅限于民间诗报诗刊,对不对?事实上,民间小说报刊、民间散文报刊,似乎还未曾有过,有的都是诗报诗刊。前几年,这类印刷品太多了,简直多得铺天盖地,如今比较少了。老实说,我是很注意这类民间出版物的,一般说来,我也乐于读它们,它们的存在,说明了意识形态的健康化。它们当中的一部分,也的确和我有过联系,其中有的还叫我写过刊头题过词,因此,我自然是有印象的。何况,《诗歌报》啦,《诗神》啦,这几家诗刊又特别关心自家的非嫡亲兄弟,经常腾出版面来,转载它们的作品,提供了一个很好的窗口。另外,通过别的渠道,主要是通过参加民间诗社、编过民间诗报的青年朋友,我也能多少了解一点内幕。当然,这就是所谓的口头文学啦,可信可不信的。

总之,这三方面的东西凑在一块儿,就往往会使我不由自主地产生一些猜测:比如,既然号称民间,那么,总该多一点理性色彩、平民作风吧?对待外部世界讲不讲宽容?处理内部事务讲不讲民主?要知道,这二者都很要紧,是不可偏废的。再者,既然号称民间,那么,总该多一点本土观念、寻根意识吧?是不是认为"月亮是外国的圆",稍稍有了点资本,就噌噌地拔脚往外跑?第三,既然号称民间,那么,总该多几双黄泥巴脚杆,多一点社会关怀吧?那么,对民歌,对当今流行的顺口溜,究竟抱什么态度?能不能至少做到,虽然不喜欢,却不翻白眼?当然,还有相当重要的一条是:能不能不光练嘴皮子,成日价标榜非主流,可私下里又老是瞄着官方刊物,一旦上了自家的名字,立刻就人五人六起来,看不起原先的同伙了?等等。

这些都是咱俩关起门闲聊,随便说说的,说完一风吹。要是你把我臆想的东西,当成了实际存在的东西,再添油加醋传出去,那就很容易招人误会,以为我存心跟谁过不去了。

X:(急)不会的!不会的!我知道你这不过是个人揣度。可能存在,也可能不存在,我哪能捡了铁丝就当针了!不过,既然你不放心,咱就不谈这个算啦,你倒给咱启蒙启蒙,啥叫现代汉诗?啥叫个人写作?对我这号下里巴人,全是些琢磨半天也琢磨不透的时髦玩意儿。

Y:对你实说了吧,它们究竟是些啥,我同样二五眼。我只能想当然地说上几句。

先说所谓的现代汉诗。我是不赞成这个新名词的,因为我看不出创造它的必要性。有人解释说,中国诗歌发展到了九十年代,已经进入了一个完全区别于以往的新时代了。可我太笨,我看不出,九十年代之新新在哪里。所以,我不打算跟上起哄。我想,新诗之所以命名为新诗,无非是为了有别于旧诗而已。五四时期,新诗还有过另外一种叫法:白话诗,很明显,那也是为了有别于文言诗。慢慢地,人们习惯于新诗这个叫法了,这和生活中的许多事物一样,纯粹是约定俗成,没有谁号召过,更没有谁下过命令。当然,关键似乎还不在这儿……那么,既然如此,为什么非得重新"正名"不可呢?

我想——也许是"以小人之心度君子之腹"吧——这当中有没有别的动机?比如,一旦重新划分了历史阶段,里程碑、纪念碑之类,一切就都水到渠成了。

我的这个"小人之心",并不是毫无来由的,多年来,不是老有人为争"话语权"大打笔墨官司吗?举一个诗歌评论的例子吧,大概你也注意到了,这些年,有两个特别耸人听闻的字眼,一直在某些诗评家笔下"不断涌现"。什么字眼?一个是"救赎",一个是"颠覆"。我就始终闹不明白,谁"救赎"谁?你当你是谁了?是上帝吗?我以为,这反映了一种很不得体的心态。至于"颠覆",也同样莫名其妙。"颠覆"?为何"颠覆"?你就不怕别人也来"颠覆"你?也许,有人会嫌"心态"这个词太刺激,那就换作"姿态"吧!"颠覆",是不是也有点姿态欠雅?戳穿了说吧,这些言论,这些举止,依然脱不出十几年前的那个套路,就是,中国诗歌要从、零、开、始,从、我、开、始。

新诗都八十岁了,还真的要"从零开始,从我开始"吗?失态啊。

接下去,我再就"个人写作"发表一点感想。个人写作,从字面上看,大概指的是写作的私人化吧。据不少论者说,改革开放以前,所有的写作都是集体主义的。然而,依我看,这个说法又对又不对。谁都知道,写作是个体劳动,古今中外一概如此。中国五十年代流行过的集体创作,六十年代至七十年代独擅其道的写作班子,以及那种表面上只署一个名字,骨子里却代表着一群"左派"的变体,如"梁效"(两校)、"石一歌"(十一个)之类,只能看作是特例。严格地说,那不能叫写作,至少不能叫创作。拿我做例子吧,即便新中国成立前不算,我也有五十年的"写龄"了。难道这五十年,我一直不属于我本人,倒属于"集体主义"吗?这显然与事实不符。不错,我窝窝囊囊地当过几次"木偶",但都是身不由己。因此,我无法承认我并未犯过的"错误"。何况,一切都有作品为证。试想,假如我在云南边疆写的诗,我在北京、上海和全国各地写的诗,一概都是毫无个性、毫无特色、千篇一律的"奉命抒情",我敢自称诗人吗?!

　　我所理解的个人写作是:首先在构思中,然后在操作中,确保人格尊严,坚持独立思考,不媚上也不媚众,拒绝污染,习惯于在僧侣式的孤寂中苦思冥想……这些全部加在一起,即便你都做到了,也只能算是完成了使命的一半,剩下的另一半甚至一多半是,在超尘绝俗的同时,你还应该永葆一颗非常非常大的童心。也就是说,张扬个性,把握共性,时刻大睁着两只眼睛,一只眼睛盯牢稿纸或者键盘,另一只眼睛盯牢万家哀乐、人世冷暖……这里面,肯定有矛盾,而且是很大的矛盾,可又必须解决……眼下有些人津津乐道的个人写作,似乎过于强调了前者,而忽略了后者,我很担心,长此以往,将会变成单纯的自我宣泄,净说些与多数人痛痒无关的梦话,导致诗的"大国寡民"。

　　要是事情像我理解的那样,我当然认同这个"个人写作",而且,我还要补充一句,正是由于追求个人写作的权利(它是人权的一部分),我才会当了二十二年的"右派"。

　　事实上,在中国,五十年来,不,应该说是近百年来,无数诗人、作家都在追求个人写作,又何止我一个! 远的不说,单说"七月"诗人、"九叶"诗人吧,哪一个不是为了追求个人写作才受苦受难的! 连温良儒雅的老诗人冯至,也因为向往这个天赋人权,才不小心写下了遭到"左派"猛批狠打的《韩波砍柴》哪!

　　可是,话还得往回收,倘若"个人写作"竟然像日本的"私小说"那样,可以被解释成专写个人隐私,或者专写社会黑幕,那就完全是与此无关的另一说了。

　　X:多谢老兄,真是灯不拨不亮,理不辩不明,听了你这番处处联系自己,又处处不卑不亢的回答,我的确是长了见识了。可我还有最后一个疑问,老兄能不能索性一并都替我解答了?

　　Y:(嘟噜)还有哇? 你还有完没完? 看来我是失策了,应该预收劳务费才对。如今是骑虎难下了,还有什么,你就快说吧。

　　X:(尴尬,旋又坏笑)题目叫作,"诗到语言为止"。前不久,又有人在引用这句名言了,有的商榷,有的鼓吹。我想知道,你对这句话有何高见?

Y:我倒要先问问你的高见哩,"诗到语言为止",语言到什么为止?(自得其乐)答不上来了吧,其实是很好答的——到沉默为止嘛!白居易说过,"此时无声胜有声",鲁迅更进一步,"于无声处听惊雷",所以,沉默也是语言。像这样无言胜有言的例子,我还可以举一大串,比如,眉梢一挑,嘴角一撇,各种面部表情,各种肢体动作,以及有声音的哽咽、号啕、哀叹、怒吼,或是有言语地顾左右而言他、反讽、隐喻、影射、旁敲侧击,所谓"听话听声,锣鼓听音"等等。至于过去政治运动中的各类鬼话(鬼话,也就是"异化"了的人话),当然都只好略而不计了。可是,难道这些都不算无声和有声的语言了吗?我看,恐怕还是要算的。

语言是一门学问,什么所指、能指,什么语质、语境、语感,先都不管,只要记住,语言的后面是人,一切就迎刃而解了。只要承认后面有人,那就应该承认还有比语言更为根本的东西:思想啦,感情啦,情绪啦,潜意识啦,语言不过是这些东西的载体。正因为是载体,才又会带来某种局限,使人忽然间觉得话不够用了,尤其是对那些属于生命体验一类的,比较抽象、比较神秘的话题。另外,诗歌语言也不等于生活中的日常语言,诗歌语言是经过提炼的铀,它所释放的能量,正是咱们前面提到过的思想感情之类。所以,诗歌语言高于日常语言。倘若这二者不是既相联系又相区别,那么,作为诗人"独白"的诗歌(特别是抒情诗歌),有什么必要非追求读者的"共鸣"不可?

我说了这许多,并不意味着"诗到语言为止"毫无道理,不,它还是有一定道理的,所谓"片面的深刻"吧。我觉得,它的最大弱点是,对从语言到文字的转换认识不足,没有充分论证,当语言的受体由嘴巴和耳朵变成了大脑和心灵之后,将会出现哪些人力无法左右的情况。于是,这就给玩诗者提供了大有作为的广阔天地,他们搞语言游戏,从胡言乱语和程式化这样两个极端来糟蹋诗,最后导致诗歌"失语"。话说到这儿,又不妨联系起集体主义写作的历史,多讲两句了。我看,集体主义写作的最大危害之一,正在于迫使语言全面衰退。关于这,我们只要想一想"大堰河"变成了"王大妈"的惨痛教训,就足够了。语言的衰退肯定"领导"诗人的衰退。

八十年代中期,诗人柯平对我说:"'诗到语言为止',韩东说得多少好啊!"柯平是湖州人,湖州方言把"多"说成"多少",有加以强调的意思。这话我是懂的,不过我假装不懂,故意逗他:"多"和"少"都叫你说了,到底是"多"呀还是"少"?其实,我是嫌他话说得太满,又正在兴头上,不好意思泼凉水。今天,我把我当初想对柯平说的话全说了,就这些。

好了好了,咱们的马拉松对话到此结束吧,无论你再说什么,也休想撬开我的嘴了。

X:遵命,感谢老兄优待。(坏笑)不过,我还想讨一件东西——你的名片。

Y:(不解)常来常往的,要名片干吗?何况我只有旧名片,十年前印的,上面的漫画像,还画着早已刮掉了的胡子哩。

X:要的正是那个!当然,我不是要胡子,我要的是头衔:诗人,作家。有人让我看过你那名片,要不我咋知道?诗人,作家,诗人在前,作家在后,我没记错吧?

Y:那又怎样?

X:我琢磨其中有讲究,它说明你老兄首先看重的是诗人。

Y:这家伙!贼精!不过,我倒也的确把诗人的称号当作了毕生的光荣。尽管作家也同样光荣,但就我个人来说,第一位的是诗人。你该笑我迂了吧,眼下都什么年头了?还在乎这个!诗,半个子儿不值!行!半个子儿不值我也认了!我相信,总会有值的日子!"面包会有的,牛奶会有的……"诗歌复兴的日子也会有的!(翻寻名片)给你留个纪念吧,连同刚才说的一大堆蠢话。(完)

1998 年 6 月 14 日　合肥

争论的价值大于书

《顾准文集》一出版,我便汇款贵州人民(出版)社购得一册。书到之日,迫不及待地立即捧读,只觉得乱花迷眼,美不胜收。心潮激荡之际,每每产生一种也想说点什么的冲动,但终于未说;因为,我自知谫陋,几句浮泛之词,反而将辱没思想家。同时,在阅读过程中,我又往往会情不自禁地对照自己:当时我在干什么?除了腹诽和写些"黑诗"外,大概就剩下苟活了吧。这么一比,愈发惶愧万状,哪如沉默。

接下来,《顾准日记》面市,我自然又亟欲一观;多蒙未曾谋面的朋友、编者之一的丁东慨赠,得以先睹为快。

岂料《日记》竟引发了一场论争。沙叶新、林贤治、李慎之、陈敏之、丁东和曾彦修等(以下引文只标姓氏)的大文,均先后拜读一过。这几位,无论耄耋或盛年,都是我仰慕和尊敬的先生。他们的观点,自然又成了我思索的参照系。我理当先向他们致谢。不过,最令我击节赞赏的,还是《文汇读书周报》六月十三日三版的编者按语。编者这样写道:"……在探讨和争论中所涉及的种种问题,足以引发我们广泛和深入的思考,其价值当不限于对顾准一人心路历程的探究,这一点却是可以肯定的。"诚哉斯言!

下面,我想仅就触动过我的若干语句,谈一点感想。

首先,我承认,我本人,在长时间的"政治暴力和思想暴力"面前,的确是采取了"不抵抗"乃至"奴隶"的立场,至于是否已然形成"主义"(林),不敢妄说。但,必须同时指出的是,既曰"暴力",那就似乎是,除了"自绝于人民",或者当张志新第二外,谁都无计逃脱。由此我又联想到前些时,萧乾因

"尽量不说假话"被弹为低标准,而过来人却反唇相讥,说是"站着说话不腰痛",双方叮当了好一阵。记得当时我就对人说过:年轻人固不必深责老辈,老辈也不必叹息"代沟",历史无情,只能各人好自为之了。

其次,"历来的所谓'国耻'其实不过是各国历史上屡见不鲜的'国难','文化大革命'才是真正的'国耻'"。(李)"似乎有一条不成文法,叫人不要谈'文革'。巴金老人关于设立'文革纪念馆'的建议,始终没有人理睬。然而,一个失去记忆、不知反省的民族,是很难有出息的"。(李)对此我深抱同感。高层机密,我固无由接触,但我确曾从报刊上读到,胡乔木是不主张写"文革"的,其理由据说是,哭哭啼啼。不过,倘仅此一条而别无其他"天机",我看未必就能站住脚。因为,不在书本中和银幕上哭,难道还想让人再在生活中哭吗?难道中国老百姓还没有哭够吗?

又次,"不要以为现在'彻底否定''文革'了,'文革'中所有挨过整、受过迫害的人就始终否定'文革'"。(丁)上面我提到的大人物,就是实际上并不否定"文革"的代表之一。看来,那个不成文法已经在起作用了。"生长在六七十年代的现在的年轻一代,对之(按:意指'文革')不能不是极为隔膜和生疏的"。(陈)我个人甚至揣测,再过若干年,"文革"也许竟会演变成新神话,类似于狂欢节的神话:牧人疯狂,导致(驱使,诱使,迫使)羊群疯狂……

再次,"对任何人以'文革'中对'文革'的门面话做根据进行判断,这本身即同彻底否定'文革'的精神是违反的"。(曾)依我看,这话极其重要。"文革"思维方式,正是"文革"遗毒之一。何以坚决反"左"者,往往自己也会不自觉地流露"左",根源即在于此。

至于所谓"这是一本伪日记"(沙)的问题,我只想插一句嘴。我以为,既不能起顾准于地下,那么,眼下有歧义的说法,暂时似不妨并存,待取得更有力的佐证后,再下断语,如何?

同"伪日记"相对应的是真日记。这方面,本人倒是小有发言权,——盖自"反胡风",我的私人信件等全被收缴始,我就下定决心不再写日记了。紧接着,肃反、"反右"、"文革",屡屡有事,我几乎成了永不下场的"运动员";而无日记可交,倒成了大可窃喜之事。尽管我深知写日记的好处,尤其是对于写作工作者。

总之,目前关于《顾准日记》的讨论,早已大大超出了《顾准日记》本身。我想,这对我们重建被意识形态辗碎了的精神价值观是大有帮助的。我们说,鲁迅是人不是神,同样的,顾准是人不是神。何况,顾准日记所反映的,正是饥饿与"猩红热"?(丁)在中国联手吃人的岁月,其时,人性惨遭扭曲,这在顾准的日记中,已留下了不少可悲的刻痕。对此,我们应予充分理解。因之,我们既不宜把顾准视为完人来苛求,又何苦把顾准当作完人来捍卫!倘能这样,则对论争的各方,对广大的读者,或将更有裨益吧。

1998年6月18日　合肥

触人痛思的《思痛录》

韦君宜先生新近出版的《思痛录》,悚然触动了我的痛思,一时百感交集,竟不知该从何说起。

可说的和要说的都有许多。掂掇再三,我决定先强调一下总体印象——没有抽象的议论,没有泛泛的喟叹,甚至于没有重量级的形容词,全是些不兑水的干货,身经亲历的真人真事;尤其可贵的是,作者把自己整个儿摆了进去,当时是怎么想、怎么做的,如今就怎么写,毫不遮掩,毫不躲闪。总之,这本书确确实实称得上是一本说真话的书。而在我们中国,说真话是很难很难的,特别是要写成文章正式出版,简直难如登天。也许,正是因为这个缘故吧,总共十二万字的薄薄一本,反而超过了卷帙浩繁的分量。据说,第一版发行八千册,不到一个月,便销售一空。这说明,面对眼下低迷的书市,只要作者肯掏心,读者还是愿掏钱的,关键在于作者和作品的品质。

这本书,内容牵涉甚广,从延安时期的"抢救运动"开始,直至全国范围的"文革"结束,历时四十年。无数错杂纷纭的事件,都通过作者本人这根主轴旋转展现,第一人称、第一视角,平实至极,简洁至极,亲切至极。我想,像这样一种朋友谈心似的叙述方式,多少也给某类作者以些许启示吧。

我的青年时代,没赶上奔赴延安的热潮,自然也没被"抢救"过;但是新中国成立以后,除了"三反五反"外,我基本上都被收作了"运动员"。由于体会真切,情况略知一二,因之,韦君宜先生椎心泣血的感慨,往往都能引起我的深沉共鸣。不过,我一直是个小人物,手中无权,尽管也中了些"左"毒,却无缘用来害人。这是和韦先生有所不同的,大概也可算作我的万幸。

回忆我因"反胡风"而第一次挨整,由于实在找不到我和"胡风分子"的瓜葛,于是在狠批了一通文艺思想后,暂告罢手。不过,待到第三批"反革命材料"见报,转入全面"肃反",我就由受影响的"胡风外围分子",突然间飚升为"红旗特务"了。所谓红旗特务,所谓打着红旗反红旗等等咋呼,虽说后来特别是"文革"期间,人人听得耳朵起茧,可我却早在一九五五年就领教多多了。当时,地处北京广安门外的莲花池,总政文化部集中了一批军队创作人员"肃反",领导者是电影处处长虞棘。这位虞棘处长,就在大会小会上屡屡点名,封我为"红旗特务",而我一时间也的确被他吓蒙了。不过,我在下决心以死讨还清白之前,曾写过一张纸条:"既然党需要我当特务,那我就来当这个特务吧。"现在看来,这句未成为遗言的遗言,竟和韦君宜当年奉命动员她丈夫杨述"坦白"时的哭喊,如出一辙:"形势非叫你坦白不可,你就坦白了吧。"哀哉!

还有,那鼎鼎大名的"逼供信",其精神实质却是倒过来的"信供逼"!对此,我也是在读了此书之后才恍然顿悟的。回望来路,果然验证了此说不虚。由于我十一岁时,同蒋经国有过一面之识,再后来,又毕业于国立第十三中学,复阴差阳错地考进了国立中正大学,于是便有了"一根黑线",于是便成了谁谁谁"自小培养的特务"。至于我为什么偏偏投身学运闹革命,那自然是"伪装"了。既然领导如此这般地"信"了又"供"了,于我,当然就只剩下主动配合的义务了,反正"逼"也是"逼",不"逼"也是"逼"。拿今天的眼光看,做这样一种"阶级分析",实在也无须多少智力。可惜,我当时不了解其中奥妙,否则,换一种方式"配合",也许可以少受点罪吧。

更其不堪的是,到了一九五六年,在所谓的赔情道歉会上,仍旧是虞棘先生一再劝我"吐苦水",情词恳切。我"傻帽"一个,竟信以为真,便一通放言,除了把胡风一案比作"文字狱"外,还说了些"流弹乱飞,伤的尽是自家人"之类。一九五七年,这些话,自然又都成了划"右派"的根据,还让虞棘捡了个话把:"得志便猖狂。"

二十二年过去,"右派"改正,照理说,上述种种大可以不了了之,然而不,实际上是了犹未了;只要气候适宜,某些以整人为业的人,便总要说道说道,刺我两下子,这似乎也成了一种习惯了。当然,我似乎又自觉"配合"习惯了他们的"习惯"。只是到了今天,认真想了想韦君宜先生的话,才醒悟到,对我而言,这种习惯毋宁是新的奴性。而对于整人者呢,他们的习惯却只能表明,他们已是整人上瘾了,仿佛吸毒上瘾一般。怎么办?我想,除了希望有更多的像韦君宜这样的老同志,用自己的回忆录说明真相,帮助后人认识历史、牢记历史外,更要紧的,恐怕主要还得指望真正实行民主,建立有效的监督机制,依法治国。倘若将一切都寄托于时间的流逝,企求消极解决,那是靠不住的。想想吧,从"抢救"到"反胡风""肃反""反右派""反右倾"和"文革",单是一个子虚乌有的国民党的"红旗政策",竟代代不乏真传,足见它不仅是与数十年来,党风曲解马克思,片面鼓吹斗争哲学有关,抑且与几千年一贯草菅人命的封建传统有关,与中国国民性中的残忍一面有关,欲清除其流毒,绝非一朝一夕之功。

当然还是韦君宜先生说得对,"要知道这些,是这一代读者求知的需要;要想一想这些,是这个国家的主人(人民)今后生存下去的需要"。"我只是说事实,只把事情一件件摆出来。目的也只有一个,就是让我们党永远记住历史的教训,不再重复走过去的弯路,让我们的国家永远在正确的轨道上,兴旺发达。"这实在是一个老共产党人的善良而卑微的愿望,我百分之百地表示赞同。

1998 年 7 月 4 日　合肥

"只要画家心里有受苦人"
——致董其中手书两通

其中乡党:

六月五日发出一函。翌日逢端午节,我花了半天时间,静心一一拜读你寄来的全部复印件,自觉应遵嘱再写几句话,算作心得。

第一,你既已是版画方面的卓然大家,"转益多师是吾师",泼点余墨兼写散文、随笔、札记之类,自属水到渠成,势所必然。

第二,从已刊大作看,你将来的走势,可能会取观照于心,信手拈来的一路,不拘一格的。这很好。因为这不限制思想感情的驰骋也。

第三,下面似乎应该提一点建议了:多读、多看、多想、多改,在遣词造句上多下功夫。记得你在某篇文章中写过这样的句子:"民歌是无形的剪纸,剪纸是无声的民歌"。似这等既富形象感、又有哲理性的造句,就能给读者留下非同寻常的印象,希望你今后常有神来之笔。

第四,吴冠中是你的老师吧?他就能画能文,而且都自成一家,行云流水,各适其所,值得包括我在内的有心人学习。

第五,题材和视界宜再扩大一些。文字要有性情,一如版画要见风骨,道理相通,无待烦言。

最后,祝你不断进步,达到二水分流、双峰对峙的辉煌!

公刘匆匆

手抖潦草不恭

1998年6月10日

其中：

你好！

今日鲍加来访，携来你赐赠之《走西口》版画一幅，还有黄芪一盒，真是从精神到物质，从友情到药品都全了，感何如之！

……

你也是江西的骄傲。你的版画，始终有着自己的风格，自己的技巧。

遗憾的是，应该跟水走的，偏偏进了山。不过，这也没有什么，有山必有水，山西的老百姓不是同样善待了你么？——只要画家心里有受苦人。

版画，你的终生事业之所系，如今似乎运交华盖，商业大潮，把多少值得珍惜的事物都冲得七零八落了啊！可叹息无用：事在人为，好自为之。

对否，朋友？

……我因手抖写得潦草，你慢慢地分辨吧。

握手！

公刘

1998 年 9 月 16 日

《公刘诗草》作者自序

承主编犁青先生雅嘱,《诗世界丛书》邀我加盟一册,这对于像我这样百病缠身、来日无多的老人而言,能赶在大限之前再见到自己的一本书,无疑是极其愉快的消息。只不过,女儿刘粹却要受累了。因为,所有与此有关的繁难与琐屑,必然又照例落在了她的肩上,真是难为她了。在这方面,我的确是自私的。为此,我除了开宗明义表示对丛书主编和出版社责编的感谢外,有必要特别申明:谨以此书献给我的好女儿——刘粹。事实早已证明,设若没有她,这世上肯定早就不存在我了,岂能奢谈什么编书出书!

如此说来,作者本人,岂不是白吃干饭了么?——也不尽然。

我想,我还是多多少少出了一点力气的吧。首先,是起了个书题:公刘诗草。为什么要既曰诗又曰草?这就得稍加解释了。从来我就认为,我的诗作,大抵都是些类乎野草的东西,粗粝顽贱,只配扎根于旷野,任风吹雨打,牛啃马踏,自生自灭。正如一介布衣,原本就不指望能登皇裔贵胄的华堂,我自然也就从未做过拿什么顶级大奖的美梦。但另一方面,确又小有私愿,即经过必要的最后定稿(假如还来得及的话),再经过严酷的时光淘洗,其间的少数篇章,兴许能有幸获得后世平头百姓的某种呼应。但愿如此。

其次,在编目问题上,如何选定,孰取孰舍,我也发表过若干意见。无须隐瞒,对刘粹搬出来的大大小小十几本拙著,还有近年来的一堆零散手稿,说长道短,两人的看法固然不可能绝对一致,但总的来说,父女间的合作还是很愉快的。我明白,站在我面前的她,毕竟是一位有事权有眼光的选家,这个带有某种权威性的身份,毋宁应该受到我的特别尊重。所以,我请她自行拟定方案,然后再由双方磋商;所幸在此过程中,并未产生过任何原则分歧,相反,倒是有着不少共同的或者近似的"遗珠之憾"。比如,限于篇幅,有几首从历史角度看不妨被认为是比较重要的长诗,像《姐姐》《哀诗魂》《星》《海颂》等,只得一概割弃,这是我们,尤其是作者本人心有不甘的。

刘粹慎重提议,目录应该倒着编,先向读者展示今天的老头儿公刘,随后把镜头推向昨天的小伙子公刘。她说,这样,读者先端详了新面孔,再扭头去审视旧相识,在做出比较的同时,自然也就不难明白,那些多出来的皱纹是缘何刻上去的,而那些青春鬓丝又是怎么失踪了的。我听了,立即拍手叫好:这也是一种倒计时嘛!有趣!当然,由于年湮代远,加上变乱剧烈,发轫于四十年代的那股涓滴细流,例如一九四○年的《悼张明》、一九四三年的《春水,她晶莹的眼泪……》等等,早已断乎难以寻觅了。无疑,这都是些永世难赎的缺欠。

我写诗近六十年了。只是愈到后来,我才愈明确了两桩事:一是绝不可学某些倡导过狂飙精神的诗人,后半辈子大开倒车,基本上变成了颂圣承欢的高级清客;二是最好能坚持到老,以证明一个诗人的诗情枯竭与否,并不完全取决于他的年龄,当然,实在写不出特色来,也万万不可敷衍成章。

针对诗界现状,我倒觉得,应该在不断汲取外国有益营养的同时,着意强调善待诗经、楚辞、汉赋、唐诗、宋词乃至元人小令以及晚清新声,以纠正尾随洋人,亦步亦趋,染头发、贴胸毛式的偏颇。我本人正是这样探索的,至于成败得失,那是另一个问题。同时,只要自己的健康情况允许,我将一如既往,用我的现行方式、照我的现有速度写下去,好坏优劣,同样是另一个问题。

百年诚易逝,浮生却非梦。环顾周身,我的唯一武器,就只剩下我的童心了。而我的童心,又恰恰是我的诗心,也是个人的自豪,女儿的欣慰和朋友们的理解和宽容之所在。

我要自己告诫自己:珍重吧,公刘!奋斗吧,公刘!

1998年10月15日　撰于合肥

"白话"与"自由"

谁都知道,新诗又叫白话诗,也叫自由诗。

不过,依我看,正是这一个"白话",一个"自由",误了新诗,误了诗人。

有人将白话推到极致,等同于"我手写我口",有人认为自由就是否定一切,可以随心所欲。其实,这些怕都是误会。

又有人把艾青当作武器挥舞,也是误读。不错,艾青欣赏散文美,但他并未提倡散文化。

我以为,所谓白话,所谓自由,这两个概念从来似乎就包含着某种悖论。事实是,要追求百分之百的白话,势必难以实现语言的精粹和华彩;而要绝对自由,又往往会变得挥霍无度,诗味索然。

至于韵,总还是需要的吧,退一万步,即便抛弃声韵,也该追求神韵,即内在的节奏感和音乐性,没有节奏感和音乐性的分行文字,不是诗。

为了新诗,是否有必要再认真检讨一下"白话"与"自由"?

1999年2月1日改定于合肥

一张城市入场券
——序叶匡政诗集《城市书》①

一九八〇年以降,改革开放的中国,加速了城市化的进程,全局性的伟大变革,催促着诗人们特别是青年诗人们,敞开嗓子歌唱。情不能抑,这是再自然不过的事情。叶匡政,正是活跃其中的佼佼者之一。

从一九九四年九月认识叶匡政起,我就一直管他叫小叶。如此称呼,一则因为他年龄的确小;二则因为他虽然也属新潮一族,却少有时兴的那份圆熟。我很看重这一点。

而尤为我所看重的是,小叶屡次三番"下海",竟并不因高攀上了赵公元帅,就将妙思女神弃若敝屣,倒是屡次三番"回头是岸",上岸即战,战之能胜。我以为,这一点是难能可贵的。多少年来,人们已听惯了也看惯了文坛上那种义薄云天的豪言雄姿,什么"老子有了钱,就'以 X 养文',不但自己写,还一定要帮衬穷哥儿们"!诸如此类,可事实呢,一旦他真的发了财,那些说过的大话和做过的表情,早就一股脑儿丢到爪哇国去了!

由于《诗歌报》在黄山举行的一次颁奖会,我和小叶有缘结谊。当主持人分配双人标准间时,我声明,希望搭上一位不吸烟的伙伴。小叶便急忙报了名,我自然表示欢迎。岂料进得房来,还未及收拾,他就迫不及待地抛出了一大串有关诗歌创作的问题,要我作答。可聊着聊着,他又忽然连声抱歉,慌慌张张地跑出去,如此反复再三,我才恍然大悟:原来他是躲到什么地方过烟

---

① 本文系为诗集《城市书》所作的序言。文字完稿后,因诗集作者多有不同意见且十分坚持,故家父最终搁置。这是本文首次揭载。——刘粹 注

瘾去了。看，小叶就是这么个诗爱者，为了得到更多的机会和我谈诗，竟硬是瞒下自己"瘾君子"的身份！

循名责实，诗集《城市书》，无疑收的都是关于城市的吟哦。提起城市，我觉得，有必要先将北京、上海等超级都会，同内地的新兴中等城市严格区分开来。她们之间，诚然有不少的共性，但更有其因历史背景、地理环境之迥异而形成的落差。不过，对小叶而言，合肥终究是他生命的摇篮，他不能不对之怀有血缘感。于是，五行八作，肝胆俱全，杂花生树，异彩纷呈，形形色色的"熟悉的陌生人"，一齐奔涌到了他的笔端：工程师、侍者、货车司机、瓦工、摊贩、失业者、哲学教授、对弈老者、公寓楼门卫、单身汉、小职员、佣仆、退休市府秘书、电视节目主持人、私营公司老板及律师，应有尽有。有趣的是，他甚至不忘审视自己，并从而发现了另一个"熟悉的陌生人"，所谓的"他我"（《九月，另一个我》）……据此，似乎可以断定，尽管叶匡政在诗风上更接近于后现代，但他并未疏离现实——虽非纤毫毕露地复制现实，却是直击心灵地改写现实。这，不妨算作他的一大特色吧。

他的第二大特色是，往往循着双重升华，即先从诗思到哲思，再从哲思到诗思的思路进入写作状态。也就是说，他是按具象—抽象—具象的路子构思的。实际上，通过这一方式，他构筑过不少精致的小巧园林。例如，获奖的《事实》，就是一个范例。"我知道，人们变富／要毁掉多少事物／灯光变绿，黑暗长成人形我知道，狂风／和寂静的配合，引擎／释放出多少人爆裂的内心我知道，爱在减少／一次开始／就是另一次退却我知道，我要变老／一切／不会改变这一天一个活了七十年的人／他要毁掉多少事物！"写得同样深蕴绵密的，还有《职业》《管道》《返祖》《变化》等不少首。

当然，也并非全是精品，也有我努力读都读不懂的东西，像《水泥屋中，想起李白》一类。这大概就是审美观念上的所谓"代沟"吧。同时，每逢涉及重大题材，作者都往往会显得捉襟见肘，力不从心，如《柔软的国际政治》，想来还是阅历不足，胸襟欠大所致。

人所共知,至今还在流行着这样一种诗歌分类法:城市诗、乡土诗、军旅诗、校园诗、石油诗、煤炭诗……过去,我也因袭陈说,但如今一经细想,就感到不对了,它们弥漫着庸俗社会学的有害气味。其实,诗只有好诗坏诗之分,因为诗来自人的生活,而生活是活水,谁也无从规定它的边沿、它的走向。倘若我的这个想法得到认可,那么,从根本上看,抒写城市生活的诗,势必难以摆脱泥土以及土中的万物。诗人是不能单打一的,住在城里,就只写城里的见闻,那么,一出城就肯定露馅。说到这里,小叶当能明白我想说些什么了。比如,一首《郊游》,全不沾胼胝劳作之苦辛,草木虫鱼之怡乐,行吗?一首《雨中杜鹃》,只要求杜鹃成为附丽于诗人的某种符号,而不让它以生命本体的原始身份发言,行吗?我想,这将很难被理解为扬长避短,恐怕恰恰是舍本逐末吧。

愿诗人把吸盘伸得远远的,伸向自然,伸向四面八方,愿诗人的诗写得更丰满结实!

1999 年 5 月 3 日扶病践约写于合肥

电话小谈《母亲的灯》[①]

我躺在医院的病床上,将《母亲的灯》反复读了两遍,整体感觉不错。这些年来,一本诗集,能让我读上两遍的实在不多。我比较喜欢的诗作,有《青草》《本命年》《黄土》《黄土黄》《半坡村》《白洋淀》《山谷中的向日葵》《有什么高于一切之上》《蝉鸣》《大鸟》《石头》《有一些心事》《无头牛》和组诗《记忆的权利》等。《有什么高于一切之上》写得太棒了,充满了既是现代人的又是东方人的哲思。《记忆的权利》,那处理方式也值得称道;尤其是其中的《鬼子坟》,你选择的切入角度,不落俗套,表现了你的创作个性。至于《长城守望者》,虽然你自己似乎比较看重,我却觉得它不如《白洋淀》鲜活。诗是要讲究味道的。你的这部诗集,就蛮有味道。总之,它的最大特色是,真切地贴近普通人的日常生活和普通人的正常思维。

[①] 本则通话记录,时间当在一九九九年五至六月间的某一天。《母亲的灯》,诗集,作者刘向东。——刘梓 注

《唯美》通讯

编辑先生：

住院期间，展读大札，以及《唯美》丛书的"设想"，不胜欣悦，如服良药。

我想张炜先生和您协办推出之《唯美》，当然绝不可能混同于王尔德式贫血的"唯美"，这是个不容误解的原则问题。当今普通中国人追求的是：法治的完美、精神的淳美和物质的丰美，而针对转型期的社会现实，又简直可以将狄更斯在其名著《双城记》中那段精辟言辞，"这是个光明的时代，这是个黑暗的时代……"改写为"这是个美好的时代，这是个丑恶的时代……"据此，我以为，即将诞生的《唯美》丛书就不能不带有鲜明的爱憎感情色彩和锐利的批判思辨锋芒。

倘或我的这番理解无有大错，我当追随时贤之后，竭尽所能。望视此函为我对《唯美》的响应与支持可也。

公刘
1999 年 9 月 26 日夜

跋①

　　这部书,承蒙广东旅游出版社惠然慨允,列入选题将近两年了,值此出版事业"大滑坡"的今日,如此远见卓识,如此信守诺言,的确令人铭感五内。尤其是吴少秋先生,从未谋面,却始终如一地给予了全力支持。他的耐心等待,正是成书的最大动力。

　　这是一本体例特殊的诗文合集——集讲演、日记与抒情诗篇于一体,既相对独立,又互为补充。

　　我想,所谓体例,本来就是人的创造,而创造又与定型相冲突,在这上面翻出一点新意味,自然与创造的本意并无扦格。至于利弊得失如何,则有待贤明的读者评判了。

　　在申明过体例方面的鼎革后,还有两件事须做交代。

　　一、讲演与日记中都提到过一本将用德文出版的书籍:《中国作家眼中的下萨克森州》。回国后,我们是根据与女出版家毛勒尔的协议,按时集中文稿——其中只有王愚一时赶写不及,由他单独自行联系——经过我的通读与筛选,花了一笔巨额邮资,以航空快件的方式邮往指定地点的。

　　一九八七年十一月,才收到毛勒尔女士回信,原来她去了一趟美国,收到书稿后,已分头约请几位汉学家翻译去了。同时表示,希望我进一步汇集发表这些文章的中国各地报刊的刊头或者封面,或者目录,尽数加以复印,以便

---

① 这是家父为一部"生不逢时"而被"胎死腹中"的诗文合集所写的跋。不幸的是,诗人还是太乐观了,诗人没有等到此文得以披露的"这一天"。——刘粹　注

她照相制版,作为书中的一部分插图,使得该书编排形式更为活泼有趣,云云。

于是,我又用了近一个月的时间,摒挡手中正在进行的一切工作,全力以赴地突击完成了她的嘱托。

古人有云:天有不测风云,人有旦夕祸福。正在我和同志们翘首企盼收到样书的时刻,突然,邮递员交给我一个特别的印有又粗又大的黑框的讣告:毛勒尔女士不幸辞世了。寄件人是她的儿子和女儿。我立即发出唁函,陈述哀思。同时分别通知了原作家代表团的全体撰稿人。

此后,该书便没有下文,虽经多方查询,始终不得要领。我怀疑,恐怕那些倾注了中国作家心血的手稿都已散佚了。

这的确是个令人悲伤又令人失望的结局。

但就中方而言,我们每一个人都是恪守了君子协议的,我们的良心是平静的。

假设毛勒尔女士健在,她的豪爽,她的热情,她的友谊,当绝对不至于听任悲剧发生,至少也不会听任中国朋友的亿万脑细胞——我们的灵魂与血肉的一部分——飘零异域,无处葬身。

二、《谈话录》包括即席讲演和即席答问两部分,这里回忆得起来的,并不是全貌。当《清明》杂志发表了其中的主要章节后,反响竟十分强烈,这是我不曾料想到的。将近十家文摘性的报刊纷纷予以报道和节录转载,许多相识或不相识者来信表示祝贺和赞扬。过了一年光景,我把《清明》不曾发表的《关于〈古船〉》一节,投给了当初全文推荐张炜先生的力作——长篇小说《古船》,事后又陆续刊登过许多争鸣文章的大型期刊《当代》,他们很快便将之变成了铅字,作家张炜先生为此来信表示感谢,从此我们由互不相识变成了文字至交。到了一九八八年下半年,上海《文学报》又决定连同其他不曾问世的几节,如《关于刘宾雁先生》《关于中国'文化大革命'与中国知识分子》等,全文揭载,弥补了《清明》的缺憾。然而,我的快乐未免太早,较《清明》版更为完整的谈话录,仅见报四期,便惨告腰斩,个中原委,迄今不明不白。不过,这又似乎是一个彼此心照不宣的举动,抗议是无济于事的,徒然害人害己。

中国的新闻自由与创作自由,于此也就亮出了它们的真正价码。

好在三处并作一处,《谈话录》还是基本上和盘托出了的。遗漏了的,仅仅是难以追忆的那些。

我这个人,其实是不健谈、不善辩的,在日常生活中,极少有口若悬河、舌战群儒的"光辉表现"。之所以能在洋人面前,小试锋芒,而居然颇得好评,实在只能归诸神灵的启迪和民族尊严感。抒真情,说真话,自然比较容易通向真理。

我服膺英国哲人培根如下一段箴言:

阅读使人充实,会谈使人敏捷,写作与笔记使人精确,诗歌使人巧慧,数学使人精细,博物使人深沉,伦理之学使人庄重,逻辑与修辞使人善辩。

我还想凭自己的体会,增添一句:诚实使人勇敢无畏。

我所依托的阵地,我所掌握的武器,如此而已。不过,我最感到欣慰的,莫过于考验了一次患脑血栓重病后的总体反应能力,证明了此人还不是迟钝与麻木的白痴,或者徒然学舌、缺乏人格的能言鹦鹉。

去年十一月,我又应美国著名诗人艾伦·金斯伯格先生的指名邀请,去洛杉矶、纽约等地参加首届"中国诗歌节"。此行又有了许多新的印象,也做了少量新的发言,但愿有可能写出一部新著,奉献给关心我的诸君。

公刘

1989年4月20日上午写于杭州凤凰山麓

上述小跋写完,便发生了后来被称作"一九八九年那场政治风波"的可怕事件。这本书也就出不成了。不过,我从不曾丧失信心。一九九一年初,老友范用先生忽然决定,要让他聪明伶俐的小孙女儿读一读《谈话录》,写信向我了解当初分别发表它们的报刊的期数和时间。范用先生安慰我,他在信中写道:"我相信,包括全部谈话的集子,总有一天会出版的,因为它们有存在和流传的价值。"

　　我真的耐心等待了。

　　我等到了这一天。

公刘又及

199 年 月 日

永不碇泊却永不拒载的西湖诗船
——《西湖诗船》代序

1. 我国有句流行的状景成语：波平如镜。这大概称得上是中国人的思维定式之一。

2. 古往今来，但凡遇上水波不兴又光可鉴人的场景，骚人墨客们总会联想起日常生活中的镜子。这也已然成为一种惯性乃至本能。

3. 就中大致不外两路招数：其一，直截了当，以镜子设喻取譬，力加渲染，重在形象；其二，拐弯抹角，不落言筌，亟盼读者琢磨求解，重在意象。

4. 被誉为新诗诗坛大师的浙籍诗人艾青，有一首传世之作，题名叫作《西湖》，竟同样未能打破这个古老框架。人们或许要问了：江郎才尽乎？

5. 非也！容我慢慢道来。

这首诗，惜墨如金，总共十四行八十八字，这里谨引用其第一小节：

月宫里的明镜
不幸失落人间

一个完整的圆形
被分成三片

四行二十四字，为全诗定下了基调，开宗明义，提纲挈领，统揽全局，是诗中之诗。

它直白如话，完全是口语入诗。不过，切莫小觑了，既要求是口语，又要求是诗,难。

6. 您若不信,请不妨一试,看看能否轻易达到这般素朴、这般清纯的境界?

7. 尤其值得强调的是,艾青在这里用的是曲笔。掉一回书袋子,就是:师出偏锋,险中取胜。

8. 因之,小诗不小。第一,艾青外冰内炭,诗化了(浓缩了)那个妇孺皆知的东土神祇们的大悲剧(请注意简单得不能再简单的"不幸"二字)——嫦娥奔月的故事;第二,艾青机关深藏,巧妙地暗示了这一不争的事实:倘或缺失了西湖,杭州将无缘戴上"人间天堂"的桂冠。换言之,恰恰是东土神祇们的"不幸",成全了杭州人的大幸。

杭州人,你们有福了!

9. 据此,西湖便先天地带有某种悲剧美的色彩。

大凡涉猎过美学理论的人都清楚,作为美的一个重要分支,唯悲剧美独具壮丽恢宏的品格。

10. 写到这里,似乎应该宕开一笔,那同样流布民间、万古不泯的雷峰塔传奇——以白蛇娘娘、小青、许仙和法海和尚四者的性格矛盾为基础逐步展开的戏剧冲突——岂不也是一出把西湖当舞台的大悲剧么?

11. 其实,被人一再讴歌的西湖,她的悲剧美并不尽于此。

12. 且先看取历史。

历史者,过去的现实也。引申言之,现实者,未来的历史也。其理不言自明。

13. 杭州籍的明代忠臣良将兼诗人于谦,他的咏怀明志的七绝《石灰吟》,脍炙人口久矣,毋庸饶舌。但他的另一首七绝《岳忠武王祠》,苍凉激越,却似乎为一般人忽略了。

中兴诸将谁降虏?

> 负国奸臣主议和！
> 黄叶古祠寒雨积，
> 青山荒冢白云多。

14. 历史多巧合。历史会重演。

历史课本上，记载着的所谓"土木堡之变"，简单说来，就是汉人柄政的朱明王朝，传到了英宗朱祁镇一代，为了抵御崛起于山海关外的少数民族入侵，"御驾亲征"，竟落了个兵败被擒的下场。其时，身为兵部侍郎（国防部长）的于谦，跟绝大多数深受儒家传统观念熏陶的普通中国人一样，"国不可一日无君"，为了安定民心，他一面"以社稷为重"，拥立朱祁钰为景帝，一面调集大军，决战决胜，将敌兵驱回关外。不料，被迎回的朱祁镇先生重登皇帝宝座后，所做的第一个重大决策却是给救了他的于谦扣上"谋逆"的帽子，将之诬杀。于谦遗骨后归葬于西湖侧畔的三台山。

15. 于是，于谦哀悼岳飞的诗句，就变成了自身的谶语。杭州，又多了一处"青山荒冢"。同样是黄叶白云寒雨，同样是千古奇冤大狱，于谦和岳飞，遥遥相望，默默无言。

莫非这就是好人的宿命？！

16. 又过去了五百年。

表面上看，中国早已天翻地覆，进入了伟大的人民共和时代。然而，有一宗要害东西未曾变，这就是，皇权主义的阴影徘徊不去。彭德怀元帅的负屈惨死，便是铁证之一。

逝者如斯乎？人们要问：彭德怀和岳飞、于谦们有何本质区别？！

17. 因之，我们绝对有必要千百次地重温唐代诗人杜牧在《阿房宫赋》中发出的浩叹："……秦人不暇自哀，而后人哀之，后人哀之而不鉴之，亦使后人而复哀后人也。"真是铄古震今的至理名言，血珠泪弹，掷地而有声！

18. 关键在于"哀之而不鉴之"。鉴，文言文，就是镜子。谁不用历史这面镜子照照自己,纵使熟读《资治通鉴》,以至倒背如流,亦属枉然!

19. "青山有幸埋忠骨"。这一回,"有幸"的"青山"轮到了彭老总的家乡湖南。假设当初也选中了西湖,那么,俗云"事不过三",西湖的悲剧性,堆积得也就未免过分残酷、过分沉重了。

20. "亦使后人而复哀后人也"。

21. 与历史之镜三足鼎立的,还有人生之镜和世态之镜。

人生逆旅,百代过客。世态炎凉,冷暖自知。不知何故,人们面对西湖,往往会情不自禁地兴起沧桑之感,酸甜苦辣,一齐涌上心头,仿佛面对着调味盘。

22. 先摘录宋代浙籍大诗人陆游的诗句。"世情年来薄似纱,谁令骑马客京华?"(《临安春雨初霁》首联)"年来亲友凋零尽,惟有江山是旧知。"(《过六和塔前江亭小憩》尾联),联系到他本人空怀壮志而报国无门、沈园婚变偏白头痴情的坎壈生平,个中况味,能不感慨系之!

23. 至于新诗人,挣脱了古人的名教羁绊,越发自由奔放,自刘大白、郭沫若、徐志摩以降,直到当今的第X代,触景生情,感遇寄慨,全方位,多层次,海阔天空,了无挂碍,例子就更是举不胜举了。

24. 杭州毕竟得天独厚,她是造物主的杰作,她是自然美的典范。

湖、山、林、泉、路(包括堤),再添上一年一度飞天扑来的钱塘潮;梅、桂、荷、藕、莼,复配上一岁一荣透地生香的龙井茶。这些,到底是偶然还是必然?是人力还是神工?

25. 我们可有权猜一猜上述种种神秘的哑谜?何以如此繁复又如此简约?何以如此和谐并如此有序?

26. 谁是她的总设计师?没有答案,也不会有答案。

有的只是一瓣心香,一点玄远澄明的宗教启示,一缕庄严肃穆的思古幽情……

27. 的确,您只消绕湖独步一圈,您只消沿堤往返数遭,您必将大有憬悟,仿佛那积郁心头挥之不去的烦尘俗虑,都被涤荡净尽了。

28. 的确,杭州是一方神土,西湖是一泓圣水。

29. 据说,西湖从前是有过画舫的。崇尚现代化的今日,又平添了长短不一、材质各异、专供"新人类"休闲健身之用的各色舢板。当然,占最大多数的依旧是俗称瓜皮船的游艇。请闭目冥想片刻,多少代,多少人,曾在多少船上,做过多少交谈、多少独语?爆发过多少朗笑?抛洒过多少清泪?但无论有过多少个这样的"多少",都共着一个命运,即来了,又去了,而且是永远地去了。

30. 唯独有一艘肉眼难辨的船——西湖诗船,千秋万世地游弋至今,永恒、不朽。江山在,则人在;人在,则诗船在。

有请!快登上这艘诗船,怡情养性、赏心悦目地经典一游,浪漫一游吧。

如果您有兴致,能再留下点馈赠,诗船肯定会大开舱门,欣然拜谢。

西湖诗船,永无终点站,永不碇泊,也永不拒载!——这是一个公开的秘密。

31. 都排到第三十条了。这一颗串一颗犹如善男信女悬挂在脖子上、摩挲于手指间,与香火共燃、与铙钹齐鸣、与佛号同步的念珠一般。这到底是些啥玩意儿?语录体?电报稿?讲演提纲?读书劄记?

不是,不是,都不是。这是一篇断续写就的序。

序,有这样写的吗?

不知道。万一没有,请自公刘始。

公刘

2001年8月30日,在双目几近于盲的状况下,苦干兼旬定稿,时正养疴于杭州莫干新村友人家。

[附录]

解放思想与繁荣创作
——在云南省戏剧创作座谈会上的发言

这里开的是戏剧座谈会,我主要是写诗的,同志们叫我来发言,只好隔靴搔痒了。

大概是命中注定,戏剧与我无缘。我只是在新中国成立前的学生运动中,写过几个讽刺国民党反动统治的活报剧,后来参加了人民解放军,又为战士们编过几个快板剧。当然,那都是些十分粗糙的东西。不过,那些也的确是当时的斗争所需要的东西。一九五五年,中央电影局要求我把撒尼人的叙事长诗《阿诗玛》搬上银幕,但初稿还没有写成就被打断了,直到一九五六年末,才又用三个月的时间赶了出来,并且在《人民文学》上发表了,"上影"很快成立了以导演凌子风同志为首的摄制组,《大众电影》上宣传这将是中国的第一部彩色宽银幕影片。接着,我又和林予同志合作,写了另一个电影文学剧本《望夫云》,发表在《延河》上,这分别是五月份和八月份的事情。正当我跑到敦煌去构思第三个本子(合作者是黄宗江同志)的时候,当时所在的单位突然用电报将我召回,并且立刻进行批斗,宣布我是右派分子,结局自然是可想而知的了,不但这第三个本子胎死腹中,而且连选好外景即将开拍的《阿诗玛》也无疾而终。顺便申明一下,现在公映的《阿诗玛》不是根据我写的本子拍的,虽然它的编剧之一是原先的那个摄制组的作曲。我的那个本子,如果有什么可取之处的话,就是忠实于传说、忠实于原著,所以没有招徕观众的恋爱故事。有一些不很了解这段历史渊源的青年同志,竟误以为是我的化名之作,不是的,不敢掠人之美。

因人废言,这在我们中国一向是很平常的事,大家都早已习惯了。那几年,尽管还没有人有本事把这两个发表了的电影文学剧本打成"大毒草",但是,在云南,在另外几个地方,倒也确实被人振振有词地批过一阵。那些"左派"感到实在无法硬给它们扣上攻击社会主义的帽子,于是就想出了另外一个罪名,叫作诽谤兄弟民族。不过,到底是我诽谤了兄弟民族,还是别的什么人诽谤了兄弟民族呢?时至今日,可以不辩自明了吧?总而言之,在经历了这么一串莫名其妙的事件之后,我在戏剧方面的尝试便中断了。大家看,这么短促、这么浅陋、这么两手空空,不是百分之百的外行又是什么?

不错,我是爱好戏剧创作的。可惜,主观上的个人爱好,不会自动形成客观上的社会存在。因此,我今天不可能给大家谈戏剧,只能谈谈诗和戏剧在艺术上的共同素质,谈谈诗与戏剧在政治上的共同要求。

首先,我希望写剧本的同志也会写诗,至少应该读一点诗,读一点古诗、新诗、民歌和外国诗,并且懂诗,无论如何也不要当新诗的反对派。如今,当新诗的反对派,引用某一个论断来嘲笑新诗,似乎成了一件相当时髦的事情了。戏剧和诗历来就是有着亲密血缘关系的姊妹艺术。莎士比亚的戏剧干脆叫作诗剧。中国古代的优秀剧本,如《西厢记》《牡丹亭》等,无一不充满诗意。有的折子戏,如《霸王别姬》《秋江》,甚而至于《击鼓骂曹》,就都是一些各具特色的有着完整的思想感情内容的优美诗篇。如果单单从文字上看,那就更加明显了,一部元曲,把那些唱词一段一段地拆开来,几乎都是一首一首的诗。不过,我在这里想强调的是,诗,与其说是讲究形式、格律、音韵,不如说是看重结构、气氛、意境……当代作家中,曹禺同志的剧本就有十分浓郁的诗意。没有诗意的剧本是令人遗憾的。从这一点认识出发,我特别喜爱契诃夫的《万尼亚舅舅》和《樱桃园》,别说是一场高水平的演出了,就是把剧本读上一遍,也是一种真正的享受!它们的每一场戏,每一个角色的对话、独白,甚至沉默无言都是诗的一个组成部分。沉默无言,并不是真的无话可说,正相反，这正是剧作家理解生活、表现生活的高明之处，他是要叫观众"进戏"，叫观众替剧中人物去爱、去恨、去隐忍、去爆发，是"此时无声胜有声"。我们的不少剧本，台词写得干巴巴的，经不起咀嚼。台词，当然要用活泼新鲜的口语，但它应该经过严格的选择，选择的标准是什么呢？依我看，是看有没有诗意，诗意浓不浓。思想是语言的灵魂，诗意就是语言的生命。我想，除了从生活本身学习以外，我们可以从古今中外的语言大师们那儿学到许多东西。虚心学习和拒绝学习是两种截然相反的态度，采取哪一种态度，它肯定会反映到你的作品中来的。如果你还具备了诗人的气质，那就更好了，特殊的敏感，热情而又爱好思索、富有历史感，从进入构思的那一刹那起就一直充满了对你所描写的人物和事件的激情，好像是为你的戏得了一种难以形容的"病"，那么，我以为，你那个剧本的成功大概也就有了一半的保证。

关于诗与戏剧的艺术上的共同素质，我没有什么好的见解，就简单说这么几句。

我想着重谈一谈的，是艺术民主问题、思想解放问题。我觉得，在今天的中国，在历史的伟大转折面前，这个问题是和诗歌、戏剧、小说、散文、报告文学、电影、音乐、美术乃至一个相声小段子都是生死攸关的问题，不解放思想，就不可能繁荣创作。当然，从根本上讲，没有政治民主，也就谈不上艺术民主。这是积多少年之痛苦经验才得到的一个结论。而目前偏偏还有一些人千方百计地想否定这个正确的结论，所以，问题的提出也就更加带有痛苦的性质。

解放思想也罢，艺术民主也罢，都不是哪一个人悄悄地涂在什么墙上的反动标语。恰恰相反，这是我们的党总结了几十年正反两个方面的经验，集中了万千文艺战士的切身感受和普遍呼声提出来的革命口号。三中全会公报上明明白白地写着。解放思想，开动机器，实事求是，团结一致向前看。这是不是革命口号呢？是革命口号。敬爱的周恩来同志早在一九六一年做的关于文艺问题的重要报告，实际上通篇说的是实行艺术民主的问题。周恩来同志说:"我们要造成民主风气……首先要从我们这几个人改起。"这个"我们这几个人"指的是谁呢？无疑,是指的党中央政治局。可见,艺术民主这个口号无疑也是以党中央名义提出来的革命口号。然而,现在仍旧有那么一种人,一听说解放思想就反感,一听说艺术民主就头疼,其中走得更远一点的,更是成天在那里盼望有朝一日再来一回"引蛇出洞",似乎只有那样他们才能耳目清净,拱手无为而治。讨厌民主的人和以为只有"蛇"才要民主的人,最近就很活跃了一阵子,这也是有目共睹的事实。

这一段时间,我在中越边境下部队采访,关心的是自卫还击打仗的事,对于思想理论战线和文艺战线的动态,消息闭塞,不大清楚了。回到昆明一听,竟产生了一种世道大变的感觉。起初我弄不懂,为什么会刮来这么一股风,解放思想似乎不能提了,艺术民主好像更是一个干禁犯法的字眼。怎么啦？才没有几天工夫,党的三中全会公报竟不算数了吗？周恩来同志的话也说错了吗？好生纳闷、忧虑！许多同志也带着困惑不解而又不胜愤慨的口气向我介绍这股风的来源和势头,我就想,"坚持四项原则"无论如何也不能说成是三中全会公报以外的新东西,更不能把它搞成与三中全会公报相对立的东西。难道三中全会没有坚持党的领导,没有坚持社会主义,没有坚持无产阶级专政,没有坚持马列主义、毛泽东思想吗？难道三中全会精神在某些地方还没有认真地全面地贯彻落实的时候就会忽然"过时"了吗？这实在太不可思议了！就在这个时候,广播里传来了赵紫阳同志在四川省委会议上的精辟发言,真是愁云为之一扫呵！这个发言很好,一下子就击中了这股邪风的要害——在目前形势下,"左"的思潮更加危险,它打着革命的旗号,攻击和否定三中全会,企图把正正当当的"四个坚持"拉到林彪、"四人帮"的极"左"路线上去。真是一语破的！我的思路跟着豁然开朗,原来,有的人口头上叫喊"四个坚持",实际上是在干"四个念念不忘"！这就是问题的实质。

解放思想过头了吗？据我所知,据参加这个会议的同志们反映,有的地方是原封不动,有的地方是原地踏步,踏步是什么意思呢？就是看起来像前进,实际上没有前进。不少搞文艺工作的同志说,艺术民主是什么样子,对不起,我们还没有见过面。事情就是这样奇怪,喊解放思想喊了不是十天半个月了,实践是检验真理的唯一标准,报纸上也讨论了一年多了,要说风,这该是大风,而且是来自党中央的风,可就是闻风不动;一说"四个坚持",立刻大小汽车挤满了所有听传达的会场,而且事先还要党、团组织做保证,不得留下"死角"。一个那么消极,一个如此积极,对照何等鲜明!原因何在?就在有那么一股风,它对"四个坚持"做了一厢情愿的解释,并认为:现在要纠偏了,过去硬是右了。

果真是这样吗?难道三中全会没有贯穿"四项基本原则"吗?难道粉碎"四人帮"这一场决定党和国家命运的斗争,不正是为了坚持党的领导,不正是为了反对假社会主义,坚持科学社会主义,不正是为了坚持无产阶级专政,不正是为了反对阉割、篡改、伪造马列主义、毛泽东思想,坚持真正的马列主义、毛泽东思想吗?难道这两年来,党中央领导全国各族人民做的拨乱反正、正本清源的大量工作不是"四个坚持"吗?有人把社会上出现的一些消极现象,一些坏人坏事和个别有损国格的可耻言行,都派做了解放思想和发扬民主的罪过,这是不公平的,是违背实事求是的科学态度的。当然,对于其中的少数人来说,他们是项庄舞剑,意在沛公,别有用心。试问,林彪、"四人帮"横行不法的十年,那么多的骇人听闻的肮脏、腐败、暴虐、黑暗,也是解放思想和发扬民主的罪过?林彪、"四人帮"宣扬"不理解的也要执行","最后听江青的",在他们的"样板戏"中,人物高大得再不能高大了,纯洁得再不能纯洁了,清一色的无家无室、孤男寡女,超凡入圣,他们用现代迷信和清教徒式的说教毒害人民,强迫人民吃"社会主义的草","穷过渡"。然而,他们自己却是一伙十足的男盗女娼!我们的社会风气是谁败坏的?我们的道德标准是谁颠倒的?我们的雷锋叔叔是从什么时候不见了的?我们党的优良传统是从什么地方开始被抛弃的?答案都是一清二楚的,不管怎么算,也算不到解放思想和发扬民主的头上。我以为,社会上的相当一大部分不正常现象,不符合社会主义民主和社会主义法制的行为,损害人民的根本利益,干扰实现四个现代化的行为,实际上是对林彪、"四人帮"长期推行极"左"路线的一种不正确的反抗。我所以说它是一种不正确的反抗,是因为它迷失了方向,找错了对象,反映了某种变态社会心理,而且处处打着过去十年的烙印——无政府主义思潮和绝对利己主义思潮。有人硬把这一切都说成是三中全会造成的"恶果",这如果不是对三中全会的有意污蔑,也是极大的主观片面性。"四人帮"的残渣余孽会混在人群中捣乱,那是必然的,不足为奇,大量的倒是思想上的僵化和半僵化,万事唯有老规程,"本本"上没有的都是异端。当然,也还有一部分人是出自一片好心,忧国忧民。这些,都是要区别对待的。

  面对着这样的怪事,解放思想是适可而止,还是继续下去?我个人的想法是,应该继续解放思想,只有继续解放思想,才能最后澄清是非,消除混乱。解放思想要彻底。除了周恩来同志说的马克思主义、社会主义的大框子以外,不能有其他的框子。马克思主义是一切科学的科学,这个框子不能破,破了就会亲者痛,仇者快。但是其他的框子一定要破。我们现在还有五四运动的任务,反封建,反愚昧,要民主,要科学;我们现在也有延安整风运动的任务,反对本本主义,反对教条主义。党中央一再提出实事求是,因为实事求是的态度是唯一科学的态度。科学无禁区,因此实事求是也应该无禁区。不过,突破禁区也是一个斗争的过程、等待的过程,要善于引导、善于等待,三中全会关于这一方面的问题也有很周到的论述。什么叫开动机器?我理解,就是独立思考,遇事问一个"为什么",不要人云亦云,画圈为牢(画了圈的最牢靠)。团结起来向前看,这是指一种总的趋向,但也恐怕不能理解成不准向后看。如果真是这样,那么,党中央又何必一再重申拨乱反正,正本清源?这个乱,是过去了的乱,不拨乱,不足以反正;不向后看,不足以向前看。何况,两年多来,党花费了那么大的气力,逐步清理历史上遗留下来的种种问题,有一些还要留待今后去解决,这不是向后看又是什么?这样的向后看,目的是为了更好地向前看。我们当然不能只是向后看,更不能为向后看而向后看。但正因为要热烈地向前看,必须严肃地向后看。把这二者之间的辩证关系搞明白了,诗歌、戏剧可以写什么、不可以写什么的问题也就迎刃而解了。对于那些恶意的攻击和一时的误解,我们也就有不同的办法去对待了。

现在,我们不妨联系戏剧问题的实际,也来一个向后看。大家记忆犹新,在"四人帮"统治下,文艺界出过一起轰动全国的所谓《三上桃峰》事件,据说是这个戏为资本主义复辟鸣锣开道。中国有多少资本主义可以复辟的?天知道!我们这一代亲眼看见的倒是封建主义的全面复辟。如果说这个封建主义也不那么标准,也有一点现代化的东西,那也不过是现代垄断资产阶级的意识形态——法西斯主义。再说《三上桃峰》,当时我生活在山西,对有关这件事的种种丑闻,多少是了解一点的。《三上桃峰》究竟犯了什么罪呢?什么罪也没有犯!第一,它歌颂了共产主义风格;第二,它的人物设计、剧情发展完全合乎当时的党的农村政策。作为"样板戏"的《龙江颂》不也是与它相类似的一出戏么?可就是因为:第一,有一个政治所有权问题,它没有盖上江记大印;第二,也是更主要的,它赶上了"四人帮"某种政治阴谋的特殊需要,结果,被推上了七十年代的祭坛,做了牺牲。对"四人帮"来说,大兴文字狱,从来就是用不着讲什么道理的,尽管"初澜"之流喋喋不休地俨乎其然地讲了许多"革命道理"。

"四人帮"的这一套不讲道理的"道理",这一种最最革命的"革命",是不是从天上掉下来呢?是不是"四人帮"几个人头脑中的产物呢?我想,答案应该是:它是有"本"有"源"的,比如,长达两千年的封建制度和封建思想就是产生这一套"道理"和这一种"革命"的深厚土壤。政治上的事情我说不上来,文艺上的事情还是有一点体会的。我的看法可能有谬误,提出来供大家参考、评论。我认为,在林彪、江青以及他们那个高级顾问崛起之前的十七年,不存在一条什么"文艺黑线",更说不上什么"黑线专政",指导这个时期的工作的是毛泽东思想体系,而进行这种具体指导的是敬爱的周恩来同志,工作是有成绩的。但是,也的确有"左"的和右的干扰,一九五七年以后,

"左"的倾向发展得更加突出了。其标志之一就是"无产阶级金棍子"的姚文元崭露头角。也正是在这个时候,林彪、江青一伙开始勾结起来,把本来已经相当严重的"左"说成是右,于是,"横扫一切"的极"左"便应运而生了。政治万花筒开始不停息地变幻起来,那些鼓吹右的人又搞起极"左"来了,而且搞得得心应手。举一个与戏剧有关的例子。孟超同志的《李慧娘》的生生灭灭,苦难的历程,正是那个"顾问"变戏法的过程。闹鬼的人打"鬼",准确地说,鬼打人,天底下就有这么一种怪事。因演鬼戏《伐子都》而小有名气的某演员,很能适应"时代潮流",变成了"旗手"帐前的宠臣,这是又一个众所周知的例子。嘲弄历史的人不能不受到历史的嘲弄。林彪、"四人帮"在中国这块九百六十万平方公里的土地上闹了十年的鬼,直到太阳出来,才被剥下画皮,露出了本相。然而,他们留下的"鬼气",也就是帮气,却远远没有肃清,因为还有不少防空洞。有些防空洞是他们修的,有些防空洞是我们租借给他们的。此话怎讲?拣一种与戏剧有关的防空洞介绍一下。林彪历来主张,在现实政治斗争中,"不说假话成不了大事","四人帮"更进一步,连历史也得为现实服务,因此写历史也要"七真三假"。太谦虚了!何止是"三假"!所谓的评法批儒,从"史料"到论证都是彻头彻尾、彻里彻外的胡编乱造,是为他们的影射阴谋服务的……这种作伪的"理论"运用到戏剧创作中,就形成了一整套所谓革命浪漫主义等于豪言壮语,豪言壮语等于吹牛撒谎的"创作方法",而用这个"创作方法"来指导塑造人物形象,就是鼎鼎大名的"三突出"原则。同志们是从事戏剧创作的,你们的感受肯定比我深切得多。江青有句名言:"电影片子嘛,就是电影骗子。"前几年,舞台上和银幕上的那些超人和假人,给每一个忠实于党和人民事业的作者制造了多少痛苦,给我们的社会主义文艺制造了多少灾难!写一个小戏,也必须是"一位大姑娘,身穿红衣裳,站在高坡上,挥手指方向"。这样一堆乌七八糟也配叫作浪漫主义,而且居然还要加上"革命"二字?真是对革命的莫大污辱!同样的,诗歌创作也吃够了这种假浪漫主义的苦头。我希望,我们大家一致奋起,大声疾呼,拥护真正具有革命理想和高尚情操的浪漫主义,反对欺骗人民,败坏党和社会主义信誉的所谓浪漫主义,我们要的是社会主义的火力点,不要极"左"路线的防空洞!

极"左"路线的形成有一个过程。前面谈到过,一九五七年以后,"左"的倾向有了急剧地膨胀,又经过一九五九年和一九六五年两次鼓吹,极"左"路线呼之欲出。林彪、"四人帮"从炮制《纪要》到填补自巴黎公社以来的"空白",宣告了极"左"路线从量变到质变的最后完成。然而,就像不能把蛋和小鸡混为一谈一样,不能把十七年中的"左"的倾向和林彪、"四人帮"的极"左"路线混为一谈,一个是同志的错误,一个是敌人的阴谋。这是必须严格划清界限的。可是,另一方面,又要在看到它们的质的差异的同时,看到它们的因缘关系。不管你愿意承认或是不愿意承认,实际上,十七年的"左"的倾向,是后来的极"左"路线的准备阶段。实事求是的态度,才是对历史负责的态度。因此,当我们清算林彪、"四人帮"极"左"路线的时候,就不能不考察一下十七年中"左"的倾向是怎样损害了我们的文艺事业的。

不妨回忆一下,关于写真实的讨论,关于干预生活的讨论,关于现实主义的讨论,关于人性论的讨论,关于中间人物的讨论,关于英雄人物可以不可以写缺点的讨论,真是每讨论一次我们的戏剧创作的圈子就缩小一次,路子一条条被堵起来,到了"四人帮"接过去总其大成的日子,索性堵得严严实实,八面不透风了。

唯一剩下不堵的就是所谓的浪漫主义,或曰理想主义,实际上是说假话主义,吹牛撒谎主义。最近,北京召开了田汉同志的追悼会,开得很隆重,规格很高,悼词对田汉同志的一生,做了很好的总结,评价很高。这是一个有益的启示。田汉同志在"文化大革命"以前,那最能考验一个人的时期,写出了"为民请命"的《关汉卿》与《谢瑶环》。这说明他是坚持现实主义的,观众记住了为民请命的剧中人,也记住了为民请命的剧作家。这是现实主义的胜利。不妨拿来作为对比的是,同一位剧作家的另一个剧本《畅想曲》,却没有得到流传。这是为什么？从剧本本身来说,我以为,至少可以总结这么一条:当一个作者受到假浪漫主义蛊惑,放弃了现实主义的时候,等待着他的就只能是失败;人为地鼓噪一时之后,还是要失败的。当然,对田汉同志而言,这不过是日月之蚀。

让我们再来看一个另一种类型的悲惨的例子。不受假浪漫主义的蛊惑,坚持现实主义,在假浪漫主义"理论"流行的日子,剧作家海默同志的《洞箫横吹》就因为批判了一个不热心合作化事业的县委书记和一个倒贩粮食的老游击队干部,竟被打成了"右派电影",招来了几反几复、没完没了的批判。一九六二年陈毅同志在广州亲自为这位作家及其作品恢复名誉,还是不行。真是不共戴天呵,有的人就是非置《洞箫横吹》于死地不可。林彪、"四人帮"上台,有关《洞箫横吹》的一切非难自然又都成了海默同志的"反革命罪行"。海默同志在"左"倾思潮的一再围攻下,"家破而人未亡",精神上受到极大的摧残,后来林彪、"四人帮"干脆搞肉体消灭,于是人也亡了。为海默同志和《洞箫横吹》平反的陈毅同志也因为受到林彪、"四人帮"的迫害而过早地离开了我们。这个血淋淋的事实本身,这种逐步升级一直升到"顶峰"的过火斗争,不是很能说明问题,很足以发人深省么?!可是,有人硬是抱住那个经不起实践检验的"一贯正确"不放,拒不认账,有时轻描淡写提到一下有干扰,也要把右的干扰放在首位。这实在太过分了!难道自己同志的鲜血和眼泪流得还不够吗?

上面说的,也是一种向后看吧。这样的向后看是必要的,前事不忘,后事之师,看得越全面,教训也就越全面。

云南得天独厚,不但物质宝藏是全国之冠,精神财富也同样是全国之冠。云南有光荣的革命传统,从护国军到边纵游击队,有像个旧"砂丁"那样坚决反抗封建奴隶主和外国资本家残酷压迫剥削的工人阶级,有勤劳、勇敢、智慧的各兄弟民族人民,有多得惊人的民歌、故事、神话、传说,闻一多在这里拍案而起,"一二·一"爱国民主运动从这里席卷全国……真是写不尽的题材。

林彪、"四人帮"把云南搞成了"重灾区",这是坏事,但是坏事引出了好事,云南人民因此也积蓄了对极"左"路线的强烈仇恨,对实现"四化"的强烈渴望。这一次对越自卫还击保卫边疆作战,又涌现了多少可歌可泣的英雄。云南,是戏剧工作者的巨大舞台。

我在云南度过了自己青春中的青春,对云南是怀有特殊的感情的,正是因为如此,自认为对云南有不可推卸的责任。我只能说真话。我感到,比起其他先进省、区来,云南的文艺创作是落后了。不过,只要我们不把解放思想停留在口头上,不以僵化和半僵化为光荣,看重现有的人才,充分调动他们的积极性,培养新的人才,不断壮大队伍,云南的文艺创作就一定会繁荣起来,像过去那样在全国大放异彩。

就全国范围而言,戏剧工作者已经做出了出色的贡献,写出了一大批歌颂老一辈无产阶级革命家的剧本,写出了《于无声处》这样的歌颂"四五"英雄的好戏,这就是继续前进的出发点。诗歌更应当向戏剧学习,写真实,干预生活,触及时事,让我们理直气壮地宣传三中全会精神,义无反顾地保卫三中全会精神,去夺取新长征的伟大胜利。不能丧失警惕,不能怯懦、自私,更不能出卖原则,如果让极"左"路线再一次统治文坛,我们的文艺就只好宣告死亡了。但愿我们的革命文艺通过斗争和锻炼,健康、长寿!

1979年5月22日写于昆明

论题目的学问

——《"歌德"与"缺德"》一文欣赏

据说,(有一种文章就是这么开头的,据说……)一篇文章写成,画龙点睛之笔全在于起个好题目,只要题目起得精彩,就能吸引读者,仿佛旧社会的什么买卖字号,用一些不同凡响的名字做招牌,借以招徕顾客一般。其实,这话也未必尽然。王麻子的剪刀实在是剪刀好使,并不是麻子长得比别人好看;天津"狗不理"的包子也实在是包子好吃,而绝非臭不可闻,摆在那里狗都不理,然后人倒扑上去大嚼一通。好文章配上好题目,自属相得益彰。然而,那种算不得好文章的文章却偏要挖空心思起个"好题目",倒适足以"暴露"了它"有哗众取宠之心,无实事求是之意"了。

眼前就有这么一篇。题目是相当响亮的,《"歌德"与"缺德"》(见《河北文艺》一九七九年第六期,以下简称《"歌"》文)。奉劝文艺界的和一切关心我们文艺事业的现状及其前途的同志们,都把它找来读上一读,想想它说得是否真有道理,当然,也想想我们的不敢苟同是否真有道理。

先说其文风恶劣。粉碎"四人帮"以来,我们的报刊面目为之一新。我们读到了许许多多的好文章。理论文章令人感奋,它不仅有理,而且有情;文艺作品引人思考,它不仅有情,而且有理。一般说来,林彪、"四人帮"式的以打闷棍、打死棍为特点的"判文"是销声匿迹的了。可是,且慢,这里却又冒出来了一篇,其基调好生面熟! 以谩骂和恐吓代替战斗,嘴上喊着保卫文学的党性和阶级性,"坚持四个原则",骨子里却在攻击和诋毁党的三中全会以来文艺界渐见兴旺的形势,并把它说成一团漆黑。

本文不打算将它关于当前文艺问题的见解一一摘录,那样做,无异于照

抄转载。这里,仅择其荦荦大者,列举数端:

一曰,现在,"歌颂是其文学的主要特色"的文学作品无端受到了"一些人"的"猛烈抨击"。这些作品歌颂了什么呢?"歌颂中国人民的伟大领袖毛主席和他的光辉思想,为无产阶级和劳动群众树碑立传,为四个现代化事业大声疾呼"。

于是,从这一段笔底织网、纸里藏剑、深文周纳、杀机四伏的解说引申下去,乃有——

二曰,现在有一种"善于在阴湿的血污中闻腥的动物",在"鼓吹文学艺术没有阶级性和党性"。

三曰,现在有人反对"下"去,即反对深入生活,而主张"'上'到红地毯上去采写'丰富多彩'的'内心世界'"。(请同志们注意,这里确凿无误地说的是"上"到红地毯上,什么意思?)

四曰,现在有人去逛"科学之宫","自诩高雅,不近工农"。

五曰,现在有些"作家们把洋人的擦脚布当作领带挂在脖子上,大叫大嚷我们不如修正主义、资本主义"。

六曰,现在有人不愿去歌颂"那些在自卫还击战中流血战斗的我们的阶级弟兄",他们一面"吃着面包",一面大叫着"我们落后啦"!据此,该文便对"有人"不胜鄙夷地唾了一声"尊贵的先生",以示"打入另册"……

够了,如此这般骇人听闻的罪名,果真是我们粉碎"四人帮"以来,特别是党的三中全会以来的文艺现实吗?我们孤陋寡闻,敢问:现在的文艺作品中,究竟有哪一篇作品是因为真正歌颂了毛泽东同志、周恩来同志、朱德同志、彭德怀同志、贺龙同志、陈毅同志、陶铸同志以及其他无产阶级革命家而受到了"猛烈抨击"?

现在究竟又有哪一篇作品(包括那些被少数人贬为"伤痕文学"的作品)是在"暴露"人民?谁"上"到红地毯上描写"舞会"和"盛宴"去了?谁又自从一进"科学之宫",便拒绝接近工农?

一切都必须经过社会实践的检验。一切都必须经过人民群众的鉴定。如果《"歌"》文说的不是真话，那么，它是凭的什么如此肆无忌惮地继续使用林彪、"四人帮"惯用的诬告手段？如果诬告属实，又应不应该反坐？

也许，我们会听到反驳：谁敢担保不出这种文字？那么，我们也可以回答：是的，谁也不敢担保，正如谁也不敢担保革命群众的大字报中间也可能会混进来几张别有用心的甚至反动的大字报一样。然而，即便有几篇这种文字（请举例，开名单），又何必大惊小怪？更何必借题发挥？问题还得回到马列主义观察事物的立场、观点、方法上来，要分清主流和支流。我们认为，当今文艺界的主流是正确的、健康的，是沿着党的三中全会所指引的光明大道前进的。而《"歌"》文则认为相反。这就是我们和《"歌"》文的根本分歧。

尤有甚者，该文的结束语竟公然这样写道："至于那些怀着阶级的偏见对社会主义制度恶意攻击的人，让其跟着其主子——林彪、'四人帮'一伙到阴沟里去寻找'真正的社会主义'也就是了。"尽人皆知，人民群众（其中当然有革命作家和艺术家）鉴于林彪、"四人帮"长期推行的假社会主义的沉痛教训，决心在党的领导下，拨乱反正，去伪存真，努力探索中国式的"四化"道路，追求真正的社会主义即科学社会主义。"这就有罪吗？"即令部分群众特别是部分青年群众中存在着这样那样的糊涂观念和错误认识，那也是一个如何引导的问题。道理很简单，就因为它是人民内部的是非问题。在人民内部，必须坚持"三不主义"。何况，环顾海内，又有哪一个作家、艺术家是把林彪、"四人帮"货真价实的假社会主义称作"真正的社会主义"的？相反，如果有人以骂代捧，宣传林彪、"四人帮"有过什么"真正的社会主义"，那么，人们不禁要问，这是"歌德"呢，还是"缺德"？或曰，我这个"真正的社会主义"是打了引号的，那么，人们又不禁要问：《"歌"》文为什么要先往自己设想的论敌身上大泼其脏水，然后，再向人们扭过头来宣布：看哪！这家伙当然是"垃圾堆"中的"腐尸"上的"虫蛆"！天底下有如此进行论战的吗？未免太不光明磊落了吧？

中国人民吃尽了林彪、"四人帮"的假社会主义之苦，因而要求建设真正的社会主义。这是完全正当的、善良的愿望。何以这种对林彪、"四人帮"极"左"路线的义愤，到了《"歌"》文笔下就变成了否定"中国的社会主义三十年征途"的罪状？《"歌"》文一方面说："从根本上讲，我国的历史是前进了的，祖国人民的生活较之旧社会是提高了的"（没有人反对过这一个估计），一方面却又说："现代的中国人并无失学、失业之忧，也无无衣无食之虑，日不怕盗贼执仗行凶，夜不怕黑布蒙面的大汉轻轻叩门"。真理多走了一步，乃成谬说。而对于以谬说为"歌德"者，我们恕不奉陪。事实如何？我们还远不能做到普遍入学，充分就业，还有缺衣少食的人，也还有盗贼以至包括林彪、"四人帮"漏网余党在内的其他坏人。任何一个尊重客观事实者都无法也不应视若不见。当然，必须申明，这些消极现象的制造者不是现在的哪位领导人，不是真正的社会主义，它们恰恰是林彪、"四人帮"及其假社会主义的罪恶后遗症。我们正在清除这些后遗症。同时，我们还要清除我们自己队伍中的官僚主义的祸害。这也正是党和国家领导人所一再告诫过的。因此，令人百思不得一解的是，《"歌"》文硬要把人民及其作家、艺术家对某些妨碍中国历史前进的、有损社会主义形象的东西的"暴露"和"鞭挞"，一律横加种种政治罪名，这到底是想干什么？又是为谁张目？如果有的人儿女各得其所，全家丰衣足食，愿意唱一唱"路不拾遗，夜不闭户"的羲皇上人赞歌，那是他个人的事，其奈小民百姓过的远非如此美好的共产主义生活，因而无法奉和何！

中国有长久的封建主义历史。在这样一个国家建设社会主义不能不遇到特殊的阻力。纵然我们经历了"社会主义三十年征途"，我们的社会主义还远不是马克思和恩格斯在他们的经典著作中所表述的作为共产主义初级阶段那样一种社会主义。这便是严酷的不以"歌德"或"缺德"为转移的事实。而让我们再回过头来看看《"歌"》文的描绘吧，"河水涣涣，莲荷盈盈，绿水新池，艳阳高照"。这岂但是"歌舞升平"地，简直是温柔富贵乡了！对此，每一个跟着党脚踏实地，正视现实，不尚空谈，多干实事，为"四化"，为真正的社会主义奋勇献身的中国人,又能说些什么呢?

而尤其值得注意的是,这篇文章出现的时机。我们认为,这才是事情的要害所在。

大家知道,三中全会以后,社会上从"左"到右,出现了两股诽谤新的党中央、诽谤党的路线、方针及其一系列政策、措施的暗流。右的一股借口"解放思想",怀疑和反对"四个坚持"。"左"的一股则借口有人闹事,攻击和否定三中全会公报中体现的符合人民根本利益的最高决策。在党中央重申"四个坚持"之际,从"左"边来的一股便自以为时机已到,大为猖狂。"左"的暗流更为危险。这不但因为林彪、"四人帮"的残渣余孽不可能一一落网,而且因为他们打着"高举""坚持"的革命旗号,更容易蛊惑人心。某些在林彪、"四人帮"横行时期的既得利益者对现在心怀不满,而思想上僵化、半僵化的同志,又正好是极"左"路线现在选中的利用对象。更不必提到封建的和小生产的习惯势力就中所起的惰性作用了。所幸,中国人民和中国共产党毕竟都成熟了。党和人民及时揭穿了这两股暗流的实质,并着重指明了"左"的危害。这就抓住了思想领域中的主要矛盾。我们认为,《"歌"》文正是这股"左"的暗流中的一个重要组成部分,只是它集中打击的目标限于文艺界而已。

再说几句并非题外的话。最近,报刊上公开报道了张志新烈士的英雄事迹。张志新烈士是死在假共产党人手中的真共产党人。在这个特殊的意义上,她所经历的斗争较之刘胡兰、江姐更为复杂和严峻。对她的惨绝人寰的谋杀,使得亿万人民热泪盈眶,热血沸腾。冤案发生在一九七五年。如今的昭雪大得人心。但它仍旧不能不发人猛醒,引人深思——我们党和国家的命运,万一落到了林彪、"四人帮"一伙手中,现在当是何种情景?而在未来岁月的某个时刻,万一再度出现了林彪、"四人帮"一类的封建法西斯,将来又是何种情景?因此,广大读者投书报刊,要求追究责任,呼吁切实加强社会主义民主,健全社会主义法制,实现党内民主生活的完全正常化,防止悲剧重演。同时，他们也纷纷建议作家、艺术家去形象地再现张志新烈士所经历的一切。质之《"歌"》文作者及其支持者，揭出这惊心动魄的一幕是否也算"暴露"呢？"暴露"了，是否就"有点缺德"呢？是否也就意味着攻击了社会主义和无产阶级专政呢？

有一种人，总是在那里叨叨，不赞成别人"暴露"了林彪、"四人帮"的罪行及其对全民族造成的灾难性后果。倘在作品中偶有接触，他便总要非难。然而，这是无法说服人民的。怎么"暴露"了林彪、"四人帮"就会导致"暴露"人民呢？到底是谁分不清"歌颂"与"暴露"的界限呢？到底是谁真正"歌颂"了地主资产阶级，"暴露"了人民呢？

《"歌"》文中提到，有一种"歌颂'四人帮'的哈巴狗文艺"。提得很好。诚然，这种文艺是有的。我们就见识过给"四人帮"上陈情表，在自以为押准了赌注的时刻，跳将出来高呼"打倒邓纳吉"，用恶言秽语咒骂天安门英雄的"文艺"。老实说，人民的作家、艺术家目前还顾不上去"暴露"这类丑行，尽管它确乎是应该"暴露"一番的。如果这种人以为人民健忘，人民可欺，遇上小小的风波就迎"风"招展，居然侈谈什么"和着（原文如此）鲍狄埃所踏过的血泊，含着'四五'勇士们的战斗激情"，居然指着正直的作家和艺术家说："你的鼻子上有白粉！不！你们简直浑身上下都黑透了！"这岂不是太可笑了吗？！风派之所以为风派，改也难！诚可叹也！但至少，请先不要和历史开玩笑吧！有感于此，题目的学问大有深钻的必要。比方说，写一些这样的文章将不会是毫无意义的，《"知耻"与"无耻"》《"文棍"与"赌棍"》《"小丑"与"出丑"》，等等。

1979年6月19日夜半写于合肥

一份良好的企业游戏规则

于企业管理,我是百分之百的外行;于歌诀体实用性的韵文,我同样是外行。如今摆在我面前的,却偏偏是一份在社会主义市场经济条件下,如何开展合理竞争的"游戏规则"——《市场竞争道德谱》。看来,我只好献丑,说几句双料外行话了。

一九九七年五月十八日,荣事达集团公司发布了《竞争自律宣言》。在中国,这大概是破天荒第一遭吧,理所当然地引起了全社会的关注。一家实力雄厚的大企业,敢于公开宣布自己将如何规范自己的行为,这对陷落于疲软的"承诺"制,无疑是一种质的突破。消费者是把它当作天外福音聆听的。同时,这对不健康的生存环境和良莠并存的各类同行,无疑也是一声响亮的召唤:从我开始!从现在开始!重整企业文明,重建商业道德!如此清音,我敢说,肯定是振聋发聩,深得人心的。

一年过去,今天,荣事达又推出了《市场竞争道德谱》,这是荣事达的又一大动作,是荣事达《竞争自律宣言》的普及版,既表达了企业本身的诚意与决心,也论证了社会主义市场经济的可操作性及其希望之所在。

整体而言,我觉得,《市场竞争道德谱》(初稿)的写作,是一次比较成功的尝试。它说明,在运用广义的文学艺术手段,为道德建设添砖加瓦,为社会公益鼓噪呐喊,为优秀企业树碑立传,这些方面,的确都大有潜力可挖。何况,这件事本身,也正是对企业文化眼光的考量。令人欣慰的是,荣事达又一马当先,带了个好头。

这是一篇六言韵文。执笔者选择了坦荡激昂的江阳韵,并一韵到底,因演。同时，他们也纷纷建议作家、艺术家去形象地再现张志新烈士所经历的一切。质之《"歌"》文作者及其支持者，揭出这惊心动魄的一幕是否也算"暴露"呢？"暴露"了，是否就"有点缺德"呢？是否也就意味着攻击了社会主义和无产阶级专政呢？

有一种人，总是在那里叨叨，不赞成别人"暴露"了林彪、"四人帮"的罪行及其对全民族造成的灾难性后果。倘在作品中偶有接触，他便总要非难。然而，这是无法说服人民的。怎么"暴露"了林彪、"四人帮"就会导致"暴露"人民呢？到底是谁分不清"歌颂"与"暴露"的界限呢？到底是谁真正"歌颂"了地主资产阶级，"暴露"了人民呢？

《"歌"》文中提到，有一种"歌颂'四人帮'的哈巴狗文艺"。提得很好。诚然，这种文艺是有的。我们就见识过给"四人帮"上陈情表，在自以为押准了赌注的时刻，跳将出来高呼"打倒邓纳吉"，用恶言秽语咒骂天安门英雄的"文艺"。老实说，人民的作家、艺术家目前还顾不上去"暴露"这类丑行，尽管它确乎是应该"暴露"一番的。如果这种人以为人民健忘，人民可欺，遇上小小的风波就迎"风"招展，居然侈谈什么"和着（原文如此）鲍狄埃所踏过的血泊，含着'四五'勇士们的战斗激情"，居然指着正直的作家和艺术家说："你的鼻子上有白粉！不！你们简直浑身上下都黑透了！"这岂不是太可笑了吗？！风派之所以为风派，改也难！诚可叹也！但至少，请先不要和历史开玩笑吧！有感于此，题目的学问大有深钻的必要。比方说，写一些这样的文章将不会是毫无意义的，《"知耻"与"无耻"》《"文棍"与"赌棍"》《"小丑"与"出丑"》，等等。

1979年6月19日夜半写于合肥

一份良好的企业游戏规则

于企业管理,我是百分之百的外行;于歌诀体实用性的韵文,我同样是外行。如今摆在我面前的,却偏偏是一份在社会主义市场经济条件下,如何开展合理竞争的"游戏规则"——《市场竞争道德谱》。看来,我只好献丑,说几句双料外行话了。

一九九七年五月十八日,荣事达集团公司发布了《竞争自律宣言》。在中国,这大概是破天荒第一遭吧,理所当然地引起了全社会的关注。一家实力雄厚的大企业,敢于公开宣布自己将如何规范自己的行为,这对陷落于疲软的"承诺"制,无疑是一种质的突破。消费者是把它当作天外福音聆听的。同时,这对不健康的生存环境和良莠并存的各类同行,无疑也是一声响亮的召唤:从我开始!从现在开始!重整企业文明,重建商业道德!如此清音,我敢说,肯定是振聋发聩,深得人心的。

一年过去,今天,荣事达又推出了《市场竞争道德谱》,这是荣事达的又一大动作,是荣事达《竞争自律宣言》的普及版,既表达了企业本身的诚意与决心,也论证了社会主义市场经济的可操作性及其希望之所在。

整体而言,我觉得,《市场竞争道德谱》(初稿)的写作,是一次比较成功的尝试。它说明,在运用广义的文学艺术手段,为道德建设添砖加瓦,为社会公益鼓噪呐喊,为优秀企业树碑立传,这些方面,的确都大有潜力可挖。何况,这件事本身,也正是对企业文化眼光的考量。令人欣慰的是,荣事达又一马当先,带了个好头。

这是一篇六言韵文。执笔者选择了坦荡激昂的江阳韵,并一韵到底,因之读来琅琅上口，神完气足。我们知道，韵文越长，越难铺陈，谋篇布局，心中必须先打好底，全文皇皇然三大块，二百四十行，既要突出重点，避免喧宾夺主，又要前后照应，不可顾此失彼，这就需要技巧。而开篇和结穴，尤宜要做到不温不火，进退有据，疏密交错，恰到好处。以此标准观之，韵文的宣传教育效果还是实现了的。试看"中华文明悠久，商德源远流长。时代改革开放，市场经济兴旺。商界素有竞争，古今中外一样。公正公平合理，原则当仁不让"这开宗明义的八句，提纲挈领，掷地有声，仿佛一台大戏的定场诗，虽说不过是方块字排列，卑之无甚高论，可是，功夫不到家，这字儿还真不听调度，难以做到中规中矩、整齐优美呢。

更其不可小觑的是，这篇韵文做的是大题目、大文章：商品经济和市场竞争。于是，特殊的内容便提出了特殊的要求，必须做到，既不背离学理，又不脱离实际。可以想见，写作难度是相当大的。

唯其难度大，才会出现若干尚可推敲之处。我这里也举一例，一孔之见，聊供参考。

"强化竞争意识，抵御市场风浪。"众所周知，商海如大海，风浪是客观存在，是不以人们意志为转移的市场规律的必然反映。倘从宏观和微观两种角度加以考察，风浪几乎无日无之。所以，单说"抵御"，就显得比较消极、比较被动了，倘能换作"驾驭"，适当强调一下企业员工的主观能动性，则似乎更能显示人的选择和人的力量，境界或更开阔。

总之，我希望，在《市场竞争道德谱》的最后定稿过程中，能尽量做到口语化，力争好懂易记，利于背诵。这不是额外的要求，这是歌诀本身固有的特点。至于少量绕不开的术语，似也应前后安插些解释性词句，使之化硬为软，自动消融。此外，荣事达倡议的"和商"精神，事关重大，虽然字里行间已做映衬，但都是暗示手法，能不能单独另辟一小段，略加介绍？因为，依我浅见，比起人们侈谈的所谓"儒商"来，"和商"的时代色彩要浓烈得多。"儒商"的陈腐，只能教人联想起带有封建意味的徽商、晋商，而缺少新的启发。不错，那些古老的商业行会和商业运作,的确曾为社会的发展做过重大贡献,从而彪炳千秋。直到今天,它们也仍有不少值得汲取的教益。但历史毕竟是历史,它们的物质背景是小农经济,精神背景是儒家文化,恐怕是远远不能适应即将来临的二十一世纪了。

1998 年 6 月 24 日　合肥